网弈

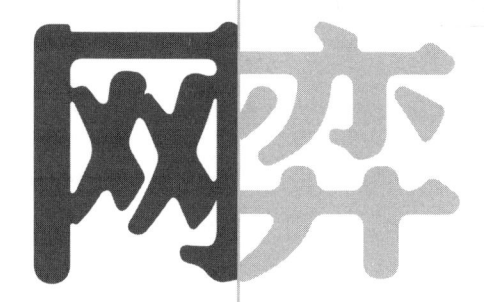

WANGYI

舒中民 著

当代世界出版社
THE CONTEMPORARY WORLD PRESS

图书在版编目（CIP）数据

网弈 / 舒中民著. -- 北京：当代世界出版社，2023.9
ISBN 978-7-5090-1764-7

Ⅰ.①网… Ⅱ.①舒… Ⅲ.①长篇小说-中国-当代 Ⅳ.①I247.5

中国国家版本馆 CIP 数据核字（2023）第 168820 号

书　名：	网弈
出品人：	吕　辉
策划编辑：	刘娟娟
责任编辑：	刘娟娟　徐嘉璐
装帧设计：	王昕晔
版式设计：	韩　雪
出版发行：	当代世界出版社
地　址：	北京市地安门东大街 70-9 号
邮　编：	100009
邮　箱：	ddsjchubanshe@163.com
编务电话：	（010）83907528
发行电话：	（010）83908410（传真）
	13601274970
	18611107149
	13521909533
经　销：	新华书店
印　刷：	北京新华印刷有限公司
开　本：	880 毫米×1230 毫米　1/32
印　张：	11.75
字　数：	284 千字
版　次：	2023 年 9 月第 1 版
印　次：	2023 年 9 月第 1 次
书　号：	ISBN 978-7-5090-1764-7
定　价：	79.00 元

如发现印装质量问题，请与承印厂联系调换。
版权所有，翻印必究；未经许可，不得转载。

目录

楔　子 — 1

第一章　哑　谜 — 4

第二章　"凯撒" — 55

第三章　黑　密 — 90

第四章　陷　阱 — 146

第五章　蓝　蛙 — 181

第六章　聚　会 — 199

第七章　诱　捕 — 239

第八章　面　具 — 275

第九章　破　局 — 318

尾　声　国际网安展览馆 — 362

楔 子

坠入爱河。

那个还能活五分钟的人，站在水汽迷蒙的浴室里，想到了这个词语。她好看的嘴角不由自主地挑了一下，感觉自己飘在彩云挟裹的梦里。其实，她陷入爱情之中是几个月前的事情，只是有些事，总得借助别的因素才能听到内心的声音。

她相信，打破主观感觉的阻碍、由软件自由存取人体的各种生物数据并且全面搜索对象的网络数据后做出的决策，更加具有参考价值。

她设计的这个软件能够监测她跟他在一起时的每次呼吸、每个动作、心跳，甚至她的血糖值的变化，她坚信这个软件对她的认识远高于她自己；软件还读过他发给她的所有电子邮件，听过他们的所有电话录音，从而得出结论，他们作为情侣的配对成功率达95%。

这是个十分惊人的数值——世上没有完全掏心的两个人，那5%跟她的自由意志有关。她是一名虚拟空间技术研究员，不是花痴。但他一出现就将她完完全全带入了他的世界。这是爱情的礼物，她想，两个情投意合的人在一起总会有人沦陷，只是这一次，沦陷的人是她自己。但无论如何，这次恋爱与她谈过的任何一场都完全不同，她费尽心机对他进行各种挑剔，但他仍然是那么完美。

网 弈

这是她自己的公寓。中秋节的晚上九点十分,她驾驶一辆保时捷敞篷汽车带着他回到这里。她已经在两个月前卖掉了自己的大众PoLo,因为他觉得那车状况太糟糕,担心她会因车辆故障而出危险。

十分钟前,她在街头的书店门口接上他,半路两人在一家肯德基停下。她走进去,买了一个他最喜欢吃的套餐。风中飘着细雨,她没有注意到他的目光始终跟着她。这并不奇怪,她对他如胶似漆的关注习以为常。不过,此刻他对她的注视变得如特工般冷静和冷酷,而她没有注意。

进门的时候,安保系统发出"哔哔"的警示声。出于习惯,她先解除密码,然后请求对不同的安全区域进行监视。一切如常。

"这个系统真不错。"他跟在她后面,关上房门。

"信不信由你,这是我的个人设计,能为我的公寓提供全面的安全保障。这个世界并不安宁,各类杀人狂专门盯着独居女性。"

"这么自信?"他说,带着欣赏的语气。

"可能。"她的声音像歌曲一样富有韵律。"我五分钟就好。"说着,她开始脱衣,转身走进浴室。

"那我五分钟后进来。"

五分钟,对于激情燃烧的人来说过得很快,也很慢。她很享受这个时间。她感到浑身燥热,像一堆被点火的棉花,面色不由得潮红起来。

她感觉他轻轻地拉开了浴室门,一手搭上她的脖子,温柔地挑逗着。突然间,她听见他说:"你在网上对我进行背景调查?"

她点了点头,本想解释一下自己的调查软件,却见他手里拿着一根绳子,一头挂在门框练习柔术的钢管上。她好奇地盯着绳子,但由绳子产生的联想,让她瞬间感到一阵眩晕,几乎无法站稳。快跑,她想,但他堵住了浴室门。

"你……你想干什么?"她尖叫起来。

"哎呀,宝贝,你还真是让我吃了一惊。"相比之下,他的声音很平静,带着些许遗憾,全身上下洋溢着一股邪恶而强健的气息。他把绳子挂在坚实的门框架上,目光像刀尖一样,说:"了解我的人都死了。"

"我……这里到处都是监控,你跑不了的!"但浴室里的水声掩盖了她的尖叫。

他冷冷一笑,猛地掐住她的脖子:"对我来说,视频监控和电脑网络都是些小儿科的玩意,没有用的。"他将绳子套上她的脖子,然后上提,勒紧。

她凹凸有致、曲线优美的身体向前一冲,靠在门上,随后迅速上升,脚离开地面,悠悠晃荡。他甚至不想去做检查,没有这个必要,这种事情他已经干过多次。他侧身出了浴室,在房间各处认真收拾了一番,然后轻盈地跑出公寓,从小楼后门出去,那里等着一辆他早就准备好的汽车。

第一章 哑 谜

一

丁杨的猎豹车"轰轰"地驶过汉洲大道温德姆酒店门口的弯道,追上了伪装成长途客车的指挥车。特警已经下车前往指定位置,隐去了踪影。指挥车外侧贴着"汉高速"的标志,沾着泥浆,好像刚刚行驶了上千公里。后门敞开,有两个人从车窗伸出头来。

"宅男,你干吗来了?"梅阳分局刑警大队副大队长肖可语有点儿意外。

丁杨提着装备包,像一只羚羊似的跑向指挥车。他的身材比之前更强壮有力,穿一身便服,步履矫健,头发在路灯洁白的光照下闪闪发亮。

"他是自告奋勇过来帮忙的。"此次行动的负责人、刑警支队副支队长罗卫解释道。

丁杨迅速举起左手跟罗卫击了一掌,转头温柔地望着肖可语:"嗨,可语。"

肖可语只是点点头,对司机说了句什么,指挥车不等后门关好就已从洒满红色枫叶的人行道开了出去。行驶在路上,指挥车外观看起来有些脏,像极了一辆长途客车。但它四面窗户却安装了防弹

第一章 哑谜

单向玻璃，喷涂得像透明玻璃似的，里面非常洁净，装备精良，像一间缩小版的情报研判室。

丁杨是指挥车上的常客，他弯腰走到小会议桌边，熟络地扯出数据线和电源插座，连接上便携式电脑，一朵淡蓝色的云雾在屏幕上荡漾开来。丁杨的对面坐着两个年轻的技术女警，此时正像向日葵一样打量着他：大名鼎鼎的网侦专家，年轻帅气，挺拔匀称，丝毫不像传说中的"网虫"——可不是苦丝瓜，倒似一棵大橡树；要是穿着制服，那就更完美了。

肖可语剜了一眼女警，心里却不由地涌起一股自豪。她已经跟丁杨登记结婚，准备择日举行婚礼，不是谁能抢了去的。"又来干这些破事，好好待在你的机房里不行吗？"她板着脸对丁杨说，却将手里的案卷递了过去。

"不是担心你的安全嘛……"丁杨嘻嘻笑着，浑身上下仿佛有一万种力量在向外奔涌。

"少来，你争着去抓捕现场不是一次两次了吧？我不在场时呢？不是说大数据驱动侦查吗？你不待在机房里，怎么掌握大数据？天天跟刑警们蹲点守候，是不是不务正业？"

"大数据驱动侦查的理念是不错，但大数据毕竟只是技术，再高端的技术也离不开人的驾驭，离不开侦查员对现实犯罪中呈现的数据挖掘及聚类、分类分析，特别是不能排除传统侦查员的经验、直觉在其中的作用。"丁杨争辩。

"公说公有理，婆说婆说理。"罗卫打趣说。

他妻子高媛是网侦支队侦查大队大队长、丁杨的上司，像季亚明支队长一样赏识、信任丁杨，但最近跟丁杨有些分歧，主要是关于大数据与侦查技术的争论。高媛信奉数据，认为犯罪发现、监控、预测都可以通过大数据运算实现，而丁杨坚持参加每一次重大行动，利用侦查员的现场侦查经验，结合大数据分析，从现实关系上进一步验证目标。"

"那是你们俩口子的事……"肖可语别过了脸。

罗卫打了个哈哈，转而一本正经地说："不，这是网络侦查的技术课题，他们想怎么搞怎么搞去。我们面对的可是现实的电信网络犯罪，接着还有一大波骚扰电话和网络攻击呢，可不能等着澄清大数据如何引导警务实战再下手。"

"放心吧，追踪网络犯罪是我分内之事。我不仅会提供情报研判成果，还会帮你们制订有效的抓捕计划。这个案子的网络范围已经确定，还发现他们携带了枪支。罗支，我希望你们全力抓捕那个黑客，那些话务员若是有人逃脱倒无所谓。"

"你能分辨谁是话务员，谁是黑客？"

"黑客很好认的，他不是打电话的人，"丁杨说，"他像我入警前一样，有点像豆芽菜，但目光逡来逡去，很机警，不时地打量着周围的动静，有一点点风吹草动，他就会偷偷逃走，或者自顾自地伪装起来，比如勤杂工、保洁员，或者门口的保安，他想凭着这些身份躲避盘查。不过，能不能识别出来，得靠你们啦！"

"你自己去现场好了，别说风凉话……"肖可语说。

罗卫戏谑道："看，可语把你养得多好，看起来都不像黑客了，哈哈……"

"跟我可一点关系都没有。"肖可语羞涩地说，"那是他们支队长对他好，每天督着他参加警体训练，不准他低头哈腰的。"

电脑程序启动，屏幕上闪现出一个符号"C:"。丁杨不再跟两人打趣，他的手指在键盘上飞快地舞动起来。

丁杨跟罗卫是多年的战友了，参加公安工作侦办的第一起大案，就是跟罗卫在一起，那时罗卫还是梅阳公安分局刑警大队副大

第一章 哑谜

队长。市局网安支队派丁杨过去支援,他就是在办理那起案件时认识了当时还是派出所教导员的肖可语,并爱上了她。

那也是一起网络诈骗案件,办得还算成功,扫除了所有窝点,剿灭了罪犯的老巢,所有浮在面上的犯罪嫌疑人都归了案,但幕后黑客——达一路脱逃了。两年来,丁杨一直在找他。可达一路非常狡猾,现实中几乎不露面,网络痕迹又非常隐秘,要找到很不容易。

在追踪达一路时,丁杨截获了两个烧脑软件:"隐秘门"和"闪变"。他对软件进行了剖析,发现它们几乎是达一路为自己量身定制的,非常具有黑客属性,淋漓尽致地展现了达一路出色的程序设计能力。丁杨打定主意,即便达一路仍然在使用它们,他也要纳为己用。于是,他对软件进行了改造,赋予它们追踪与反追踪功能,用于网络侦查,同时,因为它们的源代码属性跟达一路的软件一致,能识别达一路的网络痕迹,却又让达一路无法找到它们的踪影。

现在,丁杨运行的就是"隐秘门"软件。他键入一个指令,屏幕上立刻出现一个菜单。

隐秘门:
1. 希望寻找新的目标吗?
2. 希望破译或破解密码或文本吗?

丁杨把光标移到1,按下"确认键"。片刻后,"隐秘门"软件发出请求:请键入目标地址,或者关键词。

丁杨敲入了一个代码,按下"确认"。不到十秒钟,他便进入了海量的信息库,眼中仿佛无天无地、世间万物都静止一般。浏览了一会儿,他开始做笔记。

接着,他将光标移到 2,敲击详细信息显示指令,看"隐秘门"能否破解信息库密码。突然,丁扬停下手指,眯起眼睛,他发现了异常:显示器上的字比正常的模糊些,字母仿佛闪烁不定,反应有些缓慢呆滞。

他明白了,"隐秘门"源文件也在运行中!他仿佛看到了一个鬼魂,这个鬼魂就飘荡在互联网之中,对丁扬的出现恼羞成怒。于是,他加入一个诊断软件,查看幽灵区域是否有绝望的求救信息。

"你怎么又在盯那个人?"突然,屏幕上跳出一个对话窗。

"我正在按计划执行任务,目标已经呈现,未到最佳出击时机。我使用的是同一个软件,却正好撞见了那个鬼魂。"他回复道,"你也看到了,鬼魂确实还在活动,我不知道他在做什么,但一定不是好事,也许跟我们的任务有关,正是我们的目标。"

"你每次都说跟任务有关,可两年过去了,他从来没有出现在抓捕对象里。你就不能把精力集中在现在的任务上吗?"

"我在盯着任务啊,可我使用的还是'隐秘门'软件,他一出现,软件就会盯上他。"顿了一下,丁扬学着对方的口气说:"你在后台监控,就不能把精力更多地放在目标身上吗?何必盯着我呢!"

丁扬的脑海里现出对方的脸,一定越拉越长,拉成了苦瓜。这时,罗卫站到了他的身后,对话窗口里说话的是他妻子高媛,这样的对话他也看到过几次了,他真不明白高媛跟丁扬会有什么矛盾,可又不好问。他在工作中有时也跟同事甚至领导发生矛盾,可从来不像他们这样,每次都碰出火花。他说:"你就不能不让她看见吗?"

"她把我盯在目标里,我一做任务之外的事,就对我喊话。"

罗卫笑起来:"锁定了你?"

第一章 哑谜

"做完这一单再跟你解释吧,'妻管严'。"

"别操心了,他就是个死脑筋。"肖可语插话了,"丁杨,小心点,这次任务如果稍有闪失,你就吃不了兜着走,看我怎么收拾你!一个潜逃的达一路,就这么让你不得安宁?"

丁杨望着窗外,叹了口气:"心魔啊!"

肖可语无语地转过头,让丁杨觉得无比孤立。也许达一路不会出现了,这不仅是肖可语和罗卫,也是当初参与那个系列案件的大多数侦查员的想法,只有丁杨还是不肯放弃。

以前,罗卫还偶尔过问,肖可语在跟他谈恋爱期间,也不时地将对达一路的追查当作谈资,如今……他有点憋屈,像是舌头下垫了个硬币。

"到达指定地点了。"司机也是一名刑警,说完将车熄了火。

"坐标正确。"丁杨说,他调出"隐秘门"的软件主菜单,项目1指标下有几行符号和一张模糊的平面图。"距此500米的写字楼里有集束式信号出现,应该在三楼。周边没有网络信号,可能是一栋空楼,是诈骗窝点之一。"

罗卫和肖可语一齐透过单向玻璃往外望,观察地形。"有大楼结构图吗?平面图也行,有利于侦查员展开搜索……"罗卫问。

"只能锁定信号来自楼宇中间。"

罗卫打开对讲机,走到后窗下面,只能看见漆黑的天空,连树影都隐伏着。"三组、四组迅速勘察地形,守住大楼出口;一组、二组分头进楼,摸清楼里情况。"

然后,他问司机:"特警看见有人离开了前面的小巷,你发现什么吗?"

"没有。"

肖可语恼火地瞪了丁杨一眼,说:"就是你,跟我们争论什么技术问题……如果让黑客溜走了,看你怎么交差!"

丁杨咧了咧嘴。

罗卫对肖可语挥了挥手,说:"你留在车里,我这就过去。"

"不!我跟你一起过去。"肖可语的话不容争辩,"这是一块安置地,附近都是新改造的民居,以前在派出所工作的时候,这一带属于我的辖区,我比你熟悉。"

"我也去。"丁杨见状,起身说,"诈骗窝点可能设在还未启用的写字楼里,避免干扰,也不会引起附近居民的注意。"

"你最好待在这里,车里才是你的战场。"罗卫瞪了丁杨一眼,又无奈地看了看肖可语,"咱们做好战斗准备。"他说。

丁杨嗫嚅着,但没有发出声音。他从座位下面拿出防弹衣,递给肖可语,目光中尽是关切。肖可语皱了一下眉头,接在手里。丁杨追求她的两年里,开始她有些自卑,因为她有过婚史,还带着个三岁的男孩,怕丁杨嫌弃。后来,她发现丁杨虽然有智有谋,网络技术不错,却有些婆婆妈妈,特别是在她面前畏畏缩缩,缺少男子汉气概,令她内心动摇不定。现在,她发现,也许她是错的。丁杨眼里浓得化不开的怜爱,只是对她一个人的;他的婆婆妈妈,也是对她一个人的。

肖可语脱下外套,露出凹凸有致的曲线,然后对着丁杨宛然一笑,将两块铁板似的防弹衣披上去。丁杨似乎得到神示,立马帮着她整理防弹衣,并提着外套,让她两手钻进去。这个情景像极了两年前那个细雨里的中午,她被子弹击中后背,而他挣脱犯罪分子的挟持,在众目睽睽之下,两人紧紧拥抱在一起。

搜捕行动是非常危险的,不仅正面可能有人举枪对着你,还有身后、隐秘的角落,还有流弹。那之后,丁杨每次都要亲手给肖可语披上防弹衣。

第一章 哑谜

罗卫和肖可语下车之后，丁杨的心就一直悬着。他不是担心自己定位准不准，而是担心肖可语，还有参与搜捕的每一位同事。

他重新回到网上，再次调出"隐秘门"程序，捕捉那个突然出现的网络幽灵。他之所以认为幽灵不一定是达一路，是因为幽灵虔诚地坚持数据主义理念，认为网络有着某种难以言传的超自然特性——达一路不懂什么数据主义。不过，这个幽灵又跟达一路一样才华横溢，想象力丰富，而且性格敏感坚定。

但是，数据主义在当下信息技术界十分盛行，就连支队长季亚明和顶头上司高媛都在谈论，甚至用作批评他的武器。因此，达一路会不会接受这个理念也不一定，这不能不让丁杨心生犹疑。

几个星期前，丁杨就发现了幽灵的踪迹。随着对幽灵嫌疑活动调查的逐步深入，丁杨渐渐认定了一件事：以这个幽灵的技术，几乎可以取代达一路。

这就是丁杨不断追踪他，观看他在网络世界里继续求索、探险的原因。丁杨利用"隐秘门"嗅探技术破译了对方更多的文件夹，发现了幽灵的详细信息，通过大数据警务技术分析，他可能就生活在南都，而且是南都闻名遐迩的高新技术区，同时也是国内信息技术和终端研发基地。

那么，幽灵会是基地的技术人员吗？基地有保密规定，技术人员不能随便上互联网，更不能私自开发黑产软件在网上运行。此人却根本无视规定，这就让丁杨陷入了两难境地。追踪一个普通网民对他不存在困难，没有风险，属于工作需要，追踪研发基地的技术员却不行——这里的每个人都像秘密文件一样编了密级，外人不可触碰。

丁杨满脑子疑问，感觉面临着巨大的挑战。而这种挑战又正是他内心里期盼的，它比对付达一路这个角色提升了一个档次——转向现实中一个更高、更难的级别。

丁杨瞥了屏幕一眼，心又沉了下去。哦，不，别再来这个。监测的计算机——他的也一样，又崩溃了。十分钟前才发生过一次，一定是隐藏在"隐秘门"软件中的命令出了问题。

这个程序问题耽搁的时间不长，就是那么一瞬，但对丁杨来说，这是一个重大瑕疵。他已经多次修补这一缺陷，但仍没有解决。就是这一瞬，敏感的黑客一定会发现的。

手机响了，是支队长季亚明打来的："任务完成得怎么样？"

丁杨从后视镜里看到几名特警押着人往警车走去。搜捕已告一个段落，没有响过枪声，大约窝点里的人并不构成威胁。小窝点而已，支队长之前就是这么说的。但丁杨并不这样认为，他在破解密码时，发现一些奇怪的痕迹，感觉里面有大鱼，所以才自告奋勇来了。

他向支队长报告了现场情况，季亚明笑他："没被'多卡宝'劫持吧？"

"多卡宝"是一种用于发送诈骗信息和拨打诈骗电话的工具，是诈骗团伙建立窝点的必备品，没什么技术含量，很容易监测。有些"多卡宝"窝点就是一台破旧的长安或五菱汽车，最危险的就是那个汽车司机——其他没什么，就怕司机驾车撞人。

丁杨觉得这次的"多卡宝"窝点不一般，可以劫持手机应用软件和网页通信信息，只要接听它的通话，个人隐私将全部暴露在它的监视之下！

丁杨没有理会支队长的调侃，将追查到的信息和研判结论发到季亚明的邮箱里，并直接上报省厅，这是季亚明默许的。争论归争论，他对这个下属发现的每条线索都格外重视，凡是涉及外地或者跨界的，都会上报。因此，市局的网侦情报在部、厅相关简报中的采用率也是最高的。

在两人对话时，肖可语走了过来，说："捣毁了一个窝点，收缴了几台仪器，抓获了四个人。但，至少有一个漏网之鱼。"

丁杨等着她说下去，肖可语绕丁杨转了一圈，揉了揉眼睛："罗支追过去了，我们开车到前面路口去等他们。"

担任驾驶员的刑警松开手刹，发动引擎。丁杨扫视了一眼窗外。指挥车正经过一座休闲广场，五彩的灯光下除了广场舞，还有摆地摊的，摊上有衣物、首饰、书籍和零食，还有刀具。一个前臂壮实的汉子在那儿姿势粗蛮地挥舞着菜刀，狠狠地砍向一根猪龙骨，龙骨应声而断，然后刀锋向上，向人群显示它的不卷不钝。

他看着司机打开驾驶窗，向菜刀贩子问了一个问题。菜刀贩子看了看围观的人群，耸耸肩，指了指对面霓虹闪烁的歌舞厅。驾驶员对着歌舞厅东指西指，跟菜刀贩子谈了一会儿，递了一支香烟出去。

广场里的音箱播放着《格桑拉》，声音很大，丁杨坐在车里都觉嘈杂。这首曲子他后来每每听到心里都会难过，因为接下来发生了三件事情，件件扎心。

首先是季亚明在电话里说："我希望你能多发现一些本地的犯罪信息。"

丁杨的心"咯噔"一下，支队长说这话已不是第一次了，里面暗含的批评不言而喻。季亚明接受数据主导侦查理念后，相信通过网络资源的时空分布、网民行为空间规律及环境分析，能够锁定网络犯罪复合空间，从而预测犯罪。

正想着支队长的话，丁杨的笔记本突然黑了屏，他以为像前两次系统崩溃一样，是隐藏在"隐秘门"程序中的命令出了问题。可是这一次，他错了。当电脑再一次恢复运行，他一直追踪的幽灵给他在黑客论坛里的账户发来一行语句，令他心惊。

你盯着我没用，你找不到我，但我知道你是谁。
你虽然是警察，但你玩不过我的……
如果你要玩，我会时刻盯死你。看是你的警用大数据厉害，还是我数据主义者强大。我要剥得你鲜血淋漓。
……

果然如丁杨所料，所谓程序问题，真的是软件落入了幽灵之手，是幽灵在控制他的软件，才致使终端崩溃。他迅速用一个伪装身份追踪过去，幽灵却已经下线，只看到他账户上的个人签名："人是一张网，家是一张网，城是一张网，世界更是一张网，要沉浸其中，必先游离其外。"

丁杨正在寻找对方的 IP 地址，这时，车外响起了枪声。

指挥车"嘎"地刹住。丁杨来不及追问司机是怎么回事，就看到不到十米外的路基上倒着一个女人，是肖可语。他迅速打开车门，像一只慌乱而无畏的鸟，飘落在肖可语身边。肖可语没事，她只是做了一个卧倒动作，躲避子弹。司机见状，赶忙扔过来两顶钢盔。

肖可语手里的对讲机传来罗卫的指令："各队注意，十点钟方向，缩小包围圈，行动！"

丁杨拉着肖可语靠向墙壁，一个女人从十点方向的巷道里走出来。躲在对面的司机急忙冲他们喊："趴下！趴下！"

肖可语的注意力集中在女人背后的巷道口。女人一副人畜无害的模样，不慌不忙地走过来，双手藏在宽大的外套里。

"站住！"司机又冲女人喊道。女人仍然大踏步走来，把外套敞

第一章　哑谜

开给司机看。但外套冒出了火光，司机倒下之前，手中的枪也响了，女人和司机几乎同时倒地。她背后藏着一个矮子，矮子的枪口对准了肖可语。

丁杨迅速将肖可语掩在身后，避开矮子的枪口。风急促地吹着，吹进了他的骨头里，他整个身体突然腾空而起，将矮子掀翻在地，手枪脱手而去。

巷道里又有枪声传来，但只有寥落几声，随后，一群特警押着一个面皮青黄的青年走了出来。丁杨按住矮子，肖可语跑到司机身边。万幸，子弹只打在司机的肩胛上，血流了一身，但性命无碍。司机坐起来，眼望着天空，故作豪迈地说："离马革裹尸远着呢！"

这次抓捕，总的来说是成功的。最大的变数是那个矮子，他带着面皮青黄的青年逃出窝点，躲进巷道里，眼见被特警包围又窜进一处民居，想要挟持女人从后门逃走，没想到碰上了丁杨等三个随后赶来的警察。

女人出现的巷道虽然没有灯光，但她外套敞开时，丁杨看到了她一瞬间的凄惶。他心里悸动了一下，迅速扑过去。枪响了，一切都如他所料。撂倒矮子，丁杨觉得季亚明在他身上下的血本没有白费——他没有想到，因为他喜欢出现场，支队长把他赶去参加警体训练的成效在此时得以发挥。

特警将矮子押走后，丁杨扶起肖可语，感觉到她因发生枪战和有人受伤而不停地颤抖。

"你还好吗？"丁杨轻声问，他怕肖可语反感——肖可语从不在他面前表现出柔弱——却又忍不住怜惜。肖可语深深地望了他一眼，暖意钻进她的胸腔，她随即露出了微笑，说："我没事，咱们上车吧。"

罗卫已经在车上，正在打电话报告战况。《格桑拉》还在广场的扬声器里砰砰地奏响着，扰得罗卫的手机里只有一片"喂喂"声。丁杨回到电脑前，肖可语像灵猫似的依偎在旁边，低垂着美丽的头，看他拨打支队长的手机。

罗卫安排人对面皮青黄的青年和矮子展开就地审讯，基本情况已摸清。落网的矮子是当地一霸，面皮青黄的青年是一名黑客，诈骗窝点就是他们建立的。那个面皮青黄的青年还是南都"诈骗者天堂"的一条漏网之鱼。丁杨将情况汇报给季亚明，支队长好好表扬了他一顿，并说："还真如你所料，这个窝点也跟'诈骗者天堂'有关系！"

指挥车换了个司机，急速往回开。丁杨说："说不定我追踪的那个幽灵就躲在南都。"

"你小子别尽想着好事情。"

"诈骗者天堂"是指南都的一个小镇，在南都的远郊，跟高新技术区相邻。那里有人专门提供技术服务、支付通道、网络推广，有人干着"背包客"的生意，有人专门提供四件套（银行卡、身份证、手机卡、U盾），供诈骗窝点洗钱。公安部及省公安厅相继召开会议，部署打击整治电信网络新型违法犯罪专项行动。但诈骗团伙狡兔三窟，为转移警方注意力，他们在内地大力发展"下线"，多处设置窝点，且保持相当密集的更换频率。

面皮青黄的青年交代，汉洲窝点是他们发展的"下线"之一。如果不是公安部指导，丁杨及时找到网络诈骗信号，诈骗分子"捞一把"就撤，根本难以打击。

丁杨对这个窝点的软件进行了分析，发现幽灵的技术"更上一层楼"，特别是加装的"嗅探"软件，可以读取手机短信，再通过短信内容锁定账户信息。因此，丁杨向支队长季亚明建议，派出工作组赴"诈骗者天堂"小镇，撒网调查，摸排网络诈骗犯罪规律。

这个建议季亚明采纳了一半。他将丁杨的话当成情报信息报给了省厅。他也有难处啊，人手紧缺，如果把丁杨派出去，家里唱空城计，工作还怎么开展呢？他给丁杨的理由是数据主导侦查，电信网络犯罪重点在网络，只要盯住网上的犯罪数据，跟实地调查一样。

丁杨耸了耸肩，明白支队长的难处。接着，季亚明说："抓紧回来，上级有新的指令。"

挂了电话，他看到黑客论坛又一闪一闪的。"……要沉浸其中，必先游离其外。"一个哑谜似的句子再次浮现出来。他叹了口气，觉得这句话充满了未知和妖气，让他心神不宁。

二

黄昏时分，快节奏的南都喧嚣依旧，只是融合了更多的享乐和休闲。

将女友送去跟朋友聚会后，达一路如同一只猫头鹰，打过鸡血似的蹭到电脑面前。风将粉紫色的窗帘吹起，过了一会儿，他快速地敲了一下回车键，似乎一切都尘埃落定。他很久没有动作，只看着屏幕上的数据像泉水一样流淌，一项最新技术在电脑里生成。利用这项技术编制的软件，取得了超出他预想的巨大成功——竟然发现了5G通信协议的漏洞！

利用这个漏洞，他的软件可以劫持手机应用和网页通信，读取接听过电话的任何手机里的所有内存，进而锁定账户信息，实施盗刷。

达一路的手机发出婉转的"叮咚"声，与此同时，他内存强大的笔记本电脑铺开一片蓝色的海面，一个图标像珊瑚礁似的冒出来。他将鼠标叠加在图标上，右手食指轻轻一点。

简简单单的一个动作，竟然化为上百万条射线，无所不指，无所不容，霸道到极点，如同一轮黑日爆空而出，不仅隐藏了自身所有的特定设备和网络环境，而且攻击范围覆盖了其所在的基站内的全部网络终端，功能远超原来的"多卡宝"。如果说，以前的"多卡宝"像对讲机，工作时必须发射信号，警方可以锁定位置，那么利用这个漏洞发起的攻击就像收音机，警方无法通过技术手段确定攻击者的位置和身份。

更关键的是，以前的"多卡宝"只能发送短信，而利用这个漏洞，软件不仅可以向网络终端发送短信，还可以发送图片、视频等多媒体消息，所能集合的资源更多，也可以冒充其他用户向外发送数据……

达一路抬起头来，一双深邃的眸子充满沧桑之感，同时还有些迷茫，心里有山崩海啸的声音爆发而出，放眼翻滚的夜色，好像看到了起伏与进击的闪电。

可是，当他要用漏洞发起攻击时，发现它只抓住闪电的结尾，眼前仍是一片黑云。

攻击力太短促了，他面对的挑战可不是这闪电掠过的瞬间能解决的。

他起身转了一圈，将编制的几个软件共同升级，催动到极致，无尽的源代码符号在不断地湮灭和新生，好似花开花落，蕴含了智能至理，辐射面更宽更广了，仿佛与整个网络世界产生了奇妙的共振。他坚定了信心，深切地感受到算法的力量。

市公安局大楼像夜色里一把出鞘的剑，灯光闪亮，比白天少了

第一章 哑 谜

一份喧嚣，却更多了一份神秘。走进拱状门厅，丁杨感到周围都轻轻地回响着隐秘交谈的声音。对面伟人雕像依然面带微笑，左侧巨大的电子屏日夜不停地闪烁着总书记对公安队伍的总要求：对党忠诚，服务人民，执法公正，纪律严明。右侧摆着一排宣传展板，是近期全市公安机关扫黑除恶、销枪剿毒、新时代县域警务等工作取得的成绩，供外来的单位和群众参观交流。

"晚上好，丁警官。"保安微笑着跟丁杨打招呼。

丁杨拿出自己的密钥卡，也报以微笑。

"你悟性真高，丁警官。"保安说，"经过这么半年的警体训练，竟然已经找到了体质的'域'，身体几乎全打开了。"

"域？"丁杨疑惑地问。

"对，就像练武达到化境的状态。"保安说，"特战兵训练就最讲究这个。"

丁杨一脸迷惑，却十分好奇。这个保安曾是一个特战兵，曾经历过非常艰苦的训练，退伍进公安局当了保安，经常把自己在部队训练的那一套挂在嘴边，还像个面试官似的对经过他身边的每个民辅警是否有训练潜质做评判，仿佛自己掌握着什么宇宙奥秘。

当然，他说的'域'，也有一定道理。在极限训练中，重要的不是肉体，而是心灵的强韧程度。重点在于集中、专注和协调，在于找到内在的自我，自我融化，直至只剩一个动作、一个目标，便可以在倾盆大雨中趴在泥地里匍匐前进，因为已经感觉不到行囊的重量、尖刺般的冷雨，闻不到泥巴的味道，不会去想昨晚只睡了两个小时，今早跑了十多公里，或者是刚刚完成的两百次俯卧撑加仰卧起坐，只想到眼前要挺进的那一寸距离，接着是下一寸。

世界变得万分简单，这就是化境。

进入了这种境域，你什么都做得到。

丁杨无谓地摇了摇头，也许自己永远无法找到那个"域"。但那个"域"很重要，不仅对于警体训练，在网络技术、侦查谋略方面，何尝不需要运用自如、臻于化境的状态——警务大数据的深度应用更需要达到这种境界。

他的思绪又绕回到黑客论坛里。老实说，他对那段突然冒出的语句很在意，他感觉那句话里的"网"似乎跟"域"有异曲同工之妙，只是他还不太理解。他第一次感受到了挑衅，一种无法左右的挑战。

丁杨才28岁，英俊的面容上还没有一丝皱纹，浓黑的头发没有一丝脱落的迹象，即使眼角有些鱼尾纹也不是很深，那只是给人一种沧桑和忧虑的感觉。对他来说，时光刚从地平线上铺开，过去的磨难只是黎明前的黑暗。他参加公安工作五年，已有数次跟一级通缉令上的犯罪黑客面对面交锋的经历。他赢了，赢得国家级网络侦察专家称号。

他是个容易相处的人，他自己心里很清楚，虽然他不太与人交往，那是幼年受过创伤的原因。在他初中的时候，父亲就被害了，后来得知，父亲虽不是警察，却干了很多警察的活，是因为多次举报犯罪而遭到报复杀害的。

后来，母亲带着他东躲西藏，逢人先辨忠与奸，开口必带三分笑。他在那几年里学会了与陌生人沟通，内心变得镇定、坚决，却更少言寡语，眼神像两口深不可测的井。

由于居无定所，大部分时间在网吧里混，他自学成才的黑客技术竟然打出了名声，歪打正着地成了一名网络警察。他的工作就是整日里趴在网上，从一家服务器辗转到另一家服务器，检查搜索各个服务器里的非法信息和违法操作，每年关停几十家网站和数百张网页。

然而，一起网络诈骗案件几乎改变了他的人生。就在那起案件中，他碰到了那个令他无法释怀的黑客——刻意以恶对恶、报复社会的达一路。首先，他与达一路演绎了一出惊天的对手戏，从雁南省追到雁北省，侦破了一起系列杀人案，追回上亿诈骗资金。

但达一路的智商确实很高，而且懂得神奇的变脸技巧，竟然在围捕中躲过视频监控脱逃了，这几乎让丁杨陷入梦魇之中……

他也就是在这起案件中认识了肖可语。

肖可语是一个传统女警，没有接触过网络科技，但她坚强、独立、聪明，又温柔可人，他喜欢这样的肖可语，而且感觉她是唯一了解他的女人，了解他内心深处的痛，更清楚他无论遭受多少不幸，依然坚信美好；理解他乐观而积极的玩笑里暗含的情谊，他的话里没有一个爱字，但潜藏着强烈的感情。

但是，因为达一路的脱逃，他跟肖可语的婚期一拖再拖。达一路这个黑客像梦魇一般，始终惊扰着他，成了他跟肖可语一个共同的心结。

丁杨走进电梯，心不在焉地凝视着楼层数字跳动。但电梯在不是他要去的楼层停下来，他实在想不到午夜过后还有谁会在这里。

打开的电梯门露出一张圆润和气的脸，与电梯门同时张开的嘴唇里吐出一句："果然是你！"是高媛。她冲他微微一笑，接着说道："祝你心想事成。"接着，她将一本密封的案卷递到他手里，转身又走了出去。

丁杨还没醒过神来，便被高媛引领着，穿梭在迷宫似的走廊里。别看在这里五年了，但面对这庞大的运转系统，他还是感到有些敬畏，这让他很震惊。除了培训和监管两个中心，汉洲公安机关的所有部门都在这栋楼里办公，每天在这里进出的警察上千名，但能在这个楼层活动的警察只有几十人。

在别的同行眼里，这层楼就像一个幽邃的绝密基地，建立并养护着一座令人震惊的最前沿的技术宝库：电子情报拦截装置、卫星定位技术、通信产品中的高端芯片追踪，以及侦察网络、Y库系统和技术支撑实验室。

丁杨在这里做的是网络情报分析员的工作。这些情报不仅关系到汉洲一地，更是牵涉全国一盘棋。事实证明，丁杨在这方面很有天赋。这得益于父亲死后那些年，跟着母亲东躲西藏时，对社会与人性的剖析和理解。

他每天从网络上收集信息，并追踪信息发生的源头，对信息进行仔细筛选，判断哪些信息与违法犯罪有关，然后写成情报发送给本级领导及上级主管部门，丁杨对这一工作兢兢业业。用支队长季亚明的话说，丁杨是"出成绩并在上级争创第一的尖刀"。

尽管这项工作难度不小，且每天要工作很长时间，但对丁杨来说却像是枚荣誉勋章，是一种体现存在感的方式。而且，他是季亚明想尽办法特招进来的，当时有不少非议，他不能让支队长再承受那份压力。

季亚明不像个技术干部。高大威猛，相貌堂堂，有着古铜色的皮肤、令人胆怯的面孔和锐利的目光。他的双眼精光外露，像是一场过境的风暴。

然而，对在手下工作的民警来说，季亚明是富有亲和力的人。他朴素的人生哲学在公安局是有名的。他无声无息，兢兢业业，加上常年一身便装，大家送给他一个绰号，叫"武观音"。季亚明是出色的谋略家和效率的楷模，他以无与伦比的清醒，管理着他的这方天地。他的座右铭是：深入预测，立即执行。

丁杨到达支队长办公室时，季亚明正在半明半暗的光线里打电话，听口气，显然是在跟北京的某个人讨价还价。挂了电话，季亚明招手让丁杨进去:"小丁,请坐。"

"谢谢,季支。"丁杨坐了下来。

尽管季亚明身边的人觉得他亲和率直可以随便,但丁杨一直都很敬畏他。他太壮实了,丁杨在他面前就像一根麻秆。

季亚明摘下眼镜,转身将那块暗红的窗帘拉拢,盯着丁杨说:"小丁,公安部的网络侦查专员到了省城,一个钟头前打电话给我,提到了你。"

丁杨没有作声,而是变换了一下坐姿。支队长一向在属下面前从不遮遮掩掩,但今天语气格外凝重,没有接着说下去。丁杨不得不问:"是不是我提供的情报有问题?"

"恰恰相反,公安部领导认为你的研判很有见地。"

丁杨轻轻地呼出一口气:"那他要干什么?"

"要见你,让你连夜过去。"

"连夜?"丁杨不安起来,"现在已经是半夜了,什么事?"

季亚明望着他,意犹未尽地说:"可能会如你所愿了。"

丁杨还是闹不明白。他曾建议汉洲跟南都等地联手侦查网络犯罪案件,可没想会惊动公安部,让领导亲自召见,或者调到公安部去。他还有母亲在汉洲呢!

季亚明站起身,在窗前踱着步子:"会不会离开汉洲还不知道,但他要亲自跟你谈,他预订了明天下午的飞机。"

丁杨皱了眉。越级跟领导谈工作倒没什么让人紧张的,可是支队长脸上那关爱的神情却让他着急,他惴惴不安道:"您有什么想法?"

"我也不知道发生了什么事。"季亚明表现出少有的激动,"侦查专员似乎尚在考虑。你以前提供的情报显然引起了他的注意,可能触动了某个保密部门。我刚才跟上级沟通过,没人知道专员此行的目的。"

丁杨更加不安起来:"你怀疑我捅了马蜂窝?"

"现在下结论还为时过早,毕竟网络安全十分敏感,或许有其他原因。"

丁杨无声地笑了,这是典型的季亚明式答复。他意识到,支队长对侦查活动的理解总是上升到政治层面。季亚明经常说,目前,网络犯罪已经跟国家安全和全球恐怖活动勾结在一起,不懂得全球政治风云,不理解错综复杂的国际形势,没法儿干好网络安全工作。也许,这就是丁杨眼下面临的考验。

"他会不会让我停止对南都那个未知黑客的追踪?"

"不至于,那样的话,只需要一个指令。你是国家反电信网络犯罪中心的特聘专家,需要的话,他们也可以直接给你打电话。如果仅仅是开展侦查或者停止侦查方面的事情,他不会亲临。毫无疑问,他们清楚汉洲当前严峻的网络犯罪形势。"

季亚明总为汉洲打击网络犯罪没有排进全国前列而感到窘迫、忧心。

丁杨隐约感到一丝凉意。支队长的第六感往往没错,这很不可思议:"或者是我不小心,搅进了某个不可告人的阴谋里,上级在万般无奈的情况下要让我为此闭嘴?"

"侦查专员要求我对你最近呈报的全部情报进行封存,纸质档案以密件的形式让你带过去。我感觉有些蹊跷,那些情报我都看过,当然有价值——否则不会上报,可无论如何,也不像是有什么重大机密的样子。"

"那也不一定,或许我拿的真是一颗重磅炸弹。"丁杨开玩笑地说。

季亚明对这个玩笑并不感兴趣。他严肃地看着丁杨说:"给你一句忠告，如果你跟侦查专员的意见相左，服从命令永远是第一位的。"

"一定！"丁杨狡黠地笑了笑，"我绝对不会跟专员争吵的。"

"是的，不能。"季亚明说，"如果不可避免，就让我去跟上级解释。"

季亚明的话很低沉，使丁杨想起了支队长被称作"武观音"的另一个原因——别看他身材高大，要是与人产生矛盾，他一定是那个和事佬。

"在这个问题上，我的处理很简单。"季亚明说，"我有责任保护每一个跟我工作的人，只要是为了工作，不违背原则，我会一力承担的。"

"谢谢您，季支。"丁杨从支队长的身上感受到一种关爱的气息，这正是他曾经从父亲那儿感受到的。"我是不是这就出发？"

"车已经安排好了。"季亚明指了指门口，高媛推门走了进来。

三

当下信息传播真是快捷。秋意浓了，秋风灌进达一路的身体，这让他有一种神一般的感觉，世界上无论哪个地方发生事情，也无论相隔多远，他都能第一时间获取消息。

汉洲这事不算好消息，但也不算坏消息。达一路盯着黑客论坛，有人发布了图片，有人发布了视频，还有人发布了大段文字说明，都在闹闹嚷嚷地说着汉洲发生的一起枪击案件。他看着图片里躺在地上的矮子——那只不过是个抛出去的工具。还有胸口鲜血飞溅的女人，那女人侧仰着，镜头落在上半身，大半边脸正对着达一路，含冤无助的眼珠可怕的外突……仿佛是一出绝妙的悲剧设计。

这一切都够警方喝一壶的。

无论是因为什么，一旦枪战造成无辜群众伤亡，警方都难辞其咎，必然会产生负面舆情。网络如此发达，幕后推手会将它们添油加醋、精心加工后粘贴到所有的网站焦点、手机热点里，不出几分钟，就能上热搜，某些国际媒体甚至会将它披上"人权"的羊皮。

他懒洋洋地将女人的照片点击生成原图，保存，拖动鼠标，移进一个对话窗口。他得意地笑了笑，一个小时前，他发送的挑衅信息还没有回复，但他相信一定会回复的，特别是看到这张图片之后。

他想象对方看到照片后的表情：目瞪口呆，不可置信，如遭重击。

果然，达一路正想着，那个对话窗有了回应："你是谁？"

"别问我是谁，答案需要你自己去追寻。"他敲着键盘，"这张图片算我送你的一份大礼。"

"你想干什么？"

"我不喜欢回答问题，我喜欢自己解决问题的人。你对我感兴趣，你就来追啊！"

达一路明白，他越是释放出更多的信息，比如女人图片、说话风格等等，对方会越发紧张，越发不知所云。这张图不具有任何保密性，很快会出现在公共网站里，而所谓的说话风格，没有一个准确的解释，更加囫囵。

"你是个胆小鬼，不敢回答我的问题。"

"你还抓不住问题的关键吗？看来是我高看了你。"

"敢挑战，却不敢透露身份，不是胆怯，是什么？"对方不上钩。

第一章 哑 谜

"呵呵,要想知道我的身份就看你的追踪水平了。"达一路反唇相讥,"何况,网上存知己,线下若比邻。"

没有回复。达一路相信对方一定在追踪他的IP,但他已经将自己的聊天信息放进通信协议漏洞里,黑客论坛的显示只是一种嫁接——这也是他挑战对方的内容之一,如果对方能找得到它的发送地,说明他的软件还有待改进。

"无聊!"对方直接放弃。

"我想你以为我的图片来自网站。"达一路写道,"你错了。如果你不相信,我可以发送一系列同类的图片给你。不过,我不仅是想吸引你的注意力,我是要挑战你。如果你不应战,还会死更多的人。"

"我连你是谁都不知道,怎么应战?"

"请原谅,我高估了你的智商,那你就等着收尸吧!剧透一下,地点不一定在汉洲,你会从中感受到潮汐定律。"

这句话发送出去,达一路关闭了电脑,长长地吁了一口气。威胁的钓饵放出去了,他既慌乱又兴奋,想象着钓上大鱼的紧张和刺激。

警车尖啸着冲入清晨的省城,丁杨从睡梦中醒来,看着路边忽闪而过的路标,意识到警车正朝着完全错误的方向行驶。

他脑海里迅速闪过一丝疑虑,对着坐在前排的高媛大声喊:"高大队长,你走错路口了吧?"他的声音在封闭车厢里嗡嗡作响,"这不是去省公安厅的路。"

他的顶头上司摇了摇头:"放心,不会错的。"

丁杨努力回想当时季亚明是否特别提到省公安厅,难道是他自己在想当然?"侦查专员不在省公安厅,会在哪儿呢?"

"一个更机密的地方。"

"机密？"

"当然不会待在宾馆里。"

丁杨俯身过去看她。他最近似乎失去了高媛的信任，近段时间，她好像总跟他不对付。

"这可不是大数据警务跟数据主义的争论，需要直奔目的。"

高媛没有回答。

不到五分钟，警车越过了省城会展中心。高媛指了指不远处的一栋大楼，让司机向左转弯，丁杨看到一栋跟省公安厅刑事技术楼差不多模样的建筑。警车从那栋建筑绕过去，丁杨认出了那个地方，楼顶的警徽和蓝色的围墙是很好的线索。即使还不够，围墙尽头铁闸门口挂着的丝毫不显眼的门牌已经出现，就横在警车的前面：省国家安全局。

网络侦查专员待在安全局？这没道理呀！

高媛下了车，拿出一张纸递进传达室里，里面递出一本登记册，高媛掏出笔工工整整地填写了一会儿。铁闸门开了，警车继续往里开。

丁杨俯身望着高媛，思忖着上司是不是在开玩笑："专员昨晚睡在这里？"

高媛看上去非常严肃："他跟我们一样，只要工作需要，哪儿都可以休息。"

他被送到了省国家安全局，似乎一切都印证了他的担心。

"你们是汉洲来的吧？"一位身着黑色西服的工作人员出现在警车旁边，拉开后座的车门，"请丁杨同志跟我来，其他同志可以回去了。"

丁杨走下警车，抬头望着晨光里的大楼。汉洲国家安全局他都

第一章 哑谜

从未进去过,更不用说这里了,在他的心目中,这个部门及这个部门里的每一个工作人员都充满了神秘感,令人望而生畏。

走进大门时,丁杨发觉那名工作人员紧跟在身后,催促他往右走。那里并排两台电梯,一台电梯门开着,门口站着一个同样穿着黑色西服的人,是专门在那儿等着的。丁杨朝明亮的通道走去,感到自信正从身上一点点消失,这让他的心里很不踏实。

"放松点,丁杨。这只不过是一个跟公安一样的部门。"丁杨跟自己说。

出电梯门时,那名工作人员礼貌地推了他一把,然后将他领进一个狭窄得令人惊讶的走廊。他们向左一拐,走了几步,进入一个宽敞的房间,好像刚揭开一个谜团,眼前豁然开朗。丁杨进入的似乎是一间五星级宾馆的总统套房。

"请等一下。"那名工作人员说完就不见了。

丁杨独自一人站在宽大的客厅里,沙发、躺椅、皮凳有十几个,但他不敢坐。里面的茶具应有尽有,烧好的开水正冒着热气,但他没动。在摸清底细前,他决定静观其变。

室内的装饰无可挑剔。一张小小的红木会议桌,周围是皮座红木椅,抛光落地灯立在褐红真皮沙发的旁边,红木小吧台上摆放着手工水晶玻璃器皿。

可想而知,室内设计师精心设计出的这个客厅是要给客人们一种"宁静且井然有序的感觉"。虽然这样,宁静感却是丁杨此刻最无法体会的。他脑子里唯一想的是,曾有什么样的大人物坐在这个房间,商谈着什么样的机密。

"请坐,别太拘束。"身后响起了一个低沉的声音。

丁杨吓了一跳,一个转身几乎把皮椅撞翻在地。他笨拙地想要扶起那根凳子,扭头发现一个中年男人正抬头看着他,脸上露出愉快的笑容。

"这个可有点像古时女性行的万福礼，警察可不兴这个。"

来人亲和有度，目光锐利，可个头不高，体格单薄，肩膀瘦削，脸上长着色斑，戴着一副双光眼镜，头发稀疏并显斑白。但是，他那毫不起眼的外表跟他身上蕴含的气度形成了鲜明对照。那份智慧、坚定和自信，令人一见之下便有种服膺感。

"我叫张超，公安部网络侦查专员，很高兴你能及时赶来。"那人说着，伸出手来跟丁杨握手。他的手温暖而有力。

丁杨忍着沙哑的嗓音，说道："这是应该的。张专员，有机会见您，我很荣幸。"

张超向他露出一个亲切的笑容，丁杨此时亲身感受到了赫赫有名的专员的亲和力。他怎么也没有想到令电信网络犯罪分子闻风丧胆的专员长着一张漫画家喜爱的随和脸孔，甚至连画家都不一定能表现出此人自然而然流露的友善而亲切的笑容。他的目光总是饱含着真诚和高尚的气质。

"请坐吧，"张超专员以一种愉快的口气说道，"我为你泡一包国安局的好茶。"

"谢谢您，张专员。"

张超按下泡茶热水器，手法娴熟地拿起茶具，整整齐齐地一字摆开。

丁杨不禁注意到，对于一个整天待在网络上、工作十分忙碌的人来说，他显得过分闲适且放松了。

他的穿着很正经——靛蓝西装、红黄间色的领带，好像正要参加董事会议。

丁杨试着进入正题："张专员这是要赶飞机吗？"

"不。刚打了一场球，换下了便服。想着要见一位专家，不敢太随便,但出门在外,衣服带得太少,只得穿成这样子。"

丁杨见他半开玩笑半当真地说话,也坐正了身子:"那这是一场正式的谈话啰?"

"当然,让你辛苦半夜赶过来,没正经事可不敢劳驾你。"顿了一下,专员又粲然一笑,"小丁,你也不用太紧张。我想,咱们的业务都在线上,要紧张,也要活泼,我们所需要的可不仅仅是西装。"

专员的坦率和幽默很快消除了丁杨的紧张感。专员在人际交往上的老练大大地弥补了他在体型上的不足。交际是跟人打交道的能力,而这个侦查专员的禀赋在这方面也很突出。

"您一个人出差吗,张专员?"

他点了点头:"实际上,其他人已经回京了,我这是专门等你。"

丁杨很惊讶。他的情报都是直报公安部、公安厅的,并没有跟国安部门有关的信息。显然专员是在国安部门办完事后,直接联系他的。

"接下来要看你的了,"张专员说,"部里对你提供的情报进行了专题研究,指示我在这里跟你见面,拿出具体方案。"

"我做错什么了吗?"

"恰好相反。我要代表部领导向你表达谢意,小丁。网络犯罪是部里当下的工作重心,而且你我二人在这方面曾有过协作,每一次都很成功。"

"非常感谢您的信任,张专员。"

"看起来你对我还不太了解,我们没有理由不加深这份了解。"

丁杨脑海里闪现出季亚明午夜里跟他交代时的情形,心想这不是了解的问题。而且,张超特地等在这里,郑重其事的模样,肯定不仅仅是为了加深了解。

丁杨在长沙发的右侧坐下，料想张超专员会坐在对面的茶台高椅上，让他仰视。谁知专员并没有那么做，而是绕过高椅，坐在他的左侧。

亲切关系，丁杨意识到，真是人际关系专家。

"呃，小丁，"张超在沙发上坐下来，露出淡得像烟一样的神情，疲倦地叹了口气："我想你一定很困惑。为什么现在坐在这儿，我说得对吗？"

丁杨的戒心随着侦查专员话音里流露出的直率渐渐消除了，怅然地靠在沙发背上，说："的确如此，张专员，我有些困惑。"

张超一直在边上看着丁杨，脸上慢慢地浮起笑意："好极了，我一直认为你是一个十分聪明、清醒的人。"

"那是在有明确指示的情况之下。"

张超又欣然一笑。

这时，响起一阵轻轻的敲门声。刚才带丁杨上来的黑西装工作人员走了进来，他手里拿着一个机票封。照专员的吩咐，他把机票放在离丁杨很远的茶桌上就出去了。

张超什么都没说，端起一杯茶递到丁杨手里。

"谢谢。"丁杨品味着这浓郁的香醇——公安部网络侦查专员亲自泡的茶。

张超先自品了一口："这可是货真价实的狮峰西湖龙井，第一名茶，仅存的几棵古树上的、小小的奢侈品。"

丁杨啜了一口茶水，这是他品尝过的最美味的茶。

"时间紧迫，"张超专员说，"我们言归正传。"他抬眼看着丁杨，"我想季亚明肯定告诫过你，如果仅仅是开展侦查或者停止侦查方面的事情，我没必要这么急着把你招来，你是特聘专家，有事

第一章 哑谜

可以发传真,或者打一个电话。"

"是的,张专员,这几乎是他的原话。"

张超笑出了声:"他总是想得如此通达。"

"这么说他说错了?"

"他当然错了。"张超笑道,"不过,他这种将问题往深处想的方法没错。有些话我不能在电话里说,甚至这时也不会跟你说,但我的确有任务给你。"

张超微微顿了顿,不待丁杨开口,直接拿出一袋厚厚的案卷,卷首印着一个大大的红色密字。这个红字给了丁杨一份焦虑心情,但张超似乎丝毫没有觉察,直接打开卷宗,开始介绍起来。

案件源自南都。这座城市处于科技前沿,经济发达,同时也是电信网络诈骗犯罪的重灾区。近年来,在离大湾区蓝晶科技园不远的郊区某小镇,各类电信诈骗,包括海盗病毒、垃圾邮件、信用卡盗用、售药联盟、僵尸网络、色情网站等活动频繁,因此损失钱财或私密信息被盗的受害者超百万,许多公司遭到勒索。

该镇邻近高新技术区,网络人才扎堆,黑灰产业繁荣,故被称为"诈骗者天堂"。

南都警方多次进行专案打击,抓获黑客及话务员等诈骗犯罪嫌疑人数百名,摧毁了专为诈骗犯罪提供域名的服务器,十几家注册域名从网上删除,但无论如何打击就是无法断根。没有本地域名,境外域名同样在境内设立服务器,警方甚至怀疑,网络诈骗嫌疑人不再依赖服务器,而是通过某种软件进行攻击,并控制受害人的电脑或手机。这种控制只是让网络运行慢了十秒钟而已,显示这背后由顶级黑客操控。

丁杨笃定地翻着案卷,心里猛跳了跳,他想起了自己侦查发现的那个黑客,问:"这个顶级黑客既然发起了攻击,就没有留下丝毫痕迹？"

侦查专员耸了耸肩，接着说："你说中了。他不仅来无踪去无影，还在地下论坛里发起挑衅，扬言要招募数百名同行黑客，攻击南都所有公司的财务数据，然后实施勒索。南都警方将这个情况报到国家反电诈中心，我们进行了专题研究，结合你最近提供的情况，决定派你过去协助侦查。"

张专员的话在空气中萦绕了一会儿，丁杨才明白过来。

要派他去南都？可他的发现跟南都的结论截然不同，所谓"闪变"是他以前在对达一路的追踪中发现的黑产软件，并非他最近情报中说的"通信协议漏洞"。而且"通信协议漏洞"涉及5G和6G，目前6G还在研制中，他的发现是否准确还未得到印证。

丁杨看了看桌上的那张机票，说："目前科技发展很快，网络黑产层出不穷，我的情报分析可能滞后……"

"不，你有关'通信协议漏洞'的情报我看了，正符合当前形势。不仅是5G，对于正在研发的6G，这个漏洞依然存在。但我要跟你说的不仅是'通信协议漏洞'。"张超说，"目前网络犯罪已经国际化，不仅是国内，还涉及国际犯罪团伙。还有，目的不仅在于侵财，这也是我在这里见你的原因。"

丁杨将信将疑地注视着他，不解地问："你是说要更多地考虑国际因素？"

"正有此意。"张超啜了一口热茶，微笑道，"不过，我们请你解决的是国内问题。"他迟疑了一下，向丁杨凑过来，"对外的事务有人配合你。"

这时，丁杨感觉张超审视着他的每一个举动，似乎他头发丝在风中稍稍颤动，都逃不过张超的眼睛，或者说就像一个猎手想要预测他的猎物是要逃跑还是要反击似的。当然，张超的担心是多余的，丁杨意识到自己责无旁贷。

"我想，"张超又端起茶杯，说道，"你知道有个重大国产替代工程坐落在南都吧？"

丁杨点点头："我想你刚才已经提到过，蓝晶科技园。"

"具体的我就不多说了，"张超将茶一口喝干，"最近发生的系列涉及网络犯罪案件都在科技园附近，甚至在科技园里。"

丁杨面上依然沉稳，心里却感觉如坠五里云雾。如果科技园出问题，直接从里面着手就行，不是吗？当地公安部门就有这个能力。

"我的情报可没有园区的任何信息。"丁杨说，"我一点儿也没有关注过。"

"这不关园区什么事，我从你的情报里分析得出可能外面有人打科技园的主意。"

丁杨的手心有些冒汗。他觉得张超一定另外有一双眼睛，敏锐地看到了隐伏潜行的事情。他疑惑地问："我的情报？"

"是的，"张超说，"所以这事得你去处理，还要保密。"

"园区应该能处理好自身的安全问题，况且还有南都市公安局。我手里还有……"

丁杨想说说那个在黑客论坛里给他发送挑战信息的人，说说达一路，却被张超打断："我知道，你手里有案子。但这事很重要，南都方面根本没有察觉，我也不想让他们先入为主，避免打草惊蛇，以防出现更多、更严峻的问题。所以，让你代表公安部前去指导督办电信网络犯罪案件，顺便利用你的技术优势摸摸底。"

丁杨心中顿觉不安。他不确定自己有没有正确理解张超的话。如果他的理解正确，他的任务可能不仅是"摸底"而已，而是与"间谍"无异。他想知道，有关"请你解决的是国内问题"到底是什么问题？"有目标吗？"他问。

"线索仅来自你的情报，接下来会发生什么，就要看你的了。"张超突然神秘地说，"小丁，假如我告诉你，南都科技园刚刚创造了一项具有重大科技创新意义的发明……具有震撼国际的重大意义……你会怎么想？"

丁杨想不出来。

"那就是你接下来要做的。"专员说着，他从卷宗里抽出一张函件说，"这是抽调函，一份我已经发给汉洲市局，这份你带着去南都，他们会照顾好你。听说你正在热恋中，家里还有其他困难吗？"

困难倒没什么，放下面对的挑战、放弃追踪达一路才是真正的问题，丁杨想。

他看着张超，专员没有回应他的注视，目光转向窗外，真正的秋天正在赶来，白色和黄色的桂花竞相绽放。丁杨将案卷抓在手里，沉甸甸地压得他手都抬不起来。

"这是我们的机票。"张超说，"那我们这就去机场，一个往南，一个往北。"

丁杨点了点头。机票都早订好了，说明此次任务责任重大，一切都成定论。季亚明说过，服从命令永远是第一位的，他还能说什么呢？

他想起昨晚电脑几次黑屏，以及他黑客论坛用户名下爆出的那一行行令人惊心的语句。如果他告诉张超这一切，张超会做何反应呢？

张超提起行李道："走吧，今天好像是中秋节，有人在机场等着跟你赏月呢！"

第一章 哑谜

四

中秋节前一天的夜晚，邓敏对她跟闺蜜们的聚会充满期待。

等不及下班，她便化好妆，给男友回复了一个信息。对了，她的这份期待也跟男友有关。自几个月前认识现任男友，她像云霞一样，飘到了天上。心思高了，姿态便显得低调些。因此，她早早地驾着男友送的保时捷敞篷汽车，来到临海的怡莎餐厅。

顾杏和乔曼儿是一起来的，同乘乔曼儿的奥迪A3。邓敏感觉A3有着丑小鸭气质，空间狭窄，流线笨拙，虽说专为女性设计，却谈不上温婉闺秀，对个头超过一米七的她们来说，伸腿、挺腰都有些不便。

看着她俩一起进了餐厅，邓敏的心情很复杂。她与男友同居和买车的事对她们是保密的，所以才独自驾车先到，而她们结伴而来，则意味着她俩似乎有意疏远她，意味着她们已经分享过端午聚会后的信息，甚至意味着在回去的路上对她的议论。

她们是一类人，却不是因为互相欣赏才成为闺蜜。她们毕业于北方同一所著名大学的信息技术学院，她们的火辣魅力超过了同届的所有女孩，只是因为不满意北方的干燥和沙尘，而一道"南漂"来到这里。

顾杏容貌秀丽，有着乌黑闪亮的眼眸、天真无邪的笑颜，最喜欢浓烈轻佻的玩意儿，是男人心尖尖上的尤物。她有种戏剧化的夸大其词，她说只有南都这种极端激烈的节奏，才能消除她性格里孤绝的幸福感。尽管她总是显得真诚，看似讲义气，甚至有些讨好，但是邓敏的直觉是，没法把她说出的话都当真。

乔曼儿身材高挑、天生丽质，貌似火辣，却对一切的极端有着本能的抵触。她中性，冷静，绝不抛弃自我，时刻为实现人工与智能的平衡做准备。她想在不久的未来成为一个自带智能芯片并绝对理智的人。

邓敏却是完全的上瘾体质，无论对物，还是对人，她都容易过分沉迷，得到后便迅速抛弃，她的生活不是流线型的，而是一个又一个清晰的断面。现任男友能够在她的公寓里住上几个月，连她自己都感觉是个奇迹。

屈指数来，三人相识十年了。她们在南都举目无亲，时间一年年过去，身边的优秀男人像财富一样稀缺、远离，所以，每逢传统佳节，只能她们三人相约聚在一起。

因为彼此太优秀，竞争难以避免。虽然不同班，但同校同院，考试科目一样，拒绝透露你的分数就等于承认它比别人的低；当一起参加派对或学校的社交活动时，异性回头率立即让人分辨出谁最受欢迎，谁是备胎，谁只能留给那些第二梯队的男生。这种原始形态的残酷竞争真是令人痛苦。

当"南漂"到这座物质的城市，男人的选择单纯到只依据女人的床上潜力。尽管他们眼里的笑容都一样，但他们选择时的态度绝对真诚。除非他们喝多了，甄别不出细微差异。所以，尽管她们全都闪烁着耀眼的光芒，注视彼此的眼里却射出一种难以言喻的嫉恨。

邓敏的胜利总是来得迅猛，却无果而终；顾杏，这个身边男人蜂鸣蝶舞的女孩，时不时地挑花了眼。对付这种信心满满的女生，那个摘得金桂的男人不仅身高、金钱、帅气要一等一，还得具备足够强大的内心，才能承受得了她时不时冒出来的冷言冷语，以及与世界级名人的攀比。

第一章 哑谜

因此，大多数时候，她们身边充满了"不太合格的追求者"和"过气的情人"，期盼着下一个合适的男生出现在视野里。

乔曼儿有更多独处的时候。这位身材高挑的"火辣"女郎，实际身高除了篮球队员，无人能出其右，这样的女生引人注目，却令很多个头偏矮，甚至中等身高的男人望而却步。她像一枚光彩夺目的"金牌"，只有具备足够自信心的男人才敢于上场争抢。她有着睥睨的眼神和轻蔑的冷笑，每当有男人被她那飘逸的长发、滑腻的皮肤和婀娜的身材吸引时，都因为受不了那份冷漠而中途撤退。

在这场竞争中，乔曼儿在毕业成绩和工作表现上是赢家，在社交活动和男女交往中却屡屡败北。只是这种失败持续时间并不太长，邓敏和顾杏在一场又一场短暂的恋爱后总会结伴回到乔曼儿的身边，三人相聚的时间往往比她们恋爱时间更长。

顾杏和乔曼儿一起出现，打破了原来的模式，让邓敏感觉到被孤立，发现自己跟这个秋天拉开了距离。她真后悔没有答应男友一起赏月的请求。

当乔曼儿堂皇地将 A3 开上贵宾道，让泊车员帮忙停车后，邓敏收敛起飘忽的思绪，热情地迎过去喊道："我在这里呢！"

"我就知道你会在这里等！"顾杏这话刺进了邓敏的心里，字字见血。

"岂敢不提前恭候，"邓敏心里疼了一下说，"我可是扔下手头的工作、妄顾主管的谩骂来陪两位女王的。"

最近几个月，为了附就男友的种种要求，她不仅挨过主管骂，还被扣过工资。

顾杏和乔曼儿靠近她，分别对她飞吻。邓敏希望自己身上和头发飘散的香水味能吸引她们的注意力，但她不能确定她们会不会大方地给予三星以上的评价。

"哎呀，敏敏。"顾杏一阵埋怨，"你最近怎么啦？连曼儿的信息都不回。"

"没有吧！"邓敏说。不仅她想博得赞赏的心思落空，而且坐实了她们在路上议论她甚至没一句好话的猜想。邓敏终于明白，无论如何，两位朋友都不会认可她，她只能暗地里侥幸自己已经在男女关系方面超过了她们。

不过她也知道，她们根本不会相信她有一个同居几个月的男友，更不会相信餐厅门口那辆价值两辆奥迪Q3的轿车会是她的。对此，她既恼火，又轻蔑。

她确信这是竞争者要打败对手所使用的一种策略。如果她说她的车停在地下车库，她们一定会在车库里找最差的那一辆；如果她带着男友出席聚会，她们一定会在一个星期后打她电话，问她是不是已经单身。

好在，她发现自己现在对此已经不在意了，正如她们不在意她一样。于是，她歉意地说："最近确实忙晕了！"

卡座旁候着的是一名男侍应生，见到乔曼儿出现，仿佛突然伸手接住了一片闪亮的金花瓣，而且可以将花瓣紧紧攥在手里，眼神无比明亮，无比纯粹，感觉他内心深处涌动起一种冲动，他要拥抱她一次，仅此一次，他会永生铭记。

怀旧是一种病态的东西。但此情此景，太伤人，太熟悉，不能不让邓敏想起从前。乔曼儿的在场，哪怕只是在照片里，便让人产生一种不可言说，又不能界定的不安感，而偏偏这种不安感就像她本人一样，无法被忽略。因此，当侍应生将乔曼儿让进最显眼的位置，而顾杏理所当然地坐在对面，尽管邓敏一再想要挤开她们，却根本没有办法。

她们挑选的卡座临窗，可以欣赏窗外的海景，其他客人可以欣

第一章 哑谜

赏她们。

"敏敏也有忙晕的时候？"顾杏斜眼看了一下邓敏，不紧不慢地说着，"是不是还跟以前一样，把南都的男人挑了扔、扔了挑啊？"

邓敏明白顾杏话里的意思，但是她觉得没有必要针锋相对。"你俩一定完成大事了吧？"

顾杏狡黠地看了一眼乔曼儿："我认为，第一个完成大事的人非曼儿莫属。"

乔曼儿轻轻拍了一下顾杏的手背："没看到敏的眼神吗？难不成让我从这里捡一个？"

邓敏举起茶杯，说："祝贺升职！"

乔曼儿疑惑地盯着她说："我还以为你不知道呢。不过，也没什么，只是忙了些而已。朱总工你见过的，典型的工作狂，所有人都适应不了，才找上我。看起来得到了提拔，工作得更卖力才行，但付出并没有回报，报酬仍然低得可怜，而且缺少乐趣。如果他不是去参加什么人工智能大会，这顿饭都跟你们吃不了。"

"薪金是我们两倍，还可怜？"

"传说而已。"

"噢。"邓敏点点头，好像肯定了乔曼儿这样说是真的，尽管她心里压根儿不这么想。"你呢，杏儿？一定也比我强。"

"我正在挑选谁当我的博士后导师。"

"哇，这么励志啊？"

"新来的总裁想让我任董秘，却发现我缺少留洋经历。他给我介绍了一个M国导师，还亲自辅导我学习。这不一边给他当秘书，一边抓紧时间学习嘛。我们总裁才30多岁，钻五呢，他可能有那么点意思，不过对我太严厉，我还在考虑。"

那"意思"不言而喻。顾杏的梦想总是停留在对方的"意思"

里，但是并不真实，因为她一直在用这一套撒谎。邓敏知道，如果她进一步追问细节，只要她愿意听，顾杏一定能编造出更多的"意思"来。

顾杏把话题转移到邓敏身上："你呢？还在当研究员？"

"差不多，不过换成管机要了，还是被人呼来唤去。这份工作枯燥极了，没有研究员常见的专业课，也缺乏秘书的紧张刺激。只是把公司之间的文件和工程师们的研究资料传来递去，让高层签上名字，然后归档。"

"敏敏，你怎么摊上这种事？那都是无知小女生干的。"

"我对这份工作丝毫没有兴趣。但我拿不到留洋博士后学历，也没跟着总工做事的机会。我要付房租，要养活自己，要珍惜与你们的这份友谊。"说到这里，邓敏笑了，"不过，最难的时候已经熬过去了，现在应付起来倒没问题。"

顾杏和乔曼儿交换了一个眼神，齐声说："你会好起来的。"

邓敏早就看出了她们心里的十八道弯弯。她们以为她还像在大学一样朝三暮四、花脚猫似的心无定处；她也知道，她们在心里不再把她放在同一层次对待了，只是表现得不那么明显而已。其实，她所在的技术公司，机要员就相当于董秘，比普通研究员已经高出两个档次，工资相当于公司的高级工程师。

接下来的时间里，她们蜻蜓点水地掠过各种话题，不再带什么感情，就是随便扯淡。但邓敏听得出来，她们说的每句话都是设计过的。顾杏谈起她甩掉的一个个男人，其中有几个其实挺让她后悔。她后悔的是失去了一座靠山，失去了一个可以任由她为所欲为，而且不会带来任何后果的世界。

乔曼儿则杜撰了一个男人如何自私、如何见异思迁的故事。她得意地称自己是一个"眼光敏锐的婊子"。很显然，她们都是不到

第一章 哑谜

一个月就让男人失去了兴趣,正如乔曼儿说的:"不再表现得像一个小情人。"因此男人们只好选择抛弃,另找他人。

邓敏不知道这些故事是否真的发生过。自她认识她们以来,类似的故事,她不知道听过多少个版本。她甚至有点儿恶毒地想,那种事总在发生,但也许从来不会发生在她们身上。大部分时间,她都略略歪着脖子,手指轻轻搭在桌面上,认真看着两张精致的小脸,或者耐心听她们说话,像是在鼓励她们,编吧,编得更圆满些。

侍应生端上热烘烘的盘子时,三人都松了口气。邓敏叫了一瓶清酒,又为自己添了一份木瓜炖雪蛤,她俩则都添了海参。剩下的时间就变得容易一些了,她们评论着可口的食物,用频繁的碰杯来掩饰冷场的尴尬,不论谁说什么,都会引起满堂的笑声,连她们自己都被这种虚妄的愉悦气氛感动了。

邓敏抢先付了账单。顾杏和乔曼儿对她的这个举动先是表露出假惺惺的不满,继而变成缺乏热情的感谢。

邓敏这么做是因为她从她们的闲话里捕捉到一个信息,三人聚会到此结束了,而且以后不会再有。"老板太严厉,我总是脱不开身。"这意味着乔曼儿不会再践约;而顾杏的"一边当秘书,一边抓紧时间学习",也是同样的意思。

邓敏已经不在乎两个谎话连篇的朋友,因此也不再为她们的托词而心生不快。结识新男友后,邓敏的生活发生了翻天覆地的变化,加上升职后的忙碌,让她感觉一切都走上了正轨。接下来的时间,她得为自己的"资产"——光滑的皮肤、浓密的黑发、苗条的身材努力。这样才不至于在男友面前贬值。

三人走出餐厅。头顶的霓虹和海上明月相映生辉,洁净的沙滩上赏月的人群越来越多。她们原来约好餐后在沙滩上席地而坐,借月长谈。邓敏在开车来的路上想象过她们或行或坐在沙滩上的视觉冲击力——三个精致、优雅、美艳不可方物的年轻女人形成的风景线，应当远胜月亮的吸引力。

但是，这时谁都没再提在沙滩上走走或坐坐的话题。她们像往常一样相互拥抱告别，顾杏甚至给了邓敏一个轻吻。邓敏目送她们离去，在嘈杂的声音里内心逐渐安宁。

五

肯德基烤箱嗡嗡作响的声音被嘈杂的人声掩盖，候机室的这家店里挤满了人，几乎都是候机的乘客，但奇奇、肖可语和高媛是例外。奇奇非常高兴，牵着丁杨的手在店里跑来跑去，身体却随着店里音乐的节奏不停地舞动。

丁杨点了几份汉堡、鸡翅，还有月饼，奇奇正兀自地说个不停。时间过得真快，小男孩已经五岁。他第一次陪着肖可语接园时，奇奇还不到三岁。两年了，会有多少人事变化，可对他们却似乎只是忙碌、忙碌、重复的忙碌，忙得忘记了自己的生活，甚至耽误了水到渠成的婚姻。丁杨懵懵懂懂的，不知道自己为什么一推再推。

"你要当我爸爸了，对不对，丁叔叔？"

丁杨点点头。他不忍心告诉奇奇自己这次去南都到底要多久，跟他妈妈的婚事肯定会推迟了。他不知道奇奇这么小怎么那么看重婚礼，一定要等婚礼后才改口。过去两年，他一次次向奇奇提起，又一次次爽约，他还有什么理由深究孩子改口的秘密呢？

"叔叔真棒！"奇奇说，"奶奶说，叔叔跟爸爸很像，不论是穿制服还是照那个相，看起来好像……好像那个……"

丁杨酸酸涩涩地听着奇奇的话，肖可语坐在旁边不发一语，眼神躲闪着抛向了窗外，高媛却不见了踪影。肯德基里的空气突然变得沉重而窒闷，犹如一层厚厚的奶油铺在嘴巴上。他试着摆脱脑子里的念头，但那些念头劈头盖脸，纷至沓来，他无法理清头绪。

"魔童哪吒。"高媛的声音在身后响起，"还有，淘气包马小跳比旺旺队更有趣。"

丁杨惊诧不已，转过头去。

"旺旺队太小儿科，不是吗？"她继续说，"像你这样的男子汉最喜欢魔童哪吒的个性，对不对？"

"轻松游乐和个性是两回事。"奇奇老成得不像是他这个年纪。

高媛望向奇奇，说："你真聪明，可阿姨没找到旺旺队玩具。"

"算了吧，难得阿姨有这份心。"奇奇接过玩具，却并不抱着，递到肖可语手里，老练得不像个孩子。"我并不挑玩具。"

高媛脸红了一下，微笑着拍拍奇奇的肩膀。"对不起，你真是好样的。"她说，"我受丁叔叔的委托去给你买玩具，却辜负了他的美意。"

"丁叔叔？如果是他，会给我买汽车的。"

"天啦，"高媛摆出受伤的样子，两眼充满慈爱地盯着奇奇，无措地说着，"真的？那是我太笨了。"

"难怪又是派丁杨出去。"肖可语好像在说高媛。

高媛撇了撇嘴，说："我接受批评。"

候机室播放着喧闹的音乐声，丁杨觉得像是在接受鞭笞酷刑。他真不知道怎么跟肖可语解释，这事跟高媛没有关系，但心里明白她们一定在路上就说过了，但再怎么说都不能消除肖可语心里的疑惑。

"不就是出几天差嘛，"丁杨说，"你小心我回来搞突然袭击。"

"我倒是突然了，高大队长一定是第一个知道的。"

"哦？我可没那么大面子……"高媛呵呵笑起来，自信而开朗，"还吃起我的干醋来了，到底是你放不下丁杨，还是丁杨不放心你啊？"随即拉起奇奇，"来，跟阿姨买玩具去！"

终于，只留下面对面的两个人。丁杨试探着俯身过去，嘴里像是含进一缕新鲜的阳光，说："我知道我心里时刻都在想着你，你是我生活的动力。"

"哼，学会油嘴了。"肖可语仍旧不冷不热，"我当初在派出所的时候调解过很多家庭矛盾，每个男人都跟我说，他正在为欺骗妻子而感到愧疚呢。"

肖可语说得有些夸张，但丁杨无法回避的一个事实是：男人只要有了事业心，便无法旁顾；而女人的心，别说有七窍吧，至少也有三瓣：一瓣事业，一瓣家庭，一瓣在丈夫身上。一个再有事业心的女人，对丈夫也是看得很紧的。

丁杨只能说："能说的高大队长一定在路上就跟你说过了，我可从来不会欺骗你。"

"可是，天才黑客以及他们背后的机器人大军都比我重要。"

"怎么我觉得你的语气有点酸呢？"

"不是吗？"肖可语说，"季支可是让我给你送行李来的，而不是约会。"

丁杨叹了口气："我当然更想时刻守在你身边。"

"好吧，我以为你明白我要的是心，但你却只是一味地给我嘴巴。"

丁杨提出异议："也许我们只是表达方式不同而已。"

"我们的表达方式没有问题，老天，跟你交流真是困难……"

第一章 哑 谜

她把身子扭到一边,仿佛想逃离什么。

丁杨轻轻地把手放在她的手腕处,尚未触碰,她就扬起手臂,身子又往左边倾。他在她微张的双唇间听见她呼吸加速,心想:这是怎么啦?还没聊入正题,就吵崩了,他要如何才能说服她呢?难道……

"你觉得……"他说,看见她一直望着前面排队的人群发呆,好像刚刚从梦里醒来,在梳理着梦里发生的事情。"你说过我们生来就是当警察破案子的,不是吗?再说,网络案件虽然保密性强,却不会给我带来危险,只是可能要花一段时间。你一直很支持的。"

她的脸上露出惺忪的茫然。"没危险?昨天那不是危险?以你的工作方式,危险比哪个都要大!如果总是这么由着你,这婚一定结不成!"

"就这一次,以后不会了。"

这句话虽然是假的,但肖可语似乎稍稍有些释然。她淡淡地摇了摇头,毫不掩饰自己的无奈,对着丁杨的微笑像一面忧伤的湖水:"哼……你受到上级领导的赏识,我高兴还来不及呢,能反对吗?"

"呃……我知道,你是最支持我的,只是这次我从来没想过要去。"

两行清淡的泪攀爬上肖可语的眼角。丁杨心中忐忑,有点伤感,如果真要她选择的话,她一定不会同意的。但职责所在,大局为重,她没有选择。

"几点的飞机?"肖可语像突然想起似的,"你在汉洲订好的机票吗?"

"不是,昨天晚上我还以为要禁闭我呢!直至跟张专员聊天时,才知道工作人员送来的机票里有一张是我的。"

丁杨说的当然是真话，昨天晚上被蒙在鼓里的并不只是肖可语一个人，应该加上高媛还有丁杨自己，甚至包括季亚明。张超专员非常认真地对待保密问题，不过还没丧失人情味。知道这是中秋节，提前让人将她母子俩接来送机。

肖可语毫不怀疑，丁杨的行程上级早就定下来了。不管他或她喜不喜欢，这次南都之旅势在必行。唯一的问题是时间有多长……

中英文广播中规中矩地响起来，播报的正是丁杨搭乘的班次。丁杨所在候机区突然人流潮涌，各色人头挤挤挨挨地排成纵队往前走去。

丁杨突然将肖可语拥在怀里。肖可语不由得张大了嘴，她看见四周不断穿梭起鱼群一样的眼，仿佛感觉自己成了挂在候车室墙上的电子屏，让所有乘客驻足观看。

她轻轻地推开了丁杨，人群就簇拥着把丁杨挤向了检票口。她身子变得僵直，急切地寻找那个忧郁离去的背影……

丁杨登上飞机的窗轩，突然感觉到关注的眼神。他转过身，朝站台远处更明亮的地方望了一眼，看见肖可语和奇奇站在送客的铁桥上，昏黄的秋阳照在她雪白的脸上，微微发亮，仿若一轮满月，照亮了丁杨要去的更远的南方。

飞机往南都飞去，阳光跳跃着，忽忽闪过。丁杨依然望着窗外，露出空洞的笑容。飞速闪过的景观带来广阔的视野，他心绪飘忽，像突然明白了什么：闪、变与循环，感觉上如此接近游离。但绝不仅仅是网络游离技术那么简单……

晴朗的天空飘满羊群一样的云朵，沉浸在夕阳的一片血红中。这是飞机延伸了视野的结果，而互联网络呢，也在令人恍惚的变化中，不断扩展那个真实的虚拟世界。丁杨突然把身子抱紧，感觉网络像云一样变得遥远，整个世界像掉进了一口水井。在陌生的水井

第一章 哑谜

里,他听见自己扑通扑通的心跳声。

不,他不能掉进去!网络不是天空中的云,只要抓住了根本,不论它如何变化,只要你不放弃、不动摇,任何变化都扛不过警察的加长赛。

秋日的阳光在坡岭沟壑间忽隐忽现,秋意向远方蔓延开去。

代驾员将她光洁可鉴的敞篷跑车开了出来,邓敏抚摸了一下车身,她庆幸自己藏得好,没有让她们看见,她为此感到十分高兴。因为她们是顾杏和乔曼儿,她们总是想当然地认为她应该低她们一等。当邓敏正要迈进副驾时,她听到一声轻轻地招呼"嘿"。对面车道上的奔驰600里露出一张帅气的脸。她回眸一笑,留给帅哥一个优美的背影。

接近居住的小区时,邓敏将代驾赶下了车。她拿起手机,开始查看微信。从铺天盖地的祝福和晒欢乐团圆的影视频里,她点击打开了男友发来的语音留言,声音柔婉充满磁性:"独自出门在外,少喝酒,多吃菜,留出胃口还给爱。"

"别忘了将沙滩上的水月美景发给我分享哦。"声音更加随和,更加富有魅力,似乎在她耳边喁喁絮语。她接着往下听。"海上生明月,天涯共此时。情人怨遥夜,竟夕起相思。"真是温柔体贴,只是似乎耐心不足,不过,这也是懂得爱女人的表现。

邓敏想,既然已经回来,不妨告诉他。信息刚发出去,男友的电话就打了过来,说自己正在门口书店里,让她过去接。她立马掉头绕了个小圈,刚停下车,一个男人,仿佛洞穴被人侵犯而潜逃出来的鼹鼠似的,悄无声息地钻进了车里。

"你怎么啦?"邓敏问。

"嘿!"他脸上浮起微笑回了句,看上去已是个人类了。

开车回到小区,两人乘电梯来到自家门前。邓敏解除了安全警报,让男友先进去。他亲热地搂着她的腰,笑容很灿烂,充满孩子气,似乎毫无戒备之心。然而,他那又柔和又富有穿透力的眼神却流露出心照不宣的混不吝色彩,表明他已经等得焦渴难耐。这眼神像火一样吸引着她。邓敏扔掉手包,扑在他身上。这时,她看到床边放着一只便携式电脑箱,里面装着他叠好的衣服。

"你要走,还是出差?"

"你想我走,还是出差呢?"他看她的目光像月色一样,融融地包裹着她的小心脏,几乎让她产生身心俱无的幻觉。正是这种幻觉,让她一次次地原谅他。

"我没有赶你走呀!"

"你赶我走,我也不会走的。"这会儿,一块石头含在他嘴里都会融化。

邓敏抱得更紧一些。"听着,混蛋,"她说,"我愿意把一切都给你,可你还欠我一个真正的名分呢,你可不能食言。"

"我的一切都是你的,可不仅仅是名分。"他松开她的手,把洗漱用品装进箱子里。

"你只是出差吗?"

"我不可能跟你分开的,你知道。"他说,"我接受派遣去上海指导一个项目。不过应该很快就能回来,只是技术上的事儿,具体时间也说不准。"

"那就好,"邓敏说,"我要感觉你每天都在我身边。"

"当然,5G 会让我们实现一切。"他盖上箱子,伸手搂住她柔软的腰肢,"只有一件事除外……你不洗洗吗?"

邓敏脸上升起一朵红云:"你等着啊!"

他松开手,将她推向浴室,然后倚在门框上,脸上盛开着一朵

第一章 哑 谜

大丽花。

邓敏虚掩着浴室门,一边脱掉他新买的裙子和昂贵的钻戒,一边说:"你一出门就把地址共享给我,好吗?我要随时知道你在哪里。"

"当然。我们不仅可以共享地址,还可以随时随地视频。这是我最需要的。"

趁着邓敏在浴室,他从便携式电脑箱里取出一根胶绳,挽了个圈,将两头打成死结,用力扯了扯,感觉它的结实度。他似乎变了个人,更年轻,更强壮,更冷静。他像个事先拿到工钱的装修工,满脸红光地走近了浴室门。

门框上方装着一根练习柔术的钢管。

"上海美女可比我强得多,别去了没几天就让她们把你魂勾走了,不再想跟我这丑女人视频。"话一出口,邓敏就后悔了。她只是想用这种方式刺激他,却又舍不得丑化自己。

"我会让你见识我的真心。"

他轻轻地走进浴室,邓敏已经洗漱完毕,身上穿着白色的睡裙,像一朵雨后的蘑菇。

"闭上眼睛,"他轻声说,"转过身。"

她听从他的话,昂起头,感觉到他的手轻轻地抚摸着她的脖子。他一定新买了项链,要送给她一个惊喜,她心里荡漾起幸福和甜蜜。

他从钢管上拉下胶绳,锁住她的脖子,迅速绞拉上去。只听见"咯"的一声,因邓敏被男人紧抱着,失去了反抗的机会,又增加了重量,胶绳很快勒进了脖子,除了最后一声呼气,她根本没来得及挣扎和叫喊。

接着,他开始做清洁工作。

他跟这个女人一起生活了好几个月，用的是化名，做过精心的伪装，暗中观察着周围的一切，确信自己没有在小区留下特别引人注意的视频，也没有人见他跟邓敏有过往来。

但是，他得确保不留下指纹、毛发和衣物纤维。"到此一游"的细节太重要了，只有愚笨至极的家伙才会遗留下来。他会清理房间的每一个角落，包括下水道，甚至存水弯，把管道里堵塞的异物清除干净。

两年前，他跟父亲编制了一个虚拟外汇交易平台，遭到警方清剿，父亲在围捕中死亡。此后，他格外注意每到一地，不留任何痕迹。一年前，他寄居在舅父家里，帮助一家公司编制软件。后来警方搜查舅父家，没有发现他的蛛丝马迹。那是他第二次败走麦城，他碰上的是害死父亲的那个网探。那时，他日子十分艰难，离开时不得不将舅父杀死。

在接下来的日子里，情况越来越糟糕，他想逃往缅北，但在那里他只能沦为为诈骗团伙赚钱的工具。于是，他到了南都，开始只是帮着小黑客编制木马，赚点小钱，后来逐渐成了南都黑客论坛的老大。再后来，他父亲的朋友陆铁骑联系上他，说一个大客户看中了他，只要他按大客户的要求做，可以拿到几辈子花不完的钱，然后移居海外。

他跟陆铁骑见一面，过去的幻想死灰复燃了。他摇身一变，成了数据主义者。按照大客户的说法，网络技术就是要维护信息自由分享的权利，这一权利高于一切。他接受了这个说法，一边受大客户的指挥，一边向小黑客无偿地传授网络黑产技术，免费给他们一些软件源代码，以宣扬人类体验等同于数据模式为借口，幕后指挥他们从事犯罪活动。三个月前，多家公司遭到关停，软件遭到清剿。两个月前，警方毫无预兆地围剿了他隐藏的服务器，幸好他当时不在那里，否则一切都结束了。

大客户并不打算放手，扬言这是意识与智能的挑战，是究竟哪一个更有价值的挑战，指示他进一步开发新型诈骗软件，进行更大规模的破坏活动。不过，他已经不再惧怕警方的打击，因为他找到了很好的隐身办法，还有前景光明的退路。

他是无意识但具备高度智能的黑客，他要打败警方的网探。

想着这些，他的清扫没有停下来，继续用吸尘器清洁了地板和家具，把冰箱里剩余的食物倒进垃圾袋里，洗了床单、枕套和脚垫。在他离开时，邓敏的房间绝对还原成一个独身女人居住的样子。只是，在一些关键的角落或缝隙，会留下几丝别人的毛发或纤维——警察一定会发现它们，那是他从咖啡馆、马路或电梯口收集来的，总之不会有他的DNA。

临走时，他拿走了邓敏身上所有的钱，小心翼翼地将那颗硕大的钻戒塞进便携式电脑箱里。那里还有几件他从邓敏的床头柜里搜出来的首饰。

他简单地化了化妆，变身为一个老人模样，拉起便携式电脑箱往防盗门走去。他回头看了一眼邓敏，真悲惨！这不是她应得的，她那么美，那么善良，跟她做爱是一件非常享受的事情。她也很聪明，很勤奋，在一个尖端网络技术公司做到了机要职位。这一点对他来说太重要了，如果她听他的话："聆听算法的意见"，将她掌握的公司数据变成"某个伟大宇宙计划的一部分"，而不是把算法落在他的身上，将是一个双赢的格局。

可惜，她是一个彻底的人文主义者，太珍惜自己的羽毛，不懂得"所有生物都是算法，生命不过是一堆等待处理的数据"。他刚开始有所动作，想将她家光缆连通的数据释放出来，她就觉察了，而且对他进行搜索，调查他的身份。这样可不行。

她招惹了他。他是一只训练有素的猎犬，所有的承诺、挑逗和哄骗，都只为控制猎物，他只是在猎物与数据之间做出选择。她太自以为是了，不知道数据也需要自由，把数据锁在围墙里，必须付出惨重的代价。她自以为轻而易举地操纵了他，以为自己比别人更聪明、比数据更强大。自信过头或者头脑发昏，必然会丢掉性命。

他提起垃圾袋，在门边驻足听了听，又打开一条缝，向门外张望，看到走廊黑漆漆、空荡荡的，像他接下来要走的路。他知道，走出这条门，又有新的搏杀会随时到来了。他锁上门，摁了电梯，甚至没有惊动走廊的声控灯。

驶上绕城高速后，他加快了车速，但没快到会被抄牌的地步。一路向北，他几乎不再思考，他没有那么多时间，因为此时的他像一只随时可能被人收走的风筝。经过两省收费站后，他下了高速，驶过一条小路，再转入机耕道。前面不远有一座水库，他将从公寓里带出来的垃圾袋扔了进去，与邓敏的一切做最后的告别。

第二章 "凯撒"

一

三天后,南都市。

丁杨踌躇满志地站在专案组办公室的窗口,望着城市五彩斑斓的夜景。清新的海风吹拂着他的上衣,近处是苍翠葱茏的林地,林地的边缘是高耸入云的人民英雄纪念碑,更远处是碧波荡漾的海湾。几十个小时的不眠不休,总算有了结果,距集中抓捕时间只有十分钟了。

"不用担心。"计智兴奋地说。他是南都市公安局网侦支队副支队长,专案组的负责人。他为专案很快结束而激动。原来,他觉得公安部派丁杨前来指导是多此一举,但丁杨到来三天就拿出重要线索,令他非常佩服。

"行动结束,一定陪你逛逛南都。"计智接着说,柳丝一般的目光在窗外的夜空中飘过。

丁杨从没见哪个男人像计智这么唠叨,他可不想逛什么南都。这次的抓捕对象不一定就是打科技园主意的人,更不是那个挑战者。三天的侦查,虽然发现了一帮黑客,而且形成了严重的犯罪链条,但他们玩的是小偷小摸的把戏。他总觉得背后真正的大鳄没有现身，大鳄或许正是那个挑战者，或者正是那个打科技园主意的人。他的心弦轻轻颤动着，揣摩这繁华夜景下阴暗的黑客世界，嗅到了熟悉的气息。

"行动就要开始了。"计智催促丁杨动身，"别担心，行动不会有问题，这回还南都一片清朗的网络，你是最大的功臣。"

丁杨勉强挤出一丝笑意："我只是配合你们做了一些基础摸排而已，功劳是你们的。不过，我有一种不好的预感。"

"别预感预感的了。"迎面走来一名便衣，冲丁杨说，"祝贺你，老同学。"

他叫梅小刚，外形像只巨型玩具熊，有一双爱笑的眼睛，手掌有羽毛球拍那么大，跟丁杨是刑警学院网侦短训班的同学。

梅小刚身材笨拙，心思却十分灵泛，一声招呼之后，立即闪开身，亮出身后一个面相精明的中年人。梅小刚介绍道："刑侦支队队长石坚，这次行动的现场指挥。"

石坚目光灼灼，热情地握住丁杨的手："丁专家，这次真是多亏了你。"

抓捕计划是早就拟订好的，石坚的指令也早就传达下去。所谓指挥，不过是在电子指挥屏前向丁杨介绍各组的实施情况。

这次抓捕分三组同时进行，每组安排一名网警、十名刑警。

一号目标网名叫"一灯大师"，住在城东区一座老居民楼里；二号目标网名叫"被宠坏的坏小孩"，在城西圣堡小区，侦查发现他俩曾经在网上有过接触，探讨过跟诈骗和勒索有关的问题；三号目标定位在蓝晶科技园南面的一处房子，房子登记在一对名叫朱强和刘小碧的夫妇名下，证据显示，夫妇俩及一个叫王冲的年轻人都用过李昕朋这个化名收取诈骗所得的赃款。丁杨发现，李昕朋在网上和几名钱骡有过联系，并出现在一个专门讨论在线电子商务支付的论坛里，钱骡多次通过这种支付服务给李昕朋汇钱。附近的银行也有证据表明，这三个人都曾经从同一个账户里提走现金。

三个目标都被顺利抓获。一号目标"一灯大师"，22岁，从内地"南漂"过来已经两年多，并不是什么几进宫的角色。面对丁杨，他瘫倒在审讯椅上，表现得相当悔恨："唉……我知道总会有这么一天的。"

"一灯大师"坦白了自己的密码和网名。他毕业于职业技术学院，学的就是计算机专业。去年年初，他编写了一套基本的bot代码，开设了自己的主播频道。主播中，他认识了一个名叫"优秀的流氓"的网友，这个网友又介绍他认识了"天使之缘"。按照"一灯大师"的说法，"优秀的流氓"和"天使之缘"正在开发一种"能自我繁殖的程序"，它能在电脑之间自动传播，每到一处就会控制对方的主机。

但是，当问及"能自我繁殖的程序"是不是"闪变"时，他先是迟疑，接着说"闪变"是另外一个软件，编制人叫"凯撒"。他不知道"凯撒"的真名，也不知道他住在什么地方，只是那人很擅长病毒攻击和敲诈勒索。

"一灯大师"交代，"优秀的流氓"和"天使之缘"在地下网站打出过"出租勒索软件"的广告。他们两人负责接待问询，派他实施攻击演示。他说，所谓演示不是模拟以前的攻击案例，而是实打实地对某些有利可图的公司发动攻击。有时通过攻击窃取公司的信息，或者直接盗取对方的账户，有时让对方网站瘫痪，打击竞争对手。

被他攻击过的网站中，有不少在线网贷平台。他首先在网上跟目标的员工聊天，了解潜在的攻击目标，包括它的日程安排、技术架构等。如果它有自己的域名服务器，他就把它列为首选，因为这样的公司不能随意切换 IP 地址。

为了隐藏自己的身份,他在目标网站最忙碌的时候进行活动,装扮成联络业务的用户混在数十个来来往往的 IP 里,以迷惑那些有能力找出他们位置的人。然后,他把自己的线路连接到平台加密的员工考勤通道里,伪装成员工身份,从加密通道连接到平台网站上,从网站内部发起攻击。

为了拿到酬劳,他在境内外找两个相互联系的代理人,也就是钱骡。钱骡把现金转成虚拟币,从境外提出来,再变成现金。这个步骤虽然需要付出一定的手续费,但可以逃过国内银行的监管。

据"一灯大师"交代,尽管他做了伪装,但选取平台时是最容易被发现的。毕竟他的调查都是一些无聊的访问,而每一个平台网站都安装了恶意软件过滤器,只要网贷平台公司清查访问日志,就有机会找到攻击者调查用的 IP 地址。只是,被发现也没关系,那个 IP 托管在僵尸电脑上,目标公司无力反击。

二号目标"被宠坏的坏小孩"脾气暴躁,非常不合作,而且否认参与任何非法活动。直到将他的手机通信和 IP 记录摆在面前,才吐露出一些有用的信息。他的软件也来自地下网络大鳄,大家都叫他"凯撒"。

他交代,此人是地下网络论坛里最受尊敬的人物,同时,也可能是网络史上最可怕的罪犯。但他犯了些什么罪,怎么实施犯罪,"被宠坏的坏小孩"一概不知。

三号目标有些麻烦,虽然抓到了,却没有找到任何证据。刑警冲进去的时候,朱强夫妇十分冷静,他们的电脑里没有硬盘,网线是断的。丁杨怀疑他们从内部得到了消息。

即便如此,这次行动也可以说是成效显著,不仅摧毁了一系列窝点,最关键的是揭露出了幕后的网络大鳄——"凯撒"。

第二章 "凯撒"

梅小刚对丁杨越来越佩服。这位同学只用了三天，仅仅三天，就在南都掀起一场净网风暴，接着还抛出一个怀疑：这些诈骗或勒索活动，不仅是数据主义者在免费推销诈骗技术，而且有某个顶级黑客在推波助澜。比如"凯撒"，甚至在"凯撒"的背后，还有更大的团伙。

这是丁杨的疑问，也是他梅小刚心里最大的疑虑，他未说出口的秘密。有几次，他差点把秘密给说了出来，差点说出那个他触摸到的若有若无的信息，那个渗透、游走在追踪程序边缘的代码，如抵在喉咙的刀、无法捕捉的幽灵般的呼吸。他常想，如果他不是那么胆小，如果他不是那么不敢肯定，如果他大胆地说出自己的疑惑，那么事情会不会有所不同？他看了看坐在副驾驶的丁杨，至少，丁杨恐怕就不用来了。

这是集中行动后的第二天上午，梅小刚驾驶汽车行驶在车流潮涌般的绕城高速上，经过海珠高架桥圆环，进入蓝晶科技园里。园区很安静，几乎没什么车辆，也不见高楼大厦，一座座精致墅院掩映在葳蕤树林里，一派田园风光。

梅小刚自称最喜欢做两件事情：一是开车，他一直有车瘾，只是几乎没人敢坐他开的车了；二是上网，他当网警，就是为了清除网上那些乌七八糟的东西，让自己和所有人不为网络困扰，安享智能的喜悦。没人理解他的这一说法，他想跟丁杨好好聊聊，但丁杨却时刻眉头紧锁，时而看看窗外的风景，时而聆听笔记本发出抚慰人心的咻咻声。

反正没关系，他有的是时间，因为丁杨来到了他的地盘上。现在，丁杨为专案亮起了一丝光明，点燃一线希望，他可以经常跟丁杨在一起，总有说出自己想法的机会。

汽车在一栋小楼前停下，白底蓝字的"芯导科技研究所"招牌前站着一位美女。照面的瞬间,丁杨猛地一愣,这个女孩的面容有点儿熟悉,好像是汉洲的某位同事,又或者是某个影视明星,也可能是他参加过的某个重大活动上的嘉宾。

"我叫乔曼儿。"美女伸出手。

丁杨趋步上前,握住美女的手说道:"我叫丁杨,耽误您时间了。"

乔曼儿露出一丝高冷的笑,没有客套,带他穿过过道,进入一间会客室里。这里一点也看不出是尖端通信芯片研制重地的样子,明亮宽敞的空间里居家风格的摆设,有种宾至如归的味道。丁杨事先了解过,这里就是研究所的核心,汽车进来时经过的层层岗哨都表明了这一点。如果他不是拿着公安部的介绍信,是进不来的。

在沙发上坐下,丁杨正打算开门见山提出问题,却注意到乔曼儿显现出忧伤的神情,左胸别着一个黑色的蝴蝶花。

"这个时候打扰您,真的很抱歉。"丁杨说。

乔曼儿怔了怔:"哦……只是心情不好而已。"她不想用私事打扰接下来的谈话,但她不能不佩服丁杨目光敏锐。那个黑色的蝴蝶花确实代表哀悼,对象是邓敏。

"那我们开始吧,来意在电话里说过了,不知您能不能给我们提供一些帮助?"

乔曼儿像一锅没有动静的温暾水,答道:"据我所知,自研究所成立以来,黑客攻击从来就没有停止过。通常,懂些皮毛的孩子总是把我们当作假想敌,以攻击我们为荣,有的还公开炫耀。但真正破解我们的防火墙,或者逃过过滤软件的还没有过。"

"能查查记录吗?现在!"

乔曼儿摁了一个内部通话键,同时说出自己的名字。听了她的要求,话筒里立即响起键盘声。在计算机运作的空隙,她闲聊似的问:"听说你们抓了好多小屁孩,对不对?"

"也不仅是小屁孩。"丁杨心不在焉地答道,耳朵仔细聆听硬盘运作的"吱吱"声,仿佛那声音可以透露出他心中希望的答案。

"抓住背后的大人物了?"她说,"希望你们能有所收获,这样至少可以让网络明亮一点。"

"嗯。"

"吱吱"声停止了。

"把结果传输到这边屏幕上。"乔曼儿对话筒说,转头看着墙面上的显示屏。

丁杨深深地吸了口气。

乔曼儿一边接收,一边说:"以前攻击数据多得多,除了攻击我们,还攻击我们的客户,可是最近少了许多,也许得感谢你们的大力帮助。"

梅小刚像瞬间焕发了青春,说:"那是,净网行动开展半年以来……"

乔曼儿却蹙起眉头,打断了他的话:"可是,最近两三个月,攻击更多了。"她了一眼丁杨,"不过,引起我们防火墙反噬的黑客攻击不多。对一个靠欺诈为生的混混而言,这种攻击难度太大了。"

丁杨意识到,这条路走对了:"你们追踪到攻击者的地址或者对方使用的软件吗?"如果乔曼儿给出肯定的回答,他们的侦查就可以离开迷宫,或者说,插入黑暗的核心。

但乔曼儿摇了摇头说:"通常不会反追踪,黑客攻击都采用匿名方式,追查起来耗时耗力。我们只确保自身安全,不会在这种小事上耗费精力。"

"那就是说,攻击痕迹一定还在,对不对?我是说那些独特的攻击手法、独特的编程代码,每个黑客都有他自己的个性。"

"我没办法立刻回答你,我们必须清理每一次攻击数据,这得花点儿时间。"

"能不能把攻击痕迹复制给我们?"

"当然可以。"乔曼儿的语气中透露出她想知道为什么要这样做。

丁杨解释道:"我们储存了各类黑客的攻击痕迹,有的来自攻击者的电脑信息,有的来自被欺诈者,或许可以鉴定比对出它们的同一性。"

"这是个好主意,但我希望你们能分享鉴定结论……"乔曼儿的双眼亮了,"哦,我知道为什么觉得你的口音很熟悉了!你是汉洲的……"

说着,她突然住口,仿佛意识到泄露了个人隐私似的。但她看向丁杨的眼光变了,之前的那种冷淡和漠然完全没有了,好像季节里的两片落叶,碰巧在树底下相遇。

二

返回专案组,丁杨给高媛打电话,请她把汉洲方面的监控资料,以及他最近发现的那个数据主义者的代码发过来。丁杨将所有数据输入系统进行比对,奇怪的是,南都行动的数据没有类似的蛛丝马迹,倒是汉洲的资料与攻击芯导科技研究所的痕迹比对出相似性,而且追溯到同一发出地。

这个结果出乎丁杨的意料。他对行动资料重新进行分析,发现自己之所以很快注意南都的网络犯罪线索,是因为黑客的犯罪方式还停留在去年,甚至更久远的以前,用的是过时的手法。计算机对

第二章 "凯撒"

信息只能进行固化的筛选，寻找其中的关联性。如果有升级，或者产生变数，则会漏掉——那才是真正有生命、有价值的东西。

丁杨又将留在研究所的攻击痕迹筛查了一遍，没有找到任何和变数有关的信息。再次审视高媛提供的监控资料时，他注意到一个矛盾，他给上级的情报里提到的"通信协议漏洞"，在南都警方的侦查卷里丝毫没有涉及。这个出乎意料，让他进一步明白了张超专员调派他过来的部分原因。

这是个重大发现，他得找个信任的人讨论讨论。来南都时，张超曾经嘱咐他，涉及侦查机密和有关决策，可与计智商量。丁杨当时不以为意，计智是专案的领头人，不找他找谁？现在，面对重大疑惑，他考虑再三，还是决定听张超的话，打电话约见了计智。

计智请丁杨到公安局对面的怡兴咖啡馆碰面。海洲路人潮汹涌，人们匆匆来去，即便午休时间也不得闲。潮湿的海风吹过，吹进潮流网城，翻开了登记身份证明的纸页。

丁杨点了一盘双份牛排意粉和一杯浓缩咖啡，慢慢吃着。对面幼儿园水池里有一只孤单的白天鹅正静静漂游，颈部弧线有如一个问号。丁杨看着那只白天鹅，想起研究所的乔曼儿。海风吹来，池水起了一阵涟漪。

计智赶了过来，在丁杨对面坐下，问："有什么发现吗？芯导研究所的那个美女乔可是出了名的难打交道，她没有难为你吧？"

"你先看看这个。"他拿出两张打印纸递给计智。

计智瞥了丁杨一眼，脸上的表情十分奇怪，仿佛绷起来会痛似的。集中行动虽然成功，但暴露出来的问题让他更为兴奋，也许敬业的人就是这样，每每遇到疑难杂症，紧张是一回事，反而让他们更加轻松而专注地投入其中。

计智打开纸条，一行行阅读，越看越张口结舌。

"'凯撒'？你确定两处出现的网名是同一个人？两地的攻击都源自这个地方？那我们还不马上……"计智脸色有些难堪，发出一连串疑问。

丁杨的嘴角泛起微笑。他已经登录公安综合平台查过了，高媛监控到的攻击定位及研究所遭受攻击的路径源头在一个生活小区，住宅的所有人叫马天勇。马天勇在国外，他把房子出租了，租客叫邓敏。几天前，邓敏吊死在浴室里。

小区位于蓝晶科技园东侧，不大，地面全是绿化，停车场位于地下。主办刑警吴啸峰就在停车场等着计智和丁杨，随后一起坐电梯上楼。丁杨注意到，消防间和电梯内部的监控摄像头都被取走了，只留下一个孔洞。吴啸峰介绍，他们办案调取监控视频时，发现那些摄像头全是坏的，物业这才取下来送去维修。

等在门口的小区物管员迎上前来，招呼道："几位领导想看什么？"

"看看死者的私人物品，比如台式电脑、便携式电脑或者其他电子产品。"丁杨说，"请为我们作证，如果对办案有利，可能要登记带走。"

物管员给他们每人拿了一瓶咖啡饮品。

"只是一起自杀事件而已。"陪同的社区民警说，"难道跟网侦有关系？"

"可能吧，"丁杨说，"也可能她还跟其他案子有关，最初是你接的警吗？"

计智横了一眼，社区民警立即低下头，乖乖地带着丁杨往卧室走。"所有东西都经办案刑警整理过了，"社区民警说，"电子产品都切断了电源，里面好像没什么东西。"

卧室整理得很干净，几样电子产品都集中在一起。丁杨戴着白

第二章 "凯撒"

手套，摸了摸书桌，电脑还在原位，勘查现场的刑警只是把便携式电脑、平板、游戏机堆上书桌而已。

丁杨站在书桌前，盯着显示器，想象邓敏一边打开台式电脑，一边摆弄便携式电脑，可能还开着平板。书桌足够宽大，除了固定的台式显示器，再摆两台便携式电脑绰绰有余。为什么要同时使用笔记本和台式电脑呢？

台式电脑是内存足够强大的商务机，拥有处理大型编程的功能，插入的网线是专用光缆，是邓敏这个网络技术研发公司机要员的常规配备。旁边的便携式电脑却很普通，已有些年头了，像是大学时用过。他记得侦查案卷里提到过，便携式电脑和平板没有最近使用过的痕迹。他知道自己脑海中这时浮现的念头是不清晰的，它跟其他未成形、未经过仔细思考、有如梦呓般的想法混杂在一起。也许书桌上还摆放过另一台内存强大的便携式电脑，这也就意味着，邓敏"自杀"的房子里一定还有其他人。

他轻轻地挪走书桌上的其他电子产品，在白晃晃的光线下，洒上痕检用的荧光粉。

如果桌面摆过另一台便携式电脑，特别是长时间、同一人使用同一台便携式电脑，那一定会留下它独特的痕迹。如果找到这个痕迹，丁杨的猜想就有了依据——有人在这里使用便携式电脑，借用邓敏的专用网络光缆，驱动"闪变"或者其他可游离程序对研究所网站发起攻击。不错，"凯撒"所做的一切都在按照计划进行，他有自己的一套模式。

"你这是干什么呢？"吴啸峰问。

丁杨没听见他进来。他站在卧室门口，圆形顶灯发出的光芒照射在他脸上，手里拿着两个塑料袋，里头放着两颗药丸和包装碎片。丁杨接过塑料袋晃了晃，就跟他摇动鼠标的情景一样，但他看见了不一样的东西，有了不一样的发现。

丁杨细细地看着粉红色药丸："我想这起案子恐怕会改变定性，它一定跟我们要查的事情有关联。现场或许还隐藏了某些证据……"

"什么意思？"计智问。他朝丁杨走来，皮鞋"咔塔""咔嗒"地踩在木地板上，好像想把鞋底磨平。"你觉得邓敏是他杀，杀她的正是我们正在追查的人？"

"还不清楚。"

"我不是说你的逻辑思考，我是问你的怀疑，你心里有这个猜想，对吗？"他说得直截了当，右手拿出痕检工具帮忙取证。

丁杨愣了愣："只是猜想，没有结论。"

"他杀，现场有个隐形人？"

丁杨深深吸了口气："我只是想，邓敏没有自杀的理由。"

"怎么这样说？"

"原因就是这个。从事她这种工作的人都很忙、很累、很入迷，性冷淡的不在少数。我想，邓敏也是其中之一。但她又很爱某个人，有对未来生活的激情，她为什么要自杀呢？"

"可能是她以前用过的，也可能她男朋友偶尔过来，需要这类东西。"

"如果她以前用过，或偶尔用，不会留在纸巾盒里。她死前那天一定希望来一场激情的演绎。所以，我认为这里头一定另有隐情。"

"隐情即指向他杀？"

"如果你能在桌面上发现别的便携式电脑摆放痕迹，则会更进一步印证我的猜想。不论那台便携式电脑是谁的，一定被人带走了。为什么在这里摆放时间长得足以留下痕迹，却又突然被人拿走？这就是关键问题。"

"痕迹？"吴啸峰仔细检验洒了荧光粉的桌面，茫然地摇摇头。"桌面确实有划痕，但不规则，难以判定摆放过什么东西。"

"先别太早下结论。我建议，把痕迹制成图片和视频，用幻灯片进行分析，可能更具客观性。另外，我提一个思路，桌面的划痕是什么留下的呢？平板还是便携式电脑？如果是便携式电脑，是留在室内的便携式电脑，还是被人带走的便携式电脑？如果不是便携式电脑，而是其他硬物有意而为，在这些划痕下面，会不会有更隐性的东西？"

"便携式电脑能说明什么问题？"

"如果存在另一台便携式电脑，而它正好用于我猜想的事情，那我们面对的将是非常疯狂的犯罪嫌疑人。当然，这一切纯粹只是猜测而已，但疯狂行径的背后通常都有一个非常清晰的行为逻辑。"

吴啸峰眼望着丁杨："你是不是已经确定邓敏并非死于自杀？"

丁杨没有出声。

"我会认真考虑你的建议。"吴啸峰说。

丁杨点点头："我等着你对案件做出进一步分析。我先走了，去看看接入这里的光缆里到底发生了什么事情。"

吴啸峰跟着丁杨走出门，走得十分漫长，仿佛有着遥远的路程。他一头雾水，难道网络光缆会像公路、航空、航海线路一样，保留以前的运行轨迹？

三

那天黄昏，天气并不是很好，云层压得很低，仿佛随时会整块掉下来似的。丁杨眺望着远处烟云笼罩的英雄纪念碑尖顶,分别给肖可语、高媛、季亚明打电话。他跟两位女性的通话频率很高,肖可语每天两三次,高媛每天至少一次。一个维系着亲情和爱情,一个则跟他的工作密不可分。

跟季亚明通话,这才是第二次。第一次是他刚到南都报到,给支队长报平安。今天,老季亲自给他发了信息,询问工作进展,他不得不回复。

"还知道给我打电话呀?我还以为你忘记我了呢!"

"怎么会呢?您是我心里的神。"

"还这么油腔滑调。工作有什么进展吗?"

"奇奇每次接到电话都问我,'你的网探工作干得怎么样?'他的官腔打得比您好。"

"肖可语没怨你吧?"

"她敢?有您做后台我怕什么。只是,因为工作没有突破性进展,一些小事我觉得没必要拿来烦您耳朵,所以一直没有给您打电话,对不起。"

"可我知道的情况恰恰相反。南都的请功报告都送到我手里了,还说没进展?"季亚明停顿了一下,"你是说一直没找到'通信协议漏洞'和那个'数据主义者'的踪迹吧?"

"是啊,前几次行动看似声势浩大,一网撒下去,抓到不少,但都是些小鱼小虾,没有我预想的人物出现……不过,也不是完全没有收获,攻击芯导科技研究所的痕迹与高媛追踪的路径高度一致,还跟一起命案有关联,这应该是条重要线索。"

"既然找到了关联,"季亚明说,"总会搞清为什么的。"

"你有什么好建议吗?"

"暂时没有。不过,国家反电诈中心对你在南都侦破的那些带普遍性的案件十分感兴趣,让两地总结经验,既要给你记功,又要请你自己写一个经验材料,把做法向全国推广,同时提出警示,当这类犯罪屡屡被打击、团伙被摧毁时,犯罪头目、黑客或许会改变犯罪思路,比如编制'闪变'一类的软件,将原有的犯罪模式升级。"

"我懂你的意思,"丁杨说,"但我还有很多疑问,特别是不了解现在的网络通信技术到底发展到了哪一步,比如5G,甚至6G,能对我们已经掌握的犯罪手法做出些什么改进。我不想胡乱猜测。如果像我理解的通信升级一样,那我们所做的事情还远远不够。而且,就我发现的'通信协议漏洞'来说,我们的思路远远没有赶上犯罪的升级。"

"哦,我听高媛说起过,肖可语有姐妹在蓝晶科技园担任高管,能接触到最新研究成果。她或许能提供有关技术资料,找到芯片技术可能被犯罪者抓住的漏洞。"

"哪家公司的高管?"

"具体我也不清楚,你问问肖可语不就知道了。"

挂断手机,丁杨坐在办公桌前准备起草总结。这是南都市公安局临时给他腾出的一间办公室,原来是资料室,比汉洲的"鸟笼"还小,仅仅放一张办公桌和一张行军床,没有机房的功能。配备了一台电脑,但接的是公安专网,互联网光缆无法进来。他一直用便携式电脑,靠着无线路由互联互通。

他的材料功底并不好,但点点滴滴都是他的亲身经历和思考,倒也行云流水,写得十分顺利。落下最后一笔,丁杨满脸倦容,眼里缠满了睡意。他长长地嘘出一口气,经过这次总结,他明白了,还是支队长说得对,他不能只想着自己喉里的鲠,抓获达一路又能怎样呢?不论是达一路,还是那个打科技园主意的人,真正的幕后推手是"需要",真善的需要推动科技和社会的发展,邪恶的需要滋生犯罪,而捍卫真善的需要则是警察存在的意义。

丁杨站起身,抖了抖肩膀。窗外刮起了狂风,所有的云都如洪水一般赶路,但盖住月影的那层云却始终纹丝不动。他回到桌旁,抬头再看窗外,突然发现那片云好像在牵着月亮走。他明白了,"需要"会推着鲤走,需要在哪里,鲤就会在哪里。

天空滚过一阵雷。丁杨顿了一下,一个念头突然闪现在他脑海里。既然通过研究所的攻击痕迹追查到邓敏家,那么,邓敏家就是这个嫌疑人的"需要"吗?结合这一"需要",能不能反查到同一攻击痕迹的其他路径呢?

想到这里,丁杨迅速行动起来。他上传了自己的"嗅探"软件,在一些网站上搜寻"闪变"与"通信协议漏洞"信息,发现地下黑客论坛里偶尔有人提到,尽管他们只是捕风捉影,但丁杨还是认真对待,只是,虽然有人谈到,却没人知道"通信协议漏洞"是什么东西。

接着,丁杨将"嗅探"软件再次发送出去,紧盯电脑屏幕看了几个小时。晚上十点钟,终于发现了一个让他脊梁骨发冷的事实。

"嗅探"软件追踪到又一个攻击研究所的路径源头——入户ID。对于网络用户来说,这个 ID 是唯一地址,即使能更改数据,定位也是无法改变的。

那个地址位于蓝晶科技园围墙外的一个生活小区,租房女孩叫顾杏,登记的工作单位是硅光科技公司。她在公安综合平台里留有容貌秀丽的头像有着天真无邪的笑颜,乌黑闪亮的眼眸里透着挑逗的意味。毕业院校一栏里填着跟邓敏一样的信息。

"需要",几乎完全一致的犯罪"需要"。

第二章 "凯撒"

明亮的晨光在窗棂上跳跃,将侧身在窗下的丁杨映成一片灰色。刑侦支队长石坚一脸郁郁,聆听着丁杨的汇报,两道茂密黑眉紧紧皱起,在眉心连成一线。

刚煮好的咖啡香气弥漫在办公室里,石坚心里却时不时有吸烟的冲动。他从县局局长调任刑侦支队长不过才一年,但已发生无数伤脑筋的疑难案件。他以相当的耐心聆听着丁杨发表的长篇大论,两道眉发紧紧地皱起。

"有人在邓敏家内长期使用攻击程序,已确凿无疑,但这人是邓敏本人还是另有其人?"丁杨说,"通过侦查分析,邓敏家留下的电脑没有实施过攻击,但她家书桌上留有另一台便携式电脑摆放的痕迹。那台便携式电脑是谁的?又是谁拿走了?嫌疑人就是用它实施了攻击吗?"

"你先说说结论。"石坚说,而后看了看表。

"所有的调查结论都在这里。"丁杨拿出一个蓝色档案夹。

石坚翻了翻,说:"天啊,丁专家,内地人都喜欢长篇大论吗?"

"只有知道我们查了些什么,你才会信服结论,或者还是我来讲给你听。"

"讲吧,长话短说。"

丁杨将文件夹收回,放在大腿上,直言不讳道:"我要说的,不仅仅是网侦的结果,可能还有刑警在侦查中的失误。"

石坚面无表情,像蹲在一口幽深的古井里:"没事,畅所欲言就是。"

"那天,我专程去了一趟邓敏家,听了吴警官的介绍,并再次勘查了现场,除了找到相关网侦线索外,还发现了催情药片,以及用过催情药片留下的垃圾。像邓敏这样精致的女性,此类垃圾一般不会在她第二次进去时还留下来的。"

"勘查报告我看过了,"石坚说,"像邓敏这种年轻人使用催情药片,没什么好稀奇的,而且并未使用,不正说明她那天没有触碰那东西吗?"

"我觉得,她洗澡时吃过,还来不及将垃圾带出去,更合理?"

石坚叹了口气:"就算她那天真的吃过,能说明什么呢?"

"说明当时她家里藏有男人,说明她没有自杀的理由。"丁杨说,"还有,据吴警官介绍,邓敏上吊时穿着睡衣,甚至里面没有内衣。还有,死者平时喜欢戴首饰,但死后,项链、耳环都没戴,也没藏在首饰盒里,甚至家里没有一分钱现金,这又是为什么呢?"

"好吧,可是这一切都只是猜测,丁专家,我们需要更有说服力的证据。"石坚双手往桌上一按,表示他已听完了丁杨的分析。

"我怀疑在邓敏家使用攻击程序的人,现在有可能去找那个顾杏了。我想,我们必须采取必要的监控手段,而且动作要快。"

"你的说法很有意思,"石坚拿起咖啡啜了一口,心不在焉地说,"这起自杀案已经发生十天了,即使有必要再深入调查,理由也不是很充分,现在你又说在邓敏家待过的人去找了另一个人,请你告诉我:究竟你还想到了什么?"

丁杨看着石坚,从口袋里拿出一个对折的信封递给他。

"我的任务是协助办理网络犯罪案,但上级对我还有特别交代。这是我到南都后,上级给我的机要信函,我从没拿给别人看过,直到现在。"

石坚拿出信封里的公函,扫一眼,对丁杨摇摇头:"'通信协议漏洞'?可我是外行,丁专家,您找我干什么呢?"

"我想要一个调查小组。"

石坚凝视着丁杨。他原来和网侦部门的警察一样,认为丁杨是个任性、傲慢的内地人,然而,经过这段时间的交往,特别是丁杨带着公函来找他,他内心其实非常高兴,因为这不仅仅代表着对他的信任,更重要的是,他在丁杨身上看到了强烈的进取心和无私奉献的精神。

"要多少人?"石坚问道,"怎么配置?"

"特警、痕迹技术员,以及擅长做群众工作的,各三人……"

四

"能给三个人,你就满足吧。从石支手里要人比要他命还难。"透过氤氲的水汽,吴啸峰抬头望了一眼丁杨,目光仿佛落进了一口深井似的,只得慌慌地扭开脖子,看着挤在小阁楼似的办公室里的其他两人:特警队的申大头、鉴识中心的魁哥。

丁杨懒懒地躺在椅背上,视线一路扫过去:"石支把你们分配给我,是对你们能力的充分肯定。但是,别尽想着做什么轰轰烈烈的事情……"

魁哥埋着头,轻声说:"除了勘查、鉴定,我可做不了什么事情。"

丁杨露出一口白牙,笑着说:"没点专业能力,石支才不会抽调你过来呢,好好配合我的工作,别辜负了这份信任。"

"我也不懂网络,更不知道那些信息怎么在空气里穿梭?"申大头调侃道。他的普通话里带着一丝南都方言味,就像带着粤语歌的韵律,挺有乐感。他是在停车场下车时被丁杨相中的。相貌粗蛮,身材魁伟,腮边留着大片青色的胡茬,一副标准的纯爷们形象。他下车时跟丁杨对了一眼,丁杨从他的眼里看到机灵,显示出警觉和聪慧，立即决定要他。

不过，申大头一走进办公室，丁杨便有些后悔，这个纯爷们对自己的"男子汉气味"有些太不在意了。那股味能熏死人，不是一般的汗臭气，几乎体现了申大头性情、饮食习惯和生活形态方方面面。

"除了拳头，你还懂什么呢？"魁哥撇了撇嘴。魁哥戴着一顶太阳帽，一双眼睛稍微突出，滴溜溜地，时刻露出一副有如猫类般好奇的表情；身材瘦削，像一根过冬的丝瓜，看起来像是卧底的人力车夫而不是痕检技术员。他是这个小组里唯一由石坚安排的人。

"对，对，对，我对你的一言一行都应该崇拜下跪。"申大头边说边打拱手，神态油滑，带着浓浓的讽刺意味。

魁哥稳稳地坐着，却并不回击。

丁杨耐心地保持笑容，任由两人斗嘴。等大家都安静了，才摇动鼠标，点击显示器的一个图标，开始播放视频："网络的事由我处理，但你们要知道一些初级的知识。下面，大家一起看几段视频……"

申大头咕哝一声，眯眼瞥了瞥，挪动位置，转到丁杨的身后。

视频还没有展开，吴啸峰就利索地跑过去关上了办公室的灯，室内登时陷入黑暗中，显示器的荧光像一束束银针投射在每一个人的脸上。

"别以为网络犯罪都发生在网上，它跟传统犯罪密不可分。"丁杨说，"我为什么找上你们，因为我的调查不仅在网上，还跟现实有密切关系。请看这句话——"

屏幕上显示出一张 A4 纸，几行字是用打印机打印出来的："人是一张网，家是一张网，城是一张网，世界更是一张网，要沉浸其中，必先游离其外。"

第二章 "凯撒"

"这是诗吗？"吴啸峰喃喃地问。

"什么意思呢？"申大头问。

回应的只有便携式电脑微弱的散热声。

"这几句话太奇怪了，嫌疑人寄来的吗？让我看看信封上有没有其他痕迹。"魁哥说。

"除了指纹，你还懂什么呢？"申大头立即以牙还牙。

"是挑战者在网上的黑客论坛里说的，当然不可能留下任何痕迹，字面上看不出任何个人信息。"丁杨说，"这个'网'既是交际网、关系网，也暗指互联网、网络活动、网络犯罪、网络侦查。这句话是数据主义者的格言，意思是小至一个家，大至宇宙，都由数据流组成，任何现象或实体的价值就在于对数据的处理。如果弄懂了这句话，或许我们就能找到那个主要犯罪嫌疑人。"

"嫌疑人？"吴啸峰问，"就是从邓敏家拿走便携式电脑的那个？"

丁杨犹豫了一下："不排除这种可能。"

"这是不是说，邓敏确属他杀，而杀人者原来住在邓敏家里？"吴啸峰说，"我看过报道，说你曾经推翻过系列自杀案，并从中揭露出一起特大网络诈骗杀人案件。你是不是认为邓敏案跟你以前办过的案件类似？"

"不，"丁杨说，"每一起案件都是不一样的。"

"可是，这也是一起被认定为自杀的案件。"吴啸峰瞥了魁哥一眼，仿佛想让他跟着帮腔，"是不是因为邓敏跟网络有关，所以让你觉得她一定绞进了网络案里？所以她一定死于嫌疑人手里？"

丁杨耐心地听着，不置可否。

吴啸峰接着说："南都的公司要求高，工作强度大，最近自杀事件不少，可还没有一件翻转成他杀的。还有她家的网络攻击……"

"不。"申大头突然发出声音。

众人纷纷转头看去,申大头像弹簧似的站直了身子说:"说到黑客攻击,我也知道一些。邓敏所在的公司是芯导研究所的下属机构,是研究网络核心技术的,她作为机要员,绝对不可能攻击研究所的网站或者系统,何况还持续了那么长时间。"

丁杨在黑暗中看不见吴啸峰涨红的脸,只看见他模糊的侧影,下巴朝申大头的方向突出,似乎颇具攻击性,却自量乏力。

吴啸峰继续说出自己的想法:"自杀现场你也去过的,那里确实什么都没有。何况……那几句话什么问题也说明不了,说不定是哪个疯子头脑发热……"

"别争了。"丁杨终于失去了耐心,走到窗前,悠悠地说,"这几句话确实是疯子说的。你不理解是因为你不了解黑客,更加不了解他。他是个思虑周密的人,写下它一定指向什么,却不会留任何痕迹,这是最可怕的。"

如果别人设个谜引导着你去解,你一直追着却破解不出来,那么,你应该想一想有一天它自己迎刃而解会是什么感觉。丁杨想,不妨先将它放下来。

"那我们要从哪里着手呢?"吴啸峰说。

丁杨坐回办公桌前。

"大头,你去查一下她的朋友圈,看看她最近接触过哪些人。啸峰,你跟魁哥再去一趟邓敏家,看看还能发现点儿什么,比如她的财务状况、生活习惯,还有她平时佩戴些什么首饰、用什么牌子的化妆品,诸如此类……"

"还有她是否交往过男朋友?"吴啸峰抢着说。

"对,在你原来走访的基础上,再扩大调查范围,看可不可以从小区里找到见过跟邓敏来往密切的人,特别是年轻男人。"

丁杨等待吴啸峰反驳,他已对邻居、小区保安进行了认真访问。但吴啸峰并没有,只是微微点了点头。

三人走后,丁杨紧盯着屏幕上的那句话。"游离其外"到底是什么意思呢?邓敏家的攻击痕迹确实体现出某种丁杨熟悉的东西,难道那个挑战者真跟邓敏的死有关系?可他虽然认为邓敏死于他杀,却对杀害邓敏的凶手一无所知。

不过,丁杨对凶手有个初步判断,感觉凶手不是对邓敏的美貌,或者跟邓敏一样美貌的女性感兴趣,而是出于其他原因,这个原因应该也不是钱财,虽然他几乎将邓敏家劫掠一空。

现场伪装得十分完美,看上去完全像警察定案的样子,在丁杨看来,这意味着凶手并不是普通的入室杀人,更不是普通的熟人作案。跟死者在一起的一定是她的男朋友,已经十分随便。她在完全没有防备的情况下被勒住了脖子。

凶手处心积虑,事前做过周密的谋划。但是,丁杨想不通他为什么这么做。如果他是使用便携式电脑攻击研究所的人,两人仍处于如此浓情蜜意的关系里,他有什么理由杀了她,而毁掉自己的隐身据点呢?

当然,对于目的明确的变态狂来说,这不是一种罕见的行为模式,与他们不达目的绝不收手的孤绝行为相符。所以,凶手也绝不可能只是个小偷,小偷不会在实施盗窃或抢劫杀人后,再把现场伪装成自杀。而且,抢劫后临时起意的杀人会有反抗,没有伪装自杀的条件。凶手的伪装手法那么好,说明他不是寻常的侵财犯罪者,拿走首饰和室内所有钱财,只是他杀人后产生的疯狂念头的一部分。

从警后,丁杨一直跟隐秘的犯罪嫌疑人打交道,这让他学会了分析和忍耐。大多数人不理解忍耐的含义，它其实跟谦卑相似，承认自己知道的有限，还不足以采取行动，这是一种智慧。在行动前，他需要等待、观望和调查，这可能会花很长一段时间。

丁杨慢慢培养了一种直觉：感知自己的对手。比如，这次发起网络攻击的对手看起来像是达一路，但以丁杨对他的了解，达一路从不亲自杀人。

丁杨一个人想来想去，发了半天呆，恨不得要从哪个角落里将那个隐身的人一把拎出来。他没有再犹豫，迅速出门去找硅光科技公司的顾杏，以确认自己的想法。

已近中午，交通十分拥堵。丁杨查了一会导航，没有找到一条畅通的线路，便安心随着前面的车流移动。天气晴朗，大地被茂密的树木和各种植物覆盖着，一片生机，看不出暮秋的样子。道路两边是高楼大厦，绚丽的阳光照在全幅式的玻璃外墙上，像小时学画画的颜料不小心倒在了积木上，蓝的、黄的、褐的、灰的、紫的、橙的、红的……美不胜收，车流虽慢，倒也不觉得时间多么难熬，反而有助于他清晰地思考。

凶手一定很年轻，而且长相英俊。他设法取得了异常漂亮、心气很高的邓敏的欢心。当然，男色在邓敏这种女性身上并不完全靠谱，最重要的手段还是花钱。看来，他一定用了这一招。喜欢佩戴首饰的邓敏身上之所以没有首饰，很可能是因为凶手在杀害她后，拿走了买给她的东西。那么，这些首饰会不会出现在另一个女孩的身上呢？

一定会的。他拿走了邓敏所有的钱，再用她的钱去换取另一个女孩的信任。

但是，丁杨没有看到过邓敏佩戴的首饰，即使那些首饰戴在另一个女孩身上，他也认不出来。不过，那些首饰很可能十分昂贵、

第二章 "凯撒"

时尚、漂亮，让女孩在自己的圈子里十分长脸。这样的话，调查中应该会有所反映。

丁杨一边开着车漫游在拥堵的环线上，一边在脑海中回顾刑侦卷宗里的调查情况，试图找到一些有用的细节来证明自己关于他杀和伪装的合理推论。

这些年，丁杨接触过各种各样的网络犯罪，很多跟传统犯罪勾连在一起，往往是有一个网络犯罪者，属下有一个或多个用传统手法犯罪的人。但是，这次他不相信邓敏死亡现场会有除了死者和凶手之外的第三个人。

案件五花八门，甚至存在不可理喻的犯罪行为，以及荒唐古怪的疯狂行为，然而一旦案情水落石出，大多数犯罪及其背后的动机都很容易理解——无非出于愤怒、嫉妒或贪婪，再疯狂的行为也有合乎逻辑的理由。

那么，这次的杀人逻辑在哪里呢？丁杨百思不得其解。

汽车驶入高新技术区，丁杨突然改变了主意。不能去顾杏单位，否则她会觉得这是种侮辱或者冒犯，会将她彻底得罪。

他在公司门口找了家咖啡店，坐进二楼靠窗的卡座。他和女白领打过交道，如果她们的品位没有发生多大变化的话，他相信顾杏会喜欢他的安排。

丁杨对这个位置十分满意。窗帘和走廊的垂帘都是深色的，又厚又密。卡座很宽敞，玻璃窗外是草地、花坛，稍远处是假山、树林。暂时拥有这片舒适的小天地，也算安顿了下来，他打开便携式电脑，通过咖啡店的无线网络上了网，搜索顾杏，公共信息里没有硅光公司顾杏的任何公开消息。这就是在高端网络科技公司工作的好处。

不过，通过关联搜索，丁杨还是找到了顾杏在公司网站发布的两张照片，一张光影和焦距十分理想的大头照，一张身着白大褂的工作照，顾杏在工作照里更加妩媚，如丝如缕的目光像笼罩着一层晨雾，缠缠绕绕地勾着人心。

白帽、白褂、白手套捂得严严实实，但丁杨还是看到了她的耳环和项链，白金链子下的吊坠若隐若现，微微闪光，可以确定镶着一颗钻石。

在照进咖啡馆的一小撮阳光里，丁杨用手机拨通了顾杏在公司的电话。在三声铃声后，听筒里传来一个女孩的声音："您好，我是顾杏。"

一开始，丁杨还以为听到的是录音提示，因为她的普通话听起来非常标准，非常甜美，甚至超过了专业播音员的水平，因此他等待着下文。没想到对方接着说："您是找我吗？有什么可以帮您？"

"对不起，"丁杨开门见山道，"我是汉洲市公安局网侦支队的丁杨，现在南都，有个业务问题想要请教您，不知是否方便见上一面？"

"警察？汉洲的？业务上的事吗？"

"是的，我现在借调在南都市公安局。"

"懂业务的人很多，为什么特别找我呢？"

"当然有工作上的考虑。不过，请放心，不会对你造成任何影响。很快就是午休时间了，我想请你来咖啡馆，一起吃个简餐怎么样？"

"好吧……不过，我必须先安排一下手头的工作，稍后再给你回话。这个是你的常用手机号码吗？"

"是的，我会一直在线等着你。"

她先挂了电话。丁杨想，接下来她也许会向南都市公安局的熟人朋友打听他的情况，上网查询同名同姓的人，特别搜索涉嫌诈骗、盗窃和恶棍的信息，以确保他不是这类人。丁杨真想直接告诉她，无论她怎么查询，恐怕都会让她失望的。

过了没多久，丁杨的手机响了："您好，我是丁杨。"

"是我，顾杏。"她说，"我现在可以来见您。请把咖啡馆名称及座位号发信息给我，我这就去找您。"

"好的。"

"我希望这是一次愉快的聊天。"她说，"我会给朋友留下去见您的证据。"

"没问题，我很赞赏您有这份警惕性。我会在这里等您，再见。"

丁杨按下"挂断"键，接着给顾杏发送短信。之后，他摁了摁卡座桌面的呼叫键，预订了一壶咖啡。他没有马上点午餐，因为要尊重女性，想给她自主的权利。

丁杨也为另一种可能做好了思想准备，那就是顾杏压根儿就不会露面。独身美女，从事一种保密性很强的职业，高度的警惕性可能让她免除一个人遵守惯常规则和习俗的义务。如果她在互联网上进行了更大范围的搜索，同名同姓的"丁杨"可能有更多的劣迹，从而影响她的判断，也许她就不会来了。

如果她露面，意味着顾杏信任他。他要确保她不把他看成某类骗子，必须直率地向她说明来意，不让她产生有所隐瞒的错觉。如果她明白事理而他又没有让她产生戒备心，那么他就会取得更大的进展。

但是，丁杨还有一种担心。假如她已经跟杀害邓敏的人在一起，而她又把自己来见警察的事告诉了这个人。那么，来见他的会不会就是那个人，或者那个人暗中跟踪在她身后呢？

丁杨摁响呼叫键，服务生立即来到了卡座里。

他拿出警察证和两百元钱，说："我在这里等一个女证人。如果看到一个男人走向卡座，或者看到来的是两个人，女人走向我的卡座，而男的坐在其他地方，请打我电话。"

服务生睁着明亮的眼睛，纳闷地瞥了一眼红色钞票，好像它跟他没有任何关系。"你是警察？"他说，"为破案提供方便是每个公民应尽的义务，我会做的。"

"谢谢您。"丁杨说。服务生拿起他的警民联系卡，面带笑容地离开了。

五

接到丁杨的电话，听说对方是公安局网警，顾杏就在恐慌和犹豫中徘徊。为了平缓自己的情绪，她在卫生间待到下班，盲目地拿着手机搜索丁杨的情况，结果一无所获。

走出公司，街头刮起了风，眼看就要下雨的样子。她觉得这是个逃避的理由，但想到丁杨不会轻易放弃，闹不好会直接来公司找她，只得调整好心情继续往咖啡馆走去。

雨说来就来，几乎扫着她的脚跟，将她赶了进去。她并没有直接去二楼找丁杨，鬼使神差地找了个卡座坐下。咖啡馆没什么客人，收银员埋着头，几乎看不见身影，电子琴的乐声仿佛飘在旷野里。她冷静地观察了一番，背转身，看着窗外细密的雨丝。

起初，顾杏没有看到服务生，他坐在大门背后的板凳上。但服务生主动站了起来，走到她跟前。他故意踩重了脚步，提醒他来了——客人如果要点单的话，应该照着他的声音抬起头来，目光落在他英俊的脸庞上。

第二章 "凯撒"

他像鹿一样警觉，调动着自己所有的感官和想象力。当顾杏的目光投射到他身上时，他突然认定她就是警察要等的女证人，因为他感觉到了她的紧张和不安。他问："美女，您需要些什么？"

"谢谢，我只是来避避雨。"顾杏莞尔一笑。

服务生有些泄气。从内心深处来说，他没必要如此在意。因此，他内心的伤感很快过去，毕竟眼前来了一个美女。作为一个底层男人，除了偶尔欣赏欣赏，他没有资格狩猎。不论她们是何等的美丽，长腿的、杏眼的、热烈的、羞涩的、挺拔的、婀娜的，在他眼里都是一样的美，几乎没有什么特定的癖好和选择。

而顾杏呢，她精心化了妆，但是看起来就像是没有化过，只是显得更加神采奕奕，更加妩媚动人。长长的头发柔顺地披散在脑后，又在头顶处夹了个亮丽的蝴蝶结，像是刚刚洗浴出来。她喜欢自己看起来像个仙子，那种介乎朦胧和现实之间的玩意儿，琢磨不定，感觉更有魅力。她确信，这种东西一定会提高回头率。

但今天，她似乎失策了。服务生的目光在她身上停留了一会儿，便毫不掩饰地扭过头去。她感受到他的注意力不在她身上，似乎更关注门外进来的下一位客人。

不过，他还在叹息、犹豫。有几次他似乎要开口发问，但是不知为什么，又没有开口，他的眼睛一直盯着门，垂了几次头。他们的目光短暂地交会过几次，那种目光完全只是出于礼貌，或者疑惑，并非欣赏。

雨来得快，去得也快。外面的天色亮了一些，接着又暗了下去。丁杨应该还在卡座里等着吧，他会不会不耐烦地离开？如果他下楼，会一眼看到自己。顾杏把目光从窗外收回来，服务生给她送来的柠檬水几乎已经喝得见底。然后，她掏出电话，低下头去，尽量压低声音不让服务生听见。接电话的人似乎正在等着她的消息，铃声没有响，便已经接听。于是她做了个大胆的决定，把她来见警察的事告诉了接听人。

她听从对方的劝告，坚定地从座位上站了起来。来公司谈，就来公司谈，被警察找没什么大不了的。不过一次不小心而已，不过从头做起。她微微有些颤抖，转出卡座的瞬间，身后突然响起一个声音："美女，你的发夹。"

服务生走到她的身侧，手里拿着她不知什么时候取下来的蝴蝶结，但是并没有要递给她的意思，却自说自话似的说："好漂亮的蝴蝶结。"

"谢谢……"顾杏没有好心情。

服务生没有说话。两个人面对面站着，似乎在演一出谍战片，彼此都在猜疑。

"你是不是来找人的？"服务生问。

顾杏此刻的心情难以形容，像是遭遇了一场溃败，又像被人抓奸了似的。不过，她面对的只是一个服务生，她的状态迅速恢复了过来，尖声说："你说什么呢！"

这时，一个青年男子从二楼走了下来，他显然听见了他们说话的声音。"顾女士，对不起，如果服务生有什么做得不对，请原谅，我向你道歉。"他微笑着说，"耽误你几分钟，可以吗？"

"你……你们是一伙的？"

"不，你误会了。"丁杨说，"一起喝杯咖啡吧？"

时间好像停顿了一下，顾杏露出一丝无奈的笑意，扯动着嘴角说："不了，我突然接到电话，有急事要处理。你就是给我打电话的丁警官吗？"

"是的，就耽误你几分钟，可以吗？"

"领导会骂人的。"顾杏有些犹豫："不过，你要问什么就快问吧!"

丁杨走得更近了些,看得出她说话的方式带有一种媚惑的态度,不像个职业女性。技术工作需要冷静、理性的头脑,可她更像一个保险推销员或混娱乐圈之类的。

无论她做的是什么工作,丁杨都能确定她并不富有。丁杨之所以如此判断,不只是因为她的外套艳丽却并非名牌,而是因为她的神态和俏丽的容颜中流露出一股子低俗的媚意,而不是高贵气息。

顾杏转身向二楼走去。她走路的脚步看起来在一条直线上,身姿却婀娜摇曳,仿佛一枝风中的花朵。她说:"到约定的地方去吧。"

丁杨点了点头,把手伸进外套口袋,拿出证件的一角,顾杏显然注意到了,但她摆了摆手,表示没有必要。

"我确实有事想找你谈。"丁杨注意到自己的语调不由自主地比平常柔和了许多。

"进去再说。"

两人在卡座里坐下来,服务生尾随着送来咖啡。丁杨警告地盯了服务生一眼。服务生慌了一下,知趣地退了出去。丁杨待服务生走远,才开始发问:"你在单位负责什么工作?"

她嘴角明显抽动了一下。"这跟你的案件有关系吗?"她脸色沉了下去,"何不直接一些呢?我真的还有很多事情要处理。"

丁杨感受到对方的敌意。"问一个问题,你家是不是安装了公司的专用光缆?"

顾杏面色一沉,仿佛丁杨说出的每个字都对她造成了伤害。接下来的相处时间里,她都表现得焦躁不安,而丁杨的目光一直落在她精致耐看的面容上。他不是一个预审高手,却更喜欢通过观察表情了解对方的内心活动。

"为什么问这个?"顾杏喉咙发紧,"你到底想知道什么?"

"你察觉家里的网络出现异常吗?或者是否有人在你家使用过?"

"你是在暗示什么吗?"顾杏不耐烦地扬起头,起身想走。

"只是提醒,"丁杨说,"我在调查过程中发现了一些跟你有关的问题。"

"说到提醒,那我不妨直截了当地告诉你,我家的光缆是保密的。"

丁杨笑道:"正是因为保密,我才要提醒。"

顾杏瞥了丁杨一眼。他不太像个警察,虽然她没有跟警察接触过,但他的问题令人心生警惕,那不是警察的风格。小说或电视里的警察老成持重,词锋机智,让人难以招架。她倏地感到轻松,警察并没有掌握她的事,只要她够聪明,还有回旋余地。

"谢谢您的提醒。"她冷静地说。

丁杨看到她不易察觉的笑,明白了她的心理。"职业的需要。"他说,"只是想引起你的注意,希望你不要介意我突然找你。"

"你找我就为这事?"

丁杨点点头,他静听着楼下的声音。怎么还没来呢?他刚才跟申大头联系过,希望他过来配合自己,他太缺乏跟女人打交道的经验了。申大头这样的纯爷们,也许能把对方镇住。

"那我是不是可以走了?"

丁杨没话找话:"听你的口音,你不是南都人?"

"像我们这样的公司,没几个是本地人。"她说,"我真的该走了,还有朋友在等我呢?"

"我送你。"丁杨说,"你毕业于阳华理工大学吧?那里的信息技术专业很出名。"

第二章 "凯 撒"

"才不是呢,你平时都是这样跟女朋友聊天的吗?"她笑了笑,"我真的要走了。"

"那我送你过去吧!"

"不用了,我有车在这里。"

顾杏撩开门帘,往外面走去。门帘在她身后缓慢地合上。

丁杨觉得豁然开朗。他喝了口咖啡,拿起结算单,一边推算着她走的距离,一边拨打吧台的电话,让服务生带好买单二维码,去将他的车开出来。他沿着走廊进了电梯,径直来到地下停车场车道口,警惕地观察着,以免顾杏从视野里消失。

顾杏的车开过来了,是一辆保时捷敞篷跑车。她戴着太阳镜,目不旁顾地驶了出去。接着,服务生驾车过来,丁杨快步钻进车里,给了服务生一笔小费。然后,紧跟在顾杏的车后。

汽车在暗沉的天光里前行,像一条条潜行的鱼。顾杏驶出蓝晶科技园,向南拐上海滨大道的时候,丁杨差点上了当。他不敢跟得太紧,想右转上三环高架,在前面等着她。但是,她又左转进了明洲路,绕回了蓝晶科技园的东侧。

丁杨接受过跟踪训练,虽然没有多少实践经验,但明白跟踪的原则。上高架的一瞬间,他又改变主意,让自己的车和顾杏的保时捷之间隔着两三辆汽车的距离。他也不是直接盯着保时捷,只要顾杏不改变方向,他不在乎她离他有多远。但一旦她转弯,他就贴过去,用后视死角躲过她的观察。

最后,顾杏拐弯上了蓝晶路,从科技园东门的栅栏墙边驶过,进了一片幽静的小区。

丁杨正要跟进去,保安室突然断电,电动闸门成了一块废铁,横亘在他面前。丁杨眼睁睁地看着保时捷消失在小区曲里拐弯的通道里。正是午休时间,许多行人和车辆都被堵在门口,有人在冲保安吼,有人还在抱怨手机信号没了。

丁杨赶紧拿出手机,左上角"中国移动"四个小字变成了"无信号"。他急得猫抓似的,却又无可奈何。就这样,过了十分钟,保安室又撞了鬼似的突然来了电。

丁杨不敢耽搁,让刚赶过来的申大头守在门口,自己迅速将汽车驶进小区里,根据进门时观察的情形,选择着路线,小心谨慎地判断顾杏可能去了哪里。小区外围是高楼,接着是平房,最里面是一圈别墅区,有一个大大的池塘,还有一大片草坪和假山。

十分钟,足可以做很多事情,小区不大,但藏匿一人一车不难。丁杨决定守株待兔。顾杏没有回公司,她跑到这里来是准备见什么人吗?在对话时,她说要见一个朋友,那个朋友是男的,还是女的呢?从她的状态看,男朋友的可能性很大。会不会是曾经跟邓敏居住过一段时间的那个人?从病毒攻击痕迹看,这种可能性很大。

丁杨很累,但是他不想错过找到那名男子的机会。

太阳无声地出来了,跌进水洼里倒生出一根根银针。丁杨戴上一顶鸭舌帽和一副太阳镜,登上一座假山。他始终保持眼观六路、耳听八方的状态。小区绿化很好,很静,假山上的鸟叫声和山林的鸟鸣听上去有些不同,在中午的寂静里,这儿的鸟似乎更加活跃,让丁杨几乎听不到小区的其他动静。申大头报告,小区基本只有进的人,没有人或车出去。

顾杏驾驶的是一辆保时捷敞篷跑车,这让丁杨颇感意外。他本以为她一个"南漂"白领,至多开辆丰田科罗拉或者本田思域。他的第一感觉是,顾杏结交了一个有钱的男朋友,也可能是男朋友借来的。丁杨的第二个判断是,她要出去办事,借了别人的车,有意要在某个特定对象面前显摆自己。

第二章 "凯撒"

丁杨一边思考，一边观察周边的环境，但他很快意识到自己犯了一个错误。他快步跑到自己的汽车旁，当保时捷再次出现时，他刚刚钻进自己的驾驶室里。

保时捷比他跟踪的任何时候开得都快，当它从他车边驶过去时，丁杨瞥见了司机的侧影：不是顾杳，是一名男子。

侧影一闪而过。不过，基本印象应该是一名三十岁左右的青年，个子较高，头部超过了车窗玻璃，鬓角很短，鼻梁上架着一副超宽的弧形太阳镜。令人沮丧的是，只是从侧面匆匆一瞥，他并没有真正看见男子的相貌。

保时捷司机显然很熟悉小区的路况，快速绕过几条单行道后，掉头向西，再转弯向门口驶去。丁杨一边迅速跟上，一边拨打申大头的手机，没有信号，信号显然再次被截断了。他加速往前冲，但还是慢了一步。保时捷刚驶出门，电力又断了，他又被拦在门里。一切设计得如此准确，如此严丝合缝。

前一次，丁杨还能保持冷静，但这一刻，他突然感受到发自内心的恐惧，仿佛看到一群鬼魅。他狂怒地冲电动闸门外面喊："大头！追上去，那台保时捷。"

申大头正捏着手机，一脸懵地张望着，听到丁杨的呼喊，跨步拉开自己的车门，打开警笛尖啸一声冲上街头。

电力仍未恢复，丁杨翻越铁闸门，却已看不到保时捷和申大头汽车的踪影。他掏出对讲机，向石坚汇报了这边的情况，请求全城盘查逃走的一车一人。他心里浮现出不祥的预感。

第三章 黑密

一

顾杏的家是一套两居室的小户型。北面窗户没拉窗帘，南面落地式阳台，南北通透，光线明亮，客厅装饰着西式吊顶，地面铺着蓝灰色地毯，淡棕色的厨房时髦而雅致，彰显着女性家庭的浪漫和柔情。

丁杨走进客厅，蓝底带紫红碎花的布艺沙发上铺着四个小靠垫，看上去好像家具店里的观赏品，从来没有被正式用过。丁杨猜测顾杏摆放这套沙发只是为了模拟一个家的模样。

他走到厨房的门边往里看。冰箱、橱柜都关着，灶台洁净，不见坛坛罐罐、锅碗瓢盆，似乎从没开过火做饭。水池是湿的，但同样什么都没有，甚至不见任何残留物。

丁杨的预感加剧了。他又移到客厅中间，西侧有一条短促的过道，不，只是三扇品字形的门，南北相对是卧室门，西面是卫生间门，全都紧闭着。卫生间门是磨砂玻璃，有些通透，丁杨推开了看，一切都整整齐齐，只是空气里布满了水雾，地面、墙壁都是水珠。

正犹豫着，吴啸峰已经推开了南面卧室的门。整洁，依然十分

第三章 黑 密

整洁。梳妆台的抽屉关着，台面上的化妆品琳琅满目、各就各位，大床铺得一丝不苟，只有中间微微隆起。当丁杨看过去时，他做好了心理准备。

虽已入秋，但卧室里开着空调，而且温度很低，让人感到嗖嗖寒意。大床隆起的部分躺着一个人，侧卧，背对着房门，看不清面部，但丁杨已经认出了她是谁——仅仅一个小时前，床上这具尸体还是一个活泼美丽、聪明伶俐的年轻生命。她是顾杏。

丁杨觉得心脏在狂跳，抵住了肋骨内壁，他的呼吸急促起来，宛如有只野兔在左右胸腔内高速奔驰。他站在顾杏床头边缘，身上的T恤因为刚才焦急走动，被冒出的汗水浸透。

吴啸峰伸手摸了摸顾杏的脉搏，又推了推丁杨的肩膀，然后呼喝派出所民警退了出去。他开始打电话向石坚报告：他们追踪的对象已经逃走，女孩死了。

丁杨低头看了一眼顾杏，观察着房间，卧室里依然飘忽着淡淡的香水味，但因为卧室门打开，几只苍蝇"嗡嗡"地飞了进来，绕着床头无聊地飞着，与室内的洁净很不协调。

他没再碰任何东西，缓缓地往门外退，没敢动室内任何东西，因为他既不懂痕检，又不是法医。最初见到顾杏时的喜悦碰到了铁壁上，全被摔成了碎片。而且心情越来越坏，跌进无底的黑洞，一缕温热瞬即被忧伤覆盖。

他想起了黑客论坛里挑战者写给他的几句话，以及他与几位刑警莫是一衷的争论，挑战者话里的"网"是关系网，或许在暗示怎么找到那个犯罪者。在这样晴雨不定的下午，丁杨可以想象辉煌的城市底下有一张暗网，邪恶的蜘蛛从看不见的地底伸出触角，吐丝捕猎。他依循着城市中心的方位，想找出蜘蛛的八条腿。

他的心跳缓和下来。心脏输出血液，对大脑中枢发出规律的信号，表示思考依然存在，犹如服务器继续工作。心脏，丁杨想，网络指令，那几句谜一样的话，让他无法释怀。

魁哥在进行现场勘查。但很可惜，那名男子一定在顾杏从咖啡馆返回之前就开始布置房间了。很可能在她到家之前，卧室之外的房间就被彻底清理干净。

他很快做出结论。为了制造出一个毫无破绽的犯罪现场，男子已经做了大量工作。魁哥说，室内没有除顾杏之外的第二个人在这里活动的迹象，更不用说利用她的痴情在这里小住的迹象了。杀害邓敏的男子就是这么做的，这次的结果跟那次一样，找不到任何蛛丝马迹，抓不住任何破绽。

魁哥勘查了顾杏家的边边角角。钱包是空的，首饰盒是空的，丁杨想象的贵重首饰和物品一件都没有，朴素得让人发慌。

石坚带着法医很快赶到。法医在顾杏的颈部发现了捏痕，但不是捏断喉管窒息死亡，而是捏断了颈动脉。颈动脉负责连接心脏和脑部，只要切断颈动脉，脑部供血不足，人就会立刻死亡，心脏再跳动个三四次后就会停止。问题在于这很难办到，杀人者得有极大的手劲，还得是个医学外科高手，才能做出这类杀人方式。

石坚喘了口气，将丁杨拉到一边说："你赢了，现在指挥权交给你。另外，告诉你两个消息：好消息是申大头追上了保时捷。坏消息是车上没人，没有任何痕迹，车上牌照是假的。"

丁杨沉默了好一会儿，才开口："石支，前后不到一个小时，他仅仅启用了一个软件，就杀害了顾杏，耍得我们团团转，而且逃过了全城搜捕。"

他把事情的经过一五一十地讲了一遍，这种事在石坚听起来简直就是天方夜谭。

"断了电，手机信号消失？"石坚道，"前后惊人的一致，真是难以置信。"

"我知道这事很难想象,但实际情况就是这样。"丁杨有些无奈地说,"我不知道那是个什么软件,居然可以远程遥控变压器和通信基站,即使是电力或电脑部门都束手无策。"

"我们在跟一个软件较量吗?"石坚突然觉得自己已经老得跟不上如今这个世界了。"计智,我相信不用我说你也明白,如果别人知道一个杀人犯在我们眼皮子底下跑了,而且堂堂的公安民警竟然被一个软件给耍了,不管是从警察的个人角度,还是从政治高度来说,都是很丢脸的。"

"我知道,这是我们网安支队的责任。"

丁杨想检讨自己,但石坚没给他机会。石坚继续说:"丁专家,请您说说,他为什么要杀顾杏?又是怎么发现你在追查他的呢?"

"我约见顾杏时,他可能在附近,也可能顾杏告诉了他警察要见她的事。这个人警觉性很高,事先预谋好了一切。这是我不小心。"

因为这个,他就杀害顾杏,并设计好逃跑的一切?石坚觉得肯定还有别的原因,但他想不出是什么,他有些不耐烦地说:"好了。在这件事水落石出之前,谁都不用把责任往自己身上揽。以后,调查、追捕方面的事交给刑警,计智,网络方面的事你一切都听丁专家的。"

"好的,石支,这也是张专员的命令。我们会利用GPS定位、数字监控、资料收集,以及优先数据挖掘等现代技术手段,为丁专家提供技术支持。"

终于拥有了网络侦查指挥权,但丁杨没有一点儿喜悦之情,他笃定地说:"我怀疑杀害邓敏和顾杏的是同一个人,我需要随时掌握刑侦的调查情况。"

"没问题,"石坚说:"不过,我们采集到了跟邓敏和顾杏接触的年轻男人的视频形象,不是同一个人,也查到了两人的信息,形象是匹配的,经历、网上资料都一致,实有其人。"

丁杨疑惑地望着石坚:"网上资料不一定准确,可能是人为的。"

他接过调查材料,上面有两张从视频里截下来的照片,都很帅气,但形象截然不同:跟邓敏接触的是长条脸,带奶油气;跟顾杏在一起的是国字脸,端正英武。两人眉毛也不一样,一个稍细长,一个粗黑。可惜两人的眼睛都照得不实,看不清眼神。

"我记得你之前说过,"石坚说,"邓敏的便携式电脑里有一个软件,她自己命名为人工智能助理。她利用它来监测自己的每一个行为,并用它核查过男友的身份,还推论她是因此而被杀害的。"

丁杨确实说过这话,也明白石坚的意思。为了掩盖自己的身份杀人,这个身份当然是真的,跟顾杏在一起的年轻男人的身份也就不容置疑。

但是,同一个软件,可以为甲所用,也能为乙所用,操作手法可以模拟,留下相同的痕迹也不难做到。如果是同一个网络犯罪团伙的两个同等级黑客,更容易做到。不过,这样也就正好符合幕后有一个更大推手的怀疑。

丁杨想了想,没有再跟石坚解释:"那两个人的资料传来了吗?"

"已在户籍里找到两人。"石坚说道,"具体的经历和行为轨迹还在核查中。"

丁杨说:"从他们的家庭和社会关系着手调查,看他们是不是已经死亡、失踪、偷渡出境,或者直接找到这两个人。"

石坚深深地吸了一口气,努力让自己的表情自然点儿,希望能

第三章 黑密

把越来越强烈的疑惑掩盖起来。然后,他平静地进入卧室,跟法医待在一起。

顾杏的公寓在二楼,消防梯里的空气清凉而安静,楼梯间涂抹着白色和粉黄,地脚线配着咖啡色的瓷砖。丁杨沿着顾杏家铺设光缆的暗线盒一路跟踪下去,硅光科技公司的特殊光缆线就埋在瓷砖下面,沿着消防梯走的。

手机铃响,丁杨瞄了一眼屏幕,看到一个叫他欢喜的名字——肖可语。

他将心情调整到开心的状态,接听起来。每天跟肖可语通两三个电话,是他给自己跟肖可语的恋爱关系拟订的默契仪式。

话筒里传出风过花丛般的笑声。虽然他没有轻松的心境,也不太明白肖可语为何这般笑,但还是应和着她的笑意,说:"什么事这么开心?让我也高兴高兴。"

"季支队长和高大队长在拿你开涮呢,说你是死神哈迪斯,可以预见死亡。"肖可语的语气里满是担忧,"怎么你去哪里,哪里就发生连环命案呢?听说你还亲自跟踪那个杀人犯了,怎么你就不能安安心心地守着你的电脑?"

"我只是跟一个知情人见面,误打误撞的。"

"这种事怎么总被你撞见?丁杨,你那里不是汉洲,一定要小心点儿,出了命案,凶手逃了,知情人死了,责任可不是你能承担的。"

"有你这个天使保佑呢,可语。"话虽这么说,但丁杨心里暗暗嘀咕,事情才过去两个小时,她怎么消息这么灵通?

"就知道油嘴滑舌。你远离汉洲已经付出了代价,如果再出点事,怎么办?"

丁杨摇摇头："别担心，高大队长掌控着一切呢，我只是配合。前几天，我发现的攻击信号和痕迹十分明显，正是从这个叫顾杏的女孩家里发出的，她家有一条特制的光缆，附近地区没有同类信号。那一面肯定要见的，如果在汉洲就让高大队长去见了，哈哈……"

"你不会请高大队长去的，我还不了解你！在汉洲追踪达一路那会儿，明知道他了解你，而且是针对你而来，你什么时候让人代劳过。我看过你传回来的资料，感觉南都的案子简直跟汉洲的案子一模一样，那个凶手甚至比达一路更穷凶极恶。"

丁杨的感觉跟肖可语一样，但他不敢说，他知道肖可语对那个名字很反感，怕她担心。"不会的，我只是顾问，不用冒那份险。"丁杨岔开话题，"哎，听说你有个姐妹在蓝晶科技园担任高管，能否介绍认识？"

"没问题，她叫乔曼儿，是我的一个远房表姐妹，芯导科技研究所的，我这就帮你联系。"

"乔曼儿？那太好了。"

挂断肖可语的电话，手机又响了，这回是季亚明。他先让丁杨吃了定心丸："肖可语不在我身边。听高媛说，你怀疑目前的嫌疑人就是达一路？溜得无影无踪躲了我们这么久，又出现了，还给你发了信息？"

自从利用虚假投资平台逼得多名血本无归的投资者自杀，又协同一个诈骗团伙坑害数百名老年人之后，一年半过去了，达一路好像人间蒸发似的。但那两起案子，汉洲市公安局一直没有结案——在抓住他之前，那案子永远结不了。

有些人认为，达一路早已死了。但丁杨相信，那个发送挑衅信息的人就是他，只可能是他，达一路又出来活动了。高媛也相信，因为在网络这片湿润的土地上像蘑菇一样冒出了许多达一路理论，骗子们在聊天室和网络阴暗处，利用他的理论肆意横行。

"他给我出了一个谜题，想逗我玩，或者是在挑战我。"

"他为什么要这样做，丁杨？"季亚明说。

"他认为是我杀了他父亲，要报复我；他看不得我比他好，要挑战我。他喜欢挑战，那是他的爱好，就像他喜欢编制诈骗黑产软件一样。他在地下网络里兜售黑产软件，免费的，他喜欢看着他的软件害得很多人倾家荡产，害得公安机关为之疲于奔命。他就喜欢这个，他觉得这很有趣……"

季亚明有自己看问题的角度："他还是两年前那个跟着父亲诈骗的达一路吗？"

"他没变，不是诈骗手法的问题，他还是想跟我斗……"

"你认为他在南都犯案是想跟你斗？"季亚明强调南都这个地名。

"他的信息透露了很多事情。我认为把阴谋、报复和挑战混淆是很容易的——可能潜藏着某个阴谋，但他确实在挑战我，就像他说的，如果我不应战，他就得另找对手。不过，也许挑战是一个幌子，他是要完成什么任务。任务一过，就会偷渡出境。"

"你说对了——阴谋。他的报复或挑战只不过是想吸引你的注意，而背后的阴谋才是他的真正意图。你想过没有，你接受挑战，可能正中他下怀？"

"你说他这么杀人，仅仅为吸引我的注意？难道他知道我在南都？"

"你怎么发现'通信协议漏洞'的，你怎么知道这个'漏洞'就在南都的？你发现那么多涉及他的情报难道真的是因为你先知先觉？"

丁杨脸上一阵潮热。

"丁杨,你是否想到,那一切也许正是他抛出的、引你过去的诱饵?他针对蓝晶科技园发动攻击,留下相同的攻击手法,也许是想知道,你是不是已经去了南都?"

"那个凶手如果真是达一路,他当然知道。"

"他看到了你,对吗?你约见顾杏,出现在顾杏居住的小区里,他可能一直跟在你身后,完全有机会对你下手,而不仅是顾杏。"季亚明对丁杨的处境十分担心。"你到南都已经半个月了吧?你的工作已经取得突出成效,张专员对你十分赞赏……"

丁杨是他最得意的属下,现在却远在南都,正跟最凶恶的魔鬼在一起,面临着不可预测的危险。他不能让丁杨出任何一点事情,他想让丁杨回避面临的威胁。

"你知道吗,丁杨,你写的经验材料,国家反电诈中心已经决定推广,南都跟我们一起呈报的记功申报已经审批,这已经是最高荣誉。"

"这么快?"

"是的,你的事迹非常突出,特事特办。张专员正在筹办一个研讨会,他想抽你过去。"

"抽我?我能在研讨会上帮他什么呢?"

"公安部可不缺特聘专家,比如广州、上海,包括南都,都有不少,但张超专员专门点了你的名。当下,在网络犯罪侦查专家里,没有比你风头更劲的了,主要还是侦查技术和经验。"

要是以前,季亚明决不会这样做。丁杨从他的话里感受到了关心和爱护——这个领导对下属总是这样。太浓了,浓得让他一时难以接受。

"这是个机会,丁杨,我不是指离开南都。南都的工作你已经完成，很出色，这是张专员的原话，你不用有丝毫怀疑。"

丁杨知道，自从高媛说出达一路挑战他的事情，季亚明就一直关注着南都的情况。他希望丁杨只介入网络侦查部分，而不是搅入传统刑事犯罪的漩涡。

但丁杨觉得自己是老牌侦查员，明白其中的利害关系，能够应付。这与季亚明的认识恰恰相反，季亚明想的是，他是一颗冉冉升起的明星，但在南都不一定受欢迎，因为他的倔脾气，在工作中跟同事们并不能好好协调关系。

季亚明认为，参加研讨会对丁杨是个机会。他觉得丁杨跟达一路死磕不是好事。而丁杨的想法却复杂得多。

"达一路，或者幕后操纵这两起杀人案的凶手没有落网，我不能离开。"

季亚明叹了口气，无奈地默认："高媛要跟你说话。"

片刻，高媛的声音响起："丁杨，我问过南都电信了，涵盖蓝晶科技园的网络服务器是独立的，无论从哪里发出信号，都有它独特的痕迹。我还搜查了整个南都范围的信号，确实如你所说，没有与此相同的痕迹，而且犯罪嫌疑人不太可能随身携带两台发送不同信号的电脑主机，这样太累赘，因此……"

高媛顿了一下，接着说："季支队长已经向张专员建议，让南都方面就此成立重案指挥部，特别是为你加派网侦人手。"

"但愿能起作用。"丁杨说，换成左手握着手机。"没有'通信协议漏洞'源代码做基础，无法找准攻击点位，也就找不到预想中的敌人，南都警方还没有意识到背后的利害关系……"

"你还没有拿到源代码，对不对？"高媛问。

"可以这么说。"

"发生连环杀人案，他们不可能不重视，你不用担心。"

"我知道。"丁杨说,"问题是两案手法迥异,他们并不认可第一起案件是他杀。"

"他们不认可他杀,就不会给你派人。丁杨,是你太没有耐心。南都方面也都是精英,连我们接到通报都能看出是连环杀人,他们不可能没有分析。最重要的是做好沟通,而不是你一个人特立独行。"

"该沟通的人我都找过了,他们……"

高媛大概用了扬声器,肖可语的声音突然插了进来:"就知道你会钻牛角尖。如果你想灵活有效地处理好人际关系,我建议你跟他们吃吃消夜,胡嗨乱侃。"

"谢谢,我不……"

"或者去跟他们散散步也行,"肖可语加重了语气,"记住,把你的脚步放慢一点。"

站在小区空地里,丁杨像一棵萧瑟的水杉。在这两个女人面前,他跟秋雨洗过的玻璃一样透明,却也时时刻刻在被她们擦拭着灰尘。

挂了电话,他将脚步放慢,数着步子走进对面的假山。山上树多林密,遮住了斜坡石径,每当他推开挡路的乱枝,就会看见树林间有飞鸟奔来窜去,仿佛神经过敏的精灵。此时,他的心情远不像表面看起来那么轻松,正如此时,虽然他被密林形成的枝枝叶叶包裹与隔离,但这并不能给他带来安全感,恰好相反,他知道自己是树林中最明显的移动物体,这令他觉得赤裸且脆弱。树枝划过他的身体,犹如混入战阵,被不明敌我的枪口瞄着,辨别不出敌情。

正在这时,"嗖"的一声,一根通信光缆线划过树尖。

光缆线跌落在百米外的山腰,"哗哗"的枝叶声淹没了他急促的呼吸。一根光缆线消失了,另一根光缆线低低地垂着,延伸向西

第三章 黑密

边的一座基站。

丁杨继续往前走。小径弯弯曲曲，但他不担心失去方向，他只要跟着光缆线走就好。他想看看前面发生了什么事情，又想把申大头叫过来，携带适当的设备，查一下为什么此时拔走了基站的光缆线。

丁杨的心脏突然停了一下。低垂的光缆线又倏地落了下去，无声无息、迅捷无比，以至于他什么都看不见了，但空气的流动仍可想象它的踪迹。丁杨听见光缆线在地上拖动的声音，又听见划动枝叶和脚步走动的声音，前面至少有两个人。

他跑步过去，看到假山顶上有一座接线盒，有人刚从盒里牵走一根光缆。此处离顾杏居住的大楼不到五十米。他蹲下身来，看见几米远的草地上有根被砍断的树枝。一定是专业人士到过这里。

丁杨突然有了一种感觉，这种感觉他在勘查邓敏家时也出现过，那是一种被监视的感觉。他本能地屏住气息，侧耳凝听，可什么都没有。

他心中平添了许多寒意，邪恶没有实体，它不能占据你，正好相反，邪恶是种不存在，是伪的不存在。在这里，你恐惧的只有你自己。丁杨凭感觉追过去，没有看到什么人。

拐角处传来凌乱的脚步声，却是申大头。丁杨诧异地问："你怎么在这里呢？"

"两个工人撤除专用光缆，我帮一下他们。"

"人呢？"丁杨问，只觉得喉咙干涩，"我有事问他们。"

"那边。"申大头转头看向住宅楼的另一侧，一个穿着黄色施工衣的工人走了出来。

"是拆除顾杏家的通信光缆吗？"丁杨问。

"我哪知道？"工人说，"我只按派工单做事。"

听着工人不满的口吻，丁杨明白他们是因为耽误休息被紧急喊来加班而生气。这是人之常情，也说明他们是科技园的正式工人，而不是拿钱走人的游击队。

丁杨详细询问了一番施工工序，循着工人的指点，找到科技园工程部。一个中年男子站在门前，脸色十分凝重，看着丁杨气喘吁吁地跑过来。"抱歉，警官，有事吗？"男子自我介绍，"我叫张成，工程部的主管。"

二

张成的眼睛依然年轻，但面容看起来像是经历过上山下乡的年代。稀疏的白发向后梳齐，上身一件白色衬衫，外头罩着黄色施工马夹。他握手的方式温暖而坚定。

"接到顾杏死亡的消息，我就安排工人过来了，就怕这段光缆线再出问题。"张成一边说，一边将丁杨请进办公室。

丁杨向他出示了证件："我想向你了解一些情况。"

"问吧，我跟公安的同志打过交道，明白你们的规矩。"张成看起来是个学者型干部，办公室就像书房，一整面墙的资料和书籍，办公桌上摆着两台电脑，四处都是纸张，一摞摞的书籍和期刊堆在桌上。

"不好意思，没来得及整理。"张成解释说。他在沙发上给丁杨腾出一个位置。

丁杨瞥了一眼纸张，上面画着些线条，写满英文，像某个科研项目的设计，而不是施工图纸。就坐前，他看了眼沙发靠着的墙，上面挂着两张地图：一张是科技园的布局，一张是地下管线图。图顶印着硅光科技公司字样。

"我刚接手工程部,一切有待走上正轨。原来我跟顾杏一个部门,这不手里还有一个原来的项目呢,希望能早点完成。"

丁杨问:"你跟顾杏共事过?了解她吗?"

"说不上多了解,但毕竟在一个部门工作过。"他说:"现在的女孩都有个性,不过她开朗活泼,也乐于跟年纪大点的同事打交道。所以,听到消息,我们都很难过。"

"为什么这么急着撤掉光缆呢?"

"当初公司决定将光缆牵进每一个技术员家里,我就不赞成。这样做,随时有泄密的可能。这不,在顾杏这一段就发现了问题,只可惜还没查实,人就这么没了。"

"你是说顾杏涉嫌泄密?"

"本来不应该说一个去了的人的坏话,不过,既然你们介入了,说明你们可能也发现了问题。"张成说,"一个月前,我们的监控在顾杏的线路上追踪到异常数据,但还没来得及查明真实原因。"

"一个月前?那这几天呢?"

张成敏感地看了丁杨一眼,说:"我离开监控组了……不过,你既然问起,我就有责任查清楚,你等一下。"

他打开桌上的电脑,点击一个图标,跳出对话窗口。他侧着身,似乎有意不让丁杨看见。丁杨也就不好意思偏过身去偷看。

"没有。"他对着丁杨说,"监控组没有发现情况。"

"没有?你是说自从那次异常之后再没发现其他情况?"问题是,最近每天都从这里发送出攻击研究所技术部的信号。丁杨差点就要说出口,又觉得这样说未免太过唐突。

张成拿起开水壶、茶叶和两个玻璃杯。"春上明前茶?"张成把一个玻璃杯放在丁杨面前,"公司的人都喜欢咖啡,可我喝不惯

103

那味。"

丁杨在张成身上看到浓浓的研究员气质，这让他颇感奇怪。富有教养的说话方式和举止，热爱学习和研究的精神，他怎么就甘心当个施工队的主管？

"喝茶是真正的传统文化。"丁杨说。

"是啊，茶道跟网络通信研究一样。可有人就是不能理解。"张成品了口热茶，咂咂嘴表示赞许，"可惜没有人沉得下心品味，很多人是为了收入在做这份工作。我的技术虽不高明，但我没办法忍受人浮于事的机关作风和斤斤计较的势利鬼。"

"你是说监控组？"

"不论是监控组还是技术部。这个分公司恐怕会面临撤并。"

丁杨差点咬到自己的舌头。张成又喝了一口茶，让那口茶在嘴里滚来滚去。

"张主管，我想知道一个月前的异常到底是什么？"

张成点点头，说："其实也算不上什么严重的事，顾杏利用手里的技术帮一家小网站开发了一款游戏软件。"

"黑客攻击游戏，还是暗网软件？"

"不过是一般的娱乐游戏罢了，没有攻击性。"

"您是指在线娱乐？"

张成脸上露出惭愧的微笑，说："这个判断力我还是有的，正因为这样，我才一直没有揭发她，任由她干下去。不过是为了赚点外快而已，公司里谁不是在为钱干活呢！"

"……嗯。"丁杨感到惊讶，低头望着玻璃杯。

"重点在于不能泄露公司机密。"张成说，"每个人入职都宣过保密誓言，而且每周五都像行政机关一样开展政治学习。但是，你知道，在利益面前，很少有人能抵抗，金钱是人们最好的朋友。所

第三章 黑密

以说，监控和惩罚才是最有力的手段。我建议并筹备了监控组，带着两个人监察两百多条光缆，度过了最有安全保障的两年。后来，随着公司人事演变，高层把我们分别调离了岗位，其他人去了技术项目组，我直接从监控组调到了工程部……"

"你们犯了错？"丁杨问。

"不，我们太卖力。"张成说，"没出事就被说成无事，无事就被认为是懒人。但是，换了一批人，各种事故便出个不断，只是他们掩盖着不报，实在盖不住就大事化小、小事化了，或者索性说监控设备落后，查不出结果。"

"就是说，一个月前顾杏的事是因为掩盖不住才暴露的？"

"没错，那个游戏容量太大了，服务器报了警。起初他们以为是工程部出了问题。"张成苦笑道，"我一查便发现了问题根源。"

"你替顾杏掩盖了真相？"

"可以这样说。我是工程部主管，我只撇清自己的责任。检查服务器时，监控组的人都在，我将出现异常的技术参数都罗列了出来，比对代码便知道问题出在哪里。但他们竟然懒得比对，更不用说利用参数核查异常数据了。"张成双手捧起玻璃杯。

"他们装模作样地抄写我的数据，两张 A4 纸写了不到二十个字符。我一转身，他们便把两张纸扔进了垃圾桶里。我装作没看见，他们便乐得不了了之。不过，我这么一查，惊动了顾杏。这一个月，她都是在惊恐和不安中度过的。我看在眼里，却不好说。没想到，她就这样死了，还是被杀害的。"张成手中的玻璃杯微微颤动。

"我想，她的死跟你没关系，也不一定是为这件事而死的。她确实害怕了，但另有原因。"丁杨想起跟顾杏短暂的接触过程中，她表现出的那份焦躁和不安。

"谢谢您这么说，可她是为什么被杀的呢？"

丁杨决定透露一些信息。"近半个月里，顾杏家的光缆数据一定出现过异常。"他说，"监控组要么玩忽职守，要么跟你说了假话。"

张成心里一阵难受，在丁杨的盯视下像个做了错事的孩子。他觉得自己应该有一分钟的时间来平静一下，因为他万万没想到，在他离开之后，由警方来发现公司内部的问题，并似乎因为这个问题造成了员工的死亡。

"你发现了什么？"丁杨紧接着追问。

"三年前，也就是我在技术部下面一个小项目组负责时，从一个同行那里得到一条线索，地下出售的一个'人肉搜索'程序，其代码跟我们正在使用的源代码类似。那个自称拥有独立版权的出售者把广告贴在暗网上。出于职业操守，我下载了演示程序，然后利用反向追踪得到了源代码。我发现这个身份信息盗窃工具和我们用来杀毒的程序是一样的，只是稍做了改造，开启了它的负面功能。"

丁杨知道，就像一句话正面说与反着说，字面上雷同，意义却相反一样，相同的源代码既可以编制成杀毒软件，也可以编制成木马病毒。

张成继续说："我将监控结果提交给了当时具有监察职能的综管部，希望他们深入调查。一开始，综管部主管非常热情，接下来却好是几个星期乃至数月的沉默，最终那些证据都失去了价值。我从这件事情上得到的教训是，除非你手头上有完整的情报、再清楚不过的证据，最好还附上肇事者的名字和住址，否则他们是不会理你的。果然，他们或者根本就没有去查，或者查出了对象却不敢触动。大多数员工对这种害群之马感到非常愤怒，要求予以彻查。但我把报告交给综管部，却什么动作也没看到，也灰了心。"

"你就没再查下去？"

第三章 黑密

张成难堪地笑了一声。"查了,而且查实了使用光缆的点位。使用那个点位发送木马程序的技术员叫胡平。他像顾杏一样,租住在公司外围,光缆从就近的中继站牵进他的住处。他辩称他不是这根光缆的唯一用户。在进一步核查中,我发现了一个叫钟调生的用户,通过中继站窃取了光缆的使用权限。这个钟调生在地下网络论坛出售恶意软件。在印证性搜索中,我找到了原始页面,是一个叫'难看'的黑客在网上叫卖木马程序,他的原名正是钟调生。查看这个页面的源代码即可发现它是用我们的代码编制的。他承认了我查实的情况,并拿出原始证据为胡平免责。"

"这就为胡平洗脱了罪责?"

"起初大家都以为事情可以就这么结束了,但后来我又查出,元数据显示这个文件的作者名叫'胡平',只是留下的联系人叫'难看'。胡平辩称,这是钟调生对他的陷害,钟调生用他的名字是为了从地下论坛的评价系统里获取更多积分,而网络技术公司员工的名字更让人信服。最后,公司还是辞退了他。"

"你的努力终于没有白费。"

"可惜,当这一切水落石出时,那些源代码已经过时,那个木马程序也已被新的入侵性病毒取代,公司对此根本没有兴趣。而且,找出并阻止这类病毒的作者不再重要,因为外面有太多能轻易获取的代码,即使技术一般的人也可以把它拿过来,修改出一份能入侵无数电脑的代码。不过,公司对泄密事件开始重视起来,抽调我组建了监控部。"

"说明你的工作也不是毫无意义,而且那时病毒软件和僵尸网络产生,迅速培育了一支成千上万人的黑客犯罪大军,从而引起了政府部门的高度重视,我们网侦警察也就在这种情形下应运而生。"

张成苦笑了一下:"我前面说我在监控部两年平安无事,其实并非完全无事,我报告了许多隐患苗头,却没人相信。我只好用我自己的方式解决。你相信吗?追踪那些隐患,在网络上找那些试图盗窃或者出售公司机密的人,难度比解决一个技术难题小太多了,简直就像小孩过家家。不过,我一定得罪了很多人。我反思自己为什么被调离监控部时,想到了这一点。"张成抹了抹额头,换了种口气继续说,"那时我很幼稚,一个人幼稚的表现就是对正义的概念产生错觉,认为那是人生下来就拥有的东西。尽管如此,我发誓要揭发那些违规行为,因为他们损害了公司利益,我也要为自己的职业操守负责。现在的年轻人可能会说我落伍了。所以,我虽然几经坚持,仍被调到工程部,在这里我尽管还是可以做项目,却已远离核心技术,如果再多管闲事,会被剥夺技术职称。"

"您从此消沉了?"

"不,只是回避。"张成说,"我相信,与其针锋相对,让自己活在焦虑、恐惧等负面情绪里,不如坦然接受现实,以积极向上的信念鼓舞自己。因为,其后果是各从其类的。那些被压抑得消极、悲观的人,最终会收获自己种下的恶果,而乐观的人却在对面盘点他们收获的成功和欢乐。"

在张成侃侃而谈的时候,丁杨饶有兴趣地审视着他,淡泊的形象一直在他脑海中萦绕不去。这个人真像他自己说的那样,是个网络的斗士吗?

"我知道你在想什么,"张成说,"我只是公司的一个普通主管,生杀予夺的权利在别人手里。也许,我只是一个懦夫,我没有勇敢地跳出来,跟他们做斗争。问题在于,如果我继续坚持,可能会被清理出这个圈子,那时我就更加做不了什么。对我来说,这里是一个根据地,在这里,我至少可以做点儿有用的事情——无良商家盗窃、网站数据泄露、手机泄密,以及新型黑客技术窃取,总要有人揭露他们，否则，每一个人都可能成为待宰羔羊。即便是你我这样懂得网络技术的人，也可能躺枪。"

"确实如此。"丁杨说。他放下手里的玻璃杯，从便携式电脑包里拿出录音笔，"也许我们可以深入地谈一谈您所了解的网络犯罪？"

张成却站了起来："抱歉，我说的一切都是有局限的，这只是我个人处理事情的方式。而且，我想说的都已经说了，可能说得太多了。还要加水吗？"

三

"可是，他对光缆泄密的判断是正确的，特别是胡平事件，不只是光缆终端能发送信号，便携式电脑甚至手机类的网络终端，也可以借由路由功能实现。"

一个小时后，丁杨坐在专案组里，向计智和石坚汇报访问张成的情况。

"这就是为什么我们在邓敏的电脑上没有发现攻击痕迹，却在研究所接入邓敏家的光缆上发现了。之所以追踪到顾杏，也是出于这个原因——顾杏家的光缆有同类痕迹。我们搜查过顾杏的屋子，没发现其他的终端，她不太可能用单位配发的电脑发起攻击。因此……"

丁杨看着计智，发现他好像有点儿心不在焉，但丁杨还是坚持要把自己的意见表达清楚："邓敏和顾杏，并不是情杀或侵财那么简单，有必要增派警力。"

石坚将手里的案卷放在桌面上说："就目前掌握的证据看，两起命案并不具备串并的条件,第一起疑似自杀,第二起却手法高明,毫无相似性。我可以理解你对网络犯罪的相关分析,但你也要理解传统侦查手段和传统证据的重要性,我们不能在毫无证据条件的情况下对命案实施串并。"

"攻击痕迹不就是串并证据吗?"丁杨争辩道,"同一手法,相同的对象……"

"攻击痕迹只是虚拟的,并没有造成实质性后果,对不对?"计智问,"嫌疑对象并不是因为攻击研究所失败而到处杀人,对不对?"

丁杨觉得石坚问得都在理,却总感觉哪里不对,但具体有什么问题,一时却又说不清,只得默默地点了点头。

计智接着说:"所以,我和石支研究过了,如果要串并两起命案,还需要更加切实有力的证据。这几天您辛苦了,先回去休息休息……"计智的目光和石坚碰在一起,好像在征求石坚意见似的,其实两人早就合计过了。

丁杨露出迷惑的神情,他跟张成谈话后的喜悦随之消失,变得失落而沮丧。

回到住处兼办公室,他闻到了发霉和装饰残留的气味。离开时,因为风大,他紧闭了门窗。堆积的杂物长久没有翻动,可能已经霉变,新贴的墙纸、简易床和书桌等办公用品正在挥发合成化工的白色污染气息。

他爬上单人床,仰面瞪着三角形的天花板,想起了张成,也想起了没见过面的邓敏和见过一面的顾杳,他们的脸慢慢消逝在白色墙纸里。

夜色爬上了办公室的气窗,半开的窗帘缓缓地在光线里晃动,丁杨内心的沮丧还远未消退。他把调查情况写成微信,发给高媛和季亚明,手机只是沉默不语。他试着显得没有发生任何事情的样子,却似乎听见走廊外传来细微的窸窣声,仿佛隐形的攻击信号正在靠近、窥探,偷偷摸了进来,形成闪烁的微弱光线,颤抖着,摇晃着……

蓝晶科技园建在离海港不远的滩涂上,清一色的别墅式建筑,高度还不及园区的树林,外墙刷成浅蓝色,与不远处的海洋呼应。园区东门南侧是一家花店和快餐厅,北侧是一家办公用品商店和歌舞厅,就像一个小规模的商业城。店铺主要面向园区职工,这里年轻人多,他们工作强度大,生活节奏快,吃喝玩乐难得出远门,一有空闲便三五成群地聚集在这些店里。

梅小刚对这里似乎很熟悉,一会儿快餐厅,一会儿歌舞厅。在走访中,他的手机没有停过:先是请硅光科技公司的一个员工帮忙核实顾杏编制游戏软件的信息,接着又打电话给计智,要求增派更多人手,然后联系鉴证中心,希望他们配合勘查。他还给大湾区公安分局网安大队打了一个电话,请他们调查张成及那个联系顾杏编制游戏的人。

分局网警莫柏青首先给他回了个电话,告诉他,硅光科技公司算是一个半官方公司,隶属于芯导科技研究所,业务却更偏重于企业服务,因此它不用应付那些令研究机构疲惫不堪的技术壁垒。硅光科技公司的优势在于,它可以将最前沿的网络信息技术普及到每一个普通的客户。当然,技术输出与泄露是两回事,后者是绝不允许的。

硅光科技公司的运作模式和其他商业公司差不多,即商家和个人在请求技术支持时支付佣金。客户只需要提供身份证号或者公司注册执照号就可以交易,就算名字是假的,或者身份证来自其他人也没有关系。因此，黑客都喜欢找它寻求帮助，有的甚至将它当作廉价培训基地，甚至有自称"垃圾邮件发送者"和"信用卡欺诈犯"的人堂皇地跟公司联系。这样，有的员工避开公司，私自向客户索取佣金，也就在所难免。

张成组建监控部后，成功拦截了大量的私下交易。因此，这些员工向公司高层反映，说公司商务交易客户锐减，是监控部影响了公司的生意，于是，高层出面询问缘由。张成出具了他们掌握的情况，证实那些所谓的反映都是倒打一耙，公司不得不展开调查，处理了几个人。

张成留下的调查记录包含了一些非常有价值的邮件和IP地址，对好几起诈骗案调查都很有帮助。很多嫌疑人在交易中使用了假名，但IP地址无法作假。

比如有两个交易者的身份证姓名都叫"何正"，张成认为他们都是盗用了"何正"的身份信息。循着他们的IP地址搜索，两人的真实姓名分别叫阳笑全和刘铧，是一家色情网站和一家虚假药品网站的幕后操纵人，盗取了数以万计的身份信息。他们跟硅光科技公司合作，推出了一个所谓的"高回报投资计划"，其实是一个网络骗局。

张成在过滤各种各样的公司流量时，与某部门建立起合作关系，屡屡顺利找出那些攻击服务器所在的互联网公司，然后切断他们发动攻击的服务器。因此，他的声望很高，受到很多技术部门同事的欢迎。但同时，他也得罪了所有既得利益者。

一个不知来自哪里的黑客向他发出警告，让他停止追查技术泄密活动，否则就对他不客气。在交锋中，那个黑客称："也不是我的本意，我受人所托。"他说，"你已经成了一个公敌，消灭你对谁都有好处。"

第三章 黑密

据硅光科技公司董秘透露，张成将这次受到威胁的经历写成报告，私下里给了某涉外机密部门。这个部门像公安网侦机关一样，具有打击电脑犯罪的职能，只是它人手更充足、专业水准更高、手段更加灵活。公司怀疑张成与此部门有关，害怕在接下来处理危机时难以把控，便想办法将张成调离了监控部。

不过，莫柏青并不知道这个部门的名称，只是感觉是一个十分强大而隐秘的机构，而且张成走的不是官方渠道，甚至此部门并不为张成提供正式帮助，一切都在秘密中进行。

丁杨听了梅小刚的电话记录，仔细推敲了一遍莫柏青在电话里说的"据硅光科技公司董秘透露"的那部分内容，总觉得有些不对劲，董秘怎么会知道张成和那个神秘的机构有联系，甚至知道张成给那个机构撰写的报告的具体内容？他是通过网络手段，还是直接跟这个机构的档案保管员联系？

丁杨想找莫柏青当面聊聊，他有太多的问题亟待解决。那个报告到底是怎么回事？张成到底是什么人？他是怎么"与某部门建立起合作关系"的？还有，为什么那天见过面后，张成就出差了？他去了哪里？

最后一个问题让丁杨怔了一下：张成是真出差，还是有意回避？他是否遭受了什么压力？那天的谈话，张成还算坦诚，就他个人来说不可能回避，如果有人让他回避，是公司高层还是某部门？他们为什么对公安介入如此忌讳？

丁杨猜测，那个拜托黑客威胁张成的幕后人，就是南都乃至全国垃圾邮件和盗窃身份信息的寡头，可能跟硅光科技公司董秘有联系，甚至可能就是"凯撒"，是杀害邓敏和顾杳的凶手。这个幕后人明显感到了警方的追查压力，明白原有的黑灰产技术已经很难再让他隐身。而芯导科技正在研发的"国产替代"产品及芯片技术，其高速、声像模拟功能，一定让幕后人动了犯罪升级的念头。

　　科技改变生活，也可以利用这种改变来为自己谋取利益。对于犯罪者来说，就这么简单。

　　梅小刚并不赞成丁杨去找莫柏青，他认为莫柏青的调查和分析太含糊，也没有明确指向，说不定会干扰接下来的调查。但丁杨还是给莫柏青打了电话。

　　莫柏青三十岁出头，看起来是个心思缜密的人，他随身带着一份对张成的详细调查材料。丁杨接在手里，仔细看了一遍，然后，问他："你对那个公司董秘怎么看？"

　　"我只见过他一次，看似坦诚，实则很聪明。他告诉我的，只是他希望我相信的东西，而不是全部事实。比如，他只说出把我们引向某部门的事情，然后对我提出的其他问题都予以回避。后来，我又多次联系过他，但他一直躲着我。"

　　"你觉得他是出于保密需要，还是出于私心呢……"

　　"他声称自己完全出于公心。我想，如果某个保密部门需要跟商业机构合作，一定不会刻意瞒着公安机关的。另外，即使是需要信息技术支持，这个保密部门为什么不找芯导，却去找一个带商业服务性质的硅光呢？"

　　"或许，硅光公司有他的独特之处。"丁杨表示质疑。

　　莫柏青说："它的独特之处就是名声不好，甚至与网络犯罪同流合污。说到这一点，我倒怀疑是不是我们上级网侦部门出于侦查需要，在跟他联系。"

　　"你刚才也说，董秘有意把我们引向某部门。这是否表示，某部门不仅不是公安机关，而且与公安不一定合拍？不过，这样猜测有牵强之嫌。对于那个董秘来说，某部门显然不是他刻意维护的，而是迫于某种压力不能透露。"

莫柏青沉吟了一下，说："这个我说不好。不过，张成似乎不仅在追查'打法律擦边球的活动'，一定是发现了很重要的违法犯罪线索，触及了黑客的利益，才受到恶意警告。但具体是什么线索，他在跟我的谈话中却不愿提及。"

"你在跟董秘的接触中，有提到吗？"

"就像刚才说的，他一概回避。"

"董秘说的张成提交给某部门的报告，到底详细到什么程度？他是否向公司高层汇报过？高层是什么态度呢？如果他没向高层汇报，公司难道就这么听之任之？"

"这是最奇怪的地方。"莫柏青说，"我问过几个副经理，他们一概表示不知情。"

丁杨将调查材料放进自己的包里说："我认为，或者董秘的话是一个彻头彻尾的谎言，或者董秘只向董事长汇报过。"

莫柏青摊了摊手，没有回答。

丁杨继续问："关于那个幕后人，你了解些什么？"

"据说此人很有钱，也舍得花钱，而且技术很精，对自己编制的软件也不保密，随便张贴在地下论坛里，所以黑客都听他的——黑客无非需要赚钱，但这个人似乎钱和软件多得可以乱扔。不过，他掩藏得很好，没有人见过他的真实面目，网上也没有任何资料，没人能搜索到他的踪影。按理说，在黑客世界，谁都别想瞒着谁，无论谁冒个泡，惊起一点水响，都有人能把他祖宗十八代翻个底朝天。可是，这家伙将地下网络闹得惊天动地，却没人知道他的一星半点儿情况。有一点可以肯定，此人技术不凡，埋藏很深，来无踪去无影，使用的IP防火墙十分强大，属于黑密。"

"黑密？"

"是的。看来你对南都的地下网络了解不多。据说，这个人擅长大运作，做事简单快速，不以常态示人，往往在网上发出惊世骇俗之语，转瞬又消失。比如，谋划一个行动，核定时间窗口，让一群黑客去实施，他自己却不露面，只在每个时间节点点赞，指点下一步行动。他不对某个特定的人说话，只是在论坛里时而扔一个链接，或者软件代码，让一群黑客按他的方式行事。在我们侦办的案子中，好几起他都是始作俑者，我们却无法对他实施追踪，连我们抓获的嫌疑人都跟他没有接触。而且，他擅长扰乱侦查视线，留下许多似是而非的线索，但查来查去，却都是无厘头，或者是游离得无法追踪的。"

丁杨看着莫柏青，满脑子疑云。

"还有，他善用语音诈骗。他编制了一个入侵微信的软件，只要被入侵的微信里有语音，就能模仿发出语音的人声，然后用模仿的语音编制诈骗故事，一骗一个准。"

语音诈骗并不新奇，丁杨在汉洲就侦破过一起。

"我们抓到几个用他的软件实施诈骗的小黑客，但没有找到他的行踪。他就像是在给自己找乐子，往地上扔一块骨头，引得一群狗争抢，还引起一群自以为掌握着高科技的警察不顾一切地追打，闹得焦头烂额，他却躲在背后发笑。"

莫柏青说着，兀自地乐："他还善于改造流行的黑科技。前不久，网上出现一个百变明星脸的小把戏，玩微信的只要下载那个软件，想把自己的脸换成哪个明星的脸都可以。他利用这个小把戏窃取了很多人的脸部信息，然后改造成诈骗小程序，竟然欺骗了很多人。如果不是国家有关部门及时发现，堵塞了漏洞，坚决喊停，估计会出现一大批受害者。"

丁杨毫不犹豫地说："不是估计，也不是可能，是一定。"

"对，如果我们只是一个不懂网络的普通人，突然接到朋友、亲戚的悲情语音，肯定也会心甘情愿地掏空腰包……他就是这样一只让我们难以捕获的高智商'狐狸'。"

"他不仅是一只'狐狸'，还是一只贪得无厌的'豺狼'。"丁杨说，"谢谢你，我知道他是谁。"

四

"对不起，警方掌握的情况就是这些。"

石坚关闭桌上的话筒，转头向计智示意。计智正要宣布新闻发布会结束，却有更多的麦克风伸到他面前。但他不能再回答记者们的问题，该说的他都说了，何况这是命案发布会，他不能抢了石坚的风头。

他与石坚并肩走出门。计智表面上对记者很客气，可实际上很厌烦这类新闻发布会。这倒不是他不喜欢在闪光灯和摄像机面前露面，他对自己上镜的样子有自信，也不是不想引起别人的注意，只是他的工作现在越来越引人注目，稍有不慎就会引起负面舆情。

他喜欢的是实实在在的成就感，破案、抓获嫌疑人、追回赃款赃物，看到被害人的笑脸。

回到专案组里，丁杨、梅小刚和莫柏青正在等着他们。梅小刚首先汇报："……没有找到硅光公司的相关当事人。"

"那就是一无所获喽？"计智的语气有些不耐烦。在新闻发布会上，他一直回避这个词，尽管他知道这是事实，他只有从侧面介绍一些基本情况。他说了一些侦查细节，本来是犯忌的，但他没办法，因为他自己也只了解一些基本情况，否则只能含糊其词。

"你呢，丁专家？"计智微笑地看向丁杨。

丁杨深陷的眼窝黑了一圈，这足以说明他熬了很多夜。他将手里的材料递给计智："虽然没见到公司的人，但我跟莫警官做了深入交流。"莫柏青附和地点点头。丁杨继续说道："我对张成和董秘有了一定了解，这两个人身上一定藏着不少的秘密。还有，莫警官对那个幕后人进行了深入调查，他的敏锐和深刻让我获得了很多十分有趣的信息。"

梅小刚插嘴道："他的那套理论与案件没有关系……"

"听丁专家说下去！"计智抢白了一句。

但梅小刚的嗓门比计智还高："他们谈到正在研发的网络通信技术，但我认为5G、6G技术只会更加先进、更有利于破案，犯罪分子根本不可能去攻击它……"

计智很不耐烦地举起手，意在平息他这个情绪低落的手下和那个得到丁杨支持、正在兴头上的分局网警之间可能爆发的争论。"好啦，大家都很累，不要再多话了，石支要专门听取丁专家的分析。"

石坚将大家召集到会议室，请丁杨解说自己的分析。丁杨开口的时候，他却拿起桌面的材料，阅读他们数小时调查得到的少得可怜的情况。

"你是说，你知道了对手是谁？"石坚突然抬起头，盯着正在说话的丁杨。

丁杨点点头："种种迹象表明，他极有可能是我的老对手达一路。"

"怎么可能？"会议室里传出一阵哄笑。

"怎么不可能。达一路是一个伪装高手。他的高智商、天生的吸引力和变脸技巧能帮他混入各种人群，并与人建立关系。两年前，他成功避开雁北省一次大规模的搜捕行动；一年前，我们在一起系列杀人案、诈骗案中发现他的痕迹，但至今仍旧不知道他躲在哪里。"

丁杨敛了敛脸上的表情，两眼平视，看着计智，接着说："他是一个身份不明的犯罪嫌疑人，而且我们无法凭着他的长相找人。就如同跟上帝打交道一样，第一要务是忘记他的长相，因为他可以变得像任何人。要想逮住他，不能靠任何外部特征，要抓到本质——他独特的上网痕迹、他的作案手法。"

"又说玄乎了。"梅小刚道。

丁杨没有理他，说："此人三十岁左右，精神扭曲，但很清楚社会标准与规范，知道如何融入人群、如何让别人喜欢他。他很有魅力、英俊、内敛、自信。但是，从另外一个角度看，他认为自己超脱于社会常规，比任何人都要聪明。他没有罪恶感，没有懊悔，一意孤行。他随口撒谎，却很能博取别人的信任；他对外表相当执着，很有女人缘，事实上，他依赖女性给予他隐身之地和自尊。他会连续不断地寻找女性陪在身边。"

石坚说："你对他的分析，听起来确实有点玄，像一个高大全的超人。比如，他在人群中四处游走，像个隐身人一样跟年轻女性互动；他不会混迹于底层，而是以体面的形象出现，即使伪装，也是装成高富帅……总之，他不会躲起来。但是，在如今的技术条件下，他这样做，终究会暴露踪迹的。"

丁杨看了一眼石坚，转向计智说："你们在网上发现了'闪变'软件，事实上，他在现实生活中也是一个'闪变'，他伪装的完美形象只是为了吸引女性，满足女性的虚荣心，甚至不惜在她们身上花钱，这一切都是为了隐身，为犯罪做准备。我为什么怀疑是他呢？除了前面分析过的网络攻击痕迹具有同一性，莫警官的调查，让我获得了第二条依据,请翻开资料的第三页……"

"百变明星脸?"石坚跟计智交了一个眼神。

计智说:"这是一个微信游戏小程序。"

"对。这个游戏小程序从出现到封杀,存在的时间很短,没有引起警方的注意。我看了莫警官的报告,研究了游戏代码的种种细节,并将它的编制手法、代码使用顺序、链接方式,与达一路曾经编制的几个软件进行了对比,基本可以认定,这个小游戏就出自达一路之手。"

丁杨的目光再次回到计智身上,接着说:"处理过诈骗案件的人都知道,这个小把戏非常适合盗取个人身份信息。达一路没想到的是,他能想到的,公众和管理部门都想到了,他抛出的这个链接刚刚火起来,他自己还没来得及动手,便被扼杀在摇篮里。据张成和大湾区分局的报告称,这个游戏的发明者就是攻击硅光公司并威胁他的人。"

石坚似懂非懂地点点头说:"可他的目的到底是什么呢?"

"他的目的……"丁杨迟疑了一下,他不能直接说出张超的指令,何况张超也没有跟他说得很明白,他谨慎地说:"他的目的在于研究所正在研发的技术。这是我从两起命案现场勘查中得出的结论。他想利用两位女性家里的光缆攻击芯导科技的网站,无非是盯着它的前沿技术。"

计智问:"难道他想盗卖技术?"

这个问题已经十分接近张超的情报,但丁杨想暂时转移他们的视线,便强调道:"这个人的黑客技术十分高超,两年前他编制了一个虚拟投资平台诈骗投资者,凭借游离技术让我们无法追踪;去年他编制了一个语音诈骗系统,推销假冒伪劣产品,语音模拟达到以假乱真的地步,然后,他借助'闪变'游离功能,逃脱了。现在，他的'闪变'已经失效，又发现了'通信协议漏洞'……而且把目光盯向芯导科技研究所。据我对他的了解，他的目标一定是正在研发的技术，除了盗卖这一目的外，他还会拆解它，了解它的功能，设计新的骗局……"

"可是，你说的一切只是建立在猜测上。"计智反驳道，"两起命案里，谁是嫌疑人，是不是跟正在研发的技术有关系，甚至你说的对象是不是嫌疑人，证据并不充分。"

"这两条证据虽然不够明确，但毕竟是个方向，可以循踪查下去。"

"你要查，我全力支持，但不能占用太多警力。"石坚原先说过，网络侦查一切都听丁杨的指挥，他不能食言，只得限制丁杨使用警力。石坚清了清嗓子，放下手里的资料继续说："接下来我们继续手头的工作。啸峰，你带队调查顾杏被害之前的行踪，她前两天见过的每一个人的交往情况，查清她身边的人对她结识的男朋友的了解情况。"

"收到。"吴啸峰马上站起来，这个任务让他回到原来的专案，他兴奋得脸都发亮了。

"魁哥负责联系鉴定中心，关注现场痕迹、指纹采集和法医检验结果。我们的当务之急是追捕驾车逃走的那个人，汽车轮胎痕迹处理得不够细，大量信息还没有收集到位，这方面要抓紧。同时，沿途的视频分析需要占用大量的精力，请丁专家和大头负责，你们是最后看着他离开的，我会安排最优秀的视频识别人员协助你们。"

申大头点了点头。

计智补充道："我们刚召开了新闻发布会，媒体对通报的情况很不满意。我在这里提醒一下，任何人不得私自对外散布跟案件有关的消息。"

石坚接着说:"对,没有证据的话不要乱说,即便有真凭实据,必须统一口径之后,再向外发布,这是最基本的宣传纪律。另外,大家都不要灰心,在丁专家的大力帮助下,所有问题都是可以解决的。"

丁杨苦着脸:"我刚才说到的线索查证呢?"

石坚亲切地笑了笑:"当务之急是做好基础工作……"

"什么叫当务之急?"丁杨觉得太不可思议了,语气逐渐急躁起来,"已经过去这么长时间,如果他要离开南都,西北、东北,甚至东南亚都到了,还能追上他吗?你们可以不相信我的分析,但你们要抓住他,必须从网络入手。他不会出现在任何视频里,但他逃不出网络……"

"我知道。我们先做基础工作,并非忽略你提供的线索,也没有忽视他网上藏身的本领。之前我和计支也讨论过,计支决定设置一个网络陷阱……"

"任何陷阱都不可能套住他,我们绝对不能这么做!"

石坚不吭声了,计智也是。会议室里一片不安的沉默。

"好吧,我配合你们的调查,只是不要设置什么网络陷阱。"丁杨知道,要想在南都继续待下去,必须做出妥协。

石坚叹了口气:"这个你不用担心,计支自有安排。"

丁杨的心彻底沉了下去:"这么说,已经发布到网上了?"

计智点点头:"为了引他上钩,我绝不会掉以轻心的。我的设计简单明了,不露丝毫痕迹,只是还需要一点时间。"

"你到现在还不明白,并不是设计的问题,计副支队长。他的敏感无人能比,他识别编制痕迹的能力无人能比。"

计智把目光瞟向天花板,懒洋洋地说:"谢谢提醒,丁专家。"

石坚看了一眼计智,对丁杨说:"正因为对手十分敏感,只要你一出手，他就会认出来，并设置更大的陷阱引诱你。所以，还是让计智来吧。"

丁杨终于意识到，说什么也没用了。他收拾好自己的调查材料，转身离开了专案组办公室。外面起风了，天空像泼墨一般，一场暴雨就要来了。

五

达一路一直都是这样过来的。懂事以来，他就从一座城市转到另一座城市，先是跟着父亲，后来是他自己，试图以空手套白狼的手法，将别人口袋里的钱弄进自己的口袋里。这是两大网红难题之一。另一大难题是将自己脑袋里的思想放进别人的脑袋。

他自信自己已经完成了第一道难题，但是还不够好。现在，他的迫切任务是隐身，这也是他非常擅长的，有利于难题的实现。当然，这得益于他得天独厚的条件，年轻、英俊、友善的外表，得益于他拥有一项无人能及的技能——变脸。

达一路二十九岁，但需要显得年轻的时候，他会比实际年龄年轻得多；需要成熟时，他会显得老成持重。不过，在南都这座年轻的城市，年轻的优势更大。绝大多数时间，他都有着光滑的皮肤、清澈的眼睛、长长的睫毛、略卷的黑发，看上去像偶像剧里的男明星。他身高一米八，挺拔结实，肌肉紧致有力、富有弹性。坐着的时候，舒展四肢，充沛的精力在动作中展现无遗。这些都给人一种年轻精干的印象。

达一路正沿着海岸线快车道自东往西前往蓝晶科技园。选择这条路，并不是因为他喜欢吹海风。在这种车流很大、游人乱窜的公路上，他既担心撞上以自我为中心的路人，又担心那些智力低下、神经紧张的司机，害怕因为意外，犯下某个愚蠢错误而遭遇车祸、受到伤害。

不过，他得在城区兜够圈子。离开顾杏居住的小区，他驾车绕了个圈又返回小区对面停了一会儿，看到丁杨和他的同事懊悔而失望的模样，心里颇为得意。接着，他明白，较量正式开始了，便又在城区跟设卡堵截的民警兜圈。这是一场逐鹿游戏，且看鹿死谁手。

再过几分钟，达一路就要驶出快车道，穿过南梅沙椰林，到达目的地。前面是小梅山公园，再前面就是蓝晶科技园。科技园西北面就是那个被称为"诈骗者天堂"的小镇。他不会到小镇去，那里太显眼了。他还是喜欢蓝晶科技园，年轻人多，容易融入。科技园南边有座烂尾楼，房地产老板通过非法集资端了个很大的盘子，却在扫尾时资金链断裂，又恰逢国家打击查处非法集资活动，乖乖进去吃牢饭了。

烂尾楼的地理位置不错，东靠小梅山公园，南望海湾码头，东北俯瞰主城区和蓝晶科技园，还有很多公交和地铁线经过，只是楼盘停工，冷清无人，所有站点都没有开通。

达一路喜欢在偏僻的废墟里开始新的计划。但是，他迟早还是要找个女孩家隐身的——大客户给的活儿是个最棘手的工作，也是他外撤的退路，需要女孩提供便利。在找到合适的女孩之前，他必须像乞丐一样在烂尾楼里藏身。

较量已经开始，对手已经进入圈套，他需要重新找一个掩体——既然是掩体，就不怕暴露，那也不仅是掩体，还是美欲之乐和诱敌的鱼饵。他已经亲手毁掉了两个掩体，还没有人发现他的踪迹，因为他会"变脸"。

第三章 黑密

想到"变脸",达一路不能不想起父亲。杀父之仇,不死不休。不论父亲有怎样的过去,达一路对父亲的恩情始终记在心里。他十三岁就跟着父亲生活,而父亲十二岁时,爷爷就死了,父亲是跟着奶奶长大的。父子俩都非常理解单亲家庭的苦和累。

不过,父亲比他更苦、更累。父亲还在读高中时,奶奶就遭遇交通事故去世,于是父亲不得不离开学校,独自在社会上谋生。幸好奶奶有些积蓄,年纪轻轻的父亲便做起了生意。

父亲的生活和父亲与母亲的关系,以及父亲与母亲关于"变脸"的争论,达一路是从母亲遗落的日记里得知的。那时,母亲已经失踪,强烈的思念之情让达一路在家里翻箱倒柜,寻找母亲的物品。他在一堆旧衣物里找到一个发黄的日记本,母亲在日记里记述了她与父亲的交往过程。

父亲生意开始红火起来时,认识了母亲。那时,母亲年轻漂亮、开朗大方,达一路父亲见过一面,就喜欢上了。从日记看,母亲对父亲也是一见钟情。相识不久,两人就有了身体接触,母亲还写到如何如何迷恋父亲的身体。

达一路暗想,母亲真是前卫,只是不知她说迷恋父亲的身体,是纯粹喜欢他的身材,还是已经跟他发生了关系。不过,后者的可能比较大,因为两人很快结了婚,并有了达一路。

后来,达一路从父母关于他要不要学"变脸"的争吵中,得知了他们之间的感情变化。那天母亲要送他去练琴,父亲拧着脸走过来,一瞬间,变幻出甲、乙、丙、丁四个陌生人,还怪腔怪调地说:"别去了,学这个吧。"

母亲当即挡在他眼前,不让他看见父亲突然变出的陌生的脸。母亲说:"一路有颗善良而浪漫的心,应该有个快乐的人生。"

父亲哈哈笑着,说:"'变脸'本身更具浪漫气息,他会快乐的。"

母亲还是坚决反对："不。只有音乐才浪漫，才是善良的。"

"是吗？你以前可不是这样说的。你不就是因为我会'变脸'而爱上我的吗？你以前不是说，我的'变脸'洋溢着浪漫的情调，描绘出爱情的妙处吗？"父亲阴阳怪气地说，"你还说，不论音乐还是科学，都不能充分而饱满地传达爱情的幽微精妙。但'变脸'的出现，将这两种方式各自不能表达的内涵，体现得淋漓尽致。"

父亲的声音压得很低，好像在对着母亲悄悄私语，但达一路全都听在耳里。

"你还说，我的'变脸'勾住了你的心，因为它表达出了因性爱和欲念而产生的种种情绪。"

达一路看到，母亲因为父亲这句话而泪如线珠。晶莹的泪水里饱含着悔恨、痛苦与绝望。这样的情景他已经回忆过不下数百次。他知道，母亲是悔恨自己的轻信，痛恨父亲的背叛，对自己的一生感到绝望。此后，他再也没有看见过母亲面带千金难买的微笑。

后来，为了博得母亲的笑，达一路刻苦练琴，并自己谱写曲子，进入俱乐部摆弄音乐。他暗自发誓，不要像父亲一样生活，更不允许父亲来操纵他的命运，他要做自己命运的主人。

但是，父亲身上的悲剧反复重演，终于不可收拾，母亲走了，他还是重复了父亲原来的脚印。而且，他慢慢地为自己的'变脸'技能感到自豪，他就像一台运转良好的诱惑机器，真正意义上的美女杀手。只要选定了对象，他就不容许自己失手，而且让她们个个入戏入迷，更让他自己飘飘欲仙。

他将这一切归结于技巧，而不是情感，认为所谓的迷恋不过是打着情感招牌的谎言，在七万年前非洲大草原的动物中，就有这类情感的顶尖表现，柏拉图式的爱只是生化算法的产物，当然会被超级计算机玩弄于股掌之间。

此时的达一路其实早就忘了母亲,把母亲的教诲抛到了九霄云外,就像他父亲一样,根本不会珍惜。母亲在日记里说,结婚不久,父亲就开始在外面拈花惹草。有一次,她去公司找父亲,竟然看到丈夫抱着一个姑娘,一丝不挂地躺在沙发上呻吟。不久,父亲竟然把其他女人带回了家里……

日记解释了为什么达一路自懂事起,便只有父母整天吵闹的记忆。他上初中那年,父亲第一次被警察带走。那时,他莫名其妙,母亲没有跟他说,同学也无人议论。看到母亲的日记,他才知道是父亲公司的值班床上死了一个女人。她服用了过量的兴奋剂,死前跟父亲在一起。父亲在派出所待了两天就回来了,仿佛什么事都没有发生。

但是,公司经营从此开始每况愈下,父亲的混蛋变态也变本加厉,以至于母亲在日记里言辞尖刻地哭诉、谩骂、指责,以及预测父亲绝对不会有好的结局。

随后,母亲的日记记述了父亲坑蒙拐骗的行径。

达一路想,诈骗罪名是不是母亲强加给父亲的。不过,不论母亲怎么说,父亲的公司无法挽回地倒闭了,父亲把一切归咎于母亲的诅咒!怪母亲为什么不撒手而去,他甚至怪自己为什么没有勇气去爱所爱的女人。父母的争吵从唇枪舌剑升级为拳打脚踢。那时,达一路已经初通人事,他很奇怪母亲在日记里只如实记录每一次"战争",却从来没有说出原因,甚至再也没有发表长篇议论。

此后,父亲注定要走一条与众不同的路。

母亲在日记里说,父亲想赚快钱,搅进了一个期货投资公司。公司没有任何货物,账面上却登记着各种进出口商品,自称与中日美欧沟通着东南亚及非洲的货运,不需出门,就可以进行大笔交易。父亲申请了一个贵宾账号，并且接受期货交易专门训练，然后把所有的钱都投了进去。对父亲而言，这是毕生事业的顶峰。但他不知道的是，就在他不顾一切地进行所谓的期货交易时，公司最高层却在运筹一个巨大的阴谋。

期货投资公司由三人合伙注册：一个是外贸商，一个是房地产商，一个是软件开发技术员。外贸商和房地产商不懂公司如何运作，看到空手套白狼捞了那么多钱，就动了坏心思。两人雇用杀手，杀害技术员，卷款潜逃了。

父亲血本无归，瞬间跌入了绝望的深渊。母亲的日记也到这里就结束了。达一路想不明白，母亲到底是因为父亲的彻底破产，而砸碎了精神镣铐，还是因为已无法从父亲那里得到生活资源，才终于下定决心、远走高飞？

母亲走的那天，达一路躺在床上装睡。他听见了母亲跟父亲的争吵，甚至看到父亲跪在地上苦苦哀求，希望母亲看在达一路还未成年的份上留下来。但母亲只看了一眼卧床的达一路，然后哈哈大笑。

达一路看着母亲毅然决然的模样，伤心地哭了。父亲后来安慰他，母亲走就走了吧，这样的人不要也没关系。但达一路深深地感到屈辱和愤怒，小小的心灵埋下了对女人的仇恨。

不过，达一路的所谓仇恨非常虚伪，其实只是他原始欲望的一种发泄。他利用电脑和网络实施诈骗，却感觉计算机或者网络虽容得下他的灵魂，却容不下他的身体；仇恨女人，却要借女人收纳他的身体，但他的心不会属于任何一个女人。

在诈骗和对待女人方面，他比父亲更变态、更恶劣。他不仅学习了父亲的技能，还承袭了父亲对享乐的渴望。他使用数据算法核定目标女人，在他的恶念里，女人是身体需要的消费品，也是他事业发展的牺牲品。

想到这里,他体内涌起一股熟悉的欲望。他又想起在南都靠着"变脸"勾引的几个女人,邓敏、顾杏……接下来还会有其他女性。

无论身份多么保密的人,只要刻意搜索,他总能找到。他拥有强大的搜索引擎。比如邓敏,当时他只是想找一个跟芯导科技研究所有关的女人,没想到获取了她这个意外之喜。

他在网上找到了邓敏的照片。在他喜欢的柳叶眉下面,有一双清澈的黑色眼睛,涂着黑亮的睫毛膏;她的表情里流露出特别的七情六欲。这正是他需要的,看起来她渴望着有一个像他这样的男士接近。

他迅速行动起来,并很快摸清了邓敏的活动规律,网络爬虫功能的强大令人难以置信。那天,她一进入酒吧,他就注意到了,尽管里面的人都穿着"嗨服"短装。她将目光投向演奏台,稍后在呈梅花桩摆放的高脚桌边坐下来。

这是一家中等的酒吧,四面隔音墙几乎让人看不到边,自顶至墙挂着一串串彩灯,彩灯柄上装饰着五星旗,宏阔的圆形拱顶产生震耳欲聋的音响效果。

不过,达一路对高脚桌边的嘀咕声更感兴趣,那些或放肆或收敛的对话全飘进了他的耳朵里——男女的调情、酒友的喧闹、争风吃醋的嘘叫声,以及无聊的呼喊和欢笑声。

这是他在以往的经历中练就的本领。坐在电脑面前,他是宅男,出门便是享乐高手。南都的开放、包容和进出口自由吸引了他。物以类聚,人以群分,这里有他的同类人。

酒吧里的客人慢慢多了起来,舞池里摇晃着五颜六色的头发,空气中弥漫着诱人的啤酒花香气。达一路关注着一个人独占一桌的邓敏,心想她会不会在等什么人,也许是她的闺蜜或早年的同学。

她独自过来，应该没有固定的男朋友。在这样一座城市里，让女友独自进酒吧等待的男人很罕见，除非他决定分手。

不过，她似乎非常淡定，自信得过于从容。丝毫没有期待陌生人邀请的……忐忑和紧张。

她不像一个来此狩猎的失足女。虽然他知道她有一份白领工作，收入不高，一定不足以维持一个虚荣女人的高消费。

她也不像守身如玉的女性，因为她看起来十分妩媚，眼神里透露出对男性的渴望，这一点他在网络搜索时便感觉到了。她穿着短裙和高跟凉鞋，露出漂亮、光滑、健美、白皙的大腿。无袖浅口圆领衫，露出白金项链，比一般人时髦得多。

令达一路沾沾自喜的分析头脑紧紧地围绕着邓敏进行推理演绎。他得出的结论是：这个女人是来碰运气的，他觉得这是自己的幸运。

突然，他意识到她看了过来，两人的目光碰在一起。他报以微微一笑，佯装尴尬地晃了晃头，让她觉得他心跳加速，却不是心慌。

他的目光如丝如缕地绕着她，尽管视线不时被跳舞的人群隔断，但他知道她的目光也没有立即移开。他们相互对视了好几秒钟。

接着，邓敏将目光转开，两个白领模样的男青年走到她的桌边，礼貌地跟她打招呼。她窘迫一笑，仿佛为自己不得不移开目光而表示歉意，又或许不是这样，她只是对那两个青年笑的，那份羞涩感仿佛是一个刚出道的少女。

达一路觉得很懊恼。难道自己的分析错了，那两个青年是跟她约好的人？

接着，他的心又凉了半截。邓敏的桌台坐满了人，两女四男，

第三章 黑 密

聊得热火朝天。有个男子坐在她身侧，斜斜地挡住了达一路的视线，他只能看到她的侧身。他看不见的男子左手和她的右手似乎在搞什么小动作。

他的内心并不像外表那样镇静，而是沮丧、失望，但并不惊讶。

机会稍纵即逝，达一路想，没有先下手为强，只能再等几天了。不过，他又舍不得离开，现在就绝望未免为时过早，对吧？不能确定接下来会发生什么。

突然，邓敏站起来，抓起外套，把手包一扬，转身就走。就在这时，与她同桌的四个男子先后站起来，把她围在中间。左手搞小动作的男子把手臂搭在她肩上，脸朝她的脸凑过去。达一路看见那人的嘴唇在动，他对她说了点什么，惹得他的同伙放肆大笑。

邓敏没有奉迎地笑，反而虎起脸，随即侧身挣脱对方的手，把头转向一侧。达一路看出，她是想摆脱这种困境，但又不想跟对方撕破脸。

那人遭到拒绝仍不甘心，加上三个同伙起哄，于是更加起劲，再次伸手搂她的肩。当那人要用强的时候，达一路出手了。

达一路端起吧台的两杯饮料，穿过舞池。

"嗨，小莉，这是你的朋友吗？"他把饮料递给邓敏，然后握住那人的手，暗暗用劲，语气中透着坚定："你好，你好，谢谢你照顾莉莉。"

那人的五指在达一路手里像鸭蹼一样蜷缩着，几乎要被捏碎了。

那人抬头看着达一路英俊、阳光的脸，灿烂的笑容充满了友善。他挣了挣，五指像夹在钢齿里一般，无奈地对同伴摇摇头，往舞池退去。

达一路一手搂起邓敏的腰，一手把她扶上高脚凳。"谢谢你。"她说。

"不客气，只要能为你解围就好。"达一路回答。

"你真勇敢。你就不怕他们动手吗？他们可能把你打个半死？"

"太平盛世，难道他们不怕坐牢吗？"

邓敏对他露出炽热的目光。他似乎失去了原来的目的，对她有些一见钟情了。不过，隔着舞池跟面对面看着的感觉真是截然不同。她此时似乎比面对流氓更慌乱，两颊红晕，两眼春水，荡漾着一些说不清的东西。

"我不想待在这里。"她悄声说。

"那我们去游戏馆？"

他们玩了几轮赛车，还在抓娃娃机上赌了赌运气，赢的各种颜色娃娃，她全送给了小孩。他们在蹦床上跳了跳，她有些晕乎乎的，不时倒在他身上。她似乎从来没有这么开心过，从来没有这样无忧无虑的时刻……

邓敏问他："你这样陪我玩，不怕被女朋友知道吗？"

他摇摇头："我没女朋友。"

"你呢？"

"没有。"她说道。他抬头看着他，说："同类相吸。"

这时，他们脸上的笑容消失了，彼此凝视着对方。这凝视持续了几秒钟，而且在延长，在继续。他们久久地、静静地相互凝视着，外表毫无动静，内心却充满激情。

对达一路来说，这是个千载难逢的时刻。这种时刻即使最有才华的导演在影视里也很难表现。这是诗人千方百计想着力书写却又难以把握的微妙时刻。

这是幸运男女一见钟情、情投意合的碰撞，也许仍欠火候，但

第三章 黑　密

绝对令人想象力爆棚。邓敏有生以来还不曾有过这种感觉，或许谁都不曾有过这样的感觉。

她心如乱麻地跟他靠在一起，舍不得离开。这时，他说："我们去跳一曲吗？"

她矜持地笑了笑道："好吧，就跳一曲。"

玩游戏的时候，她好多次跌进了他的怀里，偶尔胸口还跟他相抵。现在，当他把手搂在她的腰上，她觉得已再自然不过；而她把手搭上他的肩头时，甚至产生过抚摸的念头。

但邓敏还是克制住了自己，因为她不想显得主动，也不想表露自己的心思，毕竟不了解他。他也许只是出于英雄救美而已。

接下来的时间，他们似乎一直在舞池里摇动，也不知道跳了多少曲。事实上，他们都没有意识到歌曲的更换。邓敏的手已不再搭在他的肩上，整个身子似乎瘫在他怀里。他感觉到了她身体里蠕动着欲望之声，他的欲望也做出了回应。

他们的步子越来越小，越来越慢，只有身体随着舞曲缓缓地扭动。她似乎带着疑问地抬起头，他也回应似的垂下头，仿佛一切都是无意，仿佛一切都是天意，两人的嘴电石火花般地碰在一起。这场亲吻不知进行了多久，直至响起一阵掌声。

她甚至还不知道他是谁，但他知道她是谁。达一路明白，自己隐身南都的第一步计划实现了。接下来，他果然在网络里掀起一场血雨腥风。

丁杨通宵未眠，连续十五个小时待在机房里。肖可语打过电话后，乔曼儿送来了芯导科技研究所最新的黑客攻击痕迹数据。丁杨想从这些攻击痕迹里寻找研究所最新技术的源代码，从而找到5G通信协议漏洞的源代码。他相信，这两者的源代码是相辅相成的。

他决定对自己的解析软件进行改造升级。这个软件虽然能够解析入侵或者非法登录对象的原始信息，找到信息里的源代码数据，但这些还不够。如今，南都的人都在关注他，其中有不少人准备看他笑话，他必须以最快的速度找到应对犯罪之策，避免计智设下的陷阱被罪犯利用。这样，他才有资格继续在这里待下去。

他将跟达一路较量中积累的经验全都运用起来，原先掌握的代码全都被剔除，好似淘沙沥金，新的代码又分门别类，构成了新的图谱。这时，丁杨感觉自己的认识在攀升，进入一个更高的层次，眼前仿佛打开了一道门，展示出一个璀璨的世界，一个崭新的技术格局呈现出来，有了一种水到渠成之感。

一个个信息包被送入程序接收端，繁复的代码信息被解析软件采集，然后精准筛选，进行第二次识别分类。屏幕上流动的光谱五彩缤纷，好似一个大熔炉，要把攻击痕迹里杂陈的数据代码全部炼化。

去年，他编制的解析软件就触及了5G技术的边界，就曾发现这些可升级最新技术的源代码。如今旧景重现，却又有所不同。因为在高分辨率像素的催生下，源代码得到拓展，反应速度已经提升了好几倍。这些年，丁杨进步不少，积累深厚，如今有5G技术的源代码支撑，与5G"通信协议漏洞"印证，有了一种水到渠成之感。

果然，软件传递的搜索触角虽然遇到阻力，好似引起了地震，却阻止不了它的攻击。那巨大的阻力化作惊涛骇浪冲击而来，让软件一阵震荡，但依旧稳固。而攻击力量仿佛迎风的扁舟，在带着软件逆流而上。

轰！

此时，高密度信息颤动着，化作一个程序雏形，同时，丁杨只感觉眼前的信息数据包裂变，发送出至高无上的指令。这是软件自身层次上的升华。无论是数据、保密系统，还是系统通道、攻击力度，都在迅速蜕变。

"终于找到两种源代码的共融性了！"丁杨满脸涨红，激动得恨不能仰头大叫。他虽然熟悉 5G 技术，但要对网络犯罪拥有前瞻力，还得与正在进行的前沿科研同步，在科研成果普及前介入。不过，在科研阶段警方一般无法接触到。丁杨预先破解"5G 通信协议漏洞"，不得不说，是一个令无数网络警察难以企及的成就。

"噗！"

一声轻轻的静电响，显示器突然黑屏。丁杨内心一惊，却见屏幕自上而下又慢慢地再次出现图像，原有的软件被拆分成小数据单位，竟然化整为零。在那漫天雪花中，信息包再次在解析软件里绞碎，重新组合，且迅速复原。

"这……"这样的变化，让丁杨整个愣住了：是 5G"通信协议漏洞"在起作用！他以前只是将它当作一个负面程序，限制介入，此刻却与解析程序一同损毁，一同再生。

如闪电一般，解析软件重新生成，瞬间吞噬了 5G"通信协议漏洞"，化作了强大的嗅探器，比他原来的"嗅探"软件强大得多。丁杨分明察觉到，一种至强的力量在逸散。

重组的解析软件，果然不错！丁杨错愕之后，满脸的兴奋之色。他还没有真正掌握 5G 技术，软件居然先一步生成了。这个软件包含了比 5G 更先进的源代码，传输和破解能力到底有多强，他无法猜测。

怎么回事？丁杨突然眉头一皱。重组的软件非常生硬，居然连他都催动不了，有种蜉蚍撼树之感。是因为自己不懂得比 5G 更前沿的技术吗？这一刻，宛如一盆凉水浇在丁杨头顶，让他一下子蒙了。他这才发现，技术层次的蜕变随之停了下来，突破能力也消失了。

到底是怎么回事？丁杨仔细检查数据包，表情顿时古怪起来。信息量大幅增加，含有很多未知数据，就像藏头文，或者说包含了很多疑似间谍数据，居然让他无法截取、阅读，却又感觉是些无害文件，却使得解析软件发生了微妙变化，变得更加稳固，再次被拓展开来，好像瓶子的体积再次被增大了一般，还没有蓄满，自然无法引起质变。

看来要真正解决通信协议"漏洞"问题，还需要自身技术上的突破啊！丁杨感慨，但也并不气馁。一旦他懂得了相关技术，软件越强，实力也就越强，所以，这并不是困难，而是机遇！

希望通过研究黑客攻击痕迹数据，解决5G"通信协议漏洞"。丁杨沉下心来，不再理会软件，而是继续淘沥攻击痕迹，解析源代码数据。几个小时后，他剔除了全部旧代码，新的代码图谱更加清晰，像一幅宇宙星辰图在展开，且不断被他所认知。

第二天，丁杨将新代码图谱编制成一个软件机器人。这个软件一旦被激活，便能完全自主地工作，无须输入任何指令。它可以从一台电脑跑到另一台电脑，懂得复制，晓得隐藏，知道如何与其他电脑或人沟通，它还会自动删除，自己消灭自己。

"成功了！"丁杨兴奋地大吼。他丝毫没有迟疑，立刻投入对"通信协议漏洞"的破解。他不知道芯导科技研究所的技术员是怎么做的，但他很快控制了"通信协议漏洞"，并将触角向网络连接延伸。一瞬间，他试探着监控的几台用户终端正在浏览新闻、收发邮件、听音乐、付账单、下载图片或者查询股价的情况全都呈现出来，完全无视任何拦截和防护。

接着，他把有关芯导科技研究所的网站列了一张清单，然后全部"嗅探"了一遍,发现了一些新登录用户,但他们都是些手法稚嫩的窥探者。

丁杨明白,他不仅是在配合南都市警方打击网络诈骗犯罪,更是在调查那个入侵芯导科技研究所的黑客,侦查邓敏和顾杏的死亡原因。他想,他必须在研究所技术失盗和下一个女孩被杀之前,找到入侵者和凶手。

芯导科技研究所的内部网络无疑拥有最强大的防火墙,由精锐技术员进行管理,发布的信息也经过了最严格的审核,但接收和点击垃圾邮件仍不可避免。高明的黑客就是利用垃圾邮件里的链接定位用户身份的,并利用它攻陷网站的防火墙,将用户的技术、经济和管理状况,甚至用户的权限摸得一清二楚。

同时,攻击者还试图将研究所网站链接的每一台主机发展成僵尸网络,向它们输送虚拟寄生虫。这样,研究所的技术越尖端,攻击软件就越能获得护理和持续的"喂养",并因此变异和升级,保持旺盛的生命力。

丁杨认定,他在芯导科技研究所以及邓敏、顾杏两人的 IP 里捕捉到的入侵痕迹,都是这种寄生虫留下的。但是,他将这些痕迹数据与集中行动中获取的网络犯罪信息进行比对时却发现,信息里涉及的恶意软件虽然种类繁多,但目的仅限于感染家用电脑,使之沦为傀儡机,以供网络犯罪者远程操纵。寄生虫却狡猾、尖端得多,如果没有芯导科技的监控和丁杨解析软件的反查,很难察觉。由此,他更确认攻击者就是达一路,只是达一路原来的入侵软件里设计了游离功能,现在却赋予了更强大的隐身"自保"属性。

接着,他又守株待兔式地枯坐了十几个小时,直至便携式电脑响起一阵轻微的警示声,页面滚动的速度微微地迟缓了一下。他目光凝滞了,这个响声与页面的迟滞看似正常,但他知道,反映出的问题极其复杂。丁杨隐隐感到一股威胁的气息。

他没有轻易加载清剿软件进行追踪，而是让解析软件继续跟引起报警的程序接触。引起报警的一定是一种恶意软件，但也可能是误导性广告弹窗，它向个人电脑用户"示警"，目的是挟持受害者的计算机。只要不轻易点击，并通过专业杀毒软件予以卸载，就可避免远程挟持，使其无功而返。

解析软件排除了弹窗，触摸到一个疑似假冒的安全程序，在探查该网站的登录记录时，丁杨终于找到了那个熟悉的痕迹。登录域名还是来自蓝晶科技园，方向在西北角，域名属于某个附属科技公司。解析软件进一步开展电子数据勘验取证工作，在没有惊动对方的情况下，固定了那丝熟悉的攻击痕迹数据。

现在，物证在手，万事俱备，让南都同行看清对手嘴脸的时候到了。

电脑发出视频通话的提示音。丁杨轻轻一点，屏幕上跳出一个着春秋常礼服、刘海齐额的年轻女人。那是他日思夜想的女人。铃声持续地响着，他有些不能自已，距离他们上次通话才过去两天，但他好像过了很久很久，让他有种如隔三秋的感觉。他迅速揉了揉脸，又胡乱抓了抓头发，两夜未眠，一脸憔悴，头发乱七八糟，一定看起来像个几天未进食的乞丐。他不想让她看到自己如此糟糕。

果然，肖可语问："怎么啦，又去出现场了？"

"没有呢，不过，可能很快就会有现场了。"

肖可语挑了一下眉毛，仔细审视着他，说："又碰上什么事了？"

丁杨犹豫了一下："已经确定了，我面对的正是老对手达一路。"

"哦，真是他？"肖可语皱了皱眉头，转头往左边看了看，但视频镜头没有转过去，丁杨不明白她在看什么。

"已经找到相关证据印证。"丁杨感觉有些累，腰背一阵阵发酸发麻。

"我知道，他是你的心病，既然取得了突破性进展，你不会放手的。"肖可语说，"不过，更要小心哦，你能发现他，说不定他也发现了你。"

"可语……"丁杨想要说些什么，却又住了口，真的不好说，原来讲好到南都指导一下就回汉洲的，季亚明也已经表达了让他回去的想法，但二十多天过去，情况越来越复杂了。即使组织上让他回去，但不达目的，他是不会离开的。

肖可语没有出声。

犹豫一下，丁杨语气里有更多坚定的东西，说："我可能还要耽误一段时间才能回汉洲。我知道辜负了你，但我不能不这样，甚至在关键时刻还需要你的帮助。"

"没问题，必要的时候，我会向单位争取，过来帮你。"肖可语知道不可能说服丁杨回来，既然如此，不如自己过去，在丁杨身边，心里也能踏实点儿，肖可语一再强调："记住，不论达一路是杀人，还是向你挑衅，他触犯的是公法，不是你的私仇。你要依靠组织，他现在在南都，你就要尽力说服南都的同行，依靠他们，跟他们协力抓住他。"

"不，你还是别过来。这边的同行并不能真正理解当前这起案件的意义，他们的思维还停留在侦查网络诈骗或单纯命案上。事实上，那些所谓的僵尸网络、垃圾邮件，以及金融黑客都只是达一路抛出来吸引警方侦查视线的幌子，那些实施这类犯罪的小黑客，只是他幕后操作的棋子。这类棋子抓得越多，他越高兴，诈骗或杀人可能只是他设置的陷阱。"

"他杀人不就是为了掩盖诈骗吗？他诈骗不就是为了钱吗？"

"不是，这次他要的不仅仅是钱，一定有更大的目的。两起杀人案跟网络诈骗案没有丝毫关系，但是，从网络痕迹和攻击手法看，明显就是他做的。而且，他攻击的是同一个科技园区，都涉及正在研发的技术。"

肖可语若有所思地咬着下唇："难道他想盗窃正在研发的技术，提高他的网络诈骗水平。"

"不错，这可能是他的目的之一，但一定不仅仅如此，他犯不着杀人。"

"为了诈骗更多的钱铤而走险，也说得通。"

"我明白了，"丁杨沮丧地说，"我连你都说服不了，这是我的问题。"

肖可语没有安慰他，她在脑海里把整个情况梳理了一下，努力地想把他的语言碎片拼凑起来。"是不是他在国内已经没有容身之地，想潜逃出境？"

"对，他在南都掀起一场又一起网络诈骗风暴，自己却从不出面，使用的也是老手法。但命案里的两名死者都跟芯导科技研究所及其附属机构有关系，从她们家里都发出过攻击研究所的网络痕迹，而且从手法上看，都是他做的，留下了让我熟悉的网络痕迹。他一定想从研究所盗窃什么，这才是他的目的。"

肖可语提出另一个问题："受害人被害现场没有查出线下线索？"

"跟两个女孩来往的，是两个不同面相的男人。我认为是同一个人，是达一路的变脸术，但这边的同行并不赞同。"

"那是你的猜测，当然无法说服别人。"

这时，视频里显出高媛的身影。她问："既然有监控、有证人，总会发现那人在两个视频里行为举止特征的相似性吧?"

"没有。"丁杨沉吟片刻,"不过,你的话对我很有启发。"

高媛与肖可语对视了一眼,说:"如果他真的伪装得那么好,应该还会继续作案。没有特征就是最大的特征,何况他接触的女孩、攻击的目标,都与芯导科技研究所有关。"

"昨晚我又发现了疑似他的攻击痕迹,但一时难以判定攻击所在的方位。"

"会不会是对手在扰乱你的侦查视线?"

"不知道。"丁杨说,"但是,他的目标十分明确,芯导科技研究所、正在研发的网络通信技术。他很坚定,也很急迫……我不管两起命案到底有没有关系,也不管诈骗案件如何……我想,抓住这个攻击研究所的人,案情就会大白的。"

"丁杨,你是去配合南都办案的,先办好手头的案件,做好配合,再慢慢解开心头的疑惑。你自己也说了,那些案件跟达一路有关。"高媛尽量说得委婉些,但是说出来的话却是直白的。她是看着丁杨进入警察队伍,看着他在侦查破案中成长的。他是个网络天才,把网络当作一个谜团,穷尽一切手段不断地剖析和破解它,但他并不是侦查办案的专家,尽管他总是争着出现场,总想经受一线侦查员的考验。

"团伙诈骗案件已完成几次收网,接下来基本没我什么事了。"丁杨有些无奈,"我请求接着协助命案调查,他们似乎并不想让我插手太多。我想,请您利用汉洲的技术力量,帮我调查相关线索。那不是两起单纯的命案,我怀疑是达一路攻击研究所遇到阻碍引发的,当然你们可以说是我的猜测,但从我们汉洲侦办的虚拟交易平台诈骗案、'魔法鹦鹉'诈骗案来看,对付高科技犯罪者,就是要跟上他们先知先觉般的思路才行。"

人类文明的发展确实是这样的，总是先有犯罪，才有法律，才有国家机器的打击和惩罚。如果国家机器能够预知随着社会发展可能滋生的犯罪活动，特别是伴随科技发展可能出现的新型犯罪形式，那么这个社会会更安全、更稳定。丁杨的思路好像已经走在了前面。

高媛一动不动，紧紧蹙着眉头，思考着。"对不起，我不是在怀疑你。"她解释着，"我知道你说得对，我们应该走在前面。"整个世界似乎只剩下了沉着、专业、先知般的丁杨。这是她认识的丁杨，季亚明不顾一切护犊子的丁杨，他有被护的理由。

"我想……研究所可能有大麻烦。"

"这样吧，我去找季支商量一下，设法协调你和南都同行的关系。"

"我等你消息。"丁杨说着，把手机放在便携式电脑上，着手整理资料，"这是我这几次的侦查报告，我把它们发给你，请你帮我找找线索。"

"好的，我会尽力帮你。"

挂了电话，丁杨躺上床，一觉睡到太阳下山。醒来的第一件事就是查看手机和便携式电脑。手机里有几条短信，是计智和梅小刚问他吃饭没有，他发送了一个等待晚餐的表情。这两天他都是泡方便面度过的，晚上得好好吃一顿。

电脑里的监控软件状况良好，信息比对时刻进行着，似乎又捕捉到了同类入侵痕迹。他将相关电子证据打包下载，发送给了高媛，然后一边望着窗外，一边琢磨着命案的所有疑点。

在邓敏案里，凶手和邓敏在一起待了几个月，前面很长一段时间都没有使用她的网络，利用她的光缆攻击研究所网站不久，就将其杀害并劫走财物，然后离开。

第三章 黑密

但是，凶手住进顾杏家时间不长，看起来是第一时间便想借用她的网络。他杀顾杏，可能是发现了警察已经找上了她。南都警方调查时发现，顾杏跟丁杨见面前，给一个查不到真实信息的手机打了电话。这个电话可能是凶手的。

现在，仅仅间隔了两天，研究所又出现了攻击痕迹。这说明他并没有收手，没有离开南都。难道说，他又找到了一个和邓敏、顾杏相似的女孩，又和她住在了一起？

他是依据什么来选择女孩的？为什么像邓敏这些漂亮的女孩都心甘情愿地接纳他呢？即使前一个问题可以解释，后一个问题也确实令人费解。

想了一会儿，丁杨再次检查上午查到的那个攻击痕迹。西北角，据说那是一片废墟，连户正常的居民都没有，更别说在蓝晶科技园上班的员工了。

这时，手机响了。丁杨以为是计智，却是季亚明。丁杨想，是该好好跟老季聊聊了。

"小丁，我是老季。"

"支队长好，我一直等着您的指示呢。"

"高媛向我汇报了，听说你在达一路的案子上取得了一些进展？"

丁杨脑子转了个圈："应该说，南都的网络诈骗案升级了，支队长。"

"这么说，你想好不去参加研讨会了？也行，你就抓紧侦查南都的案件吧。既然攻击研究所的痕迹是达一路的，高媛也追踪到了，说明他确实有着不一般的图谋，我支持你。"

"但是，熟悉的攻击痕迹只能作为侦查判断，不能作为定案的电子证据，无法说服别人。凶手太狡猾了，在邓敏和顾杏家里都没有留下丝毫现实性的物证和痕迹,也没有留下任何可辨认影像,这太奇怪了。"

"这确实是个问题。"

"那家伙是个疯子,上午又发起了攻击,似乎表现出一种愤怒、歇斯底里甚至异常的贪婪,又给我一种挑战的感觉……"

"你是说他攻击芯导科技研究所是在向警方挑战?"

"也许不完全是,但一定带着挑战的成分。有件事,我一直没有向您汇报,来南都前我接到一些莫名的信息,还有一句无厘头的谜语。当时,我没想通发信息的人是谁,也不明白谜语的意思是什么。现在我知道了,那些信息就是达一路发的,他要向我挑战。"

"难怪你当时不愿意去南都,我以为你是想结婚。"

"这也是我现在不想离开南都的原因。"

"挑战的事你跟计智说过吗?"

"说过,他们也跟我一样,对那句谜语一头雾水。我知道那是一句数据主义者的格言,他的意思是凭数据主义理论向警用大数据挑战,向警方挑战,他会不断地犯案,让警方无法侦破。但是,我想这还不是他的终极目的。从他杀人手法的冷血程度看,对警察也不会手软。"丁杨停顿了一下,"我想,计智无法理解这一点也是正常的。"

"公法不讳私怨,"季亚明说,"报复警察的事不少,即使他的报复出于私怨,也是公安机关应该管辖的。你放心,与南都同行及芯导科技研究所的协调我来办,他们会保护好你的安全,并配合你侦查。"

"保护就免了。"丁杨说,"最重要的是信任,放手让我干就好。"

"不用担心,有分歧很正常,他们会转变的。"

挂断电话,丁杨坐了一会儿,再次检查上午侦查到的那个攻击痕迹。如果能更准确地定位就好了,他不是待在居民区更好,能在围捕中省不少力气。而且如果在最短的时间内抓住他,就少一些诈骗犯罪,少一个女孩面临被人杀害的危险。

大楼十分安静,走廊里突兀地响起敲门声,他看见计智站在黄昏的一阵风里。

第四章 陷阱

一

周五的黄昏，跟往常并没什么两样。吴岚沿滨海南街走着，身边不时传来阵阵欢笑，几个着装暴露的女孩擦肩而过，一台白色跑车几乎驶上行人道，慌得她急忙躲闪。

天气晴朗，街上人流熙攘，外地游客和商贩都出来了，空气中弥漫着浓烈的烧烤味，还有汽车的尾气和人的体味。她尽量忽略这些难闻的味道，同时也不去看她身边的人。

吴岚从小接受的教育就是女人一定要自尊、自爱、自励，她以自己能够严格按照规则行事而自豪。她出生在一个北方小城，家境还算富裕，成长一直都很顺利。学生时期，每个周末都学习唱歌、弹琴、舞蹈。她的钢琴多次通过升级考试，舞蹈在大学的晚会里是保留节目，还当过系里的文娱部长。

她对爱情很执着，不喜欢那种临时利用或慰藉式的短暂的爱，所以，在大学里没有正式谈过朋友。来到南都后，她也没有谈过轰轰烈烈的恋爱，她一直在等待，在选择，期待着梦中的白马王子出现。

此时，她只想尽快找一家咖啡店，喝杯咖啡、吃个简餐，然后

第四章 陷阱

回到公司公寓去，那才是她舒适的家，淡粉色的墙，布艺的沙发，度过与电视、书本做伴的夜晚。

忽然，她撞到了一个男人。他也正要走进旁边的一间咖啡店，而她刚好抬头打量着那家店的招牌，两个人就这样撞到了一起。她慌乱地想要避让，结果身体不由自主地倒向了路边。在她倒下之前，他挽住了她的手臂。

"哦，对不起，是我不小心。你没事吧？"男人说，带着春天般柔美的声音。

吴岚有些茫然地摇了摇头。她正要回答那句必要的"不客气"，就看到了那个与她撞在一起的男人，她说不出话来了。那是一张带有西方特色的面孔，充满笑意的明亮的眼睛，一头修饰得非常整齐的黑发；质地优良的长袖T恤，领扣微微敞开，锁骨圆而挺，皮肤白皙；得体的灰色休闲裤，丹麦爱步休闲鞋。看起来……很有品位，年纪不到三十岁吧，她猜测，或者要更年轻些。

她突然意识到他的手还抓着自己的手臂。她有些羞涩地说："对不起，是我没看路……只顾着自己……这才撞到了你。你不必道歉。"

"你是吴岚，吴主管！"

"怎么……"她再次打量了他一眼，察觉到一泓清澈的光，感到更加慌乱，完全不像平时的样子……她很肯定，她对那双丝绸般的眼眸很陌生。

"你不认识我很正常。因为，那天你是接待方，我是参会方，你每天接待好几百人，哪能个个都记得呢！"

吴岚更加茫然，他说的是什么？最近公司没搞什么活动呀！

"去年的年会，记得吗？我是新锐公司的参会代表，姓桑。"

吴岚痴痴地看了男人一会，同行里好像有一家新锐公司。每年的年会都是芯导科技研究所主办,参会代表都是技术副总裁或同级别高管,她只是抽调协助工作,没有机会结识每个公司的代表。他是技术副总吗?这么年轻英俊。她心里微微有些遗憾。

"桑先生,您好。小女子眼力浅,还请原谅。"

"说哪里话,是在下怠慢了。"桑先生笑吟吟地说,"机缘巧合,不如我请客,还请吴主管不要拒绝,权当道歉。"

她没想过要跟别人一起吃晚饭、喝咖啡,但桑先生非常热情,令她感到却之不恭。而且,只要他们的目光对视,她的头脑就一片混乱,根本不知怎么拒绝。

于是,他带着她来到一个清静的卡座,一边品尝卡布奇诺,一边给她讲各种故事,讲得她笑容绽放、笑声不断。开始,她一直微微低着头,眼角间露出浅浅的微笑,没敢怎么去看他,只是很认真地听他说话。他去过美国、法国、澳大利亚,还有北欧的几个地方。听他说在北欧的河里钻冰钓鱼,在法国购物,买很多浪漫的小纪念品。

他有着迷人的男中音,非常适合叙述那些令人难以置信的故事。虽然她不大相信一个人能经历那么多的事情,但是她并不在意。她喜欢听他说话。每当他笑的时候,他那双清澈的眼睛就会格外明亮,闪烁着光芒,她喜欢这一点。她还喜欢他看着自己的样子,好像他在这个世界上唯一的事情就是要让她开心。

吃过晚餐,他请她一起泡吧。她有点犹豫。这也太快了,她真的不知道……不过,他说只在这里待一个星期,泡泡吧应该不会伤害什么,何况她是东道主。最后,她还是答应了。他把地点定在蓝色威尼斯,一个有名的爵士乐俱乐部,也是她最心仪的酒吧之一。

吴岚并不是第一次跟男人约会,像她这种年龄、学历和职业的女人,并不缺少机会。她甚至为了在约会中表现出色,跟时髦女性

第四章 陷阱

一样经常阅读《时尚》周刊等同类杂志，提高自己的品位，以便在聊天中有恰当的应对。比如，给自己充裕的心理空间，不立即透露过多的个人信息，特别是家庭住址之类。一个人衣着体面，看起来有魅力，并不意味着他就是个好人。

桑先生站起来，用现金结了账，然后对着她微微躬着身。他的右手伸在她面前，呈邀请互挽的状态，两只脚分立着，看起来是那么高贵、英俊，并且很有控制力。吴岚看了他一眼，立刻后悔自己没有穿得更正式一些，至少应该穿一件淡紫连衣裙。这样优秀的男人不应该和她这种穿着随便的女子约会，他的身边应该带着铃佩叮当、葱指钻戒的金发美女，那些非常漂亮、非常时髦的女孩。

她略显紧张地把手放在他的臂弯里，然后不由自主地捏住他的手臂。桑先生回头温柔一笑，回应般地说："我们过去。"

怎么过去呢？是打出租，还是先呼滴滴，等滴滴电话响再出门？她正想着，一阵短促的车鸣声打断了她的思绪。他挽着她的手，走到门口。吴岚看到迎宾道上驶来一辆宽大的莹蓝色敞篷车，里面坐着一个穿咖啡馆工作服的年轻后生。

桑先生拉开副驾的门，先请她坐进去，然后客气地请服务生下车。他坐进去，熟络地抓住方向盘，敞篷车顺着迎宾道飞快地驶了出去。

"我的天啊！这是什么……"当吴岚从懵懂里醒过神来时，她心里不由发出一声惊呼。不过，她掩着自己的嘴，没有叫出声。他用手理了一下头发，回头微笑道："我喜欢开车出门，一边工作，一边欣赏沿途的风景。"

"哦，驾驶几百千米，你不怕辛苦吗？"

"很轻松，4.2T敞篷汽车，马力十足，驾驭便捷。"他骄傲地说，"限量版，最新保时捷改进款，庄重、大气，适合各类人群，是不是？"

那可不见得，吴岚对他最后一句话持有异议。这种车可不是随便哪个买得起的。

汽车在俱乐部门口停下。他打开了驾驶座旁边的门，从前面跳出来，脸被风吹过，看起来红红的，劲头十足。根据以往经验，她并不需要做什么，只是沉默地坐在那里，紧紧地抓住自己的灰色小手包。

这时，他拉开副驾的门，微眯着眼睛，把手臂伸向她。吴岚觉得自己快要喘不过气来了。他依然在微笑，黑亮的眼睛看起来充满耐心和善良。他知道自己会让她立即看出这一点，他还知道，她其实很紧张。为了使她放松下来，他让自己的笑容里洋溢着热情。

"谢谢，我自己可以的。"她努力使自己显得想要拒绝，却又顺从地挽起他的手。

他保持着亲昵的姿态，表示这一切都是应该的，然后轻轻地握住她的手放到自己的臂弯里。他轻拍着她的手，她知道那手一定冰冷冰冷的。

"真好，爵士乐响起来了，我的最爱。"他一边挽着她走进门，一边陶醉般地对她说，显得十分亲近。一进门，布鲁斯号角吹奏的旋律扑面而来。"你呢？我希望你不会介意。"

"我也很喜欢，"她说，"它一直是我的最爱。"

"真的？喜欢 Chet Baker，还是 Wes Montgomery？"

"Chet Baker。"吴岚卖弄地补充了一句，"他的歌充满了青春气息，有一种令人微颤的痛楚，一种萦绕心头的印象。"

"说得好极了，他的每首歌都是经典。"

吴岚无声地点点头。

"啊，当我第一眼看到你的时候，我就知道你是一个有着完美

第四章 陷阱

品位的女孩。当然，今天一见，印象更加深刻，甚至当我邀请你一起喝咖啡时，你竟然同意，真是让我受宠若惊，让我一度怀疑自己竟然有这份荣幸。"他故意板着脸，显示自己的真诚。

她虽然觉得有些夸张，却发自内心地笑了。

"我……我们还是说爵士乐吧。其实也不仅仅是他，还有很多千禧年的国内歌手，也唱得很不错，自然喷涌的魅力流光溢彩。"她有些兴致勃勃了。

"哦，对不起，你真是博闻广识，对梁朝伟和张曼玉他们演唱的华语爵士，我还真是了解不多，是不是失礼了？"

"你太谦虚了，我也只是听过几张碟片而已。这就像我们在喝葡萄酒时，也喝鸡尾酒一样，纯粹的，混合的，各有各的品味。我猜你也不是一个拘泥的人。"

"吴主管，"他发自内心地说，"这真是一个绝妙的晚上。哦，我可以叫你吴岚，或者岚岚吗？我觉得可能更……合适，或者……和谐些。我叫桑明君，你可以叫我明君，或者其他你喜欢叫的什么……"

这一次，她也说出了自己今晚碰上他以来的第一句真心话："老实说，我很喜欢……"此情此景，她都不知道自己到底是谁了。她是一个妙龄女孩，有才有貌，却从来没有处过一年以上的男朋友，不是她不愿意，是确实没有合适的。她太规矩，放不开自己，错过了很多机会。她不知道自己到底该如何放开。

桑明君伸出手，握住了她的手。她凝视着他，看到他不再微笑，相反，他的脸上弥漫着忧郁，和她一样的忧郁。有一瞬间，很神秘的瞬间，她觉得她以前确实看到过他，在年会上，在迎宾台，在舞会上，在递上酒杯果盘时。当时，她就是做这种事的，不是什么主管，他接住酒杯，深情地看着她，旁边没有任何人，没有同事、同行或者女友。她想,他们见过,只是那时她感觉高攀不起,现在也一样。

她和他的手指缠绕着。酒吧里的音乐又一次响起,柔婉的曲子,一个女人在婉转地歌唱"我的爱……",这一时刻一直在持续着,持续着。

"岚岚,"他轻声唤道,"我们去跳个舞吧!"

舞池里,人太多的缘故,舞者都身贴身地拥在一起,步幅很小。吴岚最喜欢这样的舞步,一切都变得柔和,仿佛两片天鹅绒垫在一起,周围的一切开始模糊不见。

可是,不知他们来得太晚,还是酒吧打烊太早,乐队撤了,音响师也宣布怠工,人群慢慢地散了去。此时此刻,她多么希望还能继续跟他在一起。

街上的空气又热又闷,她想去兜兜风,远离这座拘谨的城市,远离那些失意、烦恼的记忆。她希望从此不再孤独,不再独自一人面对寂寞的小屋,她希望接下来的日子充满阳光。

但是,这是他们第一次见面。她意识到应该改变自己的生活,却很难对面前的男人说出口,她需要勇气……和时间。

跨进副驾的时候,吴岚想着此时应该说句合适的谢词,却被他的笑容打动,他眼睛里燃烧着明亮的火焰,让她不知所措。

"我们沿滨海南街走吧!"她说,却立刻觉得自己说出了这么显而易见的话显得很无耻。

"正合我意。"

她点了点头,仍然觉得有点害羞。她把自己的注意力转移到街头霓虹上。

"我车上有香槟、鱼子酱、蛋糕、苹果、橙子。不知道你喜不喜欢?"

第四章 陷阱

她转头专注地看着他。

"严格地说,"他一边开车一边接着说话,"很长时间以来,我都没想过会有这样的一天,没想过会这样开心快乐。陪我去海滩,怎么样,岚岚?我们好好地享受一番,或者明天去更远的地方,你和我,好吗?"

"我……也想出门旅游一番。"

"太好了!"

他突然熄了火,在路边停下来。然后,把她扶上驾驶座。这辆宽大的敞篷汽车看起来非常豪华。外部是漂亮的曲线,里面是引人注目的黑色铬合金仪表盘。看起来只像电影明星或者石油富豪的专座。

吴岚有点害怕,不敢去触碰它。不过,桑明君毫不犹豫地牵引着她的手,帮她弯腰坐进陷下去的黑色皮座椅里。

"你知道吗?"他突然说,"你应该拥有……"

"哦,不,我不行。"

"可以的,当然可以的。给你买辆红色的小跑车怎么样?先用这个试试手。"

当她还要反抗时,发现自己已经坐在了驾驶座上,手里拿着一把小小的方形遥控钥匙,脸上带着傻傻的笑容。时尚的铬合金仪表盘亮得让她炫目。桑明君坐进了副驾驶室。她几乎不敢看他。她甚至还没有摆脱这种感觉,她已经深深地爱上了这辆汽车。

"看到那个银色的小按钮没有?"他指着她手中的遥控钥匙,她低头看着,右角上果然有一个按钮。"按一下它。"桑明君说。

她按照他说的做了。车子"滴"了一声,启动起来,车身几乎没有感觉地颤动。她吓了一跳,差点松开方向盘,然后大笑了起来:"哦,天呐!这车启动起来怎么一点声响都没有。"

"可能是厂家为了环保设计的,没有响声,但还是能够感觉到,不是吗?非常灵敏。现在,岚岚,推动变速杆,把它推到D位。看到D位上亮起绿灯,或者看仪表盘上显示"D",就可以往前面开了。这边是雨刮器,这边是转向灯,这里是手刹。前进吧!"

她是学过驾驶的,而且拿到了驾照,只是没有开过这么豪华的汽车,对那些高智能配置不太熟悉。当她想感受一下油门的时候,差点冲了出去;而感受刹车时,却差点把头碰到挡风板上。最后,她终于驶在大路上。

拿到驾照后,她已经很多年没有开过车了。不过,她很快发现自己心里其实很怀念这种握着方向盘的感觉,驾驶的汽车就如同一匹在广袤草原上急速奔跑的骏马,这种向前奔驰的力量让她感受到了心灵的回应。

她开车绕着街区,一脚油门,一脚刹车,车子颠簸得厉害,但是桑明君看起来丝毫都不在意,她发现自己笑得嘴都合不拢了。她喜欢这辆车,喜欢这个男人。

"听我说,岚岚,"桑明君说,"如果你喜欢这辆车,我可以为你买一辆相同的。不过,红色小跑车,性能也是一样,更配你!"

他摁了一下中间仪表盘上的一个银色按钮。然后,一个隐藏的屏幕升了起来,并渐渐由暗变亮,现出欢迎的字幕。他用手指在屏幕上点击两下,很快 Chet Baker 的歌声从音箱里缓缓流出,环绕在她的周围。

当他们回到她租住的公寓楼时,吴岚仍然精力充沛。已经是下半夜,月亮露出了又大又圆的脸,潮湿的空气就像温柔而充满香味的爱抚,抚摸着她那不知是被风吹的,还是因其他原因变得通红的脸颊。今晚真是太美好了,极好的一天,在吴岚的眼里,一切都显得缥缈起来。她发自内心地不希望这么快就结束。

第四章 陷　阱

"谢谢你，真是难以置信的夜晚。"她愉快地说。

一路上，他除了牵手、抚摸、拥抱，没有提过分的要求——如果他提出来，或者动作暗示，她会愿意的。但他没有，真是谦谦君子，还刻意要送她到家门口。

桑明君对她笑着。她驾车兜风时，他送了她一对耳环，钻石的吊坠，此刻正吊在她柔软的耳垂上，时不时地碰到她热乎乎的颈子，感觉就像他的抚摸一样让人感伤。

她打开门，回头望着他。他依然微笑着，伸出手，两人拥在一起。她真的不想松开，但他似乎先松了手。第一次见面，不，第一次如此亲密地相见，他一定是不想让她难堪，或者不想让她觉得太快。

她恋恋不舍地松开他，抬脚往门里走，眼睛却一直注视着他。

他对她扬着手，打着告别的手语。他们已经约好明天见，她渴望着明天早点到来，其实现在已经是"明天"了。他帮她关上了门，她瞬即觉得心里空荡荡的，如同她此时走进的被风灌满的公寓。

但他并没有离开。他掏出内存强大的便携式电脑，蹲在她家门口，搜索附近辐射最强的涉密网络信号，那就是她家的光纤网络。做这一切，他实在太在行了，甚至远远超过他引诱女孩的功夫。他在黑暗中蹲了一个多小时，幸运的是，这是下半夜，任何人，甚至每一只老鼠，都睡着了。

丁杨离开小区墙外的指挥车。与其说那是车，不如说是一座钢架结构的移动住宅。狭长的空间里堆满了减震计算机、阴极射线管、卫星接收器监视设备，还有七八个脸色黝黑，穿着T恤、短袖衫的技术员，几组扬声器陆续传出无线电"嗡嗡"声，声音轻柔而单调。料想那帮技术员的工作内容恐怕比他的工作还要枯燥。

正是黎明前最黑暗的时候,他沿着狭窄的卵石道走着,依照车内电视幕墙显示的路线,绕过一幢孤立的公寓楼,爬上楼前高耸的绿色假山,仿佛狙击游戏里的一个障碍性丘台。

"是这里吗?"他对着手机问。

手机里"嗯"了一声,仿佛传达出一个点头的动作。

石坚站在假山北面的山腰上,迎着丁杨挥了挥手,然后拉着他掩身在一块大石后面。这是一个绝妙的隐身环境,是丁杨见过的最奇怪的地方。正对着大楼的单元门,但林木葳蕤、怪石嶙峋,从楼上任何一个窗户都看不到假山里的情形。

"计支的陷阱软件抓住的网络信号真在这里?还有目标的电话定位?"丁杨问。

石坚点点头:"在二单元十二楼1202号房,租住者叫吴岚。那个单元一层有五套公寓,与1202号房同方向的只有1203号房,那间房暂时无人居住。"

"有现场视频传送吗?"

"现场视频是我们通过安全频道秘密传送的。"石坚举起PDA屏幕,"注意到公寓门口了吗?外面全是铁质防护栏,窗帘拉得严严实实,什么都看不见。"

"这不是什么好事情,"丁杨说,"石支,我还想说一句,陷阱软件抓住的信号可能是嫌疑人有意留下的。"

"不进行搜查,怎么知道呢?这一次的窃网模式跟邓敏、顾杏家的情况一模一样。这可都是你分析的结论。"

丁杨的目光停在石坚脸上。思绪却回到前年、去年办过的达一路犯罪案件上。他作案确实有模式可循,可他很聪明,他的模式也是不断修正、千变万化的。

第四章 陷阱

石坚从口袋里掏出一支烟,放在鼻孔下嗅了嗅,没有点燃,扭了一截塞进嘴里。他一言不发地嚼着,接着把另一截扔在鞋底下,仿佛踩灭一支点燃的烟嘴。

可能是陷阱,嫌疑人不会在室内。丁杨一直都这么认为。但警方追踪到吴岚的手机信号仍在室内,嫌疑人带她一起兜风的莹蓝色敞篷车仍停在楼下。所以,石坚确信,不论是不是陷阱,嫌疑人一定还在室内。这是抓捕的绝佳机会。

石坚打开提包,把一盒饮料举过肩头,丁杨接了过来,砰的一声打开盖,猛喝了几口,下去了一半。这是一种含咖啡因的饮料,里面的碳酸味刺得他牙齿、喉咙直烧得慌,两眼直淌泪水,好一会儿他才缓过来。

丁杨想不出还有什么要对石坚说的。昨晚他也通宵未睡,一直监控着那个熟悉的攻击痕迹,几乎跟计智同时发现了动静。但他感觉出其中有阴谋的味道,也不相信计智的陷阱软件对嫌疑人的定位。这一切太完美了。嫌疑人的活动轨迹、勾引利用对象,几乎跟用在邓敏、顾杳身上的手法一模一样。丁杨提出了质疑,因为解析软件发现的痕迹游离不定,但南都同行觉得他的疑虑荒唐可笑。

"刑侦办案都是这样的,首先要排除不可能,然后才找得到可能,是不是?"石坚说着,拿出一瓶饮料自啜自饮起来,进一步解释道,"何况,已经确定吴岚在室内,这关系到一个女人的生命。"

他的脸在灰色的树荫里呈现出灰色的轮廓,说:"我明白你的想法,你要的是精准打击,丁专家,我也知道达一路的案子一直困扰着你。你放心,他逃不出南都警方的天罗地网。"他指了指附近潜伏的特警。

但愿石坚说得对。丁杨不想再提异议,但不知哪里不对劲,总是管不住自己的嘴,好像不说放不下包袱似的,只想一吐为快。

"我真的有些担心……"丁杨说,"我满脑子都是他嘲笑的脸,这是近几年跟他面对面较量都没有过的感觉……"

"那只是你的心魔而已。"石坚说,"你还是不相信我们能抓住他。"

丁杨惨然一笑。亏得这个刑侦支队长跟他婆婆妈妈,他叹了口气。石坚的眼神显得从未有过的老练,他轻声地问:"你以前没有正面抓捕过罪犯,是不是?"

没有什么强作镇定的反应能瞒过石坚的眼睛。但丁杨胸中燃起被人看不起的怒火,这怒火像硫酸一样灼热。

"我跟他父亲面对面枪战过,并把他打死了。"丁杨半真半假地说,"那时他手里有两个人质。任何时候,我都不会胆怯的,我只是预感不好。"

石坚没有说话,又掏出一支烟——蹲守不能抽烟,但他的烟瘾一定很厉害。"我知道你很担心,"石坚笑了笑,"你有太重的负罪感。你认为我们没有相信你的判断,现在也还是不信任你,对不对?要是这样,你就错了,我们完全相信你,才这么兴师动众……不管怎样,几分钟后就会真相大白了。"

丁杨扭过头去,死死地盯着准备行动的特警背影,在他干涩的眼里像一群鱼儿般在水草间隐隐现现。

"防暴队要多长时间?"

"按计划,防暴队开始从楼顶降落五分钟后,破窗而入,特警队十分钟到达现场。这是一片大公寓区,居民众多,避免造成太大影响,一切尽量隐蔽。"

"在特警队进去前,我能做些什么?"

石坚摇摇头:"虽然定位显示她的电话仍在室内,但我们不能打电话约她出来。他们凌晨两点多钟才回公寓,现在可能正在睡觉。"

"石支，我想跟特警队一起进去，请您安排一下。"

两队特警成单兵作战队形，快速地绕过楼角，进入单元门。石坚手里的视频机连线指挥车，屏幕上出现一群人聚集在车载大屏前，市局副局长肖世清阔步走过，人群分开一条路，如同大海里驶过一艘巨轮。肖世清在屏幕前坐下，人群随后围了过去。

肖世清言简意赅地下达指令："各组汇报情况。"

技术员坐在监视器前的椅子上，戴着耳机，两手按着控制键按钮。视频里传来昂扬的南方口音说："我是特警队史大良，攻击队员已经就位。"

"好，等候指示。"肖世清没有一句客套。他又对着屏幕说："防暴队就绪了吗？"

另一个声音回答："一切就绪，等候指令。"

接着，外围配合的几个行动组又分别做了汇报。听起来像有五六个小组。因为他们是一起说的，很难分辨究竟有多少人。

"封锁小区之前，大门进出了四十七台车，其中有六台车车主无法辨认。"外围组通过无线电报告。丁杨想，他们确实组织严密，工作做得很细。

肖世清拍了一下那位操作技术员的肩膀，技术员将麦克风递过去。肖世清说："尽快以牌查车，以车查人，查实小区人员出入情况。"

"屋里的手机正在通话。"监听组汇报，"电话来自南区，正在追踪，屋内似乎有人在和女性目标交谈。"

"不能等了。"肖世清的声音掷地有声，"针孔摄像机放进去了吗？"

有人报告道："摄像机暂时无法进去，只能跟随防暴队进入。"

肖世清说:"防暴监控组,难道你们不能从窗口或者门缝塞进去核查情况吗?"

"不行,里面的防护措施做得太好了,破坏门窗,怕惊动他们。我认为目标暂时还不知道被包围。破窗行动之前,不能叫任何人接近大门。"

"管理员没有钥匙?"

"没有。我们破窗而入的速度会很快,"防暴队报告,"我们有室内平面图,熟悉室内情况。现在已经加固铰链,随时听候命令,可以下去。"

肖世清转向扬声器:"石坚?"

"我在大楼对面假山上。"石坚手持对讲机说。

他的对讲机里传来肖世清急促的声音:"无论里面情况如何,我要看到目标活着出来。"

"遵命。"石坚说,"丁专家认为,目标是个亡命徒,可能使用炸药。如果真的如此,我们就没办法保住他的命。"石坚的话里有些玩笑的味道。

"把他打残行不行?"防暴队员问。

肖世清开始解释有关防爆的事,但特警队的回答把他淹没了:"我的人只要开枪,就专打脑袋,他会没命的。"

"这是游戏场吗?"肖世清怒道。

玩笑突然结束了,对讲机同时沉默。丁杨听到指挥车里有人满意地舒了口气。屏幕的图像出现黑白画面,镜头上升,对准了一个窗帘拉得死死的窗户。一个背着冲锋枪的背影进入镜头,然后左右摆动着消失了。"是楼顶的摄影师扛着机器降落。"一名技术员说。

"好样的。"肖世清说。

图像突然猛地一抖,大楼墙面闪了一下,然后丁杨就像看美国大片一样跟着镜头移动。一片无底的楼墙,一个人沿墙梭动,只看到他的背和肩,接着他上面出现一排特警快速移动,周身上下穿着宽大的跳伞服,荷枪实弹,俨然是一队伞兵。

"丁专家,请你跟在我后面。"石坚说,"如果我们的对手真像你说的那样狡猾,他就会有所防备,甚至在自己身上捆绑炸弹。"

"这都是有可能的。"丁杨说。

石坚起身向山下冲去,进入单元门。前队特警已从消防梯上去,后队特警将石坚和丁杨围在中间,一起上了电梯。丁杨盯着石坚的视频机,防暴队突然全部出现在屏幕上,一动不动。他们附着在一面离窗口不远的墙上,背对着镜头。越过他们的肩头,另一公寓大楼清晰可见,好像两栋高楼连在一起似的。丁杨意识到,镜头角度可能使距离失真。

"倒计时开始。"肖世清说,"10秒。"

静静的屏幕上,防暴队员呈攻击队形排开,和足球队开踢时一样。

这时,丁杨的手机震动起来:"丁杨,别来无恙?"声音清清楚楚地表明,是达一路。

三

丁杨稳住心神:"达一路,你既然提出挑战,何必鬼鬼祟祟地躲在背后,怎么不站出来真刀实枪地干上一场?"

说话的同时,他向石坚做了个嘘声的手势。石坚会意,关闭了视频机,并立即发信息给技术中心,请他们迅速追踪与丁杨通话的人。

达一路笑了："对决不是已经开始了吗？不过是以我的方式。我看了你的电子邮件，你和这里的警察打得挺热火，我估摸着，你可能已经将我的情况都告诉了他们。其实，你没有必要这么做，那样只会害了他们。"

"你是采用什么方式偷看我邮件的？我可从来没有打过你邮箱的主意。"丁杨想尽量拖延时间。

"呵呵，你不是一直在尝试进入我的系统吗？你只是没有能力打开而已。我说的没错吧？你信奉警用大数据，你一定想看看能不能拥有我的特权。譬如说超级邮箱特权，它可统辖全局，有权进入程序管理员的阅读区域，甚至对所有邮件都能监督控制。"

"如果真有什么超级邮箱特权，你还用在这儿跟我费话吗？"

达一路沉吟片刻："特权是有的，只要找到服务器后门，就可以进入账户，取得所有用户的名单。这是我数据主义者的特权，是无意识算法必然胜过有意识的智能的特权，你不可能做到。不过，你也很鬼，邮箱里空空的，根本没什么让我惊喜的东西。"

石坚收到了技术中心的监控回复，示意丁杨继续拖延时间。但丁杨明显感觉到，根本用不着刻意拖延，达一路在东拉西扯，好像闲得只想找个人聊天。

"不如我们打一个赌，你找到服务器后门，我给你一个超级邮箱特权。让你看到所有的邮件信息。这样，你就实现了自诩的信息自由理想，想干什么就干什么。"对方沉默半响后说道。

"你这是跟我兜圈子。你也没有邮箱特权，即使你有，充其量只能在别人在线发信和读信时看到邮件。因为你擅长追踪别人的上网痕迹，是不是？"

"不是痕迹的问题，只要你在网上，你就无处逃遁。"

"哈哈，吓唬我呀。"

第四章　陷　阱

"你试试看。"

"我没什么可担心的,你还是管好自己的电子邮件吧!可别因此害了别人,这是我最真诚的告诫,有人可能会用你的邮件信息编制陷阱。"

这话恐怕是真的,编制陷阱的就是这个打电话的人,但他说这个是什么意思呢?丁杨说:"我知道你一直在寻找我的漏洞,但我不怕你。我是专门对付你这种旁门左道的,你别想套我的话,我有你不了解的特权。"

"哈哈,你要这么顽固,我就爱莫能助了。我以为你理解'世界是一张网'的含义,我已经找到那个数据库的入口,你抓不住我。"

"你试试看。"

"听我说,离开南都吧,我以前对你说的话今天可以作废。否则,你会后悔的。你以为只要我在网上荡来荡去,就能找到我,你自以为能看到我的一切。你错了,我信奉信息分享自由,但不是对你自由,你找不到我的。"

"咱们走着瞧。"

"你还真是不到黄河不死心啊。其实,你前期的追踪一无所获,而我却查到了你所有的行踪,你就该明白谁输谁赢。我还收集了一些你其他方面的材料。问题是,我已经不感兴趣,否则你早就没命了。"

"你以为这样就能把我吓住?"

"我只想告诉你,你的活动太有规律,你只要看看自己的电脑数据包就知道,或者至少有个大致的了解,你给了别人可乘之机,而你的实际位置又没有改变。我的上网轨迹却不具有这种特征,而且我会随时销掉自己的地址,胡乱加上一个别的,你无迹可寻。"

"你有什么必要告诉我这些？"

"我是世界之网的管理者，而你太让我失望了，只当免费培训你一回。"

很明显，达一路在拿丁杨寻开心。

"好极了。既然你说要培训我，那我向你请教一个问题，你刚才说的超级邮箱特权是什么意思？如果你不愿意说，那就拉倒，我要挂电话了。"

达一路迟疑了一会儿，然后说："你不肯游离于外，我跟你说了也没有意义。我建议你现在就打开笔记本，键入你的口令，就明白了。"

说完，电话挂断了。

这时，石坚收到信息，技术中心追踪到了对方的电话位置，就在公寓附近。丁杨走出电梯，站在门口，看着手机屏幕，思绪有些游离。

邮箱、行踪、世界之网……他对世界之网一无所知，而且很少思考这样的问题。看起来达一路还真是个数据主义者，似乎还乐在其中。丁杨看不出这些词汇之间有什么明显的联系，但他觉得这绝不是无厘头的玩笑，里面潜伏着一条可以把一切连接成串的线索。他甚至感觉自己见识短浅、缺乏综合分析的能力、不堪此任。而且，达一路决不会莫名其妙给丁杨打这个电话，其中必定另有奥秘。丁杨顿时感觉周遭如一团泼墨般的迷雾。

巨大的破门声把他拉回现场，突击开始了。

石坚留了一个特警保护丁杨，自己率先冲了进去。前面两名特警迅速冲过客厅，分赴主卧室而去。他们行动迅速，但不是全速疾跑，两眼警惕地观察着周边情形。扛着摄像机的取证刑警便随即跟了过去，室内的动静第一时间传送到指挥车里。破窗的防暴队员已

第四章 陷阱

控制制高点、厨房和卫生间，特警队呈两个梯队穿过客厅，向两间卧室奔跑。公寓防盗门悠悠地晃动，像秋千似的久久未停。

"警察！警察！"警告声此起彼伏。

"摄像机过来。"一名取证技术员喊道。

厨房、卫生间显然一无所有，防暴队安静地坚守着。卧室里还有人在叫着"警察"，但有人转了个圈，又绕了出来。显然，那里也没有任何发现。"砰"的一声，有人掀翻了一张床，察看床垫下面有没有藏人。

"不要开枪！"有人叫道，"抓活的，不要打死他！"

这句话把一大半特警吸引了过去。这时，正在跟防暴队员交流的石坚转身跑了过去。现在，他的想法是得把嫌疑人的命运攥在他的手掌心。

"怎么回事？"惊慌的声音说，"他从窗户逃走了？"

"怎么搞的？"石坚皱着眉头环视四周。

"这里有台电脑，是开着的，只是处于休眠状态，一定在窗外安装了监视器。"次卧里有人大声报告。还在走廊里发愣的丁杨听说"电脑"二字，立即警觉起来，直往室内跑去。

特警说得对，房间里什么也没有，只有一台看起来毫无恶意的个人电脑，摆放在次卧靠门口的梳妆台上。

"窗外没有监视器，我们搜索过了。"一个特警说，"电脑驱动器亮着灯，主机是开启的。"

休眠状态的电脑屏幕应该是黑的，可此刻显示器亮着，特警一定敲击了鼠标，或者触动了键盘。但愿键盘上的痕迹没有被破坏，丁杨心头猛地浮起担忧，不仅是指纹痕迹，也许还有其他危险。虽然一时不明白是什么危险，但他知道，一定有危险在那里。

"看看电脑上有没有对外的监控器！"一个特警喊道。

"等等……"丁杨喊着,快步走过去。

"有摄像头隐藏在电脑里。"另一个特警说,"他一定看到我们包围了大楼。"

"不!"丁杨尖叫着,全身汗毛都竖了起来,"所有人赶快撤出来!所有人……"

石坚瞪着丁杨,马上明白了他的意思,紧接着张嘴大喊:"快撤……"

太迟了,电脑屏幕上闪出一道白光……

四

赭红的火舌从次卧门口喷了出来。爆炸声震动了整栋大楼,震得丁杨耳朵什么都听不见、眼睛什么都看不见,房子里所有的东西都燃烧起来……

不知过了多久,丁杨意识到自己像一个包裹被人拖出门,滚落在走廊里。在滚落过程中,他意识到自己完好无损,心里却想着石坚和其他特警,想知道他们情况怎样。他凝视着室内,瞠目结舌,像一只破旧的轮胎,身边的一台对讲机里传出一片惊呼声,有人在给120和119打电话,别的声音几乎完全分辨不清了。

几个特警在继续往走廊里抬人。丁杨看到了石坚,万幸他也没事,一边指挥着把伤员抬出满是烟雾的屋子,一边清点人数,还好,没人为此牺牲。

"刚才究竟怎么回事?"石坚问一个伤重呻吟的特警。特警神情恍惚,无法回答。然后,他又开始询问其他人,并向守卫在门口的特警大声发号施令,像炸开了一串串鞭炮,声音无比暴烈,问:

第四章　陷　阱

"是谁自作主张操作电脑的?"

丁杨怔怔地坐在走廊地板上,他终于明白达一路打电话的目的。操作电脑的特警并没有责任,那是一颗定时炸弹。达一路打电话拖住丁杨,是为了阻止丁杨提前进入室内,避免他操作电脑时发现炸弹。他算准了丁杨进去会第一时间接触电脑,却没想到丁杨会在门口发愣。

他想用这颗炸弹要丁杨的命。他说今天就会结束挑战,含义就在这里。

"石坚呢?"对讲机里传来副局长肖世清嘶哑的声音。

"我在这里,只有几个受伤的。"石坚回答。

"谢天谢地。"肖世清低声说,"你呢,你怎么样?"

"我没事,一切都是我的责任。"石坚低头喘了口气,"我先处理好这里的事,回去再向党委做检讨、请求处分。"

"做好你该做的事,石坚同志。"

石坚转身面对技术员,他的脸青得有些吓人。"究竟是怎么回事?"他问,两眼鼓得公牛似的,从一个人身上盯到另一个身上。

"是爆炸。他知道我们会来袭击他,事先准备好的。"丁杨制止石坚拷问民警,心情沉郁地说,"先让排爆人员进去勘查,看看还有没有警报装置、炸弹引线一类东西,以免二次爆炸;再让痕迹检验员、负责图侦的同志跟我一起做取证工作。"

石坚挥挥手,没有说话。技术员按照丁杨的话迅速行动起来。

医务人员到了,有的从医疗箱里拿出药品迅速为伤者包扎,有的把受伤民警抬往楼下救护车。受伤最重的特警浑身血迹斑斑,脸颊烧得乌焦,两个眼球亮闪闪的,像这个黎明最亮的星星,幸亏他穿着防弹衣,否则后果不堪设想。

消防人员也赶了过来,带着灭火器进去,用化学泡沫喷灭公寓内部正在燃烧的大火。丁杨担心他们的救援会灭失证据，但没办法，燃烧还在蔓延，不灭火同样取不到证据。

一个年轻技术员低声咒骂了一句后说道："我找到了光电射线，标准的警报用具。"

"沿着电线往前面查，"石坚说，"顺藤摸瓜。"

"电线是从主卧室空调孔伸出来的，连接着一个监控器和起爆器，看起来像是远程遥控装置。"又一个声音喊道。

"次卧的空调孔里也有。"第三个声音说。

"好了，石支。"另一个技术员说，"我们在床下的壁橱里找到一个方形黑色箱子。"

"好，"石坚转身对着图侦技术人员，"看看是什么东西？"

"房间监控器的电线都是从这个箱子牵出去的，"技术员解释道，"它是一个发射器，将内外监控与感应情况通过无线的方式发送出去。特警队一闯进射线区域，黑箱子就给他发出警报，无论他在哪儿都能收到。然后，他发出指令，将这一切自行销毁。他知道我们正在追击他，他是设计好这个陷阱让我们钻的。"

"可我们是追踪电话跟到这里的，难道刚才他真的在别的什么地方？"

丁杨说："他在公寓里安装了网络电话中继器，还将吴岚的电话号码设置在里面，让它一直处于通话状态，让我们以为她一直在室内。"

石坚两眼眯成一条缝："隔壁不是空的吗？他会不会去了隔壁？"

丁杨明白，石坚还是不相信他的分析。一个特警替丁杨做了回答："没有。那儿没人住，我们刚才检查过了，里面没有装修，无法藏人。"

特警们惴惴不安,一个个默不作声地等着指令。石坚站在人群里转了个圈,又掏出一支香烟揉碎了塞进嘴里,注意到丁杨在看他,他嘲弄地往丁杨扔了一支烟。丁杨接住了,随手扔进脚边的垃圾桶里。

次卧里传来一个声音:"这里真有一台中继器,装在梳妆台里面的电视机顶盒里,已经被炸得粉碎,还有一个调制解调器,以及一些别的盒子,好像都是特制的。"

石坚吐了口气,试图压住怒火。丁杨明白他内心的怨愤。"我们能否继续分析那台破损的中继器?"石坚转向技术员问道。

"他想用爆炸毁掉证据,那它应该没有自毁功能。"技术员答道,"只要主件没有损毁,应该可以重新组装检测,但在这里完不成。不过,"技术员犹豫着提出一个疑问,"他一下子从哪里找来这么多设备?会不会还有更大的阴谋?"

能说出这话,说明他动了脑筋。但丁杨已考虑了各种可能,达一路之所以引他们进入这间公寓,是因为知道警方掌握了邓敏、顾杏命案的模式。这是警方第一次跟踪到活着的女孩的住所,他断定警方一定会破门入内。

石坚也马上领会了技术员的意思:"这些设备的来源,能不能追踪?"

丁杨摇了摇头:"如果他的网络来自庞大的网络论坛的话,会有成千上万的人需要排查,即便找到他的 IP,那时候他也早就弃之不用了。我们永远跟不上他的脚步。"

"混蛋!"石坚骂道,他的怒火如同屋里的爆炸余烬,在人群里没有引起反应。

丁杨走到窗前,望了一眼铅灰色的天空,在丁杨看来,他像是要把这黎明前的黑暗驱散似的。起风了,院里的灌木飘落一片片树叶,在空中慢慢地旋转,东方果然崛起一抹赭红。

石坚的眉头深深地皱起,过了很久才盯着丁杨的额头说:"那个杂种会不会正躲在旁边看戏,会不会以为你被炸死了呢?"

"也许吧……但他一定躲在我们难以想象的地方。"

石坚的目光像刀子一般:"你跟他一样,是个变态!"

特警们像一群黑色的鱼,刹那间就迅猛地钻进了电梯里。这里已没他们什么事,剩下的都要各类现场勘查技术员处理。当走廊里只剩下石坚、计智和丁杨时,计智说:"石支,我检讨,这一切都是我的错。既然事情正往丁专家预测的方向发展,那就按他说的办。在他受到伤害之前,我们一定要抓住这个混蛋。"

石坚点点头,长时间沉默着,长得让丁杨忐忑不安。

计智接着说:"今天丁专家几乎救了大家的命。虽说这次没什么大的损失,但那个家伙肯定不会善罢甘休,我们必须听丁专家的,才能找到抓住罪犯的捷径。"

石坚咬着嘴唇,俯视着计智的双眼,同他进行无声的对话。这是建立在多年的职业交往,也许还有更多别的东西的基础上的,可能是出于工作成绩,也可能是人品。

最后,还是计智先开了口:"忘年知己的话是谁先说的?"

石坚转向丁杨,勉强地说:"对不起,丁专家,如果我有失礼的地方,希望你不要太在意。警察的情谊都是在战火中淬炼出来的。"

丁杨轻飘飘地笑了一下,说:"石支,这一切我都有心理准备。坦白说,我答应未婚妻昨天一早就回去的。好了,让我们重新开始吧,我们有理由合作愉快。"

"接下来怎么办?"

"你带人回去,"计智说,"这里交给我和丁杨,总会有办法的。"

石坚看了看表，然后又看了看计智，玩味地说："我现在成了你手里的武器，想要就要，不要就拉倒。好，我给你们几个小时，如果不能给我一个结果，看我怎么收拾你。"

"特警都在楼下等你，慢走，我没时间送你。"

石坚看起来好像想说什么，但计智没给他机会，抬腿走进公寓，带走一阵属于这个黎明的细小的风。丁杨没有停留，即刻跟上了那阵风。

在防盗门上采集爆炸碎屑的技术员看到，丁杨小心翼翼地走着，以免破坏痕检证据，侧身闪入卧室不到一支烟工夫，提着一袋完好无损的元器件回到客厅。元器件是丁杨从主卧床垫里搜出来的，这让勘查民警颇感意外。

计智看见丁杨把元器件摊开在地板上，一个个标上号，很随意地说出一句："这是他组装后剩下的，很容易分辨出功能。"然后，丁杨就进了次卧里。

计智两脚站在满地的爆炸垃圾上，从肺里呼出一股浊气，吸了口从敞开的窗户吹进来的凉爽海风，又听到丁杨从身后传来的说话声："这里还有些小玩意。"

那天，丁杨努力让自己显得平常而普通，可是他匆忙的脚步每停下一次，手里就拿出一些跟网络有关的东西。于是在顷刻之间，计智带来的网警都围着那些元器件忙活开了。

丁杨、计智和其他技术人员一起，在现场待了几个小时，两餐吃的都是盒饭，喝完的饮料盒和副食垃圾装了两只大塑料袋。计智跟石坚一样，喜欢含咖啡因的碳酸水，一边喝，一边点上一支烟。天已全亮了，吐出的烟雾随即消失在南都的阳光里。

接下来的一整天，石坚也没有闲着。傍晚的时候，有人在离

"诈骗者天堂"小镇不远的郊外发现了一具尸体。他不得不带人火速赶了过去。

五

下午,达一路在一家滨海民宿的房间里醒来。这一觉他睡得很沉,一方面是因为他上床睡觉时已经精疲力竭,另一方面也因为他料理了几件一直令他绞尽脑汁的事情。

在去吴岚家的路上,他就收到了她发来的暧昧短信,他回复了几句露骨的求爱语音,希望见面时,她穿着淡紫色连衣裙。他想看看他送的耳环是不是与之相配。另外,他还有神秘的礼物送她,她一定会喜欢的。

他把前天偷来的敞篷车停在她家楼下,在敞篷车后面又停了另一辆偷来的红色跑车。然后,他按响门铃。吴岚果然穿着那件连衣裙,一见面就唤着"明君",扑到他身上,好像他们是处了几年的情侣。

他真不想伤害她。她是那么漂亮,那么可人,还没玩到手呢!但事情迫在眉睫,昨晚在吴岚门口将计就计的操作必定引起了警方的注意。他没时间耽误,他要尽快准备好一切,以便顺利离开这里。他拥着她,感受温香软玉给他带来的冲动,但他不得不抑制住,扬起手,干净利落地落在她的颈部,然后抱着她软绵绵的身子放在客厅沙发上。

一切都是现成的,但他还是操作了一个多小时,时刻注意是否有需要完善的细节。

临走时,吴岚醒了。她懵懵懂懂地被他架着下了楼,坐进跑车

第四章 陷阱

里。驾车驶出小区，吴岚似乎终于清醒过来，虽然没有被打晕的记忆，但她意识到一切和她想象的不一样，太过离奇了。达一路接连拐了几个急转弯，上了环城快车道，向西疾驰而去。他花了几分钟时间，才制止住吴岚让他解释清楚刚才发生什么事情的念头。但她开始不停地哭泣，致使她张口说话时，喘气都很吃力，就像一个人在蹦极时发出的声音。

"啊，啊，啊！"直到他几乎忍无可忍的时候，她才停下来。

她终于记起了他进门的一刻，他们相拥在一起。随后的失忆把她吓坏了，这倒不是因为她认为失忆是因为他对她做了什么。她仍然相信这个男人，但莫名的晕厥，一定跟他有关系。她需要他给一个交代，她要他带她去医院，否则就报警。

达一路不能容忍报警这样的事情。他是要跟她去享受鱼水之欢，等厌烦之后再想办法扔掉她。但他不能让吴岚缠上，更不能理解她为什么就此发脾气，难道她意识到是他打晕了她吗？所说的就医，其实就是为了报警？即使她不是刻意要报警，只需开口和他大声争吵，他就死定了。她在就医时也许会改变主意，通过向警察呼救的方式揭发他。

他必须在南都再逗留一段日子，为了报复丁杨，为了完成大客户交办的重大任务。否则，他既对不起父亲，那些应允送他去国外的人也不会践诺的。

思前想后，达一路还是决定杀掉吴岚，轻装上阵。

他沿着环城快车道一直往西，大片大片荒芜的郊野呈现在眼前，前面不远就是"诈骗者天堂"了。他在一边临海、一边靠山的荒地边停下车。他说要下车去小便，放下包袱再带她去野外很美的地方旅游。

他本以为这会让她找机会逃跑，爬上那座低矮却林木茂盛的小

173

山。她会因此感到如释重负,感到逃离危险,进入光明、温暖而安全的地带,她将再次拥有希望的未来。

但是她没有那么做,哭声更大了,像哭丧,夹杂着拖得长长的、哀求的词句。

他不得不在车里解决她。他爬上车去,好言哄她,但她不让他靠近,他不管三七二十一,抓住她的头一扭。

就这样,她死了。

达一路庆幸自己只是把吴岚作为设置陷阱的棋子,性格这么怪僻的女孩,住进她家里有他好受的。既然她已经死了,他不能再在附近找住处,虽然没人认识他,但害怕警方从陌生面孔展开排查,造成不必要的麻烦。

现在,他只是南汇区滨海景点的一名游客,住在一家不显眼的民宿里,但也没有藏身优势。虽然他随时变脸、使用假名,信用卡也不是他的,但是这不能完全保证安全。

他必须待在南都把事做完,而且不能赶时间,猫捉老鼠的游戏,得有耐心。既然已经把丁杨引了出来——这是个大麻烦,他得小心翼翼,避免引火烧身。他本来认为跟"南漂"女孩待在一起不会留下任何蛛丝马迹,但是很显然,这些女孩的出现让丁杨摸到了他的活动规律。

杀掉丁杨,一是为了给父亲报仇,二是为了扫除行动障碍,他必须完成大客户交给他的任务,否则偷渡出境比登天还难。不是说出不去,可出去之后,他还要生存。在世界上的任何地方,只有钱才是真正的通行证。

达一路必须把原计划进行到底。吴岚家的陷阱可能不足以杀死丁杨,这是他预料到的。他还有一个连环圈套,会慢慢地抛出来,甚至威胁到丁杨的软肋——肖可语,让他时刻面对命悬一线的恐

第四章　陷阱

惧，诱使他走向疯狂；他要逼使南都警方将全部精力放在命案上，给自己最重要的活动留下空间。

不过，这样做，对他也有一些负面影响。他得花时间应对意外因素引发的突发事件，比如吴岚这类人的情绪，若处置不好，带来的后果可能致命。

他打开便携式电脑，查阅有关爆炸案的新闻，发现网上竟然没有丝毫消息。

他把从手提箱里掏出来的东西又重新装好，办理退房手续，开始处理细节问题。他换了台普通的轿车，给油箱加满油，在加油站的小商店里买了水、副食、水果和饮料。如果他不得不全天候行驶在路上，或者隐身在烂尾楼，零食是必要的。他不能在隐身之所附近商店大量采购此类东西。

达一路开车来到距吴岚公寓不到两百米的路口，找到网上热销的独栋写字楼——都会大厦，把车停在大厦地下停车场。大厦底层的商场正在装修，地面泊位很多，几乎是空的，高层写字楼的租客更少，没人会注意地下停车场，更没人会关注陌生人，在乎一个陌生人把车停在那里。

他进了电梯，来到大楼的顶层。施工人员正在其他楼层施工，他的装束介于工人、技术员与监理之间，在这里出现名正言顺。但是，不管怎么说，他不会跟他们照面。装束只是用来欺骗可能无处不在的监控视频。

达一路凝神倾听，除了施工声，楼下街道上往来汽车仿佛已经静音。他顺着楼道往前走，来到一堆堆胶合板、石膏板附近，头顶楼层的钉枪像燃放鞭炮一样持续不断，旋转的电钻却无法判断出于哪里。

他进了靠西的一间空房。隔壁是一间临时办公室，做过简单装修，此时无人。大楼墙壁紧临蓝晶科技园的围墙，这为他创造了极好的谋划下一个陷阱的时机。

下一个陷阱已经谋划好，就准备在这里实施。

他拿出便携式电脑，盯着手机信号跟踪窗口，脸上浮起冷冷的微笑，似乎被一种无形的力量支配。看来，好运一直眷顾着他。

杀害邓敏后，虽然又勾引了两个女性，但他一直把主要精力放在追查张成的行踪上。他确定此人像一枚甜橄榄，手里有能助他一臂之力的资讯。可是，张成电脑里的防护程序是顶级的，他一时难以破解。

尽管如此，达一路到底还是从张成手机里挖到了一些信息。这些信息更让他确认张成手里资料的重要性。如果不能从他手里拿到，就一定要毁掉它。

绝不能落到丁杨手里。

张成的调查旨在防止技术外泄、揭露黑客犯罪，不仅涉及很多黑客，还触摸到跟他的任务有关的情况，一旦落入警方手里，国家机器必然介入。这样一来，他要做的一切都将改变，只是时间问题。他不能让这种事情发生。

网络世界必须照原样运行，至少，属于他的一角必须在黑暗中浮沉。

便携式电脑响起"叮"的一声，显示张成已经进入蓝晶科技园附近。达一路通过盗用的移动通信线路，以工程部的名义发出一条短信："张主管，回来了吗？"语气十分焦急，"请直接到都会大厦来，他们的施工直接影响了我们的信道基座，我们已经跟大楼管理方做了交涉，他们要跟您见面。"

"马上到！"张成回复。

第四章 陷　阱

达一路笑了，张成应该少担心工程，多想想他自己。

不一会儿，电脑跟踪窗口显示，张成走进了电梯。电梯平稳无声地升向顶楼，门打开时，达一路已先期赶到，并打开了隔壁设计粗糙的办公室的门，对张成的到来表示欢迎："张主管，很高兴您能亲自来跟我面谈。"

"我们见过吗？"张成疑惑地看着达一路，但握住了他伸过来的右手。

"张主管对我没印象，我却记得您。"达一路握住张成的右手时，注意到他手里提着的便携式电脑包——资料一定就在那里，他随身带着的。

"基地的事，你们准备怎么处理？"张成直接进入主题。达一路却并不着急，把张成领进办公室的窗前，透过宽敞的玻璃窗可以看见蓝晶科技园的全貌。

"来一杯咖啡吗？"达一路客气地问。

"免了，我还有很多事情。"张成家都没回，当然不想在这里耽误时间。在他的家人和许多同事的概念里，他现在仍在外地出差。

达一路请他坐下，咖啡已经煮好，正冒着热气摆在茶几上。"要加奶油和糖吗？"

"不用，谢谢。"

他调了两杯咖啡，说："我们要讨论的问题比较敏感，只能私下里说。"

张成皱了皱眉头，感觉有灰尘落到了眼里："我们的要求很简单，没什么敏感的。"

"你我现在是邻居，没有什么解决不了的问题，无非是为了利益均衡。告诉我，多少钱能够摆平？只要在我们能够承受的范围之内。"达一路试探着，寻找机会，眼角余光扫过张成的便携式电脑包，里面微微闪着红光，像隐伏的蛇信。

"这不是利益的问题，我们之间的一切只能在阳光下进行……"

达一路打断他的话："作为个人，我对您很钦佩。不过你要知道，我是代表董事会来的，他们希望跟你有个私下交易。"

"绝不可能。"

达一路知道他说的是实话，正因如此，他才更加懊恼。以前他总认为金钱就是力量，没有钱解决不了的问题。来南都后，他为可以利用的女孩买单，捧上珍贵的首饰、衣物，女孩便会把他带去家里，不仅提供隐身居所，还主动为他献身。还有，那么多小黑客受他驱使，都是钞票的魅力。可今天，对方却不按他的规则玩下去。

"你知道吗？"达一路品着咖啡说，"我还有一笔大钱给你赚呢！"

张成很惊讶："我们无亲无故，没有什么交集，你有什么必要让我赚钱呢？"

"一笔很大很大的钱。"达一路说，"足够你过好一生，而且与信道基地没有关系。"

"对不起，我怕是年纪大了，没太听清。"张成揶揄道。

达一路露出一个亲切的微笑，也可能是最仇视的眼神，有些不屑地说："很不幸，你居然看不起钱。"说话间，只见蓝光一闪，达一路从口袋里抽出电击器，猛然击在张成胸口，连续的"噼啦"声过后，张成双眼瞪圆，无声无息地瘫倒在椅子上。

达一路站起身，低头看着面前的男人，就像一头豺狼兴奋地看着即将猎杀的兔子。

张成大口喘息着。达一路看到他眼中的恐惧，心想，再坚强的人恐怕也受不了电击的折磨。他多停了几秒钟，品味眼前的景象。他啜了一口咖啡，等对方晃过神来。

张成扭曲着身子，发出含混的声音："为……为什么？"

"你说呢？"达一路佯装无辜地问。

张成真的一头雾水："仅仅是这件事……你敢杀……"

"敢杀人？"达一路大笑起来，像是一只声音沙哑的喇叭。他又喝了一口咖啡，说："信道基地跟我无关，只要你答应我的要求，我帮你把大楼炸掉都可以。"

"你……你想要什么？"

"我是一个数据主义者，我相信数据不分享就毫无价值。而你有些珍贵的数据，我想请你让我一起分享它。"

张成挣扎着抬起头，看清了达一路的眼睛，不解道："我不……不明白。"

"不明白没关系。"达一路微微笑着，逼近瘫在椅子上无法动弹的人，"你多年来调查得到的黑客攻击芯导科技研究所的数据，我知道它就在你手里。"

张成浑浊的眼睛亮了一下，变得毫无惧意："我不知道你在说什么！"

达一路把咖啡杯搁在杯垫上，冷漠地说："君子不欺善邻。我已经关注你很久了，那东西关系着我的生命。当然，现在也关系着你的生命，为了这两条命，你是拿出来呢，还是不呢？"

张成满脸疑虑地打量着达一路，大概始终不明白对方为什么认定他有他需要的东西。

"其实这无关我的生命，我只是说说而已。但绝对关系到你的生命，如果你不给我需要的东西……我本来准备给钱的，但看起来你不像那样的人。"

张成整个人都是空的，好像所有的力气都被地板吸走了，但语气更加坚定："不可能。"

达一路长舒了一口气,电击枪又一次狠狠地插在张成的胸口。蓝光又一次闪过,张成一动不动了。他把电击枪塞回口袋,平静地喝完咖啡,拿起张成的便携式电脑,摘除摄像头,删除里面的视频。他用纸巾擦了擦嘴唇,低头看着张成,说:"是不是很难受啊?"

张成的身体一动不动,但他的眼睛大睁着,似乎要看着达一路怎么死。

达一路凑近他的耳朵:"我先带你去一个安全的地方,你会把所有秘密都告诉我的。"

第五章 蓝 蛙

一

这天夜里,丁杨推开住处的门,眼前晃动一个女子的身影。他一时没有看清,因为室内没有开灯,但他凭感觉认出了肖可语:"你怎么在这里?"

"我怎么不能在这里,你不想我出现吗?不需要乔曼儿更好地配合你吗?"

丁杨心里浮起一点点愠怒,一点点伤感,却只得换了一种声音说:"我当然想你,可我这是在办案,不是旅游。如果需要乔曼儿帮忙,你打电话就行,不必亲自来。"

肖可语却并不领情:"你搞搞清楚,我不是私自来看你的。"

丁杨愣了愣。无论如何,他不该对肖可语发脾气,何况她是一番好心,而且如果没有季亚明的支持,她也不可能擅离汉洲的岗位。想到这里,他缓和了语气:"好吧,先休息。"

墙上的挂钟已指向凌晨五点。这一天他太累了,不想理清其他头绪。肖可语理解地拥着他,像面条似的贴住他的身体。闻着肖可语身上的芳香,丁杨转过头,看见黑暗中晶莹的泪花。他转身抱住她,想给她安慰,又觉得信心不足。

"怎么了？"丁杨轻声地问道，"怎么回事？"

肖可语缩着头，双手抱在胸前，又落下了一场泪水。她想起两年前，当他从围捕现场冲出来，重伤倒在地上的时候，她也是这样抱着他，不断地垂泪。那时的他们是多么纯粹，与所有的理智或矛盾无关。

"看到你没事就好，我高兴。"肖可语躲开丁杨的目光，把泪水蹭在他的胸口，"其实是季支担心你，他派我来的。"

"怎么啦，老季怎么做出这样的决定？"

"季支给张超专员打电话，请求他指示芯导科技方面配合你，专员表示主要靠你自己。还有，那个人也给我发了信息，说要跟你赌命……"肖可语突然颤抖了一下。

丁杨紧紧地把她拥在怀里。她泪流满面地贴在他脖颈下面，两臂紧抱着他的背。他感觉自己颠倒了，不过颠倒的是时间，而非空间。内疚、冲动交织在他的血液中。

"达一路胡说你也相信？高嫒呢？"他觉得，季支如果派人过来配合，应该是高嫒才对。

肖可语似乎看透了他的想法，说："我们研究过了，达一路一直在设置陷阱。季支认为，你还不完全了解他，他的网撒得很大，想把我们全网在里面。"

天光还没有拍打窗台，计智就敲响了他们的门。

他歉疚地告诉肖可语，领导都到齐了，只等着他们一起召开专案分析会议。这时，窗玻璃上溅起几粒细小而晶莹的雨滴，斜风摇动窗外的树枝。丁杨和肖可语什么也没说，沉默地跟着计智走向会议室。虽然他们俩真正睡着还不到两个小时，但被叫醒并不奇怪，因为丁杨一直强烈地感觉到，一定会发生非同寻常的事情。

果然，一见面，石坚就告诉他，南都市郊发现的年轻女人尸

第五章 蓝 蛙

体,经鉴定是吴岚。

案情坐实了丁杨的推测:凶手是达一路无疑!他所有的行为都围绕着某个特定的目的。这个目的显然不是实施网络诈骗、捞钱,也不是为了女人。

主持会议的是副局长肖世清。他让丁杨坐在左手边,右边坐肖可语。他的眉头皱得很深,手机时不时地震动着,他不想接听,看看又不能不接听,想来一定是重要领导打来的。系列案情又兼炸伤特警,已惊动了上级。

接完电话,他说:"丁专家,我们很担心你的安全,但案情重大,又不能不拉上你。汉洲方面也十分重视,派来你的爱人肖可语,我们很感激。"

丁杨闹了个大红脸:"对不起,给领导添麻烦了。不过,肖可语不会待很久的,我已经劝过她,让她尽快回去。"

肖可语虎起脸,不耐烦地看了丁杨一眼:"我是为案子来的,我不会擅离岗位。"

丁杨一时无语,却不能当着大家的面发脾气,只得转换了话题:"关于案件,我承认吴岚可能是受报复而死,如果嫌疑人不是为了报复我,不会利用她。但是,我还是坚持原来的分析,报复或许是他的目的之一,但绝不仅是这样,他有更大的野心。"

肖世清微笑着说:"丁专家,你说得对,这个案子如你所说,嫌疑人有着不同寻常的野心。这个女孩的死跟前两个女孩的死一样,都是为了达到他的目的。你们留在这里,是对我们的支持,我们一起抓获这个丧心病狂的凶手。"

话说得很真诚,或许张超专员已经做过工作,或许还有其他原因。虽然丁杨帮着破获了系列网络诈骗案,接着还可以帮助抓捕凶手,但丁杨在这里给他们带来的压力是显而易见的,有些民警甚至认为会干扰他们的侦查思路。

接着分析案情,肖世清让石坚先说。

"吴岚被抛尸的郊外,明显是第二现场,没有留下任何痕迹,甚至没有发现一个脚印,身上也没有发现其他物证。死因是扭断颈椎。凶手手劲很大,死者身上没有挣扎的伤痕。理论上说,三起命案的杀人手法各不相同。不过,吴岚案与顾杏案有些类似,上次是直接捏断颈动脉,除了手劲,还有一份巧劲,像训练有素的外科医生。大家想想,一个网络黑客有没有这种能力?"

肖世清说:"这一点可以存疑,但凡事不是绝对的。吴岚确实是跟着昨晚那名男子出去的,距死亡时间不长,不会那么巧又遇到其他凶手。我想,凶手与那名男子应该是同一人。"

"从爆炸案来看,丁专家判断十分准确,表明前两起案件都是此人做的。他引诱吴岚就是为了制造报复机会,他成功地进入女孩家里,在房间布置好炸药,设置了监视器,然后把女孩带了出去,却又在女孩家里设置了电话信号,诱使我们监听。为了恰到好处地在丁专家操作电脑时引爆,又给丁专家打电话。"

一个刑警举起手,打断肖世清与石坚的对话,问:"既然已经把她带了出去,他为什么还要杀害她呢?"

石坚说:"带出去是为了防止她干扰下一步计划的实施。为什么要把她杀掉,这确实是个谜。不过,我想,凡是见过他的人,不论她做什么都没有关系,他总是要把她杀掉的,这可能是一种强迫症,或者他变态到了极点,既引诱这种女孩,又对见过他的人灭口。从他的角度看,只有死人提供不了任何证据。"

肖世清说:"也可能是一种策略,杀掉她们的目的是转移警方视线。"

石坚又抛出一个疑问:"仅仅为转移视线的话,杀吴岚还情有可原，他何必把邓敏、顾杏全都杀掉呢？"

计智说："杀顾杏肯定是灭口，因为我们已经追踪到了那里，丁专家跟顾杏见过面，或许被他看到了，或许顾杏告诉了他，他感觉到了危险。"

肖世清点点头，却又皱起眉头忧心忡忡地说："如果是这样，邓敏可能是其他诱因被灭了口。因为他只要一感觉到稍有危险，或者两人因一点小事吵架，都有可能杀人。只是，他既然知道跟她在一起会有危险，为什么还要肆意地勾引她们呢？"

石坚说："偷她们的钱是其中一种可能，前两次一定弄到不少钱。不过，据查，他跟邓敏在一起待了几个月，谋财恐怕只是谋杀的副产品。"

丁杨一直没有说话。他觉得讨论还是有成效的，已经慢慢接近他的预测。他希望他们能够醒悟过来，从而认同自己的推测——凶手杀人另有重大目的。

"这也是我一直想不通的。"计智说，"是不是请丁专家说两句？"

丁杨转头看了看肖世清，肖世清露出肯定的眼神。

"各位领导，我对传统侦查不是很在行，听了你们的分析，觉得很有见地。"丁杨没有直接说出自己的观点，很大程度上是因为肖可语。他想起肖可语经常教导他的，说话做事，要善于转弯，才不至于得罪人。

"我是搞网侦的，下面我通俗一点地说明我在网络上追踪他的过程。"丁杨接着说，"在分析系列网络诈骗案时，我将南都的诈骗案与原来办过的诈骗案做了对比，发现了熟悉的作案手法，也就是类似的网络操作痕迹。我将同类痕迹载入网络系统进行搜寻，发现邓敏家的网线和芯导科技研究所的网站也出现过这种痕迹。所以，我建议计副支队长带我去查邓敏，结果发现邓敏已被害，芯导科技也承认有黑客攻击。然后，我通过同样的手法，陆续在顾杏家和吴岚家的网线上发现了同类痕迹，这就是我认定她们被害是同一凶手所为的原因。"

石坚说："你说的都对，但这些只说明凶手是同一个人，并不能解释他杀人的原因，包括你说的他有重大目的。"

"我说他有重大目的，原因有三点：一是他没有理由杀人却杀了她们；二是三个女孩的背景，她们都是芯导科技及其附属公司的白领；三是他利用她们家的网线攻击过芯导科技。我想，他的目标就是芯导科技，或者是跟芯导科技有关的东西。"

石坚接着质疑："你说凶手是同一个人，可我们查了三个女孩与男人一起出现的视频，却发现都不是同一个人；而且，在三个女孩住处的楼下，无法找到同一男人的行踪。"

"上次我说过，这也是问题的关键——他有'变脸'技能，也有躲避监控的能力。通过查询视频，我注意到，他引诱女孩成功后，便不再跟女孩一起出门，总是以种种借口留在女孩家里。即使出门，都是女孩开车，他躲在后排。"

肖世清感觉有些难为情，这些话都是丁杨反复说过的，但他们一直没有接受，反而对丁杨有所误会。但他仍想得到更清晰的印证，便问："'变脸'和躲避监控，是不是你们在汉洲对他侦查时就发现了？你们的案卷里有记载吗？"

"有的。"丁杨说，"肖可语已经带过来了。"

第五章 蓝 蛙

二

十点钟，丁杨回到机房，以程序管理员的身份进入黑客地下论坛。上午是论坛最闲、最无聊的时候，他不指望会有多大收获。如他所料，除了看到些隐晦的色情对话，内容无非求医问药，或睡了回笼觉后的孤寂心灵寻求倾诉对象。他一路浏览过去，只在一个聊天室里，发现几个人在谈论顾杏惨遭杀害的案件。

他们都是跟顾杏有过交集的程序员，对于谁杀了这位白领，观点五花八门。有人认为是她曾经抛弃的前男友，有人说是跟她争风吃醋的女友。为了方便聊天，他捏造了一个女性名字"莎莎"进入论坛。几秒钟后，屏幕上弹出一个私聊窗口，跳出一行文字。

"凯撒"：愿意跟我去蓝色房间吗？

丁杨顿时浑身燥热，强烈地感觉到达一路的气息已经降临。过了一会儿，他开始检查屏幕左边的窗口，里面列着聊天室里所有人的网名。"凯撒"就在里面。

丁杨一边打出"OK"，按住鼠标进入蓝色房间，一边喊计智："他出现了。"

计智来到丁杨身后："怎么找到的？"

"我开始以程序管理员身份上网，他没有发现我偷看他们聊天。改用'莎莎'的身份进入时，他就注意到了我。"

"所以说，他察觉不了你的程序管理员身份？"

"对。"丁杨说，"你安排一下，分头追踪聊天室里的人。要使用社会木马，别让他识别出执法程序。"

计智转身传达丁杨的指令。

"凯撒"：我等你等得好辛苦。
"莎莎"：我对这种网上斗智游戏已经厌倦，你何不站出来呢？
"凯撒"：我告诉过你，这是赌命。
"莎莎"：你赌的只是命运，你自以为编织了自己的人生经纬，宿命却可能架错你手中的线。因为，正是你的作为决定了你的宿命。
"凯撒"：我只相信命运，人生就是神话……看来，你不喜欢看修仙小说。

似曾相识的感觉刺痛了丁杨，疼痛从脑部弥漫到手臂。对手是个分不清现实世界与虚拟世界的人，令他感到幽冷又咄咄逼人。有片刻工夫，丁杨似乎看见达一路正坐在他的电脑前，轻松自如地以"凯撒"的身份在说话，就如同他变脸美男子一样。他想，他们一直在纠缠同样的问题，那其实只是达一路有意无意地重复，也许达一路对他出现的反应，比他看到达一路出现的反应更强烈。

"莎莎"：呵，那你应该知道，罪孽必有报。
"凯撒"：不，罪孽的观念只适合失败者，在权与利的争斗中失败的那些人，才用罪孽来安慰自己，企图以此来解释命运的悲哀。人的任何行为都是不应该受到处罚的。
"莎莎"：你永远只是一个失败者。
"凯撒"：我是英雄，英雄必须忍受一段时期的痛苦或黑暗，他们的成就才会得到认可。

第五章 蓝 蛙

"莎莎"：英雄与你无关。

"凯撒"：我一直把你当作知音，你这么说就有贬低自己之嫌。不过没关系，我知道你不会在意。我已经说得太多了。

对话窗口倏地消失。丁杨瘫坐在椅子里，似乎被一种无形的虚脱笼罩。再一次确认这个"凯撒"就是达一路，让他隐隐意识到接下来会有更多的事情发生。

"他在跟你谈哲学？"计智看了聊天记录，意味深长地说："如此看来，我倒觉得他不像一个疯子。他这是在试探你、拖延你，以掩盖背后的阴谋。"

丁杨往后一靠，疲惫地说："今天的交谈与那天的信息不大一样，似乎话里有话，真假参半。确切原因我不知道，不过，靠对话找他是不可能的，还得靠追踪痕迹。"

他继续借助乔曼儿发来的代码改造自己的木马。现在，他只有在喝矿泉水时才稍歇一会儿，看样子，他的追踪并不顺利，时不时地撇嘴。黑客发现某种程序不能正常运作，感到特别恼火时，通常会这样撇嘴，其实是在心里骂人。

肖可语一直用着丁杨的便携式电脑。她原来不懂网络，跟丁杨交往的两年，却成了网络迷，技术几乎赶得上普通程序员了。她突然对丁杨说："你为什么不使用搜索程序？"

丁杨本想告诉她，"凯撒"已经下线，忽然一转念，他从论坛下线，并不代表他不在上网。丁杨迅速地敲击了几下键盘，搜索程序开始分辨细微的信号。

寻找达一路的网络痕迹比关键词搜索花的时间多得多。丁杨站起来，踢腿伸腰，活动筋骨，看了看其他技术员的操作，然后回到自己的电脑面前。屏幕上跳出一排排英文提示，中文字符则有"凯撒""不如不见"等字样……

他跳起来，拥抱了肖可语一把，脱口大声叫计智快来，又坐回电脑前兴奋地说："你说对了，他在网上，而且在跟多人联系。"

丁杨调出对话窗口，边喝水边让自己尽量镇静下来，他分析着："他在吵架，责怪别人背叛他。他用的是便携式电脑，现在正是追踪他的好时候。"轻松的感觉涌遍全身，他下达指令："马上追踪跟他对话的人。"

整个机房的终端都开动起来。"我们最好打他个措手不及。"计智说，"大家都给我瞪大眼睛，对他们进行搜索，搞到所有的资料。"

第一个冒头的联系人叫"雅典娜"，自称"凯撒"的姐妹，他们的关系很暧昧，在一家灯光朦胧的酒吧相识，渴望重续前缘。很显然，"雅典娜"可能是他的女性候选人。丁杨把她的情况保存下来。他很容易就能想象出，"雅典娜"本就是芯导科技研究所或附属公司的员工，达一路需要借用她的网络，或从她身上偷一笔钱。但他不能想象，达一路有那么多时间引诱备选女孩。

对话中有一个黑客自称跟达一路是多年的兄弟。为了弄清达一路有多少长期交往的兄弟，丁杨爬楼搜索了一下，结果令人大吃一惊，跟达一路聊天的十几个人，个个都称跟他有多年的交情。丁杨知道在南都跟达一路有交情的人几乎为零，网上的交情都是黑客的瞎话。

还有两个黑客跟达一路有过经济往来，达一路欠他们一笔钱。丁杨把他们重点标记下来，继续下一步搜索。

时间在流逝。丁杨在寻找信息的同时，想到应该让石坚把这段时间利用到追捕中，在所有达一路可能出现的地方部署更多的警力，一旦确定达一路的位置就展开搜捕。

第五章 蓝 蛙

半小时后，丁杨找到了一个他从一开始就期待的目标。此人网名叫"蓝蛙"，是南都地下论坛的一个版主，一个了不起的黑客，多年来一直受到监控。之所以没有遭到逮捕、送上法庭，是因为他善于逃避，从未留下网络诈骗的证据。

然后，待在聊天室却一直潜水的黑客"瑞舍夫"引起了丁杨的注意。"瑞舍夫"不怎么说话，但在跟达一路有关的地方，却偶或留下"呵呵"或者图标，仿佛闪过清冷的目光。这是个重要情况，他怀疑"瑞舍夫"是一个监督角色，在窥探着什么，伺机而动。

丁杨离开终端，招手让计智和肖可语来到身边。"蓝蛙"和"瑞舍夫"是不是他们要找的人暂时无法确定，但丁杨确定，他们是目前为止所发现的最有可能了解达一路的人。丁杨认为有必要打造一把寒光闪闪的"弯刀"，将两人从虚拟网络里勾出来。

三

丁杨的"弯刀"没能勾住"蓝蛙"，因为他已经不再去地下论坛了，倒是计智略施小计，让他主动扑腾着翅膀，落入警方的捕网里。

"蓝蛙"原名史占忠，现在泰籍华人谢晓刚的加工厂任总经理助理，身在泰国。那天，他接到谢晓刚的紧急电话，说他以前的网络违法活动被公安机关立案了。

史占忠非常着急。他十分信任谢晓刚，因为谢晓刚在南都网信办有朋友，经常在一起聚会玩耍。他拉上办公室的窗帘，点起一根烟，整个下午荒废在了忧愁和烦恼中。

谢晓刚告诉他："昨晚，我碰巧遇到网信办的欧阳班。他喝得大醉，满口胡言，说你有大麻烦了。我觉得他话中有话，于是追问他为何这样说。欧阳班暗示我聪明点，和你保持距离。他说他亲眼看到过案卷，你已经被指控实施网络诈骗犯罪。"

"他们凭什么给我定罪？"

"根据刑法里专门处理敲诈勒索、强迫交易的法律。但我还不确定是否真的立案，现在只是道听途说。我当时大吃一惊，欧阳班能说出来太好了，至少给了你准备的时间。"

史占忠像一条呼吸困难的鱼，哆哆嗦嗦地说："知……知道是谁负责我的案子吗？"

"不清楚，不知道是哪里立的案，更不确定是否真的已经立案。我只是听那个醉鬼说的。"

"欧阳班……怎么看得到案卷的？他只是网信办的普通工作人员，并不能查案。如果你有公安的朋友，能不能帮我侧面打听打听？"

"他跟我吹了半天牛，还说他出入公安局网安大队像在自己家里一样。一起喝酒的人对他的话信以为真，说他真有能力，现在管理网信办可有权力了，等等。"

"嗯……如果你能帮我查到谁负责调查这个案子，就最好了。"

"老忠，我有一种非常不好的预感，再怎么样，你可不能把我牵进去。"

"不会的，我没做过什么坏事，只要知道是谁在调查我，我就能解释清楚。"话虽然这么说，史占忠眉头紧锁，心里像压着三座大山似的，喘不过气来。他懂些法律，当然不会以为跟那些人断绝关系、离开网络，以前的事就会一笔勾销。

进公司之前，他也想通过非法网络活动赚取大钱。他那时太穷了，便接受一个地下论坛的邀请，担任过版主，随后又跟班成科，也就是网名叫"一灯大师"的年轻人发送过垃圾邮件,合资成立了一家非法网络药店,试图依靠他们控制的僵尸网络诈骗顾客。

只是,史占忠明白,非法就是非法,通过非法手段搞来的钱肯定是捂不住的,所以更渴望进入商场,使自己的家庭过上稳定合法的生活。于是,在跟班成科发生少许经济纠纷的时候,他狠了狠心,退了出来。

挂了电话,史占忠顾不上擦去滑落眼角的两滴冷汗,他突然觉得整个世界像掉进了一口水井,在陌生的井底,他听见自己的一颗心"扑通扑通"地跳动。

幸亏如此担惊受怕的时间只有一个晚上。第二天清晨,谢晓刚又打来电话,他打听清楚了缘由。原来,"一灯大师"确实被抓了,把史占忠供了出来。但警方核查了他最近的网上活动,排除了他的犯罪嫌疑,并没有对他立案。

史占忠对谢晓刚千恩万谢,嘴里的诚意像是飘动在风雨中颤抖的柳叶。他听从谢晓刚的劝告,第一时间飞回国内,主动向警方投案自首。

四

丁杨感兴趣的是"凯撒",但他并没有从"凯撒"入手,而是先突破史占忠的心理防线,深挖史占忠从事非法网络活动的事。史占忠再一次吓坏了,他在黑客网络里混了一段时间,只是一直没赚到钱,他乖乖地交代了跟班成科吵架及交往的过程。

班成科问:"另找工作?我不明白你在说什么?"

史占忠说:"我准备通过打工慢慢发展,给一个老板做助理。"

"你瞎了吧?你好好想想,如果把精力和时间投入现在所拥有的一切,我们可以将利润提高3—5倍。我不要平分,四六开,或者三七开,好不好?这意味着你一年就可能当上千万富翁。"

史占忠说:"你也许算得没错,因为你只想赚钱。但我想清楚了,在我们国家,赚钱并不是生活的全部。关键在于能留住钱,让财富增值,确保没人能够抢走它。现在,我们的收入并不合法,如果政府要对付我们,易如反掌。我现在的目标是保住手里的钱,确保不会发生任何意外。"

"保住钱?你没钱怎么保?我们还赚得远远不够呢。"

"我说的不是钱本身,是这个行业。如果你我出了事,所谓的钱就不如白纸。我不想让这桩生意轻易把你我拖下水,你得承认,风声越来越紧了。"

班成科越听越不舒服,说:"我感觉我们已经不是亲密无间的'战友'了。我跟你聊得越多,事情越发难以达成一致。我不是在抱怨,我不在意,也不生气。我只是觉得没办法和你在一起工作了。"

史占忠丝毫不为所动:"这样正好,公司反正以前我就交由你全权打理的。现在,我退出,你捞多少钱都是你一个人的。"

"对我来说,你退出更好,否则我总是想找个人商量,纳闷我为什么需要你。难怪你和我的沟通会越来越少,原来在你身上发生了这种状况。"

史占忠说:"谢谢你对我这么坦诚。不过,你要记住,是我给你机会,将你从一个普通黑客升级为合伙人。我帮助你不是为了有一天让你对我说我很多余。静下来的时候,好好想想我的话吧!金钱往往会蒙蔽一个人的双眼,让人误以为自己掌握了绝对权力。"

第五章 蓝 蛙

史占忠交代，其实两年前警方就在调查他们，他帮助班成科处理了被调查的状况，解散了公司，他还一力承担了责任，一直受到公安机关的监控。

只是，史占忠不明白，他这样做到底是为班成科好，还是害了他。得知班成科生意一直没做起来，他又拾起黑客技术，进入地下论坛，本意是想调查班成科这两年到底做了些什么，没想到碰到一条大鳄，凶猛程度令他惊愕不已。

那天，史占忠突然收到来自地下论坛的即时信息。一个自称"凯撒"的黑客邀请他一起组建一个虚拟货币支付网站，为蓬勃发展的主播行业提供支付服务。在交流中，史占忠发现"凯撒"的网络技术比他高明得多，对那种新型支付模式非常在行，发的几个软件链接更是让他心惊肉跳，所以，他不敢跟他来往。

丁杨问："你为什么拒绝他呢？"

"两年前，我跟班成科吵架，就是想退出地下网络，想规避风险，当然不会再加入进去。幸亏我理智地拒绝了，现在才能轻轻松松地跟你们说话。当时，看我不感兴趣，'凯撒'继续在论坛里寻找合作伙伴，免费送出各种木马软件、攻击软件，引诱别人跟他合作。后来，我得知班成科跟他合作，还劝过班成科，但班成科急于赚钱，不听我的。他把场面搞得很大，你们不注意到都不可能。"

"凯撒"提供的软件非常先进，远远超出了现有的在论坛交流的软件水平，想捞轻松钱却又苦于没有技术的小黑客非常喜欢，尤其受到垃圾邮件发送者和恶意软件传播者的欢迎。即使在大批黑客因为信用卡诈骗、垃圾邮件勒索和售卖假药假酒等被抓被关之后，仍有人跟他联系，利用他的软件从事非法活动。

但丁杨想知道的不是这些。

史占忠接着介绍，虽然他不肯入伙，"凯撒"却并未疏远他，把他拉进了一个小圈子的聊天室，与他一起教导那些小黑客，只是史占忠一般不发言。"凯撒"也不见外，该说的说，该做的做，其他时间像没带嘴似的。从这点来看，"凯撒"似乎没什么秘密，或者不认为自己的活动有什么秘密，或者他把史占忠当成朋友或合作伙伴。

"他自称数据主义者，肆意地在论坛里传播他的黑客技术。"史占忠说，"所有人都对他唯命是从，不过，执行起来并不顺利。因为有前一阶段的打击，所有人都显得小心谨慎。我想，大部分人都是当面应承，背后却什么都不会做的，只是抱着学技术的心态与他周旋。"

不久后，史占忠发现圈子里出现了一些奇怪的现象——有人公然讨论芯导科技的研究成果。芯导科技是行业龙头，对于这种对象，黑客圈子有个不成文规矩：不碰不惹。因为圈里有个说法，一旦惹怒芯导科技的专家，只要他们出手，小小黑客就没有容身之地。不过，"凯撒"对芯导科技似乎很感兴趣，不断鼓动大家讨论。

有那么几次，他看到他们讨论芯导科技，以及它的附属公司及其部门设置、人员安排，甚至说到某某参加了什么研讨会、某某出了国、某某突然自杀了，好像他们就是公司员工似的，领导或总工不在，他们就可以自由自在。

丁杨听着，觉得这个变化确实有些奇怪，只是跟史占忠一样想不明白。"那是什么时候的事？"丁杨不解地问，"除了人员异动，说没说到技术方面？"

"技术方面倒是没人说，人员异动却是时时在讲，好像向群主汇报，时不时地进来一人，冒出一句，然后又沉潜下去。"

"能不能说具体一点，比如说哪些公司、哪些人、什么事？"

第五章 蓝 蛙

"芯导科技说到了乔曼儿,那是个美人,熟悉的人都会说到她,过嘴瘾呗!附属公司里,蓝光、紫光、硅光都有说到,人员嘛……有些杂,大都是总工、副总,还说到一个工程部的主管,原来做过监控——黑客大都害怕公司的监控人员。"史占忠说,"监控部相当于公司的技术监督执法队。小黑客好奇网络科技公司的研究成果,编制木马攻击公司,或者收买公司员工传递技术参数,都归他们监管。所以,一般监控人员都不出差,一旦出差,就是小黑客们的盛宴。"

突然,丁杨眼睛一亮,心脏感到一股被刺般的惊跳:"那个做过监控的工程部主管叫什么名字?他去了哪里?"

"去了哪里好像没人说,或者我不在线时他们说了,我没看到。"史占忠努力地回忆着,"名字好像叫张成,是硅光公司的。这个人我也听说过,蛮正直,铁面无私,得罪过不少人……"

"你知不知道他的具体情况,比如说他有什么背景,做了什么事得罪人?道听途说的也没关系,尽量详细些。"

"他的事还真的都是道听途说的。背景似乎挺复杂,年前他得罪了公司高层,有传言要开除他,但他留了下来,只是换了个岗位,仍然可以做主管,还兼技术项目。有人说,他有官方背景,有人说他亲戚在政府做大官,具体的情况没人说得清楚。说到得罪人,那可多了去了,他当监控主管时,发现总经理的小舅子做私活,也就是出卖了一个技术参数,最后硬是逼着总经理把小舅子开了。"

丁杨点点头,史占忠的说法跟他的调查结果是一致的。这就够了,你不能指望道听途说能有多准确。他决定拉上史占忠去看守所见"一灯大师"班成科,调查"凯撒"是如何教"一灯大师"诈骗的。

站在马路边上等计智开车过来时，丁杨看着铁灰色的云层在蓝晶科技园上空慢慢聚集，沉重地悬浮在空中，风吹不动它们，汽车的轰轰声也惊扰不了它们。

即使动用南都最先进的设备，也无法追踪到达一路。按传统的侦查套路，这种情况下，只有等待凶手的失误。经过这段时间跟达一路的周旋，丁杨认定，像达一路这样的人是不可能失误的。丁杨绝对不能这么等下去，必须从跟他接触的人身上打开缺口。

他想，现在终于有了眉目，很多事，在于人为。而头顶的那片天，看不出丝毫光亮，令人厌烦的雨又要来了。

第六章 聚会

一

南都秋天的步子迈得异常沉重，窗外的夕阳斜斜地打湿了满地飘飞的落叶。丁杨就在这样的苍凉里紧紧地盯着显示屏。屏幕深蓝如海，解析软件如海里奔涌的潜流，却始终没有打破追查"瑞舍夫"的僵局。

丁杨在案情汇报会上说："不论是暗网还是地下论坛，都没有发现关于'瑞舍夫'这个名字的任何有用信息。许多痕迹被删除了，剩下的资料全都一钱不值。我怀疑，他请了高手帮忙，或者本人就是一个高明的伪社会角色扮演者。"

梅小刚问："你是说，他仍然待在蓝色虚拟空间里？"

"是的。可是，他侵入并删除了网上的资料，甚至销毁了死树版文件。"

梅小刚不明白："你说什么？"

"以纸张形式保存的文件。"丁杨解释道，"这说明，他侵入了出入境部门档案室的计算机系统，给那里的员工发了一个备忘录，让他们用碎纸机把文件销掉了。"

这时，肖可语打来电话，让丁杨看到了希望。她一直跟芯导科技研究所的乔曼儿在一起，乔曼儿从研究所下属的大数据研究部搜索到了相关资料："瑞舍夫"原名荷勒维，照片显示是一个年轻白人，一年里五次出入境，最近的一次入境记录是一个月前，入境事宜是商务。但具体是什么商务活动，活动地址在哪里，均未记载。

半小时后，石坚走进网侦机房，机房里士气低落。梅小刚好像在和家里什么人打电话，计智神情阴郁地坐在丁杨身后，独自阅读资料，分析检查在吴岚电脑里提取的内存信息。只有丁杨像一棵狂风摇动的树，只是看不出他在做什么。

石坚的手机响了。专案组刑警报告，一位出租车司机在南郊发现了达一路带着吴岚逃跑时用的跑车，已经被汽油烧毁。车上没有发现跟达一路有关的证据，但沿途的监控显示，吴岚曾坐在车上。同时，勘查技术员在尾箱里发现几枚指纹。

现场勘查报告以最快的速度传真过来，经比对，该指纹跟警方在南都东部一家酒店里提取的指纹相同。石坚将报告细节都写在白板上，正要开始写"指纹"二字时，他停了下来。宾馆的指纹……燃烧的跑车……三个被害女性的公寓……不知道为什么，这些事实让他感到困惑不解。他想不通为什么会这样。

"怎么啦？"计智问。丁杨也转身看着他。

"离开吴岚家后，达一路没有了顾忌。"石坚用手掌抚摸着自己没有胡须的下巴。

在跟三个被害女性的交往中，特别是在她们的公寓里，达一路非常小心谨慎，处理得特别干净，甚至没有留下一根毛发。可离开吴岚家后，在宾馆和逃亡跑车里，他却满不在乎，留下了指纹。这说明他知道警方已经清楚他的真实身份。

石坚目光停留在白板上，注意到"瑞舍夫"这个名字，此人明显是个外国人，有出入境记录，如果是达一路的同伙，他们是如何勾结上的？目的是什么？他们之间的交流是不是有什么隐秘通道？这人在其中起什么作用？还有，他们的目的是不是已经达成？

他眼睛一亮，瞪着丁杨："你的侦查方向是对的，'瑞舍夫'应该是一个知情人，一个重要的中间环节，必须找到他。"

丁杨回过头去，盯着桌上正闪动字符的显示器，右手紧抓鼠标，滚动浏览着。"这里有个情况，"他说，"黑客聊天室里有人发出通知，召集南都黑客聚会。"

计智挤到他身边的隔间里："好啊，正好一网打尽。"

丁杨仍摆了摆手，看着屏幕，语气担忧地说："如此大规模地聚会，而且明目张胆地召集，恐怕有阴谋。"

"怎么会呢？难不成还敢跟警方动枪？"梅小刚大声说。

计智狠狠地盯了一眼梅小刚，厉声道："听丁专家的。他这么说，总有他的道理。"

丁杨换了个页面，指着屏幕说："这是我的解析软件搜索到的，同一份通知出现在地下论坛里，但发布人的电脑似乎遭遇了木马，其中有好些乱码。"

梅小刚愣了一下，说："看起来毫无规律，会不会是小黑客想跟警察玩游戏？"

丁杨载入另一个软件，对有乱码字体的通知内容进行解析，又发现了跟"凯撒"上网手法的相似性，他好像从中嗅到了阴谋的气息。

他修改搜寻指令，一个页面跳出来，是某人收到聚会通知的回复。这个回复跟地下论坛里的通知一样，有几个字符是乱码。前后两个黑客的网名十分陌生，既非"凯撒"，也不是"瑞舍夫"，但不能断定这两人就不是他们——网名不能说明什么。

梅小刚低声嘀咕："果然有猫腻。"

计智说:"会不会是他们之间的联系密码？不同字体代表不同的含义。别忘了,他们甚至懂得使用黑密。"

丁杨摇摇头说:"这不是什么黑密。"说着,他突然意识到,这就是两个黑客的联系暗语！他拨打肖可语的手机,说:"让乔曼儿帮忙将'瑞舍夫'的护照影印件发过来。"

肖可语的作用还是挺大的。如果丁杨直接向乔曼儿要,她一定讲价钱,甚至让他请示上级。他已经没有时间了,找不到"瑞舍夫",达一路说不定就会跟着消失。

拿到"瑞舍夫"护照全本的影印件,丁杨仔细看了一遍,从中找到回复里乱码字符对应的文字。他说:"猫腻就在这里,'瑞舍夫'以自己入境口岸为提示,以文字顺序为规律,将自己要表达的意思藏在通知里,达一路照葫芦画瓢,给出回复。这是个很简单的文字游戏,不过,不知道'瑞舍夫'入境口岸的人很容易忽略,猜不出谜底。"

计智问:"他们这是要干什么呢？相约见面？"

"对,他们想利用这次聚会见面,"丁杨说,"只是我们还不知道时间和地点……"

石坚说:"既然他们已经相约见面,那我们就将计就计,把参加聚会的人一锅端了,看他还能耍什么花招！"

脑袋昏沉,身子像散架似的。达一路已经连续三十多个小时没合眼,仍坚持驾车向西驶去。他有意让夕阳直刺他的双眼,这样可以克服些许困意,却增添了看清路面的难度。

甚至,夕阳也越来越靠不住,慢慢沉入了地平线,只将天空染出一层粉色和亮橙色。在他驶向一望无际的荒滩时,黑暗在一层一层地聚集。

第六章 聚会

前方有棵大树,那是目的地标志物。它的阴影越来越重,也在地上越拖越长,仿佛他要寻找的那道黑色深潭,吞没了这一片十几平方千米。在这寂静的荒凉中,只有他驾驶的这辆车在疾驰,公路周围遍地都是从城市运过来的垃圾,焚烧得只剩下一片黑色的影子。达一路根本不担心有人会看到自己。

当然,附近依然有人居住。不是所有人都愿意离开,还有人负担不起搬迁费。他们已经习惯了弥漫在空气里的腐败气味,还有混杂着的浓重酸味,老年人闻了会窒息,外来客眼睛会被刺激得流泪,常年居住在这里的中年人很多查出了癌症。

孩子们被约束着,不准到这儿的草坪上玩耍,只有形单影只的野猫和骨瘦如柴的流浪狗,无精打采地游荡。当然,还有成群的老鼠把这里当成它们的极乐天堂。

这里依然属于南都。不过,城里的人都忘记了此处的存在。南都应该是美丽富饶的,鳞次栉比的高楼、赏心悦目的沙滩和国际自由港式的购物天堂,它不该是这样。

前面是一条岔道,达一路向左转去,驶上坑坑洼洼的沙地,将平整的公路抛在身后。汽车颠簸得厉害,手中的方向盘晃动不已。他紧紧抓住方向盘,似乎并不费力,可疲惫的肌肉不断提出抗议,但这种沙石路还有十几千米。

到了目的地,要好好休息一会儿,喝杯咖啡,吃些副食,伸展一下四肢。接着还有更多的事情要做。多少年没有这样辛苦了。但活着就要付出努力,谁叫你是个男人呢。

大树越来越近,汽车一下子冲进一片开阔的平地上,灰暗的天空似乎亮了一些,像从噩梦中醒来,看到梦中真实的背景。车轮下的沙尘被扬到空中,夹杂着流淌在沙石下面的水珠,沙石表面有一层绿色物质,人们会以为那是苔藓,但其实是一层薄薄的霉菌。左手边出现一块巨崖，四周长着灌木，崖顶却有一棵大树，树干虬曲，显然有些年头，显示着顽强的生命力。在昏暗的天光下，一根根虬枝向北横伸，好像在向他招手致意。

尽管政府三令五申，但一些不法厂家仍将沙滩当作垃圾填埋地。近处监管严格，他们便往远处运。这里已离城五十多千米，却四处是堆积成山的工业垃圾，熏得行人不敢靠近，动植物越来越少，对近海海水和地下水造成的危害更是无法估量。

达一路本来极不愿来这里，但相比那栋正在装修的大楼，或者近郊海滩，这里最不易被人发觉。不仅对他办事来说是这样，对抛弃的尸体更是如此——让死亡长期处于"出差"状态，有利于他下一步计划的进行。

他的计划里根本没有杀死张成一项，他认为，死亡都是张成自找的。他已经破解了张成的便携式电脑的密码，接下来，只需要张成配合他行动，并对以后的计划守口如瓶，他就不会杀人。但张成一副死脑筋，知道了要配合的内容，却宁死不屈。这就怪不得他达一路了，他不可能留一颗定时炸弹在手里。

张成的便携式电脑里不仅保存着硅光公司网络技术的最高机密，还有技术泄密事件的调查记录，最近的几起正是达一路在幕后策划的——他不该当作荣耀，在张成面前炫耀，害得张成一番谩骂。另外，竟然还有大量的网络案件侦查笔记。

后面两项资料一旦落入政府手里，完全可以作为法庭上的证据，让一大帮黑客吃牢饭，甚至牵连达一路。这样一来，即使出境，他都有可能受到国际刑警的通缉。

不过，现在这些东西落在了达一路的手里，尤其是那些技术资料，那就成了他的筹码，算得上完成了大客户交办的部分任务。

电脑里的资料数据量有好几个G，包括各种图片和视频，里面

第六章 聚 会

有他认识的——偷窥、暗中观察过的人。分析力稍强的人看着那些数据,就可能从中发现宝贵之物,从而决定某些人的命运。或者把记录好好研究一番,就有可能从混乱无序的文字中捋出一种新的关系,像出现综合衍射图一样,帮助警察指向凶手。

但是,达一路的分析力在分析密谋犯罪方面显得无能为力,面对那些详细的调查记录,他感到十分枯燥、沉闷……无法把自己放在合适的距离来客观地研究。

可即使是跳跃式阅读,他仍然对张成的调查进行了渐进性推理。谁做了些什么?他是如何被发现的?黑客的目的是什么?他们得到了什么?造成了什么危险?达一路意识到,杀掉张成真是可惜。他一边阅读,一边在脑海里不断地浮现出张成的脸。

张成永远无法帮他了,就像希腊神话故事,只以它的喻义给予达一路神秘的指引。不过,越是如此,达一路越发觉得张成永远拥有自己的魅力。"我永远赶不上他。要是他不调查那些小黑客,我就永远认识不到还有这么厉害的人,也就不会伤害他。"他在心里暗暗地想,充满了惺惺相惜之意。

不过,如果他不杀掉张成,他就会被张成追查到,将他戴上镣铐,送上审判台。现在,张成的资料能帮上他的忙,这是最好的结果,可以让他少走很多的弯路。

达一路看着张成偷偷调查的资料,明白同样的城市里,有个人死死地盯着他魔鬼般的身影,脸上露出最后的愤怒。他惬意地移着鼠标,现在,再也没有如此精明的追查者了,再也没有地图会把警察引向他,他可以安全地做他计划好的活计,不再需要隐藏自己,尽管他有无数种方式隐身。他甚至可以奚落丁杨,杀害能帮丁杨揭开这一切秘密的张成,唯有失误才会使他现出真容。

达一路从汽车里下来,自得的心情让他再次充满力量。

一群飞虫一窝蜂地拥到他的脸上。蚊子、蠓虫、说不出名字的蝇类，成群结队地飞来，向散发着新鲜血液和咸汗味的肉体发起攻击。达一路抬手在脸前挥了挥，可他知道这是徒劳的。黑夜是飞虫出动的时间，它们时刻准备着享受饕餮大宴。

"有好东西送给你们！"达一路自以为幽默地想。汽车尾箱里装着一具尸体，那是他几小时前扔进去的，温度有些高，现在应该已经有些诱虫的气息。

但他不急着去搬它。首先，他要武装好自己，套上灰色的连体工作服，连脚都套在里面。衣服是合成材料做的，很薄，很轻，摸起来像橡胶。一般情况下，他憎恶人造材料，但此刻无法避免。再过去就是海面，他不想沾上海水。

接下来，脚上再套上高筒胶靴，手上戴着厚厚的胶手套，腰里绑上一个工具包，里面装着短刀、电击枪、一卷尼龙绳、两支防水手电。手电光从包孔里露出来，不用手拿，省却了力气，他也没有第三只手去照明。

准备工作完成后，他飞快地打开尾箱，搬出尸体。之前，他已经换下张成的西装，给他穿上了全套冲浪装备，只是尸体在尾箱里蜷缩久了，新穿的衣服有太多的褶皱，不过对达一路来说没什么区别。

达一路咬紧牙，弯下腰，把没有生机的男人扛到肩膀上。胳膊很疼，后背也咯吱作响。他原本力气不小，但经过三十几个小时的高强度劳作后，身体已经疲惫不堪。他猛一用力，终于直起身来。好了，最难的时候已经过去了。

他给张成也准备了一套装备，主要是成人下海的必需品。他把他套在冲浪板上，到了最后一刻，他突然想到还落下了钱包、防水手表和指南针。还有张成的头，可能在尾箱受了撞击，有些伤痕，

第六章 聚 会

于是他尽力拉紧面罩,盖住了他的脸。

十分钟后,他听见"啪"的一声,知道冲浪板已经就位,便将绳子牢牢地绑在车尾保险杠上,拽着绳子往下走,慢慢地滑进散发着恶臭的海水里。

到了石崖下,他打开腰间灯,看到崖下有一个狭窄的洞穴,便弯下腰,手脚并用地爬起来。尸体漂在他的后面,他再次把板上的绳索系在腰间。

没走几分钟,洞穴变得愈发狭窄起来。他向前探出壮实的身体,慢慢压低头和腰。洞里同样气味难闻,堆积了一层又一层的蝙蝠屎,散发的腐臭味让人窒息。垃圾和粪便渗进沙里淤积成污泥,他的手和膝盖压在这些黏湿的东西上,发出"咯吱咯吱"的声音,充满了深入骨髓的死亡气息。

他缓慢地前进,就算有腰灯,也要摸索着往前走。蝙蝠很容易受到惊吓,时不时就有只狂躁的生物撞到他的脸上。不过,达一路只要将冲浪板送进这里,两边的崖石会将它固定,让不知什么时候能发现它的人以为张成是自己不小心冲进来的。

等达一路再次爬上岸,已经是深夜两点多,过度的劳累使他的反应能力几乎降到了零。唯一让他感到欣慰的是,总算做完了一桩永绝后患的事情。

达一路在汽车后保险杠扎上树枝,慢慢地沿路返回,将来往的轮胎印都扫零乱,让人无迹可寻——如果再下一场雨就更好了。回到大路,他把树枝解掉,扔在垃圾堆上。

虽然浑身酸痛,他还是来到一个进城口的无人洗车场,借助微弱的车灯光,把汽车外壳和底盘冲洗了一番,污垢会暴露事实,这一点他很清楚。

接着,他搬出尾箱里的所有用具用氨水擦洗了一遍。辛辣刺鼻的气味让他重回警觉状态。不一会儿，所有的指纹痕迹都清除掉了。

最后，他拿出连体工作服、高筒胶靴、胶手套和工具包来冲洗。这些东西洗不洗有什么关系？即使有人看到，它们能证明什么呢？

证明他曾经下过海？这可没有犯法。不过，他可不想给别人留下一丝机会。他不想成为父亲口中的那种蠢货，那种捧着屎往嘴里塞的人。

天旋地转。他感到自己的脑袋仿佛挖开了一个黑洞，越开越大，吞噬了他的神经、感觉、记忆……他将长长的指甲扣进肌肉里，好一会儿，终于敏锐起来。

他又一次想到了父亲，想到他看着母亲消失后忧伤的表情。父亲一辈子都在钱里面挣扎，母亲一辈子都在骂他，她是骂父亲挣不到钱吗？不是！她知道父亲一定会因钱而死吗？也许她并不像其他女人一样，把世界上所有美好的事物都寄托在金钱上。

他不愿意再想这些，他不想再走父亲的老路了。他猛地把连体工作服等物品从包裹它的尼龙袋里拉出来，连同尼龙袋一起浸进水里，然后倒入半瓶氨水。洗刷时，他光着双手，刺激的化学物灼烧着他的皮肤，竟让他感到一阵快意。

扭曲、变态。此时，他感觉到在杀人时都没有感觉到的罪恶。他不是什么好东西。无论他做了什么，他依旧是个沉迷于网络、在网上偷鸡摸狗的男人。跟很多女人睡过觉——母亲也是女人，虽然他不像父亲一样会跟哪一个女人结婚，但他祸害的可不是一个女人。

这就是男人，男人会杀人、会破坏、会祸害女人，他们按照自己扭曲的方式来塑造一个扭曲的世界。他不停地洗涮，不停地眨巴眼睛、眼泪、鼻涕止不住地流出来，胸部起伏得厉害，直到最后不得不坐在地上，大口地喘着粗气。

这是氨水刺激的，他想。可是他心里明白，不是！他又一次想到了母亲离家时，回头望他的那张苍白、孤独的面孔。

达一路关上了冲水阀。汽车冲洗好了，连体工作服、高筒胶靴、胶手套和工具包也干净了，每一个褶皱都被消了毒。

他又一次感到了疲惫。一切总算结束了，但那种浸入骨髓的疲惫是他以前不能理解的，也许他本身就是马路上长出的一株奇怪的植物。

他没有再回到那栋正在装修的大楼去。他将张成的便携式电脑的硬盘取下来，其他扔进了大海，驱车来到东部旅游区，找了一间民宿。

最后，他把硬盘和现金塞进房间墙壁的保险柜里，爬上床，头一挨枕头便睡着了。不过，他设置了闹铃，过一会他还有更重要的事做呢。他嗅到了火药味。

二

肖可语的出现让乔曼儿对警方的态度从敷衍变成了积极配合，这就是熟人的好处。

此刻，乔曼儿和肖可语一起坐在屏幕前，屏幕上是"瑞舍夫"，也就是荷勒维的照片，背景是西欧某著名风景区。下面是英文说明，大意是荷勒维在西欧某国因入侵机要保密网络遭到通缉。

乔曼儿长长地伸了个懒腰。她虽然已经快三十岁了，在肖可语面前，依然像个小女孩一般顽皮，每取得一点点成效都要表功。她从大数据研究部找到"瑞舍夫"的出入境记录后，用了两个小时终于把"瑞舍夫"的资料整理出一个目录，随后，载入她的搜索软件。

这个软件进入了某国网站，某国的网络上公布了有关荷勒维的所有犯罪证据，包括他用于网络犯罪的软件、程序，以及犯罪所得的各类账单。这些东西透露出荷勒维已经无法在某国生存下去，但他非常善于隐藏自己，他进入中国境内用的是另一个国家的护照。

可是，乔曼儿还是感到疑惑，即使发现荷勒维在某国犯案，这类情报在这儿又有什么作用呢？但肖可语不这样认为。她认为，荷勒维既然在境外就是个网络犯罪嫌疑人，入境一定跟网络犯罪有脱不了的干系。何况跟他勾结在一起的人，也是正被追捕的网络犯罪嫌疑人。

肖可语建议乔曼儿利用网络手段把荷勒维引出来——不管他上不上钩。这对于检验他跟达一路有没有关系，或者他们是不是同一类人总是有作用的。

乔曼儿采纳了肖可语的建议，输入追踪软件，放出钓饵，并要求大数据研究部把一切资料传输给她。研究部的人很殷勤，照办了。但他们提供的资料凌乱不堪，有荷勒维的私人文件，也有旅游笔记，还有大量购物清单——其中很多专业用语，乔曼儿和肖可语都搞不懂是什么意思。

不得已，乔曼儿打电话给翻译部，请求将那些专业用语翻译成中文名。十分钟后，她有点后悔打那个电话了，因为对方对那些私人用品的品位说个没完——酒的品位、衣物的品位、香水的品位。作为逃亡者，荷勒维竟然还这么有品位，一定有着某种固执的惯性，说明他从来不是一个苛待自己的人。

对乔曼儿来说，品位是个敏感的领域，因为她自认为就是因为

第六章 聚 会

自己的品位而与这个研究所的人格格不入。研究所的日常生活是制度化的，在那种纯功利的、纯功能性的设备之间，能叫她心痒痒的就是品位。与此同时，她对技术的信念似乎死掉了，留下一个空白，等着品位这类东西来填补。

她突然希望追踪到荷勒维这个人，而不是被肖可语逼着。她想知道这个人到底有什么样的品位。既然怀疑技术这个教条，那她还能指望什么呢？

她已经厌倦了技术，对技术的信念是职业的危险——乔曼儿深有体会。在咬啮着她的单调沉闷之中，她一直注意着事物的形象，她尊重自己对事物的原始反应，对这种反应她不计算分量，也不用语言限制。大约就在这时，她注意到自己对男人的欣赏也发生了变化。以前她看人先看品性，现在不同了，有时根本不想了解那人做过什么。

她悄悄地喜欢看时尚杂志，对自己承认那些画中有些东西让她感到饥渴。在她那受到职业技术教义熏陶、反对腐蚀的心理模式里，她觉得自己在向一种美妙的癖好退让。

现在，她内心的这种变化给了她帮助。它促进她这样来思考问题：荷勒维对生活用品的品位可能成为那魔鬼露出水面的背鳍，使他破水而出、暴露自己。

只要把电脑里搜索的诸多信息加以比较，乔曼儿就有可能窥破荷勒维变化不定的身份。为此，她必须知道他的习性和爱好，她必须比世界上任何人都了解他。

"我知道他爱好什么东西，他爱好音乐、酒、书和食物，还爱好女人，特别是高挑苗条、外貌柔婉的女人，那不就是肖可语吗？"乔曼儿在心里暗暗思忖。

追踪的前奏已经开启，发展的思路是信任自己的看法，在食物、酒、音乐和女人领域，乔曼儿只好因循荷勒维已有的品位，看他以前爱什么。但在这个领域，她至少能跟他比拼。她神秘地看了一眼肖可语：他会喜欢她的。如果肖可语穿上她的衣服，绝对算得上时尚人士，这一点她不用想都能看出来。

荷勒维在本土交往过几个女孩，跟肖可语十分相似，但品位远不及她。这从他对她们的挑剔中可以看出，食物、酒不是问题，问题是音乐和艺术。她知道，在音乐和艺术上有造诣的女孩很少，荷勒维若是想在这两项上找到相同品位的女孩，概率很小。

那么，荷勒维现在在追逐谁呢？她懂得他所喜爱的感觉，一个跟他品位相配的女孩，优雅秀美。如果肖可语出现，在他心里会产生怎样的波澜呢？

毫无疑问，他一定会如蚁附膻。

于是，她谎编了一个女孩的资料，以不同的信息形式发送到暗网及地下论坛。当然，那不是她乔曼儿或肖可语的真实个人资料——除了肖可语的照片和她的爱好。她不可能透露自己的资料，她的身份是绝密的，自从她进入芯导科技研究所，她所有的个人资料就再没在网络或纸媒上公开出现过。

他一定会看到的，乔曼儿想。

荷勒维的反应快得出乎意料，紧接着就给乔曼儿发来了暧昧的字句。同时，乔曼儿发现了作为诱饵的信息被搜索过的痕迹，她怀疑对方是不是时刻在网上追逐美女。

乔曼儿想，他会从网上看出什么问题吗？会不会人肉搜索信息中的女孩？会的，他可能会在公众网站上搜索所有她购买的时尚物品的评论。

乔曼儿重新粘贴了一张肖可语戴着珍珠项链的照片。这张照片没有显示头像，但肖可语的上半身拍得优雅别致，胸和腰的曲线毕

第六章 聚 会

露，这是为见面埋下伏笔。

她矜持地拟了一句回复，发给了荷勒维。接着，她手把手地教肖可语沿着荷兰勒维的品位走廊小心地追踪。她对自己的做法很有信心。

乔曼儿跟荷勒维调情的时候，丁杨正在南都市公安局机房里同时追逐达一路和"瑞舍夫"，想找到他们相约见面的时间和地点。"瑞舍夫"正在赶往黑客聚会的宾馆，地址很快就会重合，石坚已经带着大量人手赶过去，决定一网打尽。

肖可语给他们打电话时，丁杨没空接听，回话的是计智。

"我能跟丁杨说话吗？"

"他正忙着呢，我这就把手机给他。你有什么发现，需要我效劳吗？"

"请你告诉丁杨，乔曼儿粘上了荷勒维，他一定正在等着跟达一路商定见面时间和地点，但目前他仍在电脑面前。"肖可语说。

这跟丁杨的追踪不一致，但计智并没有把这个消息告诉丁杨。

乔曼儿继续跟荷勒维在网上热火地聊着，肖可语放下电话，根据乔曼儿的指点，准备着跟荷勒维见面的行头。

肖可语又给丁杨打了一个电话，但丁杨仍未接听。肖可语有些失望，决定不再联系。她花了不少时间准备接下来的工作，丁杨如果知道可能会制止她的。

乔曼儿告诉肖可语："等着约定见面地点。"她心里很期待。

荷勒维终于发来了见面邀请，却暂不定地点，只让乔曼儿往海港方向去，说一定会见面的，并要让她见识到这个世界上真正的高品位。

乔曼儿看了一眼肖可语，肖可语点点头。她就是来办案的，能帮上丁杨的忙，她求之不得。她懂英文，学习过南都方言和文化，跟着丁杨学习网络技术也有两年,面对面跟黑客较量一直是她的梦想。她计划先跟荷勒维见上面,再利用他的身份把达一路引出来。荷勒维说过,他要去谈一笔生意——与达一路见面,带一个女人去没问题。

走上人头熙攘的大街,细雨濡湿了肖可语的头发,她突然意识到自己太过冒失了,对这次见面准备不够,心中陡然升起一片寒意。出门前,是她教导乔曼儿,比如跟踪,如何转换角色,俩人如何互通信息……她没料到,一上场自己先怯了。

按照计划,她走前头,乔曼儿带着无线上网的便携式电脑跟随。荷勒维发来信息,就转给乔曼儿去定位。不幸的是,她一出现就有些男人在身后如影随形,甚至"热情"地上前招呼,无论她如何回避,那些人始终在她跟前晃悠。这样下去,恐怕会吓得荷勒维不敢出现。

肖可语怅然地站在路边,不得不找了辆出租车。司机是个中年人,满脸幽黑,睡眼迷蒙,看起来像一个搬运工。她将自己塞进车里。出租车穿过破损的街道,在拥挤的车流中迂回穿梭,一路向海港驶去。她掏出一张新换的电话卡,这是网侦部门专用的保密卡,专供内部交流。在此期间,她想用这张卡继续跟丁杨联系。

她将保密卡插入警务通,但令人失望的是,网络连接很不稳定,只能断断续续地上网,石坚、丁杨等人不知是关机还是在打电话,一直显示忙音。

五分钟后,乔曼儿转来荷勒维的信息。地址看起来像座酒店,也像家咖啡馆,肖可语将地名报给出租车司机,司机没说话,只是点点头,调头就往前走。肖可语祈祷是家咖啡馆,她可不想这个外国人如此单刀直入,在这方面,她缺乏周旋的经验,而且酒店不利于抓捕。

第六章 聚 会

出租车只驶出几十米,就在一家咖啡馆门口停下。这家咖啡馆门面窄小,位置偏僻,几十平方米的店面里只坐着一个年轻服务生。

冬天正在往南都赶来,马路上吹着冰凉的风,咖啡馆里却热烘烘的。肖可语在里面转了一圈,选了个临街的卡座刚刚坐下,就听见外面传来汽车鸣笛的声音。那是一辆豪车,副驾的窗玻璃打开,伸出一张帅气的脸。

荷勒维?!

三

黑客的狂欢是午夜后进行的。地点在东部旅游区的金殿大酒店,网络药商联盟是赞助单位之一。警察冲进去时,联盟的秘书正在为业绩突出的邮件发送者颁发奖品。狂欢戛然而止,所有参与者被控制在房间里。

蹊跷的是,建议举办聚会的主要出资人却没有出现在酒店。黑客们都知道是他的网站在南都举办聚会,他的网站标志却提前撤掉了,让警察找不到丝毫跟他有关的痕迹。负责颁奖的秘书是东南亚一家著名制药公司负责人的儿子。该药厂专门仿制西方抗癌药物,销往中国及一些不发达地区,非常受欢迎,却并不合法合规。这次颁发奖品,坐实了公司利用地下网络促销的嫌疑。但秘书的父亲非常狡猾,没有出现在酒店,仿佛对警察的介入早有防备。这一切都表示这次活动别有用心。

警方出动十多台车、上百人突袭聚会,几乎白跑了一趟,没见到聚会的发起人,也没有找到跟此人有关的物证。在丁杨看来,这个人就是达一路。但达一路把这些同道交给警察，到底是什么意思呢？

这时，丁杨的便携式电脑收到一个信号，他边看边轻轻点头，指着屏幕上的位置对石坚说："'凯撒'在这个房间里。"

石坚一下子紧张起来，他怀疑有一双隐秘的眼睛，正在远远地看着他。那正是达一路，早就做好了准备，又埋下了炸弹在等着他们，要打警察一个措手不及。

结果却是——他想多了。他的耳麦里传来跑在前面的特警的说话声："报告石支，房间里没人，他不在里面。"

石坚的目光始终没有离开丁杨，感觉他对特警的话似乎并不意外，一直快速而沉稳地往前面走着。一会儿，一个特警跑过来说："周边也没人。"

石坚转向丁杨，朝他手里的便携式电脑看了看。达一路还在网上，解析软件还在试图攻击某个文件夹。丁杨没有停步，像一道风一般推开对面的房门。

史大良侧身让在一边，说："丁专家，所有房间无人，只有一台电脑——连接在电话线上，还有几个空饮料罐子，没有行李，也没见到换洗衣服。"

丁杨驻足了一会。狭小的宾馆房间里，五六个特警正忙着检查抽屉和橱柜。石坚拉了丁杨一把，将他推到电脑边。自从吴岚家爆炸后，石坚和所有特警再也不敢私自接触电脑设备。丁杨看到屏幕上的解密程序，发了一阵呆，他在考虑如何敲下中止指令，也在思考着自己的思路跟达一路阴谋之间的距离。

石坚说："动手啊，怎么解除危险？"

在嘈杂的声音里，丁杨的内心十分安宁，他盯着在灰暗的屏幕上显得有些触目惊心的红色攻击图标说道："'凯撒'在欺骗我们，

第六章 聚 会

他只是做出一个假象……没什么危险。"

他不动声色地打开主机,从里面拿出一个灰橄榄色的金属盒,盒子上印着一排红字:高爆裂性炸药。

盒子后面有根细小的电线,连接在一个小小的黑匣子上,一个红点在急速闪动。但丁杨只是沉稳地掂了掂,并没有让排弹警官把灰橄榄色盒子转移出去。在斑驳的灯光下,丁杨神情专注,眼睛眯成一缝,用力一扳,像沙漏一般,盒子里流出一线沙子。

"这么做究竟是什么用意?"石坚的目光黯淡成云层里的星光,说:"难道这也是他的游戏吗?仅仅想捉弄我们不成?"

排弹警官并没有被沙子吸引,用探测器检查了一遍盒子和匣子,还有桌上的电脑,宣布没有爆炸危险。丁杨已把电脑里的上百份文件浏览了一遍,风中树叶一般摇摇头。所有的文件都是乱码,如同退潮后沙滩上的垃圾。

石坚乜斜着眼睛,望着天花板,说:"假炸弹和乱码文件,这到底是什么意思?"

"哦,还有这些。"丁杨一边操作着,一边发出惊呼,"我知道原因了!"

随后赶来的计智看着,也恍然大悟。他飞快地朝丁杨看了一眼,说:"桌面的文件只是掩人耳目,真实目的是入侵我们的公安网综合应用平台。"

丁杨叹了一口气:"他比我高明,我们被算计了。整个事件都是他一手精心策划的,包括发布聚会通知、利用不同字体谎称跟'瑞舍夫'见面,一切只是为了把我们弄到这里。我还自以为比他领先一步呢。"

"他不惜代价入侵综合应用平台,想获取什么情报?"计智问。

"所有的一切。"丁杨回答,"任何情报他都可以弄到,包括这次行动计划。这两次失利，说明跟踪他的网络痕迹行不通了。他已经编制出软件管理的智能助手，他不在某地，却可以伪装自己在某地上网来干扰侦查。我们必须尽快分析出这两者之间的区别，寻找实操痕迹。"

他运行了一盘日志文档。这个文档保存着达一路过去两年来连接不同系统的信息，包括上网时间、在网上做了些什么，以及连接时是否跳到别的系统。他飞快敲击着，其间，他抓过桌上嫌疑人留下的空罐子对嘴抿了一口，残留的液体让他舒服地咽了咽喉咙。他放下罐子，重又面对屏幕，一边输入在吴岚家发现的攻击痕迹，一边猛烈敲击键盘。

片刻后，他才注意到计智坐在旁边，在他右手边放了一杯新冲的咖啡。他看了计智一眼，说："谢谢。"

终于，丁杨往椅背一靠，宣布道："不算太糟糕。达一路的智能助手确实攻击了综合应用平台，但入侵时间不到十分钟。他可能看到了主菜单，进入了一两个页面，发现了我们的行动指令，但要进入机密情报，还需要使用其他密码，为此他必须运行密码破译软件，怎么也得有半个小时。"

计智松了口气："这一回我们还算走运。"

"而且，他的智能助手跟他的便携式电脑是连接的，我们仍有追踪到他的可能。"

丁杨突然想起肖可语，已经很长时间没有跟她联系了。他摸了摸口袋，空的，手机放在指挥车里，为了确保350兆通讯畅通，指挥车屏蔽了周围的手机信号。

天亮了，雨又下起来。上班高峰期迟疑不决地延续着，但对黑客而言，日子根本没有早、中、晚之分，每天只有两种时间，上线

第六章 聚会

时间和下线时间。

此刻，达一路还在网上，当然，他用的是自己的便携式电脑。他走出东部旅游区那间民宿，一边一页页地滚动浏览着从公安网综合应用平台下载的情报，一边匆匆上了一辆出租车。

他在金殿大酒店的电脑上设置了智能助手功能，只为打探警方的行动。丁杨以为达一路只入侵综合应用平台十分钟，却不知道他的软件早就入侵了指挥车里的电脑系统，改写了所有链接，下载了日志文件。也就是说，警方一进入指挥车，达一路就从从容容地得到了他们的战术攻击情报。这些情报看似普通，却为他下一步行动提供了依据。

细柔的雨点打在出租车车窗上，流下道道水痕。后座的达一路滚动浏览着机密文件夹，其中包含了这次抓捕行动的警力部署。它有许许多多分组，但达一路感兴趣的是石坚、计智和丁杨——他关注着那些关注他的人是否倾巢而动。

出租车进入一条僻静的小巷。达一路察觉到司机的紧张，微微一笑，主动付了钱，下车走进一扇虚掩的门，里面还是一条小巷。他在门里将上衣翻了个面穿上，面孔也变了个模样，然后坦然地往前面走去。出了巷道，转角的楼房显得豪华鲜亮，到处挂着幽幽的监控探头。

约见的信息终于来了，就在大楼的负一层。这是他看了张成的电脑资料后临时决定的一次约见，也是一次无奈的约见，说明他对自己的任务、对交办任务的人失去了信心——当然不包括他的挑战。他的心里再一次涌起对丁杨的仇恨。

他对约见的人已经研究了很久。他相信自己了解对方的一切，而且感觉对方能够帮到他，而他拿到的张成的调查资料就是一个让对方帮他的筹码。他已将部分资料索引发给了对方，包括他从南都警方窃取的关于对方的举报材料——那是他赢取对方信任的一部分。

"我把它送给你,是想表达自己的诚意。"达一路跟对方说,"我们可以一起打造邮件销售行业,由我出钱注册网站,请你负责处理交易款项。地下支付系统比传统支付更便利,只要你同意,我可以帮你。而你,只要帮我偷渡出境,把我的钱通过境外的账户转成外汇,手续费用按国际惯例,再翻一番给你……"

他真的急于出境,却害怕钱带不出去。没钱,在境外狗都不如。他跟别的人联系过洗钱,但洗钱很不安全,而且不一定能够出境。

大楼的负一层是停车库。一辆豪华轿车驶进来,绕了个弯,驶往更远处的停车区域。他知道,那正是约见人的车。经过消防梯,左右两侧有几间保安使用的办公室。入口处的保安亭里有人,正抬起一张若隐若现的面孔打量着他,不过并没有拦阻。

突然,空气中发生了某种变化,好像凝固了。有一种异样的声响,像是甩动鞭子时弄出的动静,比音速还要快的某个东西从头顶上飞过,在廊柱上发出"砰"的一声。

那辆豪华汽车反光镜连同挡风玻璃一起爆炸了,碎片四处飞溅,砸到附近的车顶上,发出的响声比刚才的异样声响还大。

达一路怔了一下,手机突然震动起来。他瞄了一眼,立即明白发生了什么,就地滚入几辆汽车之间。他对汽车性能的熟悉跟电脑一样,只花了几秒钟,他就钻进了一辆汽车里,发动了引擎……

第六章 聚 会

四

发出巨响的瞬间，荷勒维正佯装绅士地把肖可语扶出来，可肖可语比他反应更快，瞬即把他推向廊柱。但不知从哪里钻出一个男人，拖起荷勒维就跑。肖可语想追——"砰！"又是一声巨响。她明白是枪声，就是从身后发出来的。

肖可语看到身后跃出几个人，挥舞着手枪向荷勒维追过去。枪声密集起来，荷勒维和那个拖他的人倒在血泊中。

这时，她听到一辆汽车从靠近出口的停车位冲出来。因为爬坡，发动机的转速很高。伴随着每一次转弯，轮胎发出刺耳的"吱嘎"声。她急忙隐蔽在一辆汽车后面，掏出手枪，蜷伏起身子，视线追随着爬坡的汽车，同时，余光扫视着那群追击的人。

转瞬间，追击的人靠近了，领头的是吴啸峰，还有魁哥！肖可语有些恍惚，但马上意识到，此时他们共同的目标就是那辆逃跑的汽车。打破车窗的汽车启动，迅速向她靠近。她眼睛一眨不眨地防备着，双手同时握紧了枪。

车头露出来，肖可语注视着驾驶员，正是申大头。申大头也看到了肖可语，并立刻做出反应。他一脚刹车，车轮发出撕裂般的声音。肖可语跳上车，汽车加速往出口追去。

肖可语对着逃跑的汽车开了火，子弹打在车门上，不过只是穿透了薄薄的外层金属板。金属板下面一定有防弹钢板。

吴啸峰两人的子弹像暴雨般洒向逃遁车辆的侧窗，但是子弹被弹飞，只是在玻璃上留下几道烟熏似的冲击痕。吴啸峰两人显然意识到了玻璃的防弹性能，迅速改变目标，对着左前轮胎双枪齐射，随后又向左后轮胎开火。

前车艰难地爬过出口，冲进人行道，猛地向前冲去。当它踉踉跄跄地开进街道时，左边的轮胎开始漏气。申大头驾驶汽车狂吼着冲出大楼，但前车驾驶员似乎早有准备，他的车一离开出口，两口大油桶便吱吱嘎嘎地从楼侧倒下来，正好将后车挡住。

吴啸峰把枪放进口袋，迅速跳车向油桶奔去，但是前面的汽车已经没有了踪影。他们合力推开油桶，上了车。一辆闪烁着红灯的渣土车又从人行道开出来，再次挡住了他们。

申大头按响喇叭，示意渣土车司机让道。相反，渣土车鸣笛继续向后倒，越来越接近申大头的汽车。吴啸峰提着手枪，以快得令人吃惊的速度出现在渣土车旁，大吼道："你在妨碍我们追捕杀人犯，赶快把车倒出去，你走你的路。否则，就跟我们去公安局说清楚。"

司机赶快踩油门，车身往前冲了一把。申大头重复着那名司机的技巧，一把转上人行道拐角，斜插进街上的车流中。

吴啸峰一边与指挥中心联系，调度城区各个侦缉卡口，对逃逸的车辆进行监控追踪，一边观察着前方，但再也没有看到前面的汽车……

达一路开着弹痕累累的汽车穿过几条巷道，仍然惊魂未定、高度警觉。离开那座独栋大楼，已经有几个街区了，他必须找地方换车。否则，就这破损的模样，治安"天眼"很快就会发现，引起警方的怀疑。他拐了几个弯，看到一家大型超市，超市一侧就是地下停车场入口。他把汽车晃晃悠悠地开进去，从自动拦车道闸里取出一张票。为了不让进停车场的人第一眼就看到他的汽车，他把车开进了负二层。

第六章 聚　会

他下车看了看，轮胎已经坏得不成样子，勉强走了这么远，轮毂全变了形，左侧门上有十几个弹孔，每个弹孔都有一片掉了漆的车皮，露出凹凸的裸钢。车门上有厚厚的钢板挡住子弹，使他幸免于难，但是没能阻止汽车遭到破坏。车窗上看起来模糊不清，那是子弹打到防弹玻璃上留下的斑点。

他离开大楼时，至少有三名警察在追击。他们一定向指挥部做了汇报，全城警察都会发动起来，这辆汽车的轨迹无法隐藏。他必须丢下汽车，尝试别的方法尽快离开。他心里涌起一股憎恨，在这个初冬的清晨，犹如掉进了冰窖。

他绕到车尾，尾箱更是千孔百疮，连箱里的电脑包都打穿了好几处，便携式电脑报废了。他还有很多的路要走，提着一个这样的包容易被人追踪。他索性将硬盘取出来，连同张成的电脑硬盘一起塞进裤兜里。

达一路没有搭电梯，躲在廊柱阴影里简单变装，然后沿匝道走出地下停车场，来到人行道上。远处传来警笛声，像是从四面八方追向这里。

他向前走着，竭力装成游客的样子，但双眼却不停地扫来扫去，窥伺着机会。路边出现一家看起来不错的餐馆，餐馆后面有一个停车坪，坪里有不少私家车。他沿着车道走了几步，看到停车场空空荡荡的，不见管理员的踪影。

达一路掏出一串车钥匙，一甩一甩地，让人觉得他去取自己的汽车。他在路口站了几分钟，似乎忘记了自己的汽车停在什么地方，其实他在观察、在选择。他选中了一辆日产，这车很普通，没人会怀疑什么。

停车场无比安静，能够听见细雨落在地上的声音。达一路像一个常客似的，眼角余光观察着四周的动静，熟络地掏出铁丝插进锁孔。车锁应声而开，他钻进去，不费力气就打了火，把车退出车位。

停车场一端是通向大街的巷道。他把车开进巷道，顺着巷道出来进入另一条街。

达一路专拣小巷走，往北开出三个街区后，从右边转向海宁大道。从海宁大道再转上环城高速，又转向通往雁南省的沪江大桥。他开得不慌不忙，在下午的车流中从不跟其他车辆抢道，很快就上了桥，穿过了宽阔平静的沪江。

达一路显出无比的耐心，好像有无数的生命可以浪费。他缓缓地驾驶着汽车，随其他车辆一起慢慢开出这个城市最拥挤的区域。在河流上游他又再次过了河，进入北三环。刚才的枪战如翻过的日历一样，对他来说已成为过去。

他在一座规模很大的宾馆停车场泊好车，然后对着秋雨点上一支烟，目光不温不火地走进宾馆，又从宾馆前门出来，打了一台出租车离开。

在路上他换了两次出租车，然后赶到高铁站，买了去雁南省郴城市的车票。到达郴城后，他仍没有完全放下心，没敢在车站附近住宿，拦了一辆出租车赶了二十几千米路，来到该市的白沙机场。走进机场附近的一家宾馆时，已是午夜，达一路已经疲惫不堪。但辛苦是值得的，正是这般奔波，他赢得了一场比赛。

躺在床上，他回顾着三天来的经历，开始评判自己的行为。引诱并杀害张成没有留下任何痕迹，在南都东部那家酒店休息半天没有引起任何人注意；组织策划的黑客聚会按预期进行，没人想得到是他在其中作祟；跟"瑞舍夫"接头，有人事先给了他警示信息，及时发现了伏击的警察，先发制人。虽然经历了令他永世难忘的遭遇，但还是成功摆脱了，不能不说逃得完美。

第六章 聚会

尽管有惊无险，可人算不如天算。他策划那么大一场聚会，却没有把所有警察吸引过去；他本以为最为可靠的海外关系，被警方打死了。这不能不令他极为失望，又大为气馁。

不过，脱离险境的过程中应该没有给警方留下什么痕迹。付款时使用的都是现金，最多是通过他偷盗的汽车追查到那家大型宾馆。凭着猜测和运气，追踪者或许能遇到某个对他有些记忆、能从宾馆大厅的监控视频中把他找出来的人。但他坚信，他们无法把他和某班高铁联系起来。

回想到地下停车场惊险的一幕，达一路有一种淡淡的忧虑。车里的警察真是"瑞舍夫"引来的吗？他怎么还悠闲地扶着女友走出汽车呢？在达一路的印象中，如果知道警察抓人，"瑞舍夫"一定会躲得远远的。如果不是"瑞舍夫"引来的，警察又是怎么跟上他的？难道是……手机信息……他躺在床上辗转反侧，两个小时后才入睡。

一觉醒来，达一路又想起了那三个被他杀害的女孩。虽然三次杀人手法各异，但无疑都暴露了自己的能力，可能会让丁杨认定杀人者是他一个人。而丁杨的想法就是南都市所有警察的想法，南都警察一定在每一个角落搜捕他。

他的担心加剧了。引诱那些女孩，他有着双重目的，隐身只是其中之一，借用网线是主要的，但这两个目的叠加起来，就会让人看成一种固有的模式：妙龄女性，独身，美丽，跟蓝晶科技园有关系。这是一个致命的错误。

当然，他早就想好不再使用这个模式。他已经利用这个模式引诱丁杨上当，实施过报复，不论成功与否，都有可能将丁杨对追查他固有模式的幻想打碎——他应该在烂尾楼和正在装修的楼里留下更多的痕迹，诱使警察以为他改变了这一模式，接下来只在那些地方藏身,把他们引向扫荡烂尾楼。

这是个好主意,打破一种模式的最好办法是制造另一种模式。让丁杨和他的伙伴们去白费工夫吧!他们要抓的达一路学会了将计就计。达一路洗漱完毕,走到宾馆附近的商店,用现金买了一部预付话费手机。

然后,在一座小型公园里,达一路拨通了那个从一开始就给他交办任务、答应帮他偷渡去境外的大客户的电话。

当他第二次拨打时,对方接了电话。

"我得到一个硬盘,里面有你想要的部分东西。"

"嗯,我知道你说的是张成电脑里的东西。但是,地下停车场的事是你做的吧?电视里全是关于这件事的报道,你为什么要那么做呢?"

"我只是去停车场休息,谁知遭遇了他们。"

"谎话说得挺溜的,那让我代你说出事实吧!你去跟一个往境外洗钱的人见面,结果那人被警方跟踪了,遭到了警察伏击。我还告诉你,他身边的那个女人就是个女警,她假装成洗钱人的情人,跟你接头。但其他警察怕她出意外,中途改变了计划,决定现场抓捕。如果不是我,你可能已经落在警察手里了。"

"那个信息是你发来的?"

"你以为是谁?你的仇人们会提醒你快逃吗?"

"或许不会,这事感谢你。事实上,我已经尽力做了你们要求做的事情。"

"取得张成的笔记本?好吧,这事谁不能做到呢?"

"你不是在开玩笑吧?"

"玩笑?他的电脑里有什么我们不知道吗?你做事前好好想想,杀一个人容易,真正的技术他会带在身上吗?你已经杀了四个人,

第六章 聚 会

得到了什么呢?"

"我看过内存信息,真的很有指导性。"

"我们需要指导吗?你自己说过的,你能拿到核心技术。按你自己说的做,成功了,我们立即送你出境,给你在瑞士银行存几辈子花不完的钱。你也不用找什么钱骡,你手头那点钱算什么,他们也帮不了你。"

达一路心中经历着一场惊涛骇浪,一切的一切竟都在大客户的掌握之中,他没有丝毫隐瞒的余地。他换了一种尽量委婉的语气说:"好的,接下来我都听你的,给你打电话的目的是告诉你,我不会放弃。"

"好,这话我爱听。"

"既然你能给我报信,那接下来能否配合我?"

"我会做我该做的,只要你随时与我保持联系,我无处不在。你该懂我的意思,但你的私自行动、私人目的的报复不包含在内。"

"可是,我——"达一路停下来,盯着手机屏幕,对方已经挂了电话。

达一路闷闷不乐地回到宾馆,心里的沮丧越积越多。他做的事对方竟然全都知道——特别是引诱张成见面、杀张成,他自以为做得很缜密,甚至报复丁杨的活动、联系"瑞舍夫",他们都一清二楚。正事没做成,惹了一身骚,难怪他们不高兴。他应该更专注于正事才对,把他们交代的事做得干净利索些……但是,也许他们只是把他当作一枚棋子,让他在前面冲啊杀啊,一旦成功,却独吞他的成果。

达一路退房时,像平时一样把接触过的所有东西表面都擦了一遍,生怕留下任何一个指纹。然后,坐高铁来到海城,住进了汽车市场附近的宾馆,那里随处有买卖二手车的广告。他找到一辆合意的二手车，是一辆大众帕萨特，车身是几年前流行的钛灰色，正是他需要的那种不起眼的汽车。

仍然细雨绵绵，透过氤氲的水气，抬头望着南都的方向，达一路感觉警察似乎时刻都在身边，伸手就会把他抓住。但他不能逃走，不能休手，却再也不敢自作主张了。

继续行动是需要补给的，这就决定了他得有很多现金。那人虽然承诺给他钱，但他一旦失去价值，别说钱，如果他给他们造成影响，命都会被他们拿去。

达一路不会把自己的命运交到别人手里。下一步，该去拜访捐客了。

五

肖可语捧着一杯咖啡，孤零零地坐在指挥中心角落里。她静静地看着一大堆人在会议桌旁忙个不停，每个人的脚步都急匆匆的。肖世清和石坚被围在中间，看起来既紧张又疲惫。丁杨正在打电话，他虽然不时地朝肖可语这边看过来，一副担心的模样，但肖世清不时有话问他，他得待在那边，参与案情的讨论。

当丁杨又一次看过来的时候，肖可语忍不住挥了挥手回应他，这时，她还在想着与"瑞舍夫"见面的细节，不想说话。

她理解丁杨此刻的关心，但她很清楚自己并没有大碍，一点小波折，几句小玩笑，整个过程平淡而没有收获。在停车场虽然受了点小惊吓，那不算什么，她以前经历过更大的事也没问题。她只是太累了，心力交瘁，想想自己无功而返，有些崩溃。

南都警方一再地劝告，为了避免危险，让他们回汉洲去。她听

第六章 聚 会

出了弦外之音，尽管没有任何人批评她，但她知道，无论是南都还是汉洲方面，抑或丁杨，对她擅自行动、冒险前去跟"瑞舍夫"见面都是反对的，如果不是吴啸峰等人一直跟着，后果不堪设想。

回汉洲，她倒没什么，但可以肯定，丁杨是不能接受的。他陷入太深了，夹入了私人因素，案子变得微妙，她看得出来他不仅仅是焦虑、疑惑和痛苦，她需要考虑的是如何说服丁杨。南都的地下黑客在昨天的行动中几乎被一网打尽，结合前期侦破的案件，南都甚至全国的网络应该会安静一段时间，上级抽调丁杨的目的已经达到，季亚明一定也希望他们回去。

南都如此富饶繁华，但和其他地方一样，也有邪恶阴暗的一面，犯罪的因素不可能一把火烧光。

肖可语走到丁杨身边。

"那么，我们再回顾一下这个家伙的特征，"肖世清说，"他看上去多大？"

"大概二十八九岁，"丁杨说，"谁都没有真正看到过他，年龄的估计来自他的父亲，以及他在以前案件视频里出现的身影，还有他善于引诱年轻漂亮的女孩。他每次出现都变过脸，就像戴面具一样，无法从面相判断年龄。我想他实际年龄不会超过三十岁。"

"为什么你有这种预感？"肖世清一边提出问题，一边分析，"从视频看，他可能年轻英俊，头发好判断，但身材修长，体形很棒，擅长操控和他同居的女孩，普通话流利。还有，除了高超的网络技术，他还擅长谋杀，而且擅长隐匿。这些技巧都需要花时间学习，所以，他年龄在三十岁以上也有可能。"

丁杨没有反驳。肖可语听得出来，肖世清只是在跟丁杨进行最后的论证，大概是要打发他们回去了。

计智说："除了类似的上网手法、攻击痕迹，他借以隐身的女孩都是蓝晶科技园的白领，他用女孩家的网络攻击芯导科技研究所。由此推论，他杀害邓敏，应该是邓敏发现了他盗用涉密光缆，他害怕暴露自己……你认为，他还会不会沿袭这一套犯罪模式呢？"

肖世清摆摆手："上次的报复行为说明，他知道丁专家识破了这一模式。接下来，他一定会改变模式。"

丁杨没有接肖世清的话茬。他看过很多同类案件的教程，又与达一路打了两年交道，了解此人的智商、习惯和怪癖，明白吴岚家的行动，报复只是其目的之一，还有一个目的就是为了让丁杨知道他会打破那种模式。

"对于普通罪犯来说，可能是这样，聪明些的甚至会消停一段时间，直到警方的注意力转移到别处，但达一路一定不会停手，甚至反其道而行。"

丁杨相信，达一路在南都的任务还没有完成，所有的网络诈骗案件都是他以"技术无偿流通"的名义抛出来的，想以诈骗案吸引警察的注意力，从而对他的终极目的丧失警惕，他仍会躲在暗处寻找机会。

计智怔了怔，然后问："诈骗、报复杀人都不是他的目的，那他的真正目的是什么呢？"

"我只是推测而已，我理解你们的疑问，因为我也没有完全想清楚，他到底想干什么、为什么。目前，唯一可以肯定的是，他在谋求把钱洗往境外，想要潜逃出境。我想他应该有个中间人，这个中间人可以帮他达成目的。那么，他攻击芯导科技研究所，也可能是中间人交给他的任务，中间人对研究所感兴趣。"

会议室顿时安静下来，只听得见电脑发出的轻微"咻咻"声。肖世清说："有道理，所有的线索都指向芯导科技研究所，包括地下论坛里小黑客的议论。这个达一路利用网络技术从事诈骗好几年

第六章 聚 会

了,你一直在追踪他,知道他的诈骗手法、他以前经常联系的人,还有他获得报酬的方式,那你估计他接下来会怎么做呢?继续攻击,还是潜伏起来?"

丁杨觉得肖世清此时的一双眼明显不允许他躲避,他一边思考如何措辞,一边努力想着以前的案情。他希望自己面前能有一份完整的案件分析报告,他应该事先做好这份工作的,他飞来这里协助,但没想到碰上老对手。否则的话,他能更冷静地应对。

"肖局长,我一时没法准确地回答您。"他说,"前两年的案件有他的规律性,但跟这里的案件信息没有同一性,那时他躲在幕后,利用网络攻击和指挥,线下有其他人充当杀手,对阻碍他行动的人实施灭口。我想,他所有的杀手兄弟可能都在那两起案件中被歼灭了,现在他什么事都在亲力亲为,但正因为这样,线下几乎没有留下任何证据。"

肖世清眼神有些阴郁:"那么,他还在南都吗?"

"经历这次正面交锋,他可能已经逃出南都,但一定会回来。"丁杨说,随后又小心翼翼地问,"您能否联系一下芯导科技的总工程师?我想问他几个问题。"

"暂时没有机会,"肖世清说,"他目前在国外,回国后马上要去黑马镇参加国际互联网大会,除非真的发生核心技术失窃案件,否则他一时不可能回南都。你还能想起什么可以协助我们抓住这个凶手的细节吗?当然,即使你回到汉洲,我们也能随时请教你。"

"您这是让我们回汉洲去?"丁杨终于明白了肖世清的用意。

丁杨眼光飘忽,令肖世清感觉后背爬上了一群细小的蚂蚁。他后来冷静地抚了一下丁杨的背,叹了口气,说:"今天上午,上级发来了贺电,对我们侦破的网络诈骗案件做出了批示,对你的工作提出了表扬,随后还会表彰奖励。鉴于网络侦查已经基本结束,你们背井离乡，很辛苦，来的时间也不短了，上级决定结束抽调，并分别给汉洲和南都发了文。"

"我不能回去。"丁杨说。他声音不大，但斩钉截铁。

肖世清说："你付出的努力，我们都很感激。真的，你表现得很不错，我很希望属下有你这样优秀的人，如果汉洲愿意放，我真心想调你。不过，接下来主要是对命案嫌疑人进行追捕，上级也发出了结束抽调的指令，我只能让你们先回去。"

"谢谢肖局的好意。"丁杨说，盯着肖世清看了几秒钟。

肖世清试图对刚才的话做出解释："不要误会，这是我的真心话，我很佩服你的网侦才能，佩服你的勇气和头脑，真心希望你们能留在这里。你做得很好，如果不是我们轻视了他，如果在地下停车场里重兵围捕，他现在已经在看守所了。不过，你放心，他逃不掉的。还有，如果季亚明愿意让你们留下来的话，我非常欢迎。"

"那我现在就给他打电话，"丁杨说，"相信他会同意的。"丁杨说着掏出手机。

肖世清说："我已经跟他联系过了，他同意你在这里休息几天。"

丁杨无奈地摇摇头。

计智说："我安排梅小刚陪你们四处走走吧，难得来一回。"

肖世清跟丁杨和肖可语握了握手，显然是告别的意思。丁杨留恋地看了看指挥中心，对着大家鞠了一躬，走出会议室。一群人都跟在他们身后，挨挨挤挤地送他们下楼。一间电梯坐不下，肖世清停在门口。

"谢谢你们的帮助。"他说。"我们一定会抓住达一路的，你放心。"

"我相信。"丁杨说，"他的确是个恶魔。"

第六章 聚 会

梅小刚帮着丁杨和肖可语把行李从小阁楼搬出来，要送他们去宾馆开房。丁杨拒绝了，既然不再协助办案，就不能再给南都警方添麻烦了。他收拾好行李，订了机票，坐着梅小刚的汽车直奔机场。

晚上他就能回到汉洲了。明天上午向季亚明汇报此行的情况，然后重复先前的网络侦查工作。即便在汉洲，他仍然可以追踪达一路，监控芯导科技研究所遭到的异常攻击。不过，张超专员交代的任务没有完成，就这么灰溜溜地回去，他实在不甘心。

达一路一定在打芯导科技"国产替代"技术的主意，而且不会放弃对丁杨的报复，必定会想尽办法吸引丁杨的注意力。他知道自己已经暴露，肯定会跟幕后人联系。这是一场精神与信念的战斗，可惜，丁杨似乎已经失去了继续战斗的机会。

敞开车窗，达一路再一次呼吸到海浪甜腥的气息。这次旅程就像捉迷藏，他在海城买了一辆二手车，先绕进岭南山脉，经过西北部的多岩地带，几经辗转才到达梅洲市。他驾车赶到这里，不是为了找一个舒适的地方停车或者住宿，而是躲避警察的追捕。他逃遁时的痕迹都留在北面和东北面。

达一路感觉沿途经过的城市都很舒适，特别是文山、北海、卫城，沿海而建，如果在离海洋不远的地方买一所干净的小房子住下，永远不再离开，该多好啊！

但他不能这么做，只能继续往前开，经过梅洲海滩、钦州和亚南海湾，直到累得不行，才在一家餐馆门前停下来，要了一个靠窗的位子，透过窗户可以看到一望无际的蓝色大海和天空。饭后，他给车加了油，接着上路。

到达亚南时，天已经黑了，达一路决定找个地方睡一觉。他很年轻,虽然比大学生略微大一些,但冒充大学生还是没有问题。他经过的地方正好有一所大学,便借口不想住宿舍,没有出示身份证件就在一家小宾馆登记了一间房睡了一夜。

两年逃亡,他学会了一条规则:选择那些有很多人看起来像你的地方逗留。他看起来很年轻,因此他尽可能多地待在大学城附近。南都是个不错的城市,有上百万名大学生,有很多已经毕业或外来"南漂"的年轻人。

但现在,丁杨识破了他。虽然他以其人之道还诸彼身,报复丁杨,可能起到作用,但他也不敢掉以轻心。这一方式将在警察档案里留下永久的记录,任何差错都可能让警察联想到自己。他不敢再找独身女孩同居来隐藏自己。

他必须尽快找到掮客,只要出境成功,到了境外,他要用哪种办法隐身,自会随机应变。

达一路继续向南都市滨海区驶去,开始寻找合适的房子。他本来考虑先入住一家民宿,接着又打消了这个念头。离天黑还早,他也许能够完成和掮客之间的交涉,商定下一步的行动后,再找地方过夜不迟。

按照纸条上的地址,他找到了掮客的住所。他先开车假装路过,绕着房子转了几圈,确认安全后,才找地方停车。这是一片老居民区,但原住民因为发了财住到豪华小区去了,房子大都出租给附近市场的客商。

掮客的房子正适合他隐匿行迹。那是一所面积不大不小的平房,隐没在众多同类房屋中。房前装着尖刺铁护栏,尖刺既美观,又尖锐,防止有人攀爬。达一路注意到围墙上装有摄像头,亮着绿光,显然正在工作。门口挂着的牌子上写着"监控工作,入室自动报警"。

第六章 聚会

天黑三个多小时后,达一路把车停在房子附近的角落里。路过街边的房屋时,他注意到,在这样一个秋季的夜晚,很多人家开着窗户。他听到一所房子里传出天气预报的声音,而另一家的电视里正播出抗日剧。

达一路没有停下脚步,也没有表现出在观察这些房屋的模样。迟疑不决或偷偷摸摸只会招致怀疑。走到捐客屋前时,他没有从前门进去,而是沿着右侧的人行道一直走到房子背后。

这里是一条小巷,街上的人们看不到他。他在后门台阶上坐下,听着屋里的动静,很安静,只有空调运转的声音。此地很偏僻,如果有人注意到他,说不定会报警。但如果捐客看到他,他一样能看到捐客,他会向捐客亮明身份。

几分钟后,达一路站起来,沿着墙根走着,经过每扇窗户时都向里看看。屋内没有开灯,但是他看到了厨房里冰箱上的小绿灯和卧室空调挂机上发着红光的字。

他在书房窗边停下来,想透过窗户看看是否有监控报警系统。电脑屏幕下的小绿灯亮着,表明电脑开着,但是屏幕处于休眠状态,也许监控视频已连接到手机上。

达一路得出一个结论,也可能只是他一厢情愿。主人外出了,报警器打开着;也可能主人在楼上,并没有在电脑旁,他会随时关注报警器。

达一路开始动手。他掏出工具,几乎无声地弄断防护栏,打开窗爬了进去,随手将防护栏复原,关上窗。

他打了个冷战。室内温度很低,像冰库似的,空调开到了最低档,主机持续运转着。达一路感觉自己大意了,静静地蹲着聆听,没有其他声音,唯有空调制冷器发出的"嗡嗡"声。没一会儿,他身上起了鸡皮疙瘩,鼻子痒痒的,几欲打喷嚏。

达一路强忍着，适应室内的环境，立刻闻到空气中隐隐有一种熟悉的气味，是血腥味。有人流了血，而且不是一点点。

他慢慢地移动，越过过道，血腥味越来越浓。在客厅里，他发现一具男性尸体横躺在地板上，从面相看，大约三十多岁，应该不是掮客。虽然多年没见，掮客至少也得近五十岁，不可能看起来这么年轻。

死者身材挺拔，穿着跟街上普通人差不多，没有文身，耳朵没有穿孔，身上没戴什么特别的东西，或者戴了什么但已经被拿掉了。某个人用一把匕首或剃须刀在他的脖子上狠狠地割了一刀，当即倒地喷血而死。

达一路发现大部分血尚未凝结，仍在尸体边缘和地板上流淌，此人也许刚刚死去。他把手电筒的光束快速在室内移动，没发现搏斗的痕迹。

他又低头看了看死者，试图判断死者的身份，为什么留在这里，而室内似乎没人。藏起来了，还是杀人后恐惧逃走？也许双方争吵了起来，情急杀人？如果是掮客动的手，他为什么把尸体留在家里？他应该清楚这一点，警方必定会追查到他，哪怕他逃到天涯海角。达一路从脑海里赶走了这个念头。不管怎样，这事跟他有了关系。

达一路没有碰房间里的任何物品，因为空调在疯狂地运转着，空气是寒冷的，因此死者的尸体就像冰箱里存放的冷鲜肉。现在血腥味很重，但是很快血就会变干，别的气味将取代血腥味。到了明天，或者还不会有人闻到这种气味。

达一路琢磨着电脑和电话，或许掮客离开前已经清除了电脑和电话里的信息，更不用说暗藏的文件或光盘了。

正当达一路准备撤离时，两名男子从黑暗处冒了出来。走在前

第六章 聚会

面的男子说："嗨，你就是达一路……"

说话的男子看起来挺年轻，三十多岁的样子，口音很奇怪，既不是普通话，也不是南都方言，倒像抗日剧里的日本鬼子。说话的同时，男子抬腿想欺近达一路。

达一路没有犹豫，迅速拔出手枪就开了火。几乎不用瞄准，对着说话人的胸口就是两枪。后面的男子反应迅捷，枪响的同时，倒向沙发侧面，并在达一路射击时开了枪。

不过，达一路早有准备，已经闪身躲进射程死角，子弹擦过他的手臂钻进了墙壁。说话的男子躺在地上不再动弹，达一路跟另一人对峙着。

"你是谁？"达一路问。

"我是你叔叔，你这个忘恩负义的家伙！"

"叔叔？你是陆铁骑？"陆铁骑是掮客的名字。

"当然是我。我已经帮你联系了带你出境的人，还准备了钱。可你却引来警察，还枪杀带你出境的人，接下来麻烦大了。"

"他是警察？"达一路指了先前的那具死尸，"他不是我引来的，我以为他们是一伙的。"

"我们一起把枪放下，赶快逃出去。"陆铁骑说，"警察很快就要来了。"

"你们为什么要杀他？"

陆铁骑慢慢站起来，笑了："你会留下一个知情的警察吗？"

"他知道些什么？"

"他知道是你在南都掀起了腥风血雨，而背后的指使人是我和他。"陆铁骑分别指了指自己和地上躺着的人。

达一路放松警惕："我是误杀他的。"

"现在说这些已经没有意义，如果不是想着等你，我们早就走了。"陆铁骑放下枪,小心翼翼地跨过死者的尸体。

"警察怎么会找到你这里?"

"不是只有你懂得监控网络和通信,何况你已经闹得满城风雨。还有,这个世界上到处都是告密者。"他咳嗽了一声,显然也受不了室内的冷气。他说:"我们在这里待得太久了。"

达一路站起来,后退两步,对着中了两枪的人头部补了一枪,确保他完全死掉。接着,抬起枪口,仍对着陆铁骑。陆铁骑在两个人的身上找到了他们的钱包,装进自己的内兜里。他走到门前,把一只眼睛贴近窥视孔向外看,外面没有人。

达一路猜想,假如有警察或更多陆铁骑的客人的话,他们此时应该已经进来了。

这时,陆铁骑已经穿过房间,断掉了家里的烟雾报警器,把电脑和监控设备集中在一起,翻出棉被、书籍等易燃物,倒上仅存的一些油品,然后找出一只打火机。

"你是从哪里进来的?"陆铁骑问。

达一路指了指书房的窗户。陆铁骑摇摇头,示意他进主卧室里去。达一路刚走进主卧,就看到一条暗道门,然后听到按燃打火机的声音。陆铁骑点着火,火焰像血一样从棉被蔓延到书籍,火苗越来越旺,蹿得老高。他跟达一路爬进暗道,然后回身复原暗道封口。

他们分头走到自己的汽车旁,驱车相背而去。

第七章 诱 捕

一

即使在高铁站候车,丁杨也像一台冰冷而精密的仪器,用便携式电脑整理着南都之行的资料。肖可语理解他的心情,矮脚向日葵似的依偎在他身边。突然,电脑响起急促的通信提示音,汉洲公安网侦有人通过内部视频系统接通了丁杨的电脑。屏幕上出现季亚明的脸,同时一扇小窗口在左侧打开,显示老季在跟第三方通话。

"丁杨。"支队长招呼道,他的声音依然那么冷静。数字视频显然处于低速状态,因为他的嘴唇摇摇晃晃,但音频信号很清晰。

"季支,我在高铁站,几个小时后就可以到汉洲了。"

"情况有变。"季亚明的目光从摄像头上移开,"好了,接过来。"

一阵刺耳的"喀啦"声后,老季的脸回到屏幕上。丁杨听到一个熟悉的声音:"丁专家,对不住,刚送你出门,却又以这种方式跟你通话。"

"石支队长?"丁杨惊讶地盯着屏幕,出现在左侧小窗口里的人竟然是石坚。

"打这个电话是因为案情发生了变化,而且十分蹊跷。刑警支队已经对刚发生的案件进行了外围调查,发现案情跟你的预判有紧密的关联。"

"出了什么事?"丁杨的声音非常急切,好像他仍然是南都公安的一员,而他的内心深处泉水般涌动起一股莫名的力量。

"昨天晚上,一名社区民警在例行走访中被杀害。现场还有一名外籍华人死者。"

"外籍华人死者是房主吗?"

"不是。房主是一名女性,叫陆丹尼,长期在国外留学,房子租给了一名四五十岁的中年男子。据邻居介绍,该男子很少露面……民警死于割喉,外籍华人死于枪杀,胸部和头部先后中弹,房子被纵了火。"

"外籍华人身份查清了吗?"

"此人有间谍嫌疑,他的目标就是我国的前沿信息技术,具体做了些什么仍不清楚,但可以肯定,不是与民警一同入室的。之所以打电话给你,是因为该屋背后的小巷里有一个摄像头,疑似达一路的人昨晚出现在视频里。"

"达一路?他为什么要杀那个外籍华人呢?他应该是达一路潜逃的联系人才对。"

"我不知道,丁专家。屋里有很多网络和通信设备,根据初步调查,房主使用这些设备似乎是为了让通话更方便,无法查询。你说过,达一路想攻击芯导科技研究所,不是他个人要技术,而是一个中间人把活儿交给了他,也许外籍华人就是那个人。"

"你刚才说房子被纵火了,有没有烧毁电脑之类的设备?"

"现在还不清楚,计智他们正在加紧工作。有人报警说听到了枪声,因此着火时警察已经在路上了。"石坚停顿了一下,"奇怪的是,达一路为什么要杀掉中间人。"

第七章 诱 捕

丁杨说："对达一路来说，没有什么做不出的。如果他觉得中间人出尔反尔，或者他以为中间人带来警察引起误会。接下来，你想让我做什么？"

"新发的案情及相关分析已呈报上级。"石坚说，"刚才我也跟你们的季支队长进行了沟通。我们一致认为，你有必要留在这里。"

屏幕上，季亚明的头像亮起来。他插话道："确实是这样。"

丁杨回头看了一眼肖可语，显得十分坚定，说："告诉我命案地点在哪里。"

石坚说了地址，然后说："我赶到犯罪现场等你。"

挂断视频，丁杨没做任何停留，拉起肖可语便向梅小刚的汽车奔去，脚底都是风。风再次吹起他额头的每一根发丝，让他像一匹扬鞭后的马。他穿过拥挤的人群，甚至眼睛都没有去看路面，脑子里全是达一路案件的前缘后因。肖可语说："又要返回去吗？高媛带着奇奇在高铁站等着我们呢！"

半小时后，三人重新回到南都市公安局那间阁楼里，肖可语留下来整理房间，丁杨乘梅小刚的汽车赶往在滨海区的犯罪现场。

在去现场的途中，丁杨不由得想起了奇奇。在他眼里奇奇是一个聪明可爱的孩子，但他跟肖可语领了结婚证后，孩子仍不肯改口叫爸爸，他的心情变得有些复杂。

丁杨相信，第一次跟奇奇见面，就赢得了这孩子的欢心。奇奇是个机灵鬼，而且爱听丁杨讲破案故事，只是他时不时地将丁杨跟他牺牲的父亲做比较，这对一个孩子来说未免让人有心疼的感觉，同时也令丁杨更加怜惜。

丁杨被自己对奇奇的思念弄得有些忧伤，孩子一直在试图为自己找回原来的爸爸。别的孩子都有亲生父亲，但是他没有。现在，他看到妈妈也总是不回家，一定感到孤独。

丁杨站在小巷里，做出往日伏案太久之后的仰头动作，吊着脖颈，目光若隐若现地望着攀至屋檐上的爬山虎。藤叶被夕阳照亮，好似一块块金币。丁杨心里一阵欢喜，隐藏在叶片后面的摄像头在他的眼里亮起来又亮起来。在这闪亮的喜悦里，他看到的是达一路越来越清晰的身影。他开始分析达一路的真实面孔，以及那张面孔下焦虑失措的心情。

在这个静谧的黄昏，危机的秘茧被一层层剥开。刑侦、图侦、技侦和网侦的侦查员展开了细致调查。丁杨检查了小楼私装的安保监控机，更多的时间里，他都在绕着屋檐下的小巷走。和他想象的一样，房子坐落在僻静的城市街区，很不显眼。房前的花木跟其他人家差不多，防护栏、监控设备、外墙装饰都没有显眼的地方。看来是经过精心伪装的，就像米缸里的一粒脱壳稻米，路过看上一眼，辨识不出它的特征。

他不是专业痕检技术员，勘查犯罪现场靠的是眼睛、耳朵和身体感受。他已听过现场介绍，看了现场资料，一走进现场，他所有的感官都调动了起来。

达一路来的时候一定是夜晚，房子附近空无一人。附近住的大都是白天劳作的商贩和工人，没有夜晚散步和遛狗的习惯，迟归也不过八九点钟，因为清晨需要早起，十点左右大都已经歇息。但夜晚有汽车来去却不稀奇，并不会引起他们的注意。

达一路是一个夜猫子。丁杨知道所有黑客都喜欢夜晚。他们喜欢隐身。何况达一路还是一个杀手，对夜晚非常熟悉，他在夜晚能够更轻松地行动。他在暗夜中潜行，能够根据听到的声音判断是否安全。寂静让他相信自己离危险很远。

丁杨也曾是一名黑客，惯于夜行。一开始，他在夜晚上网追逐黑客，后来凭借网络上收集的线索，随同刑警行动抓捕黑客，因为

第七章 诱 捕

黑客们喜欢在黑夜出没,因此他也迷上了夜晚。当夜深人静、普通人几乎都进入梦乡的时候,绝大多数不归家的人不是警察就是罪犯,有一种截然的清晰度。今天,丁杨跟南都刑警们要寻找其中一名罪犯,再现一天前的夜晚他在这里的所作所为,分析他的所思所想。

丁杨在后巷停下脚步,观察着、寻找着进入房间的路径,以及只是看上去很安全但其实危机四伏的巷道。达一路一定也像丁杨一样,经过一番观察后才做出选择的。

他走过去,拉住那道被割断的窗口防护栏,把头伸进去。达一路接近房子时一定只听到空调运转的声音,没有发现任何其他动静。勘查报告显示,警察赶到时空调仍在全速运转,尽管火势凶猛,房间角落里却十分寒冷。

丁杨猜测,空调一定是早就开着的,只是凶手离开时没来得及关而已。

房主为什么把空调开得这么低呢?他想不明白,达一路一定也不明白。

丁杨看到了前门口的摄像头,然后去了房子背后。

丁杨看到窗户和防护栏各处撒着一层指纹、脚印取证粉。他转身走到前门口,进了屋,首先走进防护栏破损的书房里,绕了几个圈。

达一路一定是站在这里仔细聆听除了空调运转声之外的其他声音,并很快意识到有些地方不太对劲,没人会把房间温度弄得这么低。为真实模拟达一路的行动,丁杨看了看室内的电脑、电话,离开书房继续向客厅走去。

绕过过道,达一路应该没有去厨房、餐厅,餐厅里没有特别值得注意的东西。他发现不对劲的事在客厅里……硬木地板上沾着一片片凝固的血迹。在面积较大的血迹附近,有警察标记的尸体轮廓,发现弹壳的地方画着圈。

丁杨看过社区民警的照片。照片里是一个相貌粗壮的年轻人,没有穿制服,小刀割断了喉管和颈动脉,死前没有什么痛苦,一刀致命,没有挣扎的痕迹。这是达一路干的吗?这倒符合他的本性,他也有这个能力。

但丁杨想不通他是怎么做到的。先发生口角,然后民警站在那里任他偷袭?那个被枪杀的外籍华人当时在哪里呢?达一路为什么要这么做?当确信对方想要对自己不利时,凶手才会这么做。达一路的本意应该不是来杀人的,因此这更有可能是他人所为。丁杨假设达一路进来时,民警已经死了。

如果达一路进屋时发现屋内死了个人,他一定很困惑。这是一场抢劫吗?房间被人搜查过吗?死者是房子的主人吗?主人被抢劫者所杀?屋内还有没有别人?如果不去搜查,他无法找到这些问题的答案。

房间里有多根网络线、电话线,还有无线路由器,说明房子主人经常上网或打电话,而且为了掩人耳目,不断更换线路。尽管遭到大火焚烧和枪击损坏,但房间并不凌乱。

丁杨在房间里来回走动着,希望通过观察房间,对主人有所了解。卧室简单朴素,没有任何照片,也没有别的装饰物,看起来像一家假日酒店。

接下来发生了什么?外籍华人出现了,他是这间房子的临时住客,刚从外面回来,还是躲在别的房间里,听到了达一路的声音?他为什么不像杀害民警一样,偷袭达一路?还是因为外籍华人手里没枪,而达一路枪法太快,早有防备?或者房间里还有人跟达一路相识,看到进来的是达一路便没有防备,但被枪杀者走在前面,被

第七章 诱 捕

恐惧之极的达一路误杀？

后一种可能性更大，他们也许只是打算出来跟达一路相认，但达一路情急之下先开了枪。不管是什么情形，外籍华人手里一定没枪，这是至关重要的。

丁杨推测达一路看到他们的瞬间就开了枪——外籍华人胸口中了两枪，然后……另一个人反应机敏，躲过了达一路的射击，两人在对峙中相认。

国内枪支管控严格，不是谁都能买到枪，即使有枪，也不是随时都能带在身上。大部分杀手靠刀吃饭，每当遇到突发情况时，往往输在枪口下。达一路知道躺在地板上的人被割喉，说明房间里一定有别的人。他入室时一定弄出了声响，但是并没有人过来查看，说明对方一定藏匿在某处。那人出现的一瞬间，他可能已经瞄准，准备射击了。

因此可以断定，民警先到，被他人所杀，而达一路杀了外籍华人后活着离开了。为什么他离开时没有出现在视频里？说明他从一个更隐秘的路线走了，极有可能有人带路。

丁杨发现，所有可能留下指纹或提供案件线索的物品都被取走了。尽快打开电脑，从存储器里提取出有用的信息，是他最紧要的工作。但放火的人是达一路，或是达一路的同伙，说不定电脑信息被他们给带走了。

根据丁杨的提议，刑警在几乎没有着火的主卧里找到了一道暗门，就在床头柜后面。暗道伪装得非常好，暗道的门口与墙壁一模一样且毫无缝隙，而且有床头柜靠着，任谁都想不到那里有密道。不过，眼下的床头柜并没有合拢，丁杨能体会到达一路逃走时的急切心情。

达一路应该明白，打死外籍华人后，虽然求得了熟人的谅解，也通过焚烧电脑消除了所有有关的信息，但终究响了枪，邻居有可能报警。

现在达一路在做什么呢？这次死里逃生会让他既如释重负，又心有余悸。对达一路来说，这算是一场突然变故，但他离失误已经不远了。

二

达一路在黑夜里无声地驾车向西潜行。

他本以为找到掮客陆铁骑就能解决问题，但是他错了。他在陆家杀了引他出境的人，而那人杀了警察。陆铁骑虽然没有当面苛责他，但话说得很明确，如果他不能践约，以前说好的一切都将废止，而且要将他交给背后的大客户处置。

他对陆铁骑的话很恼火，却无可奈何，只得答应。他明白，自己即便骗得过陆铁骑，也逃不过大客户的手掌心，所有的牢骚和怨恨都毫无意义。一个人一旦陷入犯罪集团的泥沼，只有一条路走到黑，拿到大客户需要的东西，争取大客户的欢心，那样的话，越过掮客也无所谓。

强者为王，把掮客骑在胯下，这种事情早有先例。但是，他现在还得讨好陆铁骑，如果陆铁骑把他杀了中间人的事告诉大客户怎么办？他不能不为此心烦意乱。

还有，陆铁骑的电脑里到底记录了什么？要是丁杨得到了陆铁骑的电脑，解码了里面的信息怎么办？尽管在被火焚烧之后这样做并不容易。他能否在丁杨解码之前看准时机解决丁杨或者肖可语，然后溜之大吉呢？他想到了一个"一石二鸟"之计。

第七章 诱 捕

达一路盯着前方漫长而宽敞的道路，思考着该如何行动。他知道怎样潜伏、怎么解决一个对手。每个人都有固定的习惯，都要睡觉、吃饭、大小便，只要抓住一点，就有机会。若是你想结果一个人，不能空想，不能畏惧。

必须进入他的习惯思维，把他必须经过的路当作自己的路走，自己可能会遇上什么样的危险，那才是真正的危险，也是真正的机会。

一旦将自己置身于对方可能身处的危险境地，你就可以把计划尽可能谋划周全并付诸行动，而不是停留在想象里。

达一路打算到南都市公安局门口去蹲守。他不是很熟悉公安大楼门口的环境，只是开车经过了一次，但现在他需要熟悉每一个公安机关驻地周边的路，包括每一个派出所，以便出事了可以千方百计地逃跑。

南都市公安局门口有一家咖啡店，他在咖啡店里喝过一次咖啡。他看着门口出入的每一个人，想着种种反侦查手段，跟着父亲学习的知识让他受益终身。在后来为非作歹的日子里，他每到一地就想起父亲跟他说的话，以父亲的教导检验自己的行为。

南都市开放包容，人口流动性大，市公安局几乎有一半民警是从外省选调过来的，素质高，口音南腔北调，南北东西兼容并蓄，任何一个外地人在这里都不会引起注意。

达一路像上次一样，绕南都北部转了一圈，夜晚就在高速公路互通口附近找一家小宾馆休息，睡到半夜继续赶路。他从陆铁骑手里拿了很多现金，付款方便，不留痕迹。再次绕回南都后，他在市公安局北面小巷找了一家小酒店，美美地睡了一觉。凌晨五点多就退房出了门，将汽车开到五百米外的一个拐角处，然后装成晨跑的模样回到市公安局前门。

多年犯罪生涯，达一路学会了躲避摄像头。他远远地看一眼，就知道前方摄像头在哪里，然后判断它的死角，找到自己的行进路线。八点，达一路又一次来到市公安局前门附近的街道，在摄像头盲区里一动不动，像一只蜘蛛在等候一只飞虫。

警察在等待犯罪嫌疑人时也许很擅长隐藏自己，但是他们不会提前一天到达预定地点。达一路却不是那样，他预先来到这里，只为观察上下班的每位民警，虽然不能全部弄清他们的身份，但至少可以摸清他们的上下班规律。

他看到了几个晨跑的警察，其中没有丁杨，或许丁杨整夜待在机房，太累了，还没有起来。但他知道，丁杨每天都要在门口走几圈的。

上午九点，达一路走进对面的咖啡馆，买了一大杯咖啡、一份报纸和一份早点，在临街窗边的一个卡座里坐下来，观察着公安局门口的动静。

该上班的警察都进去了，该出去办案的警察也驾车出了门，公安局门口来来往往的都是办事群众，偶尔有保安和信访民警出来劝解。

九点半至十点半，达一路一直在假装看报，但是没有再见到其他警察，丁杨一直没有出门。咖啡喝完了，他站起来去了一趟洗手间，出来后又买了一杯咖啡。端着咖啡转身离开吧台时，他看到一个岁数和自己相仿的人走进来。来人身穿长袖T恤、灰色牛仔裤，脚蹬皮鞋，一屁股坐进他刚刚坐过的卡座里，抓起报纸看起来。

达一路走到那人跟前，面带笑容、语气平和地说："朋友，打扰一下，你坐的是我的座位，看的是我的报纸。"

那人坐着没动，抬头轻蔑地瞥了他一眼，低头继续翻着报纸："哦，你买的吗？"

第七章 诱 捕

"是的,"达一路说,"我刚付过账,在这里等人。"

他预感到不好的事情要发生,就像一出上海滩的黑帮戏,先出场的小喽啰每次演出时都要说这类台词。达一路自我评价了一下,自己这长相也不像流氓,身材匀称、皮肤光洁、眼睛很大,还有头帅气的黑发。这样的长相不仅深得女孩的青睐,还佩得上白领的称号,但在社会混混眼里或许正是可以欺负的角色。

那人狞笑一声,仰面陷在沙发里,两腿翘起来,说:"很遗憾,小子,在我还没有发火之前,你最好给我滚得远远的。"

达一路不假思索,一脚本能地踹向沙发后背,沙发"咣当"一声砸在地板上。那人一头撞在长条桌上,咖啡洒了他一头一脸,他狼狈地挣扎着想站起来。

但是达一路没给对方机会,伸手抄起对方的腿,摁倒在长条桌下,全身的重量都集中在一只膝盖上,压在那人的胸肋部,又用前臂顶住其脖子,使之无法抬头。

"住手!快住手!"正好路过的女服务员尖声叫道。

达一路的眼睛贴着那个男人的脸,因此说话的声音接近耳语:"我很遗憾,但是你仍然有选择的余地。你可以翻过身,爬起来,悄悄地走出去。你有什么打算?"

那人只是瞪着他,什么也不说。

达一路左手握紧拳头向对方的脸砸去,一下,两下,三下……那人的眉骨渗出血来,嘴唇被打破,鼻梁骨也被砸断了。

达一路挺直身子,那人也翻过身,准备爬起来,但是就在做这个动作的同时,他右手从裤兜里掏出了一把折叠刀,在空中划了个半圆,猛地朝达一路的大腿扎去。

身后传来女服务生的尖叫:"杀人啦!救命啊!"

店里没有其他客人,因此没人响应她的呼救。

达一路向后一跳，躲开刀刃，顺手把沙发推过去挡在那人面前，随即双手抄起身后的一把铁椅向对方的头部砸去。那人还想用刀捅他，但是达一路没让他得逞。他再次举起椅子砸向对方的头部，紧接着，看准时机，把椅子摁在那人的胸脯上，抓住对方持刀的手臂，夺下刀子，狠狠地插进对方的胸口。

达一路眼角的余光瞥到了突然出现的人。有三个身穿制服的人急匆匆地走出公安局，又有两个人从停在公安局门口的一辆警车上下来。他们当然是警察，极有可能就是等待他出现并抓他的那一帮人。

现在，他更不能留活口，对方看清了他的面孔，听清了他的口音。

达一路以闪电般的速度把刀子抽出来，再次狠狠地插入那人的左胸，又转身寻找女服务生，但是她已经不见了。达一路冲向咖啡馆里面的房间，女服务生显然是报警后吓跑了。他冲到后门外，朝咖啡馆后面的小巷里张望，还是不见女服务生的身影。

达一路回到咖啡馆，转身走进操作室，环顾四周，所有人都躲起来了。一排排架子上放着袋装咖啡豆，一些可能是制作成品咖啡的仪器和一盒盒备用的点心，还有几条绿色围裙和一顶像是服务生戴的圣诞老人的帽子，围裙上有这家咖啡店的标志。他脱下外套，戴上帽子，系上围裙，外套一卷塞在腋下。

达一路转出后门，来到小巷里，边跑边听有没有警察从后门包抄过来。跑到小巷尽头时，他把围裙和帽子扔进垃圾桶里，走到原来停好的汽车跟前，启动车转出小巷。

驾车回到咖啡馆前面马路时，达一路看到一群穿制服的人围在事发现场，一个看似咖啡馆老板的中年人正站在店前拿着手机打电话，皱成"川"字的眉头好像写着悲苦两字。中年人的眼睛虽然盯着马路,但没注意一辆黑色汽车从他面前开了过去。

三

丁杨站在办公室窗前,看到刑警们往咖啡馆冲去,并不明白发生了什么事情。

情况很快反馈过来,达一路出现了。竟然躲进咖啡馆里,还与人发生争执,明目张胆地杀了人,再次潜逃。丁杨一时没有想明白达一路这么做的动机。这几天,他都埋头在从陆家搜出的电脑硬盘里,解码其中的信息。

大范围的全市通缉转为以咖啡馆为中心的集中搜捕。警方已经知道嫌疑人的容貌不足为据,但仅凭一个多次出现的身影,以及姓名——嫌疑人显然从不以真名存取钱、通话、住宿和乘坐公共交通工具,难以找人。

公安局与咖啡馆仅一街之隔,嫌疑人公然杀人,处警刑警冲进咖啡馆时,嫌疑人却已经逃走,咖啡馆里除了死者空无一人。丁杨不清楚当时老板待在哪里,但女服务生还算机灵,否则的话,以达一路的个性,是不会留下活口的。

丁杨跟随技术员进入咖啡馆勘查犯罪现场。他把自己想象成达一路,坐在凶手曾经坐的位置上。死者已经移放地上,两个刀口鲜红得触目惊心。

从视频看,凶手是达一路无疑。犯罪现场勘查工作很快完成,咖啡馆明天将重新营业。但对丁杨来说,挑战仍在进行,而且形势越来越严峻。达一路这次的行为显得急躁、愤怒,已有失误的迹象,但仍然安然逃脱,显示出他的反侦查技能和精于谋划挑战。

丁杨看着咖啡馆里的情景，仔细判断达一路当时的行为。达一路一大早就来了，他在观察公安局的地形，辨认出入的警察。咖啡馆里只有他一个人，或者差不多就他一人。他在一个能看到公安局前门的地方坐着，在那里观察了好一阵子。

他一定在喝咖啡，但是丁杨没有听到关于找到指纹的说法。在此之前他一定是走到吧台前，向服务生要了一杯咖啡，然后坐下来。

丁杨能够体会达一路坐在这里观察公安局动静时的紧张心情。女服务生在笔录里，说嫌疑人声称在等人，神情看起来很轻松，但看窗外的目光很专注。在丁杨追问下，她一直认定嫌疑人确实是在等人，不仅他自己这么说，还从他的眼神可以看出，嫌疑人看到不断出入的警察时，脸上不断微微露出失望的神情。

她觉得嫌疑人在等一个熟悉的警察。

达一路熟悉的警察无非是丁杨或者肖可语，石坚和计智等人他并不熟悉。

达一路显然知道丁杨和肖可语可能会从公安局前门出入。他是要了解他们的行踪，还是想继续实施报复？如果在公安局门口实施报复，无异于自投罗网。他的凭仗是什么呢？在附近不起眼的地方准备好汽车，还有枪吗？

女服务生称，死者与达一路为争一张桌子大打出手，当时店里没有其他客人。丁杨数了数，共有五个小卡座，八张小方桌，五十多个座位。为了观察对面的公安局前门，达一路需要坐在一个临窗的卡座，但死者有那么多选择，为什么要和他争呢？

丁杨回想着死去男子的样子。他是被刺死的，但之前遭到了毒打。法医报告中说，死者被扎了两刀，后一刀扎在被害人心脏里没有拔出来。死者相貌粗蛮，手臂和背上有文身。文身有些日子了，

第七章 诱 捕

只有一种颜色,粗糙而隐晦,分布不均,死者应该在监狱里待过。

丁杨给石坚打电话,询问有关死者的调查情况。

"有前科,曾经因为寻衅滋事、抢劫和故意伤害罪被抓,判了五年徒刑,出狱才半年多,没有工作、没有经济来源。"

"那把刀子呢,是他的吗?"

"找到了他的朋友,他们在他身上看到过那把刀。"

"好的,见面再向您详细汇报。"丁杨挂了电话。

应该有些头绪了。达一路在街对面的咖啡馆里观察公安局前门,死者进来了,看到达一路,发现他既不高大,也不凶悍,独自一人,而且有张漂亮脸蛋,这张脸奶油味十足,是死者曾经成功欺负过的那类对象。

刀子是在咖啡馆里找到的唯一武器,是死者随身携带的。这个家伙块头较大,接近一米八,虽然岁数大些,也许比达一路大四五岁,但正当年。走进咖啡馆之后,他犯了人生中最大的也是最后一个错误,那就是挑起了这场争斗,而他的对手是个惯犯。

丁杨双手举起一把铁椅,举过头顶。椅子很重,至少有十几公斤,用它重击一个人头部,只需一下就足以让对方倒下。也许达一路先是用它打伤死者,夺下他的武器,然后用刀子杀死了他。丁杨放下椅子,猜测着达一路接下来的想法:女服务生在哪里?

女服务生显然明白自己的实力,制止不了争斗,只有逃跑。

她目睹了这场搏斗,也许达一路甚至听到她报警了。但她还算机灵,躲得让达一路找不到。达一路在咖啡馆里转了几圈,往后面走去,到了那儿后,发现无法找到女服务生,他没有时间再找,只得跑向自己的汽车。

侦查员在不远处的小巷垃圾桶里找到了咖啡馆的一条围裙和一顶帽子,因此达一路很可能穿戴着这两样东西走出店门。他时刻不忘伪装自己，逃过监控和附近的眼睛。

达一路的面孔使他颇有女人缘，但是也让街头混混轻视他，认为他不可能是一个凶残暴戾的疯子，因为他看上去是那么和善与单纯。这一点不容忽视。

丁杨提醒刑警，达一路不仅是一名黑客，还是一个看起来不像杀手的杀手。他让刑警们一定记住，最后追上这个家伙的时候，不要把时间花在迟疑不决和辨认面孔上。

南都警方请来懂得化妆术、变脸术、心理学的刑侦专家，一起参加专案分析会议。丁杨首先介绍了达一路过去的表现，以及他逃跑的方式。专家肯定了丁杨关于双重犯罪动机的分析，提出在达一路实施报复计划时进行抓捕的对策。

石坚坐在会议室主位，丁杨在专家身旁，肖可语坐在最后面。丁杨心想，肖可语是不是刻意拉开跟他的距离。丁杨花了两个多小时的时间，试图说服肖可语同意自己去诱捕达一路的计划，但最终失败了。石坚也坚决反对。

丁杨明白。作为南都的专案组长，石坚当然不敢轻易让一个前来协助工作的警察去当诱饵，更重要的是同行的妻子也不同意。但丁杨看到咖啡馆的死者时，心里坚定了自己的想法。

"各位专家，各位同事，"丁杨说，"请听我说几句。"

石坚露出不自然的表情，皱起眉头。他没有制止丁杨说话，而是迅速看了肖可语一眼，发现肖可语眼里露出恐惧。丁杨继续往下说。

"各位都知道，我提议了新的抓捕策略，坐在会议室后面的肖可语是我妻子，在座不少人都见过她。她过来协助办案也有一个多星期了，我们还有一个儿子。肖可语本来应该待在汉洲，但达一路是我们共同的敌人，我们俩也是达一路记恨的人。现在我们俩申请

第七章 诱 捕

担当诱饵,请各位相信,我们一定不会搞砸的。"

肖可语惊讶地看着丁杨。之前,他们争论的焦点就是到底是丁杨一人去当诱饵,还是他们两人一起。丁杨坚持只他一个人,让肖可语留在专案组里。肖可语则坚持要么两人一起,要么放弃计划。丁杨说出她的计划,无非是想赢得她的同意,让计划顺利实施。

丁杨继续说:"下面,请石支队长宣布计划详情。"

石坚同样惊讶地看着丁杨。丁杨跟他详细讨论过这一计划,虽然他觉得符合专家的预判,但并没有答应,他现在仍然可以反对。

石坚迟疑了一会,终于勉为其难地下达命令:"三组警力仍按原来的人员配置。现在安排各组任务:第一组继续地毯式搜查达一路的下落。目前已发动民众举报,线索应该不少。还有,建议各位追踪达一路在各地的亲戚和关系人,一个都不能放过。"

会议室里传来叽喳的议论声。

石坚不耐烦地挥挥手,继续说道:"计划的细节不再讨论。接下来,第二组跟第三组交由丁专家调度,每组分成两班,以八小时为单位轮班,一左一右策应。你们有三个主要目标:做丁专家和肖可语的行动侦查,排除所有危险因素;追踪丁专家的电脑网络和手机位置;防备达一路突然袭击。"

丁杨点点头,肯定石坚的部署跟自己计划一致。

"所有行动必须两人同行,任何人不得跑单,包括丁专家和肖可语。同时,我会通知治安巡逻队,随时注意街头动向;网侦、图侦部门会配合监视监听。特警队也会协助,但不能让他们在不确定的状态下保持高度警戒。不过,他们同意选调四名狙击手随抓捕组行动,在制高点担任掩护。你们刚才都听了达一路原来是如何杀人、如何逃脱的,这次我们绝对不能再给他这个机会。"

后排有人举手。申大头不等石坚点名,站起来说:"石支队长,建议由我陪同丁专家去当诱饵，让肖可语留下来负责监控。上回我跟丁专家配合过，有经验。"

石坚点头道："很好，现在就来讨论一下这件事。丁专家……"

肖可语打断石坚的话，径直走到会议室前方，没看丁杨和申大头一眼。她脸色冷静，一副疏离的模样。石坚安排的行动跟她和丁杨谈过无数次的计划一样，她不容许再有改变。

她早已在工作中学会保持冷静，把普通女孩吓得半死的事在她眼中只是家常便饭。这个计划既是公事，也是她的私事，她不喜欢有人对她提出太过侵略性的问题。

她不认为申大头比她更强、更适合，甚至她认为申大头在有些地方远不如她，虽然她相当尊敬这位高大的警官，也曾对他跟丁杨搭档表示过感谢。

她没说半句开场白，直接切入正题："我在汉洲就是丁专家的搭档，没人能像我们彼此那样协调配合。我相信我们能够应付达一路，就像以前每次碰上他一样。"

低语声在会议室蔓延。达一路已经杀了三名女性、一名警察和一名背景可疑的美籍华人，地下停车场的枪击事件也跟他有关，此外，他还策划了一场爆炸……没人敢说自己能完美应对这样一个疯狂的罪犯。

肖可语耐着性子说："各位都很清楚案情，达一路一边策划报复丁专家，一边在执行一个与攻击芯导科技研究所有关的阴谋。他以为自己可以双线进行，他错了。他其实是被自己无法解释的冲动驱使，他内心里认为自己超越了社会的疆界。换句话说，他已经疯了。他想要脱身，却用了更大胆、更危险的花招下手。这不是要达到目的，只是在展现自我。"

肖可语看了一眼石坚，继续说："就像抢食的狗，既想抢到前

第七章 诱 捕

面的食,又想打倒对方,他不会得逞的。他想不断尝试冒险的手段,想得到另一种的认可。"

会议室里鸦雀无声。

"他已经呈现出连环杀人凶手的特征。第一,他不再冷静。第二,他报复的手法越来越急躁。第三,他需要通过刺激丁杨来获得愉悦感。简单来说,他将会越来越轻率、弱点越来越暴露。连环杀人凶手身上几乎都有这种模式。"

"可他还有别的目的,报复不一定是他的首选行动。"梅小刚插话说。

肖可语把手放在丁杨肩头,冷静地解释道:"以前或许不是,但现在不一样了。我相信他首选的目标就是我们。他怒火中烧,报复的欲望凌驾在自制力之上。只要发现我们,他就会行动。所以,我们出面会占得先机,让他出现更多失误。"

会议室里一片寂静。丁杨感觉这份寂静在他体内回响,他缓缓点头。

这时,丁杨的手机铃声突兀地响了起来。

"喂,小丁丁吗?"丁杨浑身一颤,耳边响起一个熟悉的声音。

是他,达一路,毒蛇似的达一路。

丁杨打了几个手势,在座的警官纷纷散开。追踪这通电话!追踪这通电话!肖可语仿佛听到他们无声地呼喊。

她在丁杨右侧坐下来,神情冷静,侧耳听着手机里的声音。

"你好?请问是哪位?……哦,我知道是你。"

丁杨身上的血液流得飞快,呼吸因此而急促,他的视线飘向会议室窗外:"不,等等,我没听懂,你再说得清楚一点。我现在当然在市公安局……"丁杨的语气带着调侃的味道,但握住手机的指节有些发白。

"给我一分钟,我去拿笔,把地址记下来。你等着……我听不清楚,可不可以再重复一次?手机信号受到干扰——"

"他妈的!"丁杨终于发泄出来。

他本欲拖延时间,但达一路挂断了电话。丁杨流露出罕见的怒气,将手机扔在会议桌上,手机在桌上直溜出去,直至滑下桌面,重重跌在水磨石地板上。

"他杀了张成,这个畜生。"丁杨轻声咒骂,他把头埋进膝盖,像是跑了几十千米的长路,喘得无法呼吸,脸上全是汗。

他缓缓直起身,望着那些凝视他的脸庞,说:"快,去蓝晶科技园,他抓了张成。"

到底是抓了张成,还是杀了张成?听到的人莫是一衷。特别是梅小刚,闻之一惊,立即拿出电话想跟人联系,但又立即挂断了。

会议室里响起一片桌椅磕碰声,大家分头上车,然后风驰电掣般地往科技园驶去。丁杨找到了达一路电话里说的地点——顾杏门前的光缆中继站。

但是,中继站的铁盒旁并没有人。

刑警分散开去时,肖可语开始有种歇斯底里的感觉。达一路到底要杀谁?谁才是他的真正目标?达一路宛如瘟疫,她觉得这瘟疫已侵入她体内。她很清楚,自己和丁杨捆绑在一起,达一路在盯着他们,哪里都可能有他的眼睛。

"看着我。"丁杨站在她面前,双手扶住她的肩膀。她抬起双眼,对上他凝重深沉的注视。丁杨安慰道:"放松点。事情也许不像你想象的那样坏。"肖可语咧嘴笑了笑。

刑警们搜遍了整座假山,撩开了每一丛灌木和茅草,没有找到任何线索,更不用说尸体。丁杨靠着中继站的铁盒,想要踩上铁盒顶部去。

第七章　诱　捕

"不要。"肖可语喊道。

"不用担心，扰乱我们的阵脚正是他的目的。可语，帮我一把。"

"你爬到顶上去干什么呢？"肖可语恢复了冷静，但她的嗓音沙哑到连自己也听不太清楚。她不想让丁杨爬到高处去，或许达一路正藏身在某个制高点上，用枪对准他们。她察觉到自己真正的恐惧。

梅小刚和申大头跑过来，帮着丁杨爬上了中断站铁盒的顶部。她知道自己无法制止，愣愣地站在原处。"该死的……"她听到丁杨愤怒的声音。

肖可语先是被一股气味惹得几乎呕吐，接着眼前出现一个小点。丁杨颤抖地抓着，梅小刚扶着他，从铁盒顶上下来，丁杨的脸上挂着泪水。

她隐约听见梅小刚说："唔……是一只手掌，还有张成的工作证。"

专案指挥部的白板上又多了几张现场照片，提醒着室内的众人为什么要待在这里，为什么要分秒必争。

丁杨上前摸了摸张成的照片，这是临时加上去的证件照，张成两眼神采奕奕地望着他，让丁杨想起第一次在他办公室见面的情形。丁杨原本以为自己是一切的焦点，现在才明白，在如此繁忙的场所里，他是最无所事事的。他非常尴尬，又十分急躁，如果那天他回了汉洲，达一路还是会在南都继续杀人，但是，南都警方会不会再请他回来呢？

"我们去找间小办公室坐吧！"计智提议道，"石支队很快就回来，我们商议商议。"

他领着两人进入一间仅有两张办公桌的小房间。一个皮凳上蒙着灰尘,计智道了声歉,出门叫人搞卫生。

"他为什么要杀张成呢?"肖可语问。

丁杨喝了一口茶,说:"张成也是知情人,我找他半个多月了。"

"他不可能杀掉所有知情人。"

"是的,但我们不能再让任何无辜者失去生命。"

肖可语站得很近,丁杨知道她是在等待……他需要抱住她吗?说不定她想把脸摩挲在他的胸口。他想了想,他提供的安抚不足以抹消印在她心头的恐惧。

辅警送来三张椅子,他们各自落座。过了一会儿,石坚从现场回来了,脸色阴沉,额头上布满一道道挫败、愤怒和痛苦的褶痕。

"没有找到其他部分。"石坚开门见山地说:"那只手掌是在死后切下的,海水浸泡过,或许通过冰冻减缓了腐败。他一定是一边给丁杨打电话,一边将它放在铁盒顶上的。附近有几个摄像头,却都没有发现达一路的身影……他太狡猾了,连假山旁的摄像头里都看不出树木摇动的异样。"

他这时才注意到肖可语站在丁杨身边,喃喃地说:"对不起,说粗话了。"

"没关系。"肖可语把杯子握得更紧,"我早已习惯了这些话题。"

"他是在哪里杀害张成的呢?"丁杨急切地想知道张成生前受到的残害,"张成的办公室、住处情况怎么样?有没有其他线索?"

"暂时还不清楚。他同事说他出门有段时间了。出门时请过假,但为什么出门,他的上司们却都不知道。"

这番话令丁杨想起张成联系的那个神秘部门。他在座位上不安

第七章 诱 捕

地扭了扭。肖可语发现自己一直在盯着丁杨。他的视线锁定对面的墙壁，但她看得出他紧咬着牙。丁杨并不是在担心自己的安危，这不是他的个性。

可是，她想象他脑海里一定浮现了达一路袭击张成，或者以后如何袭击她的情形。之后，她可能成为他心中的痛。她并不想这样。

"为什么只有手掌？"她提出疑问。

"不知道。"石坚回答。

"他这是在刺激我，侮辱我们。"丁杨说。

"或许吧。"石坚耸耸肩，显然不太认同丁杨的话。"这不是重点，重点是如何抓住他，不再让他危害社会。"

他们陷入沉默，气氛凝重紧绷。

肖可语说："丁杨总说自己才是他的目标，可是从他杀张成一事来看，他盯上的恐怕不仅是曾经跟他作对的人，也包括南都方面的知情者，比如申大头，还有你们。"

石坚若有所思："有这种可能。"

"如果他利用我和丁杨吸引警方的注意呢？你们派人全力以赴保护我们，而他却趁机对其他警察下手。"

"没错。"石坚的指尖轻轻敲打桌面，"不能再让你们去当诱饵了，我另外安排人去，当然也不会少于两人，特警队的狙击手可以盯住他们。"

"狙击手？"丁杨没有紧抓谁当诱饵的事跟石坚较真，只对狙击手提出疑问："两名狙击手远远不够用。"

"点对点盯梢是足够的。我会把其中一人放在右侧，另外一人在左侧，构成环绕诱饵行踪的三角形，这样应该可以防止达一路从背后袭击。"

"但是，要保护每一个刑警也不可能，还得靠自己保护自己。"丁杨看似没有较劲，但他对这种所谓层层护卫的质疑显而易见。

"我们还有'天眼'监控组、网络追踪组，路上有巡逻队，一旦发生意外可以随时策应。跟踪车辆都用没有警用标志的民用牌，另外，让蓝晶科技园分局和派出所发出协查通告，他们会警告附近居民眼下的危机，并在园区布置严密的警备。"

"当地民警在辖区发警告，这样不是太显眼了吗？"

"工作安排当然秘密进行。不会大张旗鼓地发公告，那样会引起居民恐慌。分局的工作其实也是对我们的协助，有利于寻找嫌疑人的藏身处。"

"为什么你们那么确定他还在科技园附近？"肖可语的问题并没有特别指向任何人，"近段时间他可是几进几出南都了。每次作案后，你们都没有发现他的踪影，所以他应该很擅长躲避危险。而且，这也不符合他的犯罪模式。"

"即使暂时逃了出去，他也一定会回来的。"丁杨说。

"因为他要报复你？"

"因为他的目的在科技园。没有完成任务，他逃出去没有意义。"

肖可语靠上椅背："我想我难以理解他的目的。"

丁杨说："那是你还不够了解他。"

肖可语想要抗议，但丁杨疲惫地摆摆手，要她不要再说。

"那不仅是他的犯罪动机，更是一个男人的复仇心理。他一直很顺利，即使受到追捕，也是他意料之中的事。"丁杨说着，拿起自己的手机，点开一张图片。

"在铁盒顶，我拍了一张照片。他将张成的手掌捏成兰花指的模样，指着东北方。我一直在思考，这一定有他的喻义。"他将照片给石坚和计智看。

石坚接过来，并让人保存成证据："丁专家，你说得对，达一路一定还在科技园附近。他这是在引诱你们，你们绝不能过去，我们会另想办法。"

四

肖世清坐在办公室里，被高高堆起的案卷和种种文件资料包围着。丁杨走进去，只看到他的头顶，像鸡窝里孵着一颗鸡蛋。肖世清抬起头，桌面上几十张照片整齐排列，好像要编辑一张画报。

丁杨趁机看了看那些照片，似乎都跟达一路案无关。肖世清却仍在照片中挑来拣去，仿佛在拣菜。最后叹了口气，摇摇头，全部收拢在一起，似乎没有找到合适的东西。

"肖局，是另外一起案件吗？"丁杨问。

"去年的系列命案。"肖世清双眼仍然停留在照片上，"经济大发展，人口大流动，犯罪分子到处流窜，现在又多了一个达一路。你会不会觉得这里其实很不安全？"

他推了推桌上的案卷，把脸转向窗外，留给丁杨一个寒凉的侧影。丁杨却仍看见深深刻在他脸上的疲惫，说："我想跟您汇报一下我对达一路案的想法。"

"好啊，你有什么好的想法？你是本案的重要侦查人员，我们会重视你说的每一句话。到目前为止，你所做的每一个工作对我们都很有帮助。"

"谢谢。如果可以的话，我想改变目前的状况，去一线。"

"一线？你不是一直在一线吗？"

丁杨考虑如何表达:"我的意思是不局限于网侦。形势已经不同于以前,达一路已经跳了出来,把矛头对准了我,我应该直接面对,而不仅仅是待在机房里。"

肖世清微微一笑:"我看过你的档案。你不仅能从网上展开侦查,交出很好的分析报告,与穷凶极恶的嫌疑人面对面时,也能冷静应对,很优秀。但是,现在机房更需要你这样的人,特别是面对达一路这样的网络犯罪高手。"

"谢谢夸奖。不过,达一路已经不只是隐身在网络里了。"丁杨忍不住说,"他在杀人,而且想杀我,我不现身,就无法把他揪出来。"

"他一定会在网络里引诱你。"

"他会利用网络联系,同样会走进现实里杀人。他现在的意图很明显,就是想把我引到他身边。这样,你们正好利用我这个诱饵,他一出现,就设法抓他。"

"丁专家,石坚跟我汇报过你的想法,我很欣赏你的勇气。但你是做援助侦查的,出了张成的案子,嫌疑人藏身地已经明朗,我们不能再让你去冒险。这种案件我们以前碰到过,用不着真正地放出诱饵。"肖世清指了指桌上的照片,"无论什么命案,只要嫌疑人现身,没有抓不到的。目前的情况表明,达一路就在科技园周边活动,我们会抓住他的。"

"可是……"

"我相信你很清楚我的意思。"

丁杨昂起头:"我认为,由我当诱饵,会更快地抓住他。"

"我不认为你知道自己要面对的是什么人。丁专家,我只想请你坚守自己的岗位。"肖世清语气坚决,没有丝毫回旋余地。

"肖局长,我知道您很重视网侦,一直强调警用大数据理论的

第七章 诱　捕

先进性。但您也清楚，我们的位置服务和视频监控关联数据有限，微信息收集没有形成反馈机制，地理位置推测并不能准确映射，不去现场，靠这些东西难以准确定位。"

"不错，这是现实的状况，但科技的进步需要循序渐进。你的分析能力非常出众，我知道你凭自己的努力换来了不错的成果。但我不能把你当全才使用。"

"现在机会来了。"丁杨眼中燃起了火光。在刑事侦查中，他总是任人摆布，对此他深感厌恶，有时甚至觉得自己的人生总是被网络操纵。他相信，离开网络，或者说结合网络调查进入犯罪现场，他的能力一定能发挥得更充分。

"请理解我们的做法。"肖世清说。

丁杨仍想做最后努力："肖局长，您听我说。我跟他打过两年交道，那时，他有共犯替他出面杀人行凶。我从网上追缉他，每次都追到了共犯。现在，是他一个人在单打独斗。我认为，他很希望我像他一样，而且他一旦知道我落单，一定会主动现身。石支队长原来设计了一个方案，我不太赞成，是因为出动警力太多，会引起怀疑。如果我一个人……"

"我不赞成你单独行动。"肖世清打断他。

"好，那就按石支队长的方案行动。我带着便携式电脑与他联系，你们追踪我的网络位置。达一路一定也只带着便捷式电脑，他不可能既跟我联系，又反侦查你们的追踪路径，这样你们就可以定位。我只请求刑警不要跟得太近，这个人很警觉，他不会白白……"

肖世清缓缓摇了摇头："你的能力不容置疑，但我会在特警里调派一个人伪装成你来执行这个任务。你只需在网上跟他联系，提供线索。"

"那我待在哪里？"

"你可以跟我一起在指挥车里。"肖世清话锋一转，"如果有什么动静，你在网上拖住他，让他相信伪装的那个是你。要相信自己的同事，相信行动指挥者的组织能力。你在协助办案，在跨区域的警务协作中，你要做的第一件事就是绝对不要超越当地同仁的权限。"

这话已经说得非常直白了，丁杨知道没有再争取的余地，无奈地说："我会跟你们配合好的，谢谢肖局长。"

"那就这么说定了。你或许一时不能理解，但是办理这种案子时，就连坐在指挥车里也要背负极大的责任。"肖世清的语气尽量委婉，注意力已经回到另一册案卷上，显然表示该说的话已经说完，不准备将谈话继续下去。

丁杨心中充满了挫败感。他想主导案件调查，是为了抓获达一路，不是出风头，更不是出于私怨。然而，他几乎像菜鸟一般被训了一顿。机会不能靠别人给予，他想，他应该主动为自己创造机会。

黑夜来临之前，丁杨和肖可语的目光再次撞在一起。丁杨坐在电脑面前，肖可语站在一片暖暖的光线里，认真地对他说："行吗？"

丁杨慢慢地从嘴里迸出一个字："行。"

乔曼儿给了肖可语一个保密优盘，盘里包含着利用5G技术改造过的最新网络监控软件，还有足以"启动"或打开嫌疑计算机的操作系统。丁杨的解析软件加持了乔曼儿的技术后，这一软件进一步完善，攻击和搜索能力更为强大。

他自信立足于这样的高度来施展，足以睥睨所有黑客。但是，将软件催动到极致，看起来似乎已经与整个网络世界共融，却依旧

第七章 诱 捕

被挡在某道防火墙之外。他心里有些动摇,深切感受到一种无力。防火墙十分幽冷,也不见如何强大,却好似超脱了互联互通,以一种不可计量的引力,吞噬着丁杨的攻击。

丁杨的脸青得一塌糊涂,胸中燃起一簇火焰,带着浓郁的不甘情绪。肖可语紧张地看着他,把手搭在他的肩上说:"哦,想起来了。乔曼儿走前跟我解释过使用优盘的方法,为了防止黑客在计算机硬驱动器上恶意安装陷阱软件,导致数据毁坏,让你利用启动盘,而不是靠硬驱动器来打开运行操作系统。"

丁杨吁了一口气,微笑着向肖可语竖起拇指。他看到肖可语也露出阳光一样纯净无邪的笑容。他心情归于平静,慢慢消解着内心的懊恼,手指在键盘上连连敲击,噼里啪啦的声音在昏黄的初冬显得有些杂乱无章,那些字符在屏幕上翻滚着,纷纷转化为虚拟指令。

肖可语努力从屏幕上移开目光。天色暗了下来,好像有微小的雨在窗上飘拂。她知道石坚推翻了原来的诱饵方案,肖世清也拒绝了丁杨的请缨。她觉得丁杨作为一个网络侦查员就应该像现在这样待在机房里,攻坚克难也好,发愁发痴也罢,这才是他正常的工作状态。

丁杨面对着屏幕,问她:"乔曼儿去哪儿了?"

"黑马镇,参加世界互联网大会。"

丁杨仍旧盯着屏幕:"你不去休息一下吗?"话是这么说,其实他心里在想,这里有这么多人陪着、监视着,用不着你跟得这么紧。

肖可语听出了言外之意,感觉像水中倒影一般有些恍惚,但还是默默地转了身。丁杨注意到,她并没有出门去,只是移到靠门的沙发上,双手交叉,那副模样像委屈的小媳妇,又像雇用来的保镖……

随后的时间，丁杨全身心投入电脑——集中、专注、协调，把整个宇宙缩小到只剩一个动作、一个目标。几分钟后，他利用乔曼儿提供的监控技术完成了应急软件的源代码写作，并把该程序起名为"侦探"，然后编辑，再拷贝到乔曼儿的优盘上。他把优盘插入自己的电脑，驱动器随之响起熟悉的启动声。

启动盘果然绕过了主机的操作系统，直接进入更加简洁的 MS-DOS 系统，屏幕上立刻闪出一个白色 "C:"。他盯着迅速跳动的光标，心脏急剧蹦跳之后，在键盘上敲下 D 键——该指令将使刚编制的软件成为可执行程序。

新技术跟老技术就是不同。在丁杨键入那个指令后的千分之一秒里，程序符号以极为玄奥的方式排列，引发代码交织，汇聚成一片汪洋在起伏翻滚，让网络的运转都受到了干扰。一种特别的力量滋生开来，贯穿了整个网络世界，像是两个截然不同的时空，在此刻重合在一起，交汇处浮现出一道网站门户。

丁杨注意到这一变化，便在键盘上输入一个储存信号，主机立即将正在进行的诸多任务暂时送往栈式存储器保存，然后开辟一条特别通道供来自键盘的代码通行。

软件由键盘处理器指引，沿着这条高速公路进入主机的基础输入输出系统，BIOS 系统又把这个键盘代码译成另一种代码，送入电脑的图像适配器，再把代码转换为数字信号，转发给显示器背后的电子枪。

随后，电子枪冲着显示器的化学涂层打出一束能量，于是网站门户便奇迹般地在黑色显示器上生成出来，形成跟踪定位信号。

所有这一切发生在千分之一秒内。

在那一秒剩下的时间里，丁杨敲完了指令的剩余字母，然后用右手食指敲入"确认"键。

找到他了!显示器上出现了更多文字和图像,很快,就像外科医生小心剥离一个肿瘤一般,丁杨开始小心翼翼地探查达一路的网络轨迹——这个人终于不再是谜团,甚至还能触摸到他的温热,以及生命的记忆,让丁杨得以准确定位。

五

夜已深,微雨突然变得淅淅沥沥,南都市公安局门口湿漉漉的。丁杨刚把车开出地下停车场,就看到出口处拦着一个灰黑色的身影,是肖可语。

"可语,拜托你听话,留下来用我教你的方法线上追踪。我已经联系过石支队长和四个侦查小组,你还这样跟着算怎么回事,让他们看笑话吗?"

肖可语执拗地瞪着他,脸色像生铁一样。丁杨刚才哄她去睡觉,自己却独自离开,她就知道他一定是找到了达一路的藏身之地,想独自前去引诱达一路。她当然不会放弃这个机会,即使丁杨怪她胡搅蛮缠,她也不会放弃。她早就没有了恐惧,也许这样很不好,恐惧有它存在的意义,它会让人注意自己的人身安全。

丁杨既疲惫又烦躁。几分钟前,跟石坚通电话就折腾得够呛,现在又被肖可语拦着,心里真不是滋味。但达一路正在等着他呢,这是个绝妙的机会,他不能放弃。

"你说你已经呼叫特警跟着,对吧?"肖可语说,"所以两个人一起去并没有问题。"

"没问题?那家伙非常敏感,非常机警。你说,你跟着我,他还会敢现身吗?而且,隐身是他最大的特长,如果他看到你,那会多危险?一旦他发现自己被警方包围,绝对会将我们俩一起作为目标的。"

"哈,你担心我!你也承认你现在是达一路的头号目标,让刑警跟着只是权宜之计,那你不是主动跑到虎口里去吗?你孤身犯险,我怎么能不在你身边!"肖可语的声音越来越像一只越冬的大雁从天空中掉下来的哀鸣。

说话间,便携式电脑轻轻地发出铃声——软件提示发现目标移动的痕迹。丁杨俯下身,将定位给守在汉洲和南都机房的高媛和梅小刚分别发送过去。

"我送你回去,梅小刚在机房里操作定位,我不放心。"他找了个借口。

"不。"

"可语,你在这里让我分心。"

肖可语眼里有委屈、无助,但更有一种坚定。她趁丁杨紧盯着便携式电脑,迅速拉开副驾车门坐了进去。丁杨气恼地盯着她,却无计可施。他明白,她不可能让他独自去引诱达一路,只得将电脑交到她手里,让她盯着那个绿色的跟踪点。

丁杨无奈地驾车往追踪地点驶去。那是一条偏僻的小巷,四下无人,刚竣工的高楼拔地而起,基础设施还没有安装,有些巷道连路灯都没有。

他往巷道四周扫了一眼,生怕有警车跟到此地。没有!当然了,警方一定已经搜查过了,老到的刑警采集信息、搜索证据、分析情况,不会留下痕迹。他们不是领着警犬找人,也不会用直升机。不过,达一路就喜欢在刑警背后活动,甚至会穿插在警方搜索的缝隙里,他就是一个透明的幽灵。

第七章 诱 捕

他的犯罪舞台已经不再局限于虚拟世界,而是想让现实里犯下的每起案子都是一座纪念碑。他甚至在碑下留下了一个指示牌——手掌。

丁杨决心要摧毁这座碑。

车门打开,先是灌进一阵从海上吹来的略带腥味的风,接着丁杨踏入清冷的风里。他侧身贴近墙壁,逡巡远近的巷道、窗棂和每一个可能藏身的豁口。他看到肖可语也钻出了车门,挥手想制止她,但她虎着脸,绕到他身后。

前方是一溜工棚,与丁杨的追踪点相应。丁杨不想再跟肖可语争论,他悄身向前,推开工棚门,背脊贴着门框,慢慢往前走,手臂流畅地平移,枪口指向每一道阴影。他没有开灯,只是拿出袖珍电筒,电光照亮了室内。整洁干净,应该还住着建筑工人。

肖可语一步窜到他前面,打开另一条门。他只得快步跟上,极力保持浅浅的呼吸。

绕大楼而建的工棚低矮狭长,里面分成一个个小间,互相贯通。丁杨瞄了一眼显示屏,达一路应该就在附近。追踪的绿灯闪着微光,梅小刚应该紧追着他的信息,那段信号最强。模糊的光标微微颤动,使得达一路的行踪弥漫着独特的气息,欲隐欲显。丁杨的心里浮起陷阱般的恐惧,又被他极力摁了下去。

肖可语往右转,抢先走进厨房。碗筷还堆在水槽里,一本盗版书翻开在餐桌上,营造出嫌疑人被他们进门的声音吓走的诡异气氛。特别是,瓷砖地板上扔着一个乌黑的鼠标和几块手机屏幕碎片,看起来确乎是有人仓皇而逃。

肖可语打开橱柜,手电光扫过潮湿的柜身,光束往上移,发现一台闪着荧光的手机,网络连接信号或许就是它发出的。

肖可语没有直接拿起手机,而是用屏蔽信号的合金膜手帕盖在上面。她抬起头，示意丁杨检查信号，他摇了摇头。屏幕上的追踪信号仍然闪着微光，表示达一路的软件仍在运行，没有被屏蔽。

他盯着屏幕，在脑海中构想达一路设置疑阵的情景。如果是你，也会设计这些东西，而且不止一处，你必须把所有显而易见的疑阵找出来。

"伪装的？"肖可语问。

丁杨深呼了一口气，走进隔壁的卧室。里面没有什么痕迹，卧具看起来垫得整整齐齐，而且不像新垫的。墙上挂着张贴画，图案中间凸出一块，里面是一只嵌入墙壁的音乐播放器。达一路一定知道瞒不过丁杨的眼睛，装得很随意。

"守在这里。"丁杨对肖可语说："我去查看前面几间房。"

"为什么？"肖可语疑惑地盯着他。

"这是工棚的中央位置，你藏匿好，他可能窜入这里伏击我们。"

肖可语扫了一眼四周，侧身呈蹲姿在床头边藏起身。丁杨夹紧电脑穿过房门，用汗湿的掌心将枪柄握得更紧，小心翼翼地贴着墙面。他猜测达一路已经来了，可能就在前面，只是他在明处，达一路在暗处。正当他思考的时候，背后刮起细微的风声。丁杨右颈吃痛，瞬即整个世界失去了声音。

"丁杨。"达一路在他耳边道："谢谢你践约，了却了我的第一个心愿。我终于可以全心全意地去完成该死的任务了。"

肖可语听到一声闷响，感觉有些异样。丁杨摔倒了吗？他不是那么不小心的人。

她扣住手枪扳机的手指缩了缩，以脚跟为轴心转过身，恰好听到微妙而稳定的脚步声。她迅速侧身，连开两枪。棍棒带着警示的

第七章 诱 捕

风声呼啸而来。

肖可语险险躲过，正欲再度瞄准，棍棒转了个圈直击她的手臂，枪脱手而去。她屈肘踢腿，听到对面传出男人的呻吟声。猛然转头，她看到落地的手枪，往前一跃。

达一路再次举起了棍棒。肖可语倒地翻滚，开火，跟当年警体集训场上一样的动作，但达一路不是机械枪靶，每一击都有规律可循。她的手指灵活有力，"啪""啪""啪"……空中掠过子弹的嘶鸣。她听见达一路倒抽了一口冷气。棍棒在空中划出道道虚影。

太黑、太近，肖可语躲闪，但不够快，棍棒再次结结实实地击中了她的右臂，臂肌麻木，神经撕裂似的疼痛，手枪不听招呼的脱手。"畜生！"她咒骂了一声。

棍棒又起风声，来不及多想。肖可语的耐力和爆发力暴涨，仇恨化为力量，感觉几股能量从体内喷涌而出。她娇吼一声，举起负伤的手臂护在胸前，用力踢出左脚，正中达一路的胯下。她听到对方忍痛喘息的咒骂，老鹰护犊的血性不断升腾。

肖可语再次踢腿，踹中一只结实的膝盖，然后迅速旋身，一脚踢中达一路的腰肋。棍子"啪"地落在地上。但在她往前冲刺的瞬间，达一路勾住了她的脚，让她飞上了空中，转了一圈才重重落地，受伤的双臂没办法撑地缓冲，她痛苦地感到胸腹像被乱刀刺破似的，两眼冒着金星，全身骨头碎裂般吼叫。

她不断移动，在心中大喊翻滚、翻滚、翻滚，要不然就死定了。她摇摇晃晃地站起身，寻找达一路的身影，天地旋转起来，咸味涌入喉咙。她无法保持平衡，不知道枪去了哪里。

该死，一切都乱了。镇定，快镇定。肖可语恍惚看到了达一路，那个高大模糊的黑影看起来既恐惧又诡谲。她花了一分钟才想通，达一路那么挺拔、那么俊朗、那么飘逸，什么外貌优势都占了。富有欺骗性的面孔下，究竟揣着多少毒汁，才会像眼镜蛇一样杀人。

两人像鹰蛇相搏似的对峙着。

鲜血顺着达一路的左肩流下。他咬咬牙，不甘地盯了一眼肖可语，跳向窗边，挫败的神情显而易见。"你等着，"他吼了一句："你是我的下一个猎物。"

"你……"

肖可语没有说完，达一路已经消失在窗口外。她明白自己不能追出去。她摸索着捡起枪，两手交抱，捏定枪柄，快步走向另一个房间。

丁杨倒在地板上，头垂向一侧，苍白的脸庞微微发紫。

"丁杨，醒醒，快醒醒！"

她用力按住丁杨的人中，拍打他的脸颊，听到了幽幽的吸气声。他还活着，谢天谢地……

丁杨哑声发出低语，眼神呆滞："可语，太快了，我没来得及反应……"

"没事了，冷静点。来吧，丁杨……"她使劲叉起他的腰，把他扶起来。他沉甸甸地靠着她，依旧没有完全清醒。

工棚外，是比黑夜更深的黑。肖可语搀扶着丁杨在黑暗里迅捷地奔跑，所有黑而悠长的夜风全冲撞进他们的身体，让他们的骨头阵阵发凉。

第八章　面　具

一

温德姆是黑马镇最享盛誉的酒店,是国际商旅会员单位之一。与会展中心仅隔一条街,因此,参加会展的高级客商和贵宾都住在这里。

晚上七点,达一路从温德姆酒店豪华客房里醒来,已经计划好下一步的行动。他佩戴着贵宾卡,乘电梯来到宴会厅。互联网大会之后的酒会正在这里举行,酒会之后有一个交流舞会;他要到舞会上去热身。

一进门,他就注意到了预定的目标,身材高挑,天生丽质,身体的曲线非常完美,但中性、冷静,并不随便接受别人的邀舞。他走到离目标最近的卡座坐下来,一边看着节目单,一边观察着。她对面的座位空着,但他不会轻易坐过去,那个座位一定有人。

当达一路从节目单上抬起头来的时候,一个老男人越过舞池走了过来。男人身材瘦削,头发灰白,眼睛深浊,果然是朱玉朗。女孩跟朱玉朗打招呼,接过服务生递来的饮料。目光在与朱玉朗相接的瞬间,瞟到对面达一路的身上。她没有立即把目光移开,而是在他脸上停留了半秒钟,莞尔一笑,露出一口洁白整齐的牙齿。她的眼睛是漆黑的，眼角平滑，微笑时带着丝丝蜜意。

接着，她转过头去，与朱玉朗说着什么，目光却仍然偷偷地瞟着他。

朱玉朗回过头来。达一路像突然看见老熟人似的，猛地站起来。"您好，朱伯父！"他说，"聆听您老的讲座，受益匪浅，真是胜读十年书！"

朱玉朗疑惑地盯着达一路："您是？"

"我是马逊呀。我们上次在新加坡见过的。那次大会上您老也做了研讨发言，家父还请您在新城餐厅小聚，请您老在国内关照我的。"

"哦……马总的儿子啊，老夫眼拙了，您这是回国创业了？"

达一路走过去，恭恭敬敬地站在女孩和朱玉朗之间，好像要谦卑地聆听朱玉朗的教诲，两眼却放在女孩身上。女孩转过脸来正对着他，微微笑着。

"小乔啊，这就是我常跟你提起的小马，很有志气、很有才情的年轻人。"朱玉朗向女孩介绍，转而对达一路说："小马，这是我的助手乔曼儿。以后有事找我，也可以联系她。"

"很高兴认识你。"乔曼儿说，抬起眼睛和他对视了一瞬，"我叫乔曼儿。"

"不胜荣幸。"达一路探过身子，轻轻握住她白皙温软的手。

她把手攥成小拳头，好像下意识地产生了一种想去触摸被他刚刚握过的皮肤似的。

很自然地，朱玉朗让达一路跟他们坐在一起。达一路客气了几句，大方地坐下，与朱玉朗聊起新加坡和国内网络科技的发展，请教了总工程师几个高深的科技问题，朱玉朗一一作答，更加对达一路的身份深信不疑。

第八章 面 具

乔曼儿的目光时不时地与达一路相遇。她以前便对总工跟她提过的马逊有些心仪，希望有机会跟他结识，一见之下，更生仰慕，何况他是朱总工看重的人，家世更是无可挑剔。只是内心还有些不好意思，脸颊平添了淡淡的红晕。

朱玉朗对乔曼儿的婚姻也操着心，怕她因为协助自己做研究耽误了终身大事，现在见到故人之子，也有心撮合，便怂恿他们跳舞。

一切都在达一路的设计之中，包括昨晚对丁杨的引诱。只是他没有想到肖可语那么机警，那么拼命，他不仅没能杀得了他们，还差点儿弄巧成拙。幸亏他逃得快，没有耽误计划中接下来的行程。

如愿赢得了朱玉朗和乔曼儿的信任，他顺水推舟地站起身，礼貌地对乔曼儿发出跳舞的邀请。乔曼儿假意羞涩，眼睛看着总工，余光却在达一路身上。她只矜持了一秒钟，便落入达一路的臂弯里。

"让老师一个人坐着，不好吧？"她说。

达一路给了她一个最迷人的微笑："对不起，我……我想……我想我的眼里只有你。"

她假装为他的直白感到生气，扬手打他，却只摸了一下头发，又把手放在他的肩头。"正经点，"她说，"我知道你在取笑我。"

"老实说，我没有。"达一路说，"我从来没有这么动心过。很遗憾没有早点回到国内，也不知道你有没有男朋友。但我想说，我一进门便注意到你，一发不可收拾地喜欢上你了。"

乔曼儿埋下头，几乎靠在达一路肩上。

"我这样说，希望你不要介意。"他说，"实际上我回国次数不少，但没碰到过像你这样令人心仪的女孩。我没谈过恋爱，不懂得怎么跟女孩说话，请见谅。"

她默默地听着,他西方式的直白直捣她的心,令她有些失措,却很受用。她脸红到脖颈,时不时抬头瞟一眼他,他的脸上洋溢着诚恳的歉意和真挚的欢喜。

乔曼儿的脸上浮起笑意,像一朵含苞待放却已经娇艳欲滴的花。

一曲终了,两人回到座位。朱玉朗用一种意味深长的眼光看着他们,俩人很般配,但是似乎有些生疏,还需创造更多相处的机会。他刚从国外回来,还要去上海参加网络科技研讨会,但研究所有份资料必须乔曼儿回去准备。原计划让乔曼儿坐飞机回南都,于是不失时机地抛出一个问题:"小马,你父亲曾说要在南都设立公司,进行得怎么样了?"

"已经筹备得差不多了,"达一路说,"我这次回来,除了参加会议增长见识,就是遵从父亲的安排回南都组建公司的。"

"什么时候去南都?"

"明天吧。朱伯父有什么指教?"

"哈哈,"朱玉朗看了一眼乔曼儿,目光回到达一路脸上说,"老朽哪有什么指教,只是想请你帮个忙而已。"

达一路满脸凝重,说:"伯父您吩咐,小侄千山万水,不辞艰难。"

"不需要那么难,"朱玉朗说,"就是护送曼儿回南都去。"

乔曼儿心头一跳。总工这是看穿了她的心思,给他们创造机会。她的脸又红了,说:"老师,我一个人回去行的,不用担心。"

达一路当然明白朱玉朗已经入套,答道:"我很乐意。伯父放心,我一定不会惹她生气,更不会让她有丝毫损伤的。"

乔曼儿觉得这句话是说给他们两个人听的,她羞涩地低下头:"我听老师安排。"

第八章 面具

"好啊,我喜欢看你们年轻人在一起。"朱玉朗说,"你们跳舞吧,让我老头子感受感受年轻的气息。"

两人再度进入舞池。达一路依然保持着欣赏的微笑,乔曼儿的情绪越来越高涨,她兴奋地扭动着身躯,满场旋转,时不时地贴在达一路身上,说:"我从来没有这样跳过舞。"

"你一定喜欢刺激冒险的活动。"

"我想是的,我以前就独自去过游乐场坐过山车。不过,跳舞也挺好的。"

她捏了捏他的手心,随后他感觉到她的手小心松开,缓慢地顺着他的手腕伸到手肘里,又从手肘滑到上臂上,最终停在那里不动。达一路低头和她的眼眸对视了一下,温柔似水。其实,达一路受过枪伤的左臂正一阵阵地疼痛,但他强忍着。

"谢谢你答应陪我回去,能遇上你真是太好了。"乔曼儿说,"我想我们一路上肯定会很开心,你是不是经常带着女孩旅行?"

"从来没有过,但以后会了。"达一路说,语气里包含一种心照不宣的意味。他瞥了一眼朱玉朗的卡座,不见总工的人影。他心下暗喜,忍住这点疼算什么,第一步已经成功迈出,朦胧的面纱揭开,接下来的戏就好演了。

乔曼儿根本没有意识到危险,她内心只有欢喜,她的手几乎进入了他的腋下。当他的手垂到她柔软的臀部时,她抓了一把他腋下的软肉。

达一路忍耐了几秒钟,然后紧紧地把她拥在怀里。

她扭了扭,身子似乎在颤抖,但是正当他想松开时,她的手更紧地抱住了他。

达一路再次和她对视了一眼,看到的是一双天真甜蜜的大眼睛。他观察了一下周围,很多人都拥在一起。于是,右手摸进她的腰椎，放在她腰部光滑肌肤上，说："我实话说喜欢你，你还要打我，但是你比我更会调情。"

"我……分明是你欺侮我，而我只是想跟你开个玩笑而已。"

"我是一个经得起开玩笑的人。"

她看着他的眼睛，说："我也喜欢你。"

他低头亲了亲她的额头："我对在南都的生活充满憧憬。"

她点点头："你会喜欢上那里的。"

"我要让那里每天都是曼儿节。"

她开心地笑了，把头埋在他的胸口，以便他的嘴能够吻着她的柔发和耳郭。"痒死了。"乔曼儿娇嗔道。

一曲毕，舞池里人群散了去，朱玉朗在远处喊了一声。两人一本正经地回到了桌边。"年轻真好！"朱玉朗说，"可老头子我累了，你们好好玩。"

舞会散了，没有朱玉朗当"灯泡"，达一路更加大胆放肆，就在走廊无人、会场门紧闭时，他突然转身吻乔曼儿。乔曼儿想拒绝，但是达一路的舌尖已经伸进她嘴里，并且紧紧抱住了她。乔曼儿让他吻了几秒钟，然后轻轻挣脱，扭头看看周边有没有人。

"对不起，"达一路说，"我几乎无法把手从你身上拿开。"

乔曼儿羞红了脸，说："我希望……我们不会被人赶出去。"

"别傻了，别人不会那么想的。我们都是单身，没人会操那么多心，何况这里也没人。"

乔曼儿发现附近真的没人，因此又靠在他身上。达一路用手臂搂住她的腰，久久地吻她，直到把她撩拨得激情澎湃、呼吸急促才罢休。

乔曼儿醒来的时候是早晨六点。她看到窗外灰白的光线，还有

第八章 面 具

几枚飘落的叶片。已是初冬,正是叶片无声地离开枝头的时候。她静静地走进卫生间,镜中映现出自己莹白的身体、曼妙的曲线。她突然涨红了脸,感到深深的羞涩,她竟然做了一夜的梦,梦里都是昨晚遇见的那个男人,他们在一起那么快乐。

她有一种想再见到他的急切心情,麻利地刷牙洗脸,然后穿上漂亮的衣服,来到宾馆大堂,真的第一眼就看到了他,她觉得心弹了一下,细雨的天空变得异常明亮、纯净。

接着,他们一起来到朱玉朗的房间,一起吃过早餐,一起帮着总工把行李搬到会务组安排的商务车上,然后一起来到机场。

乔曼儿觉得,世界上许多事物是奇怪的,比如合金结构的飞机却上了天,比如一台台独立的电脑却有亿兆信息在彼此间流转,比如她认识"马逊"还不到一天,但这一天似乎决定了她的一辈子,一生的幸福都要蕴含在里面。

乔曼儿想着这一天,飞机就完成了全部航程。达一路拉着她离开机场的人群,在一辆高级轿车旁停下。他在她面前站定,用双手托起她的面颊,然后低下头去吻她。

他的嘴唇热情奔放,表达了不言而喻的情感。他的吻是那样冲动、甜蜜、真诚。他的力度恰到好处,使她深信自己正被人热吻着,但又不使她产生被征服或被胁迫的感觉。

但他的舌刚碰上她的舌,她就被完全征服了,这吻比会场门口的吻更甜蜜,她的心怦怦直跳,不由自主地搂紧了他的腰。

他的手慢慢往下滑落,一只手臂搂住她的肩膀,另一只伸到她的背部,把她紧紧地搂向自己。他的头向下低了低,而她的头则向上抬起。他的舌头开始探索,吻的程度逐渐加深,两人越吻越热烈。

接着,他突然推开她,喘着气说:"我想验证一下,不只是我深爱着，应该还有你。"

　　她有些不知所措。"是的，"她对自己发出嘶哑的嗓音感到奇怪，"不只是你。"

　　"去我的住处，好吗？"

　　她想表示异议，可是欲言又止。

　　"我的小楼离这儿不远，晚点再送你回去。"

　　"我……"

　　"不要说不。"他的声音有些刺耳，却充满激情。

　　她的目光直逼他的双眼，然后微微点点头。

　　达一路立即松开手，拉开副驾的门，让乔曼儿进去，然后转身迈进驾驶室。他一边驾车，速度很快，一边隔着座位看着她，仿佛想看她是否会从窗口飞出去，逃之夭夭。

　　她确实有逃离感，太快了，但她也知道自己不会那样做。

　　汽车驶入一个高档小区，在一栋别墅门前停下来。达一路走下车，替乔曼儿打开车门，见她没有反悔的意思，他松了口气。

　　"别墅没人住，可能有些乱，别介意。"他牵着她的手，打开门，室内非常整洁华丽，空气清新，没有霉味，不像经常没有人住的样子。

　　达一路关上门，俩人终于单独身处一个空间里。他看起来很想做一个好东道主，表现出君子风度，带她在屋子里看一看，让她先喝点什么，让她适应单独跟他在一起，他们毕竟才相识不到一天。可是他却迫不及待地抱住了她。

　　她顺势投入他的怀抱，似乎也像他一样特别想要亲吻，她的嘴对他伸出的舌头做出了热烈的反应。他的舌头在探索、检验和品尝，直到不得不喘口气的时候，才停下来。他慢慢低下头，把脸贴在她的脖子上，而她的双手则捧着他的头，不住地用手指梳理他的头发。

他从脖子渐渐地亲到她的耳朵:"你怕吗?"

"有点儿。"

他说:"可是我无法控制自己。"

"我愿意。"她轻声说。他把手慢慢向下挪,一手停在她的胸前。

他们再度接吻。一个长长的、深深的、激起情欲的吻。接着,他抓住她的手,抱起她穿过客厅,走进了卧室。这栋别墅从哪个角度看都算豪华,而且没有忽视生活上的舒适。他的房间很大,里面摆着一张很大的床。他们顺势倒在床上,挪到床的中间,紧紧地搂抱着,如胶似漆。

二

周三维四十二岁,衣冠楚楚,仿若跨国公司的高层白领。西装包裹下的身躯却呈古铜色,有着拳击手的坚实紧致,毫无赘肉。他有一头浓密的黑发,晶亮的眼睛里戴着隐形眼镜,奇迹般地给他平添了不少生气和锐利。

他带着丁杨走进装饰着隔音板的机房,明白丁杨此时好奇和艳羡的心情。这里拥有南都乃至全国最好的监控和数据运算分析机组、最好的情报共享体系、最大的信息数据库。

"这就是你工作的地方?"丁杨丝毫没有掩饰自己的惊讶。"硅光公司呢?你好像是那里的董秘?"

"那只是服务这里的工作需要而已。"

"难以置信。"

"不,只是你参加工作时间不长,不清楚我们的工作性质。我们原来也隶属于公安部门,20世纪九十年代分离了出来。"周三维介绍了本部门的历史,并说道,"我们的外勤工作人员都有一个掩饰性身份,这是高度机密。"

"梅小刚呢?难道他也是你们的人。"

周三维摇了摇头:"他只是我们在公安的一个联系人,是肖副局长指定的。"

难怪在调查硅光公司和"董秘"的问题上,梅小刚总是吞吞吐吐,原来他是想掩饰周三维的身份。丁杨心里有些释然,却对梅小刚有些看不起。梅小刚的掩饰也太蹩脚了,差点儿引起他的怀疑。

其实,这是冤枉梅小刚了。他是出于对丁杨的真心佩服,才几度犹疑,为了尽快破案,几乎要说出周三维的身份。不过,未得到允许,他又不敢那么做,才让丁杨看出破绽。

张成死了,调查资料落入嫌疑人手里,涉及尖端技术机密,威胁到周三维所在部门的侦查,周三维才不得不现身。尽管目前张成的死可能在该部门刮起风暴,但一切尚不明朗,周三维请示了主管领导后,把丁杨带到这里,借助他的技术对案情进行数据分析。

周三维知道了最近密集攻击保密单位网络的是叫达一路的黑客,是他杀害了张成;丁杨知道了张成秘密调查的材料都在周三维手里。

因为是周末下午,机房里空无一人。丁杨仿佛走进了自己一直梦想参与的战场,高端、精密、前沿的大数据、云计算应用阵地。他坐在屏幕前,明白此时面对的不再是自己的便携式电脑和一般的机房服务器,这里的计算系统能把大海里的"针"放大几百甚至上千倍,将收集来的视频、物证、生物特征、微信息深度应用。

这里有一种基于位置的搜索运算方式,可以用来分析满天飞的

第八章 面 具

代码数据。这种运算的工作方式像一个电脑化的福尔摩斯，运算结果形成了一张可能性地图，可以预测出某一个潜在犯罪分子最细微的活动。

"只要视频数据详尽，这里的仪器可以精确地告诉我们，谁可能犯罪，犯了罪后躲在哪里。"周三维告诉丁杨，该部门也是近几年才使用大数据分析，用来追踪和预防某些对国家不利的行为。国家强大起来，但强敌环伺，维持国家利益的打击行动必须走在前列。

"丁杨！"门口传来一个女性的声音。

周三维率先抬起头。来者便是肖可语。"计支队长让我来支援你们。"她手里挥舞着一个复写簿笑着说道，"他给了我们一个国外案件样本，希望能对你有帮助。"

肖可语大步走进机房，侧身来到丁杨的屏幕前。"找到他的位置了吗？石支希望尽快熟悉环境。"她把复写簿摊在电脑桌上，一本正经地说，"这个样本说，网警利用视频数据，在二十四小时内，就锁定了一个阴谋炸毁大楼的恐怖分子。"

周三维说："那个案子我知道，所谓锁定并不包括前期经营。是从得知嫌疑人有炸楼预谋到锁定位置，只用了不到一天时间。"

肖可语挠了挠头："你这么说也对。网警首先只是将那人的情况与刑警进行了会商，认为他确实存在恐怖威胁的嫌疑，但马上抓他或许会留下后患，不利于全面打击和定罪。"

丁杨抬头看着肖可语，像一个局促的从乡下进城的孩子。

"然后，派出侦查员作卧底。"她说，"侦查员跟他在网上聊天，取得信任后，面对面地接触。嫌疑人以为找到了同伙，便启动攻击计划。之后，卧底又跟他保持了一个多月的联系，直至他试图引爆炸弹，网警才出手定位。他的定位时间只用了不到二十四小时。"

丁杨斜了肖可语一眼,叹了口气,好像在机房里画了一个大大的疑问号。肖可语敏感地捕捉到了他的眼神,瞪大了眼睛:"重点是用视频数据锁定嫌疑人位置!"

丁杨仍然对那个所谓的样本充满了怀疑。他觉得,样本跟网警的侦察能力没有关系。他把注意力转向屏幕,通过微信息动作特征——达一路的手势、步伐、身影,很快找到他逃离工棚后的行动轨迹。这是个重大突破,意味着丁杨已经掌握了微信息搜索机制,汇集前期侦查发现的视频数据,能够建立达一路的生物特征数据库。如果能全面搜集他流窜各地的视频,只要肯花时间,一定能发现他的行踪。

不过,如果按丁杨的办法,时长可能是难以确定的。周三维对肖可语说:"你遗漏了这个样本里最重要的部分,它的锁定程序……"

丁杨惊讶地抬起头,问:"样本介绍了如何对嫌疑人实施锁定的程序吗?说来听听。"

肖可语学着丁杨的样子,斜了他一眼:"还不是你没给我机会。"

丁杨将目光从屏幕上移出来,盯上复写簿。肖可语觉得她爱的这个男人不仅具备梦一样的才华,竟然还拥有一颗不耻下问、谦逊好学的心。为了追踪达一路,并把他抓捕归案,他像是把心都掏空了。

其实,丁杨是掏空了那个复写簿。凭着复写簿里的锁定程序和技术,他对海量手机基站日志、短信、社交媒体数据、照片和视频监控录像进行了分析,快速找到了手势、步伐和身影的相似特质,并将它生成代码数据。

他的分析使用了面部和微信息分析软件,针对的不仅是蓝晶科

第八章 面具

技园周边的视频，还有南都周边卡口、社交监控的数字图像。但是社交媒体信息太多了，如大海淘沙一般。不过，这里的系统最大的优点便是快速筛选和过滤，回避了上千亿条时间和空间可能不对称的消息，利用关键词和时间顺序搜索了特定区域的数字图像。

最终，丁杨从南都机场的候机大厅视频里抓出了那个熟悉的手势，并在黑马镇国际机场的视频里得到印证。接着，这一手势又出现在黑马镇温德姆酒店里。

这种细致搜索需要很高的辨识能力，很可能发现其他一些类似的微信息，包括职业上需要做同一手势的人，或者习惯于做这一手势的旅客，从而混在一起。

但是，系统的"地理位置推测"技术也提高了这一搜索的辨别率，它能够对目标的具体地点进行准确映射，找出其中更细微的差异。

肖可语也吃透了样本报告，对信息搜索涉及的每一个系统和软件都熟悉起来。不过，她说话的语速太快，就像一台快进的收录机，播放的又是节奏强烈的舞曲。丁杨感觉跟不上她的节奏，不时地打断她，让她复述一遍。

搜索辨识速度越来越快，熟悉手势再次出现在一天后的黑马镇国际机场。达一路与一个年轻女性亲密地携着手，一起登上了回南都的飞机。在丁杨认真比对达一路的微信息生物特征时，肖可语一眼认出了那个跟达一路在一起的女性，是乔曼儿。那么年轻、漂亮，华丽高档的时装衬得她更加迷人，不同的是曾经的冷艳变得温柔明丽，更加显出女性魅力。

她那副微笑的表情肖可语再熟悉不过了。那是一张感情不轻易外露的脸，但笑起来格外令男人心动、令女人窘迫。多年来，肖可语跟各种各样的人打交道，但从未再见过跟她一样让人无法从记忆里抹掉的笑脸。

"乔曼儿!"肖可语一脸震惊,她怎么会跟杀人恶魔达一路在一起?这意味着她可能已经大难临头了,尤其是在达一路穷途末路的最后时刻,任何一个落入他精心构置的陷阱的人都面临着死亡的危险。

"真的是她?!"丁杨同样感到十分意外。

乔曼儿成了达一路的又一个猎物,可能是达一路潜回南都的一块隐身牌。达一路诡计多端、惨无人性,这次回来就是最后一搏,命运竟然跟乔曼儿开这种残酷的玩笑。视频里的他们手挽着手,把肖可语灵魂深处最阴暗的恐惧都挖了出来。

"他回南都了!"肖可语立即拨打石坚的电话,"马上去抓他,抓住他!"

肖可语的惊叫给了石坚一颗定心丸。严格地说,他应该得到丁杨最后的搜索结果再行动,但他已经等不及了。他对刑警的行动力毫不怀疑,立即部署对南都实施全城搜捕。

"你确定他回了南都?"石坚反复追问。

肖可语抑制住内心的担忧,说:"确认了,刚刚发现他落地南都机场的信息。"

她核对了一遍前后搜索路径,把屏幕上的追踪红线和南都机场视频发给了石坚。石坚的脑海里浮现出将杀害张成、窃取国家机密的嫌疑人关进监狱的情景。

但是,就在丁杨搜索达一路接下来的行动轨迹时,追踪红线突然消失了。肖可语和丁杨目瞪口呆地瞪着前面残余的线头。

滞留在南都机场大厅?丁杨喘着粗气。视频显示,他们落地已经三个多小时。这三个多小时里达一路会带着乔曼儿去哪儿呢?

肖可语僵坐着,不知所措。突然,她灵机一动:"他会不会在

第八章 面 具

机场附近租了临时公寓？"

"乔秘书？"芯导科技研究所大门口的警卫伸出手拦住她。

乔曼儿一瞬间有点儿发愣，但很快握住警卫坚硬的手，以为对方表示客气："我刚出差回来，公司有事吗？"

"没什么，"警卫回答，"公司规定，陌生人不准入内。"

"哦，这样啊！"乔曼儿转身为难地望了一眼达一路，微笑着对警卫说："这是我男朋友，算不得陌生人，以后他会独自过来，还请您多多关照呢！"

警卫认真地打量了达一路一番："哦，那祝福你们。请放心，我会的。"

尽管警卫很快放他们进门，乔曼儿还是在达一路眼里看到一丝失望的神色。她觉得他有些小心眼了，新人进门被核查身份是正常的，何况对方十分客气，丝毫没有见外。不过，她转而又想，也许是自己多心，他只是出身于富贵家庭，平日里高高在上惯了，对警卫的阻拦一时有些不开心。

其实，达一路对今晚的造访做过周密的计划，警卫的阻拦也在他的计划之内。做出些姿态，只是为了不引起乔曼儿的疑心。

就这样顺利地进了公司大门。乔曼儿就住在研究所对面一套小小的公寓里，整洁雅致，可以看出她高尚的品位。一进门，他便急不可耐地伸出双臂抱住她的腰。

乔曼儿站住了，她的眼睛看着达一路，说道："不管你把我想成什么，我想让你知道，这种事以前我从来没有过，我不是随便的人。"

"我知道。"达一路的声音非常温柔。

她看着他，继续说道："刚才……这对我很重要，这是我第一次爱上一个男人。"

他非常谨慎地朝前挪了挪,然后把两只手放在她的肩头,拉着她一字一句地说:"我也是真的爱你,才走到这一步的。"

她似乎想让下唇不要颤抖,就用牙咬住它,然后慢慢松开,同时摇了摇头。

他搂住她,把她搂在怀里,紧紧地拥着。就这样拥着,过了好长时间。他把面颊贴在她的头上,脚尖对着她的脚尖,身体的热量在交流。他这样拥着她,表现出自己充满了男子气概,能够保护她。实际上,他要做的是另外一回事。

想到这里,他不禁哑然失笑。她把头从他胸口抬起来,看着他说:"怎么啦?"

"没什么,你给我的感觉真是太好了。"他脸上没有微笑,甚至还皱起了眉头。"你呢?你没事吧?"

她歪着头,有些不解地说:"没有。"

他托起她的下巴,使她的头朝后仰着。他喉咙里发出轻轻的呻吟,又亲起她来。他把她的欲望再次挑逗起来,迸发出火花。燃烧,燃烧,比前几次更加炽热。

轻声耳语使他们更加亲密。

"你喜欢这样。"

"是的。"

……

乔曼儿本来计划晚上八点前去研究所为总工准备资料,俩人这一磨蹭,又浪费了个把小时。她一看时间,已经过了九点半,急急忙忙地爬起来,套上衣服便往研究所走去。

在研究所安检口,一个警卫迅速摘下耳机,乔曼儿能听见 NBA 比赛的喧嚣声。或许这个警卫眼里只有篮球,或许乔曼儿的魅力赢

第八章 面 具

得了他的信任，他只让达一路过了一遍访客例行的金属探测仪检查，就轻率地放他进去了。

"谁领先？"达一路一边举着手机示意，一边热情地问。

"刚开始呢。"警卫回答，他急着回去观看，没注意跟他说话的人是谁，"我得看一夜才知道谁会赢。"

"我大概要工作到十一点，"乔曼儿告诉警卫，"请给我留下走廊里的灯。"

"我会的。"他们通过时，警卫向他们眨了眨眼睛。

"你不应该跟来的。"乔曼儿一边走，一边挽着达一路的手说道，"我一个人不会有问题。"

达一路微微笑着说："让你一个人待在这样空空荡荡的机房里，我怎么放心？再说我一个人待着也无趣。"

"这里平时是不准外人进来的。"乔曼儿说，"我违规了。"

"这真是个奇妙的地方。"步入明亮的走廊，达一路环顾四周说，"事实上，我从没来过这样的地方。"他愉快的语气变得越来越轻柔，乔曼儿注意到他对所有的东西都极感兴趣。在明亮的灯光下，她还注意到他脸上像是蒙了一层特制的防护皮。

古怪。一起在床上时，她都没有注意到。她记得她手指好像摸过他的脸，不过当时他很快偏了过去，但她没有想太多，也许是他出门前抹了防护霜，富家子弟特别注意优待自己。进入研究区，乔曼儿一间间地介绍着，包括整栋大楼和地下室及其功能。

看上去，达一路被深深震撼了："这里的研究真是高端精密，涉及世界前沿技术，我想大楼里一定需要很多警卫。"

"你落伍了。"乔曼儿指着走廊里不时出现的金鱼眼镜头说，"智能自控摄像头，全天候记录、全覆盖监控，整栋大楼无死角，任谁做一个小动作都留下痕迹。"

"吓唬我呀!"

"真的。我们进入办公楼之后就没有任何个人隐私,而且办公室只有电脑,并不保存任何技术机密。"

"难以置信。"达一路说,"那么,你们的服务器呢?那可是个既机密又笨重的东西。"

"地下室,"乔曼儿说,"有电梯直通地下室。"

达一路突然停下了脚步,转向右边,看着那个小窗子:"我的天!那是个什么东西?"

乔曼儿大笑起来:"哦,那是总工研究室兼办公室,他喜欢稀奇古怪的东西。"

"古怪的东西?"

"虽然整栋大楼都有监控,但针对不同的研究项目,还是有不同的保密防护措施。总工接触的是最高机密,他办公室的防护措施更加严密。"

"那是保密装置?"达一路紧盯着那个窗户说:"爆炸物,还是机关枪?恐怖主义!"

"别那么说,没什么的,"乔曼儿说,"不过是一个催泪装置而已。"

达一路显然被催泪器搞得兴奋不已,似乎眼睛都离不开那扇玻璃窗了。有一会儿,这个大男人让乔曼儿想起趴在玩具店盯着一支长枪看的情形。每一个男孩都喜欢枪和汽车。这是做过妈妈的女人告诉她的。

"好啦,好啦!"乔曼儿说着,一边大笑着一边把她的钥匙卡贴近锁孔,同时输入她的个人识别码。"来吧,老老实实待在那边打游戏。我抓紧时间忙完就回去。"

达一路仍站在门口,好像在默记什么数据,又好像在观察四周

第八章 面 具

的摄像头，或者还在想着刚才的催泪装置。乔曼儿已经进了门，一边打开电脑，一边叽叽喳喳地介绍自己的工作。

达一路根本没有听她说话。他的注意力全集中在总工办公室的防护装置上，这是他之前未曾料到的问题。

当她专心工作时，达一路走到了她身后，她身上竟然掠过一阵寒意。乔曼儿之前也有过这种感觉，也是达一路走到她背后的时候，好像是莫名的不安，但这次比之前更加强烈。

这是怎么回事，原始的本能吗？

她想甩开这种感觉，不安却越来越强烈、越来越紧迫地攫住了她，让她无法安心。尽管乔曼儿说不清这股威胁性焦虑来自何处，但直觉告诉她，应该赶紧离开。

"你去玩你的游戏。"乔曼儿想将达一路从背后赶走，"让我先把事做完……"

一只宽大的手掌捂住了她的嘴，把她的脑袋向后扳去。紧接着，一条强壮有力的胳膊挟住了她，她被紧箍在那个曾经让她备感安全踏实的胸膛前。瞬息间，乔曼儿几乎被这粗鲁的动作弄晕了，巨大的恐惧感随即袭来。像条离开水面的鱼，她竭力挣扎，却根本不是男人的对手；她想叫喊，但他的手紧紧捂住了她的嘴。

达一路在她胸前摸索着，搜出她的钥匙卡，嘴巴凑近她耳边悄声说："我把手松开，你不准叫喊，听明白了吗？"

乔曼儿用力地点头，她透不过气来，快要窒息了！

曾经对她爱意绵绵的男人把手从她嘴上挪开。乔曼儿大口喘着气。"放开我！"她无力地哀求道，"你到底想干什么？"

"把总工的个人识别码告诉我。"

乔曼儿彻底糊涂了。"你到底是什么人？警卫会看见你的！"她说。他明知他们完全处在无死角的监控范围内，为什么还敢如此胆大妄为？

达一路冷笑着，毫不在意头顶的摄像头。这栋大楼的监控后台已被他的人做了手脚，警卫室屏幕上的视频是事先录制好的。

"他的个人识别码！"达一路又说了一遍，"你一定知道的！"

一股冰冷的寒意在她体内翻腾，乔曼儿拼命扭动身子，趁其不备，一手抓向男人的眼睛。指甲触到达一路的脸颊，他的脸上马上现出四道抓痕。乔曼儿这时才意识到，留在他脸上的并不是抓痕，是他的面具被她抠脱了一层，露出了里面的粉底。

原来是一个伪装的恶魔！

那男人轻巧地侧过身子，就在她想要再出手之际，猛地把她举起来，往坚实的桌角撞去。腰肋间一阵剧痛刺进了乔曼儿的心肺。"他的识别码是什么？"他又问了一遍。

她的肋骨、眼睛灼痛不已。她清楚地看到他抬起右腿，踢向她的膝关节。"说不说？"他的腿落在她的膝关节上，几乎让她瘫下去："是多少？"

膝关节的神经牵动全身的痛觉。"五点米零八四！"她再也受不了啦，全身瘫成一团泥："放开我……五点米零八四。"

"别撒谎，否则有你好受的！"他说着，又把她的腰肋往桌角上摁，她的肋骨要碎了。

"我没撒谎！"她喘息着说："点、米，是键盘上的符号，零八四是他的内部代号！"

达一路强健的手臂更紧地攥着她的身体，腾出右手，挥掌砍在她的脖子上。乔曼儿感到一阵前所未有的痛楚，幸好，只是几秒钟的时间，她的世界便沉入一片漆黑之中。

达一路站在办公桌边上，喘气看着她。这个毫无知觉的女人倒在地板上，她的脸仰着，露出不可思议的表情，却依然精致美丽。

达一路心里闪过趴在她身上扭动的情形。

真爽，他真有些舍不得她，恨不得享受一辈子。

达一路托起她婀娜的腰部，把她移到电脑桌下，掏出事先准备好的绳索，把她捆在电脑桌下。他想忙完了任务上的事再回来，他还要好好享受享受，然后给她一个痛快。

他用抹布塞住她的嘴，拿起桌布蒙在她头上，即使她醒过来也不会知道自己身在哪里。

达一路当初制订计划时，觉得即使搞定乔曼儿，一个人恐怕也拿不到总工程师保管的核心技术信息。不过，现在好了，乔曼儿的钥匙卡和密码是他得手的保证。

如果朱玉朗的研究室只是像乔曼儿说的那样，只有催泪装置，那么达一路要打开他的数据库不会有什么问题，他对那玩意儿是有过研究的。

达一路挺起身子，书柜镜面上的影像让他意识到自己的伪装被毁了。不过，不要紧，仅仅乔曼儿看到他的真容，并没有关系。

三

"你明白我的意思吗？"

"是，"警卫复述道，"不准进，也不准出，发现可疑人员立即示警。"

"即使是你们领导，也要经我批准。"

警卫唯唯诺诺地应承着，目光在石坚肃静得冰一样的脸上掠过，觉得眼前的空气都不够用。园区的树上，一朵阴沉的云始终不肯离去，似乎等着有人爬上去把它摘下来。他想，一场暴雨已经在路上了。

石坚没再停留,带着特警进入了芯导科技研究所员工公寓。公司员工大都在外面租房,只有部分核心职员才有资格在这里居住。房间很小,只是做前期安置用的,但一个年轻人在房价接近十万每平方米的南都大湾区拥有住房很不容易。

石坚最近心里很憋屈。作为刑警支队长,他一直跟着网侦的线索亦步亦趋,甚至连嫌疑人的基本信息都不知道,都是网警理清线索,他循踪追捕。石坚觉得,他原本的一双手脚真的是被科技手段捆绑住了。走访调查、蹲点守候等等传统侦查手段统统失效,留给他的只是一把捏得出水的光阴。

在这个案子中,他所有的忙活带有电视剧里衬托主角智慧的白痴味道,让他恍若梦境。他想,自己要被赶出局了,后生可畏,而头顶的那片天越发阴沉。

丁杨和痕迹技术员、法医先进入了乔曼儿的公寓,但乔曼儿和达一路并不在公寓里。玄关换鞋处唯一的占用者是一只蜘蛛,此刻正忙于编织架设在两只靴子之间的一张网。

石坚把那只蜘蛛抓在手里,好像终于逮住了主要犯罪嫌疑人似的。

或许他们根本没有回来过?或许达一路又使了什么障眼法,误导了周三维的情报分析?如果达一路已经逃离了芯导科技研究所,他们的搜捕会不会又是一场徒劳?

石坚正在独自叹息时,丁杨在卧室里喊道:"床上有余温,刚睡过人!"

他脑海里一亮,抬头看向法医,对方却示意他先不要乱动,然后手脚轻巧地走了进去,连说话的声音都放得很低。法医仔细地勘查着,希望能找到证据,或者尸体。可是,卧室跟客厅一样干净,

第八章 面 具

床铺得很好，整洁和雅致不免令他赞叹。

石坚怀疑，他们会不会又沿着达一路挖好的坑，一点点踩进对方预设好的陷阱里。可法医告诉他，乔曼儿肯定回来过，但时间很短，然后消失了。法医认为可能留下尸体，奇怪的是，没有丝毫异味，不知那个危险的、失去理智的疯子又干了什么。

公寓楼里很静，每层楼梯间都有便衣警察守着。他们没有大规模地搜索，是为了不惊动公司职员和嫌疑人。现在，已经明确嫌疑人进入公司，大规模搜索不可避免。

但丁杨对此坚决反对。他正用镊子从床头柜上镊下一颗不明颗粒，把它小心地放进法医递来的一只物证袋内："这个屋子跟以前的现场有很大区别，他留下了许多痕迹。"

"你觉得这表明什么？"石坚一边问，一边蹲下来仔细看着床面，说道，"他为什么没有清理？是没来得及，还是认为留下痕迹没有关系？"

法医推了推眼镜，有些不安地说："要确定目标，必须进一步查验才行。"

"乔曼儿跟目标进入室内才一个多小时，她不可能跟其他男人在一起。把你的想法跟我说说看，任何可疑的细节都不要遗漏。"

"当然，我们得把这里翻个底朝天，才能确定凶手是否杀人。"法医没有再说专业术语，"我初步猜测，女孩不见踪影，有被灭口的可能。不过，两人一见钟情，看上去莫名消失，有可能一起藏匿。只是，这样的藏匿仍让人十分担心。"

法医话说得十分模糊，毕竟缺乏痕迹依据，这是石坚可以理解的。石坚说："丁专家，我想听听你的看法。"

丁杨没有抬头，说："我也只是猜测而已。我想，他们一定去了一个地方，一个机密的地方，那里有嫌疑人要找的东西。但是，这是周末，所有人都放假，研究所戒备森严，监控无死角，他们能去哪里呢？除非有内鬼。"

这话说到点子上了。

"公司总经理也是这个说法。"石坚说，"但他们坚决反对我们进研究区去。"

丁杨显然不想听别人的反对声。他拿起梳妆台上的物品，痕迹技术员用手电筒为他照明，光柱雪亮，每一根毛发都十分清晰。石坚走到台前，低头看着微小颗粒、毛发及别的物件，叹了一口气。"这只能说明来了个男人，不能说明他们去了哪里。"

"他为什么对自己留下的痕迹置之不理，"丁杨说，"因为，这是他的最后一锤子买卖，做完就会潜逃出境。"发现达一路跟乔曼儿在一起之后，这种"最后"的感觉就在丁杨心里无法抹去。

这时，检查保安系统的警察电话报告："监控显示，研究区大楼里空荡荡的，除了仪器、办公器具，连个蚊子类的活物都没有。"

石坚诅咒了一句。"再仔细点，他一定在公司里。"石坚冲着手机吼道，"他不可能飞出去，更不可能钻进地底里，所有录像、所有人都要仔细查验。"他又转身对痕检技术员说："你配合法医把这里做完，要不遗漏任何一个证据。我要最后结果，什么都要。"

灯光突然忽闪了一下，好像突然被人拉闸又迅即合上。"奇怪，"丁杨说，"但愿只是电力公司在切换线路。"

"喂？"石坚喊了一声，眼睛突然被靴子后面的墙面吸引了过去。

"你发现了什么？"丁杨警觉地随石坚的目光盯住那一小块墙壁。灯光里，他们看见一个小小的、似乎用浊水画成的图案，模糊地显示出一个骷髅似的圆圈，里面有个X，圈外有一个箭头似的断续线，箭头像颗子弹。

第八章 面 具

"好古怪的图案。"石坚说。灯光把箭头射向门外。

"这是那句谜语:'人是一张网,家是一张网,城是一张网,世界更是一张网,要沉浸其中,必先游离其外'。"

石坚意味深长地瞥了一眼丁杨:"什么意思?"

"数据主义格言,一切由数据流决定。为网而生,为网而死,置之死地而后生。他这是再次向我发出暗示,向我挑战。"

石坚的眼神瞬间发亮。"这个谜语跟他的去向有什么关系?"他疑惑地盯着丁杨,接着又说,"你推测他可能进了研究区大楼里?你怕公司不同意入内?说不定真的是里面监控出了问题。这样吧,我再跟他们商量商量,也许会有转机。"

正在这时,一个人影冲到丁杨面前,拉起他的手臂:"跟我来!"

来人身材高大颀长,正是在硅光公司挂职董秘的周三维。丁杨跟着他快步下楼,走过花坛,向假山对面的一栋楼房跑去。周三维不仅熟知所有穿越走廊和园区的路径,似乎还带着可以打开每一道门的钥匙。丁杨脑海里混乱极了,此刻纯凭本能行事,但直觉告诉他,可以相信周三维,他已经对石坚等人古板的行事方式厌烦透了——不管石坚与公司高层能协调得怎么样,终究是浪费时间。虽然周三维的动机仍是个谜,但跟他一起追踪过达一路的行踪,一定有着与他相同的目标。

丁杨跟着周三维穿过一栋楼,走进一条过道,而后跨过一扇没有门牌的门,进入一条运货通道。他们经过了一些货箱和垃圾箱,突然拐弯穿越一道安全门,踏入了一个灯光明亮的大型中庭。这里是技术咨询中心,今晚早些时候,丁杨跟石坚来过这里。

但是,要穿过这里,必须通过警卫的查验。

周三维停下脚步,与警卫面对面站着,互相看着对方。

"小肖,别说话。"周三维命令道,"打开门,带我们进去。"

警卫看上去有些不安,但他知道周三维有着进入机要重地的特权,以前就独自地自由进出过。于是,什么都没问就服从了。

三人匆匆跑过咨询中心,进入一座小院,院门是一排厚重的铁闸,比监狱更森严。周三维自觉地站在人脸识别仪器前面,警卫掏出钥匙,周三维嘱咐道:"记住,是我自己进去的,跟你没关系。"

警卫看了周三维一眼,脸上的笑意比哭还难看:"谢谢关照。"

周三维跨进门里,丁杨紧随其后,警卫在他们身后把沉重的铁闸关上。院里漆黑一片,闸旁有座小岗亭,但没有人,周三维脸上浮起惊疑之色,说道:"里面一定出大事了。"

周三维一边说话,一边带着丁杨往左拐,那边通道的两侧有两台电梯闪着绿灯。但他们还未走近,眼前突然一片漆黑,断电了!电梯"吱嘎"一声停止了运行。

丁杨茫然失措,心里涌起对乔曼儿深切的担忧。她是肖可语的朋友,跟邓敏和顾杏都是同学,那个疯子杀了她们,现在又跟她在一起!他甚至不愿去想她为什么要把达一路带进去。

他在周三维的机房里发现达一路和乔曼儿进了公司大门后,便一直让肖可语联系乔曼儿,但她的电话一直未接通。直到此时,丁杨才模糊地知道他们可能进了研究区。

她为什么带达一路进入这里?胁迫吗?她的手机信号、这栋小楼的电路都被达一路控制了吗?这会儿,丁杨的脑袋翻腾着一团团纠缠不清的想法:乔曼儿、邓敏、顾杏、张成,还有朱玉朗及他的研究成果。

他晃了晃头。他早就说过,达一路的目的就是朱玉朗的研究成果,现在狐狸尾巴终于露了出来。周三维带他来这里,应该也对达一路的图谋有所察觉。

第八章 面 具

周三维掏出手机照亮前方,领着丁杨走了不远,闪入近旁的一间配电房,一堆拥束在一起的连接线从里面蜿蜒而出,一直延伸进黑暗的过道深处。周三维在里面四处翻找,却没有找到连接线的供电开关。

周三维愤愤地从配电房里钻出来,拿着一把铁制尖锥,摇摇晃晃地往前面消防梯走去。如果遇到歹徒,尖锥能当作武器?丁杨瞅着周三维手里的尖锥想道。他希望周三维对他们今晚的安全能有一个更周详的计划。

每件事都发生得那么快,以至于丁杨直到此刻才开始考虑他跟随周三维进来应该干些什么,他操作着便携式电脑,对周三维说:"我们这样进去是不是太莽撞了?还是先追踪他们的位置吧,然后给计智一个信号,以便石坚协调好公司高层后,能够找得到我们……"

"别出声,"周三维用尖锥撬开一道铁栅门,里面是一段涂成橘色的消防梯。他打断丁杨的话:"我们先找个安全的地方。"

丁杨觉得,查出达一路所在方位才最安全,因为达一路是最大的危险源!

上楼后,两人进入一间饰有绒缎墙面、棕色地毯的宽阔会议室。室内会议桌上有十台显示器,都是高级加密机。从会议室的另一扇门出去,是一条拱顶走廊,前面是更加幽长的通道。通道的尽头有一道玻璃门,门里十分昏暗,看不出装帧图案和材料原本的模样。

"我们进里边去。"周三维说。

玻璃门后面看起来像是一间图书馆,陈列着许多大部头书籍和彩页杂志,几张全英文彩色广告纸铺在唯一的桌面上。

周三维径直走向两面墙似的书柜,查看了一番中间一道精致的铁门。丁杨知道这个房间和他们上楼的消防梯已经隔得很远，但挑选这儿作为网络追踪场所似乎比较奇怪。且不说墙上贴着的"请勿使用电子产品"标志显得有些滑稽，主要是这个房间坐落在大楼的中心位置，似乎不像一个"安全地点"。躲进这里，一旦达一路发现，随便从哪里过来都是最近路线。

尽管如此，周三维还是打开了书柜之间的铁门，步入幽暗深处，凭着手机光源，内室的保密设施突如其来地呈现在了丁杨眼前。

这是间很小的会议室，中间一张椭圆形会议桌，周围六张椅子，蓝灰色的布面墙壁，因光亮微弱，到处都是阴影，给人的感觉像极了网络虚拟空间。

"这恐怕是南都市最保密的房间。"周三维说。"外面不准使用电子产品，就是为了不影响这里的无线网络效果。"丁杨跟周三维走了进去。

丁杨才不在乎这些，他把注意力转回周三维身上，后者这会儿却不是把那扇铁门关上，而是完全推开。"如果有人靠近这里，"他说，"我希望能提前知道。"

"但电脑闪烁的亮光会让人很快发现我们。"

"没关系，你试试就知道我选这个房间的妙处。"

丁杨对这话不明就里，但周三维显然不想继续讨论。他已经把桌面腾出来，并拖开一张椅子，请丁杨坐下，并指了指他的背包。"好了，丁专家，你安心追踪他，其他的我负责。"

丁杨不想冒险让达一路这么快地发现，便把电脑屏幕背对着门口。周三维调亮手机的电光，对准笔记本的键盘，让丁杨认真操作。

"你一个人能应付吗？"周三维问。

第八章 面 具

"当然。"丁杨说着,开始运行软件。追踪符号破茧而出,编码语言如同海水一般汹涌,淹没了整个地下论坛交流群。但论坛里的密码编制方式似乎已经改变,几个简单的符号输入进去,便将密码破译了。丁杨以为至少需用十来分钟才能解开的密码,却只用了不到六十秒钟。

在论坛里设置容易破解的密码,让丁杨心里产生了两种互相矛盾的想法:其一,密码是针对他熟悉的手法设置的,正好算准了他的破译能力,这个想法实在荒谬;其二,有人想开放地下论坛,让什么人都可以进来,以便扰乱丁杨的思维,这就好像一个罪犯在公共场所作案。丁杨无法相信自己的任何一种想法,论坛是地下黑客的,不是随便哪个人可以决定。

"丁专家,"周三维的声音非常严肃,"张成是否向你提起过他的真实身份?"

丁杨摇摇头:"没有提过,他只是反复强调他的调查事关国家安全。当时,我觉得他在撒谎,没有相信他的话。"

"他一直就是我们的人。"周三维说着,用手揉了一下眼睛,显然动了感情。看上去,他的内心似乎在为之挣扎。"问题是,他调查了那么长时间,"他转身注视着丁杨的眼睛说,"很可能还发现了其他重大问题,却被达一路拿了去。"

"这正是我所担心的,"丁杨说."不过,既然达一路冒险进入这里,说明他一定没有从张成手里拿到他想要的东西。"

"应该是这么回事。"周三维盯着屏幕上不断变化的追踪线,那个弹来弹去、歪歪扭扭的虚拟射线,在这会儿看来更加神秘。

丁杨对着那根线不断地点击,时而输入一些字母和符号,时而停下来研究,思忖着那根单调的射线里隐含的意义,却一无所获。

"他在这栋楼里。"丁杨说,"他可能破解了一台主机,触及了服务器，但仍然没有找到需要的东西。他破解的密码像他自己设置的锁扣一样，破解一道，又面对另一道，甚至他破译了总工程师的隐藏文档，但里面什么都没有，只显示让他再卸下另一层防火墙。不过，他正在寻找另一种破解方法。你知道总工程师的办公室在哪儿吗？"

"你能确定他在这栋大楼里就够了，他在朱总工的电脑里找不到什么东西。我们的责任是确保这里的核心技术不泄露，确保这个机密的安全性。"周三维的声音很沮丧，"让他溜进来，就是我最大的失职……我想说，他一定会潜入能够找到机密技术文档的地方……我的责任是确保他找不到那里。"

丁杨觉得周三维戏剧化的表情和声音过于夸张，甚至不能完全理解周三维的说法。

"就算他找到服务器又能怎么样？就算他进入服务器所在地，找到核心技术，他如何带出去？我想他是不可能用邮箱发送的，这世上还没有那么大的邮箱呢！"

"石坚一直说你是个很难被说服的人，一个只相信自己的技术却不相信实证的专家。"

"你的意思是他能带出去？那还要石坚他们干什么呢？"

周三维露出一个耐心的微笑："我们的敌人，可不只是一个达一路，而是一个团伙，他们一定全部进入了这里。"

乔曼儿悠悠清醒过来。她头上蒙着桌布，周围一片黑暗，感觉身体像一棵枯朽的树，好在呼吸还算顺畅。她的思维春草般生动起来。

她的双手被捆着，但或许达一路过于骄傲，或许下手时正想着下一次享受，捆绑得有些随意。她意识到自己应该能够挣脱，她摇

第八章 面具

掉桌布、吐出抹布，扭动之间，绳子便有了松动。她想呼叫帮助，但楼里是隔音的，手机不在身边。

她挣扎着，力气像泉水般自大脑往四肢涌流，她竟然站了起来，扑过去开灯，发现室内已经断电。但她听到了声音，隔壁键盘的敲击声，哦，她想起研究所的电脑及所有仪器用的是电力专用线。她又想起曾经买过一瓶自卫喷雾剂，因为没用，一直放在办公桌的抽屉里。她身体自如了些，便轻悄地找出来，捏在手里，并悄悄脱下鞋，蹑手蹑脚地向门口探出去。脚底感触到木板地面的温凉。

她跨出一步，把门打开一条缝，黑暗只让她看到一个虚无缥缈的空间，但她的脚探到了走廊的瓷砖。静默中，乔曼儿心脏跳动的声音响得似乎要把她给出卖了。脚趾"咔啦"碰在墙脚上，这在一片静默中不啻一声枪响。

焦躁的脚步声从隔壁办公室冲出来。声音越来越近，她可以感觉到有人向她靠近，在距她只有几米的走廊里。几步开外，衣服的摩挲声突然向她冲来。乔曼儿迅速闪身躲开，但太迟了，一条强壮有力的胳膊挡住了她。

那只虎钳般的手抓住了她的外套。她拼命旋转，那只手猛地将他顶向墙壁。

乔曼儿胳膊向后一甩，从外套里挣脱开去。突然间，她发现自己落在一个无尽深渊之中，只能完全盲目地向前冲，却浑然不知通往出口的路在哪里。

她感觉自己被黑暗彻底吞噬了。

逃离了熟悉而安全的办公室，她跌跌撞撞地凭感觉跑动，伸手可触的只有一片虚空。穿着丝袜的脚下是无尽冰冷的瓷砖地……她必须赶快逃出这栋办公楼。但断了电，不仅电梯停止运行，而且所有门禁失灵,所有的消防楼梯都已经封锁,她出不去。

她停下来,在黑暗中等待着,一动不动地站在那儿,一边倾听对方的脚步声,一边回忆出口的位置。她并希望自己的心跳不要太响。背后的脚步声似乎停止了。

"甩掉他了吗?"乔曼儿闭上眼睛,推算着自己身处何地。"我是朝哪个方向跑的?门在哪里?"没有用,无法辨别的方向几乎把她的心给震碎了,恐惧把她的脑子搅成一片惊慌和混乱的泥石流。

她希望自己这时候能够变成一颗微粒,附着在墙壁上,或者化作一只苍蝇,飞出去。对,最好是苍蝇,尽管她最害怕苍蝇,但心里压倒一切的冲动是赶快逃开。

不过,冷静下来,擅长分析的头脑告诉她,唯一正确的行动是以静制动,好好待着,别发出一点声响。断电了,警卫一定会知道,一定会想尽一切办法解决——他们知道她在里面。

冷静下来,乔曼儿便不可遏制地痛恨"马逊"。或许他根本就不是马逊,不是老师故人的儿子,他是伪装的……他脸上戴着面具。有那么一刻,她觉得自己此前似乎不是生活在繁华的南都,而是关在一间金字塔里,与世隔绝,对欺骗、罪恶听不见也看不着。她甚至想,在那么长的时间里,老师也像一捆泛黄的报纸,思绪停留在学生时代。

冰冷的汗珠顺着脸颊往下流淌,滴在握成拳头的手背上。她才意识到手里还捏着一瓶自卫喷雾。她回到现实中,眼前呈现出一片辽阔连绵的黑色。她必须战胜黑暗,只要他出现,她就要把防狼喷雾当作亮闪闪的尖刀,将他打个措手不及。

脚步声出现了,很轻很轻,微弱得几乎让她捉摸不定。乔曼儿竭力保持镇定,拼命控制住自己想要跑开的本能。她小心翼翼地、慢慢地向左边跨出一步,把喷雾器举到眼高的位置。但她的衣服发

第八章 面 具

出了暴露方位的窸窣声。

她几乎听到了他的呼吸，脚步却几乎没有移动。刹那间，一只强壮有力的手挥向她的肩膀。她使劲扭身，狠扣喷雾器。"吱"的一声长音，但对面没有传来预想中的尖叫。

强烈的恐惧感攫住了她，数学概率出问题了。乔曼儿在黑暗中奔跑起来，她拼命偏向左边，变换着路径，又盲目地冲进空荡的走廊里。

不知从哪儿冒出了一堵墙，乔曼儿一头撞了上去。肺里涌出一大口气，胳膊和肩膀一阵钻心的疼痛，她竭力稳住不让自己摔倒。她是脚步歪倒、斜撞到墙上的，没有使上全力，这是唯一值得欣慰的，但她的撞击声远远地传了出去。

"他知道了我的位置。"乔曼儿忍着一阵阵剧痛，凝视着茫茫黑暗，感觉到一双狼眼阴郁低沉地凝视着她。

必须逃离，逃到他找不到的地方。

她竭力屏住呼吸，顺着墙边移动，一边走，一边用手无声地摸着墙面，贴着墙走。喷雾器还捏在手里，这是她唯一的武器，她得珍惜着使用。

乔曼儿突然猝不及防地听到一阵衣服的摩擦声，就在她的正前方……靠着墙。她吓得怔住了，一动不动地站着，使劲屏住呼吸。他怎么走得这么快？

乔曼儿后退了一步，静静地等着，然后转身一百八十度，朝着相反方向顺着墙壁迅速跑开。她跑了二十多米，意想不到的事情又发生了。她再次在正前方听到了衣服的摩擦声，乔曼儿呆住了，心想：怎么办呢？他是鬼魂吗！

四

太黑了。达一路曾经受过专门适应黑暗的训练,但如此一团墨似的黑,仍让他两眼无法视物。他不敢用手机照明,打开手机当然很容易发现乔曼儿,可乔曼儿也会发现他。她在这里工作了那么多年,熟悉这里的环境,就像熟悉自己的家,光亮会帮助她逃跑。在黑暗里,他更有优势。

他深思熟虑的阴郁正好与走廊的黑暗匹配。他用伸缩杆挑起乔曼儿的外套,用它逼近猎物,时而左时而右,时而前时而后,让乔曼儿搞不清自己的方位,只有像没头苍蝇似的到处乱撞。

达一路有几次几乎发现了乔曼儿,几乎能抓住她。但有利即有弊,他能发现她却也隔着一段距离,等他跑过去,乔曼儿已经跑开了。

他听到乔曼儿突然停住脚步,然后改变方向。现在,他又把外套挑向左边,乔曼儿听见后又一次停住。他成功地制造了一个让乔曼儿逃脱不了的迷魂阵,把她逼到了墙角。

他等待着,耳朵警觉地捕捉黑暗里对峙的呼吸。乔曼儿不敢轻易移动,挑在远处的外套拦住了她,那就只有一个方向可走,他的身边。但是,即使如此,左边仍然没有听见任何声音,要么是乔曼儿吓瘫了,要么是她决定一动不动地站着,等待救援人员赶来。

不论她想干什么,她都死定了。

他在黑马镇就联系过陆铁骑,两人约定好了进入研究所的时间。他跟着乔曼儿进来时,陆铁骑的人也随即跟着进入了科研区,并做出了相应处理。断电就是措施之一。

第八章 面具

陆铁骑说过，只要大楼断电，所有的门禁都将失灵，包括进出大楼的铁门和铁窗。除非研究所高层和警察舍得破坏墙壁和楼顶，否则这就是一个完全封闭、独立的碉堡。

刚才，他又跟陆铁骑联系过。朱玉朗的办公室里没有他们要找的东西，那些东西只可能在地下室的服务器里。他正要去地下室，谁知乔曼儿醒了过来。

他必须杀掉她。

达一路悄无声息地一点点往前挪动，仔细聆听着任何一点动静。乔曼儿一定要死在这个科研区里，这是一个必然的结局。他好像看到了朱玉朗听见乔曼儿的死讯，以及自己一辈子辛苦研究的成果毁于一旦的消息时的悲痛表情。

好像那个老人的痛苦就是他潜逃国外的资本。

突然，达一路惊愕地发现，不远处的黑暗里发出微弱的荧光。他意识到乔曼儿身上带了什么发光的东西。这可是个致命错误，她不该掏出来。荧光大约在人体腰部位置，离他前面十米不到的地方，明确告诉了他攻击的部位。他知道那可能是乔曼儿的口袋，他要拦腰把她抱住。他猛地跳起来，迅速冲向闪着荧光的位置。

但他什么也没抓住。达一路的手指狠狠地戳在坚实的墙壁上，几乎折断。接着，他的头也撞到了墙壁上，砸在钢制的消防箱上。他痛得号叫起来，受过枪伤的左臂几乎像折断了一样，整个身体摔倒在墙脚下。

他一边咒骂着，一边竭力站起身，好不容易才攀住消防箱的边缘——乔曼儿机智地将喷雾剂涂在消防箱的边角上，喷雾剂里混有大量的磷粉。

乔曼儿跑起来，她毫不顾忌自己的手指触到墙壁时发出有节奏的声音。逃跑，只要离他远远的，她才有办法找到躲藏的地方，她知道警察迟早会找到这里的。

她跑动时,左手始终摸着墙壁,右手伸向前方,以防撞上什么东西。但墙壁似乎无边无际。她跑啊跑,右手突然碰到了铁栅栏。她把左手移过去,还是铁栅栏。这是哪里呢?难道我已经跑出了保密区?我进来的时候没有关闭门禁吗?

她左手抓着栅栏,右手挥了几下都扑了空,接着摸到了对面的墙壁。中间是空的!乔曼儿刹住脚步,右移了一步,铁栅栏中间有一条缝隙。为什么栅栏门是打开的?

她听到他拖着很响的脚步声跟了过来,就在她身后,像她一样顺着墙壁摸索着。但是,对面似乎有另外一个人的脚步声。

警察或者警卫进来了?

不对!楼外没有响起什么惊人的声音。没有破坏大门或墙壁,他们进不来。

前有强敌,后有追兵,她无路可走了!她明白自己的处境,难道……她灵光一闪,突然想起了铁栅栏旁边还有一块金属嵌板。

每一层楼都有一个备用出入口,用金属嵌板盖着,以方便小型设备在没有电梯时出入。那是一种足以站一个人、摆一台电脑的小型升降机,直通地下室。乔曼儿做梦都没想过自己会有必要去使用它。

但此刻,这升降机成了她唯一的逃生希望。

乔曼儿胡乱摸索着,把黑暗都搅乱了,终于触到一个粗冷的手柄。她抓住它,使出全身力量往后拽,试图拉开那道门。但门纹丝不动。她又试了一下。还是不行。

后面的脚步声离她越来越近,朝着她发出响声之处袭来。

这个备用通道锁着?乔曼儿在极度恐惧中把门摸了个遍,想找到门闩或是控制杆。突然,她的手碰到一个凹入的圆孔,孔里有个

第八章 面具

钮栓。她用力扣住钮栓，使劲地扳动。

他几乎到了她的身后！

乔曼儿还在摸索着，想要找到扳动的窍门，往左往右，用尽手指的力气旋转，巨大的金属门丝毫不见移动。栅栏外透进丝丝夜光，乔曼儿冷静了一下，摸到了孔里钮栓上的粗糙箭头。她顺着箭头又旋转了一次，铁门似乎有所松动。如果能打开门，升降机应该是电控的，使用的是研究仪器的电力线路！

她有了信心，再次用力旋转了一把，感觉他已经跑到了她身后，强劲的手臂几乎可以触到她的后背。

用力旋转。最后铁门"哗"的一声打开了一半。她往里面一钻，抓住一根吊索，然后脚落在平台上。一只手蓦地从黑暗中伸过来，抓住了她，几乎要把她拽出去。她双手慌乱地摸索，一下子触到了一个开关，平台缓缓地往下坠落。

清冷的黑裹住了她，但乔曼儿浑身一颤，铁门没来得及关紧，终究是个祸端。幸好平台还在缓缓地下坠，"马逊"并没有能破坏吊索。她只能听天由命，走到哪里算哪里了。

原本不安的心渐渐笃定起来，她的眼睛在走廊的绝对黑暗里已经瞳孔放大，适应了。沉重的备用传送梯"嘎嘎"地运行着，她听到上面传来愤怒的吼叫声。

五

屏幕上的追踪信号突然变得迟滞，但定位仍在这栋楼里。丁杨疑惑了一瞬，对周三维说："这栋楼有地下室，他去了地下室里。"

周三维觉得，该来的还是来了。他在丁杨疑惑的眼神里站起身说:"你是对的。可是,就算他找到服务器,也解不开密码……我们倒可以把它当作一个诱饵……"

丁杨不可置信地看着周三维:"根据我这两年对他的了解,没有他破解不了的密码,而且,他不破解密码是不会罢休的。"

"这就是我说诱饵的意思,"周三维向前凑了凑,"我们坐升降机下去,你继续定位,我找人包围……"

丁杨顿时来了精神。这种升降梯很多重点科研单位都有,包括一些诈骗团伙窝点。不过,外人要找到殊非易事。"你知道那个直通地下的神秘升降机?"

"走!"周三维探摸了一下墙壁上的铁门,迅速攀缘进去。接着,伸出手扶着丁杨。

丁杨晕眩般地跟着跨入一个小小平台,四周一片漆黑,浮荡般地封闭在一个狭小至极的空间里。虽然周三维站在下面的一个同样狭小的空间里,但丁杨看不见。他紧闭着眼睛,生怕瞥见自己身处的可怕困境。

突然,脚下传来周三维的声音:"二楼有人,脚步很诡秘……你先下去,我处理完再派人去接应你。"

丁杨没有说话,两眼机警地打量四周,到处是不甘寂寞的黑,看不清任何东西,但分明有周三维说的响声。从右边传来,确实有人正朝这边逼近。

既然达一路去了地下室,丁杨看不出自己还有什么别的选择。他说:"好的,我们分头行动。最重要的是要保护好服务器和密码。我先下去,你和你的人在暗处保护我。请保持联系,我很快会给你打电话……"

"警醒些,"周三维说,"注意左侧的护栏,一旦出现意外,攀到护栏上去。"

第八章 面 具

说完,周三维已经消失在黑黢黢的空间里。丁杨像梦游似的抓着吊索,缓缓下行,然后落到坚硬的地面上。他看了看前方,除了手机照亮的一小块,其余仍漆黑一片。

他缓缓地一路摸索,感觉自己像一个摸象的盲人,正彷徨着不知往哪里走。吊索"吱嘎吱嘎"地转动,吊梯升了上去,带起一阵风,吹在他身上,古朴而温凉。

"服务器会在哪里呢?"他想。

丁杨在黑暗中摸索,一切都静止了,静得像一片坟场。突然,不远处传来一个颤抖而有气无力的女声:"丁杨,你怎么进来了?其他人呢?"

科研区的警卫别无选择,只能把乔曼儿带着一个陌生男人、周三维带着丁杨先后进入小楼的事告诉了石坚。石坚脸上象征暴风骤雨前奏的云层迅速聚集。

"封锁检查每一个过道,找到所有监控,回放下午及晚上的视频。我要知道科研区究竟进去了多少人!"他转向所长,以警告的口气说,"请调动所有警卫外围警戒,所有员工和家属都必须待在家里接受检查。关于嫌疑人进入研究所的事必须列入最高机密,不能向任何人透露。有情况直接向我报告。"

"没问题,石支队长。"所长答道。

全副武装的特警一队一队地往研究区走来。警卫哪里见过这阵势,吓得躲在角落里,但被所长揪了出来,警告他好好配合,否则就发配他去扫垃圾。

石坚接着向特警下达指令。"同志们,"他说,手里仍拿着丁杨的强光手电,"这次任务的要求,都清楚了吗?"

"明白!"特警队长史大良领头回答,"我们的目标是达一路,搜索科研区的每一个角落,把他找出来。如果遇到反抗,可以当场击毙。必须确保乔助理的安全,必须确保找到达一路盗窃物品的完好无损。"

八名特警转身整齐地跑向黑暗的小院大门。

石坚站成一座山似的,看着各个小组各就各位。

两名特警从汽车上拿来TNT单点爆破炸药箱,装着专门用于破门的利器,能将连带损失降至最低。炸药如薄纸片一样,却具备炸碎铁板的威能。

"轰"的一声,四周的空气都静止了,所有云层都往研究区楼顶聚拢,好像要跟警察一起参与行动。史大良率先走进炸开的铁闸,扫视了一眼幽黑的走廊,没有发现任何移动性的蛛丝马迹,然后大喝一声:"开灯!"

特警早就架设起备用电源器,扳下开关,入口处铺排开烁亮的光,照着一排排彼此牵扯的身影往楼房里冲去。跑过转角,他们立即拉下夜视头盔,打开了夜视镜。

史大良冲在最前面,他凝望着走廊里翻滚烟雾似的幽暗,感觉误入了冰洞一般,眼前的一切泛着绿荧荧的冷光,没有任何活着的东西移动。

接着,另外四组特警跑了进去,每一个转角处留下两名特警戒备,其他人举起手里的武器继续往里冲。在伸手不见五指的漆黑中,他们的枪投射出一道道威胁性的光点。

一组组特警往里冲的同时,派出所民警配合着进入科研区内,灯光也逐步往纵深延伸,仿若步步为营的战场,对科研区小楼实施寸土必争的控制。通常来说,以这种方式推进,对于控制一栋空荡荡的小楼来说,是最实用的。

但搜遍整栋楼里他们能发现的每一个空间,都没有找到要找的

第八章 面 具

人，包括丁杨和周三维。

警卫放进去的四个人消失了！

如果他们待在大楼里，一定会被发现。因为每一个特警队员头上的夜视镜上都安装了最新配件——热成像系统。这一系统看似很小，但对热能差异的敏感性非常强，不仅能确定人体所在的方位，还能确定人体移动不久之后的方位。这种能够透视过去的能力经常被证明是所有功能中最具价值的。

今晚，它再一次证明了自己的价值——测到了机要会议室椭圆桌上的热源信息。史大良的夜视镜里有，两把椅子在泛着紫红色的光，证明这两把椅子的温度比其他椅子高。显然有两个人曾坐在这张桌前，但问题是他们坐在桌前干什么呢？

在两张被证明坐过的椅子之间的会议桌上，他的问题得到了解答。一个幽灵似的方形，发出深红色的光——使用过便携式电脑。

史大良举起武器向四周移动，激光视线穿过地面。他环视着那个目标直到发现书柜之间的后门，出了后门的墙角边上有一道铿亮的铁皮门。他们会躲在铁皮墙壁里吗？他扫视着铁皮墙周围，又发现了一个手印。显然，有人钻进墙壁时摸了一把铁皮框。

史大良目光迷离又神情恍惚地看了一会，嘴里发出命令："两翼包抄！"

铁门与墙壁之间有缝隙，里面隐隐地透出微弱的蓝光。"里面有人！"史大良说。他希望周三维和丁杨能够听见他的声音，然后钻出来向他们说明情况。

但是，什么动静都没有。

好吧，也许是达一路藏匿在里面，那我们只能用另一种方式来解决了。他进一步靠近柜子，意外地听见里面传出一阵"吱嘎"声，像是机器在运行。他停了停，想象一下这样一扇门里会有什么机器发出这样的噪音。

　　他贴过去，"吱嘎"声停了，似乎是他产生了幻听，里面一片漆黑，也没什么蓝光。他观察了一下铁门，找到钮栓，打开门，随手调整了一下夜视镜，发现了吊索。

　　"有人沿吊索攀下去了？"他疑惑的神情和当初丁杨跟着周三维从这里吊下去时一样，他先朝铁门里看了看，门前的景象出乎意料，它不是消防栓或者储藏柜，而是一个简易通道口。他立即想通了其中的窍门——悬吊式电梯，可以通向下面的房间。

　　史大良把武器朝下瞄准，右手抓住电梯吊索。机器的"吱嘎"声又响了起来，吊索迅速地往上移。随着机器声越来越响，他更加认定了自己的猜测。这个空间是一个小小的机械设备运输间。他听到的"吱嘎"声确实是电梯运行发出来的，只是他没有想明白为什么其他地方都断电了，而这里的机器却能正常运行。

　　不管怎样，这个空间是一个出入口，因为铁门上留有清晰的手指印，还在熠熠发亮。门缝里透出微微的蓝光，显然就在刚才还有人从这里进出过。

　　史大良率先钻进去，像个健硕的地鼠般消失在墙壁里。一股阴冷之气迎面扑来，夜视镜又在吊索上发现热源影像。他忍不住笑了，果然有人攀着吊索从这里下去。里面的温度更低，热源影像显示得更持久、更清晰，他的夜视镜已经捕捉到吊索上多处发出的红光。说明至少有两人，是周三维和丁杨，或者是达一路带着乔曼儿扶着它从这里经过。

　　特警们陆续从吊梯下楼，攀着护栏进入不同的楼层。史大良感觉到自己只下了两层便停下了，现在应该还在二楼里。他调整了一下夜视镜，发现这是一个办公区，绝大多数房门紧闭着。如果他们谁有万能钥匙，这是一个相当不错的藏身之地。

第八章 面 具

但逃跑者显然不可能这么做。

一个特警在搜索中听到了沉重的喘息声。他加快脚步冲过去,看见了目标:一个男人颀长的身影。这个看起来像是周三维的中年人此时衣着凌乱、步履踉跄,穿行在一间间房门之间,显然已经跑得精疲力尽。

"站住,周副处长!"队长喊道。

中年男子还在跑,突然转过一个弯,曲折地穿过一条回廊。特警距他只有二十米了,他们再次喊他停下,但对方充耳不闻。

"把他拿下!"史大良命令道。

特警射出一根捆绑绳。绳子飞速绕过对方的大腿,并迅速往下面绞去,连同小腿一起越绕越紧。中绳的人一般会马上扑倒在地。

中年男子在黑暗的通道里向前滑行了好几米才倒下去。

"继续寻找其他人!一定就在前面——"史大良喊道。他看见中年男子前面的走廊里一片漆黑,没有动静。显然,中年男子是单独一个人。

男子胸口着地躺着,粗重地喘着气。他的腿和膝盖上横七竖八地绕着捆绑绳。特警走上前,用枪对着,将那人翻转过来。不是周三维,不是丁杨,也不是达一路。

史大良慢慢蹲下身,在特警诧异的目光里,提起中年男子的腿。男子似乎知道他要找什么,拼命挣扎着,嘴里发出暗哑而短促的声音。但无论他怎么挣扎都没有用,在史大良手里,他像是挂在风中的一件单薄衣衫,扑腾了几下,鞋子在落入史大良手里的同时,飘出两片羽毛般的东西,那是一张护照。

第九章 破局

一

丁杨循着声音转了个圈。他的思维也在转圈，他听出这声音像是乔曼儿的，但他没有轻易接近，面孔都可以伪装，何况是声音。今天研究区里暗潮涌动，他必须万分谨慎。

"我是乔曼儿啊，你们一定已经查清了。我被他胁迫进来了，千方百计才逃到这里。"

黑暗中再次发出声音，丁杨捕捉到了话里的一丝慌乱，还有一阵微颤。但他仍没有回答，而是闪身躲进一处墙根，仿佛前面是不知深浅的深渊。他想，即使发出声音的真是乔曼儿，那他相信，达一路也在附近。

一阵长长的沉默。"你不相信？还是你不是丁杨？"颤抖的声音接着复述了丁杨去芯导科技研究所找乔曼儿的情形、他们的对话及与技术有关的事。丁杨听着，确定她就是乔曼儿，达一路也许会逼问他们见面的情形，但无法说出当时的对话，即便在被逼迫的情况下，乔曼儿也不会说出他们探讨技术的细节。

丁杨仍然一声不吭，但他慢慢地向她靠近。颤抖的声音继续在说，说她什么时候跟着朱玉朗去黑马镇，什么时候遇上那个邪恶的

第九章 破 局

人，对方又是通过什么手段跟她进入科研区。这是一段真假参半的告白，不过，她没有隐瞒自己动了感情，没有隐瞒自己明知犯规而把他带进所里，她在忏悔，在控诉，在悔罪。

事关技术上的高度机密，事关老师毕生心血，事关国家安全，丁杨想，乔曼儿怎么忏悔都不为过。

他问："乔曼儿，达一路去了哪里？"

去了哪里？乔曼儿也想知道。她告诉丁杨，达一路进过老师的办公室，探知了一些机密，现在正在寻找服务器。她是在被他追杀中逃到这里的。

"他反正在这栋楼里！"乔曼儿说，她的口气很紧迫，"我们要尽快封住服务器，让他进不去，或者改变密码设置方式，让他无从下手！"

丁杨打开手机电筒，前面显出一个人影，渐渐地现出衣服的颜色，手举起来，卷起的衣袖下面是一双女性的手臂。丁杨警惕地盯着她，乔曼儿慢慢地放下手，温和地望着他，就像刚刚从聊斋里走出来、碰到心仪书生的女鬼。

丁杨感到自己也像刚从某个墓地爬出来，一时分不清碰到的是人是鬼。但他很快调整好心情，转向乔曼儿："你还好吗？"

乔曼儿的眼睛红着，显然刚刚哭过，但她只是克制地点点头，一言不发地带着丁杨沿走廊绕过一个拐角，进入一间响着散热声的房子里。她在一张桌下捣鼓了一会，桌上的灯亮了，一时晃得两个人都闭上了眼睛。

这是一间研究室，西面是整面墙的书柜，堆满了书籍和打印成册的资料，其余三面装饰着防火隔音材料，包括那扇他们进入的门。在清亮的灯光下，房间看上去有些简陋。乔曼儿把资料推开，丁杨能感觉到她心里起伏不定的情绪。她慢慢地伸手拿过丁杨的电脑包,将便携式电脑摆在桌上打开。

"我们要将服务器封闭。"乔曼儿静静地说,"老师在服务器里设置了密码,但并不复杂,因为他没有想过会进贼。他说过,网络密码就像锁,只防君子,防不了小人。但老师没有把密码告诉我,你是网络方面的专家,对不对?你一定有办法封闭服务器。"

丁杨什么也没说,开始操作电脑。

乔曼儿仿佛自言自语:"老师并不是不相信我,只是说以我目前的水平,告诉我没什么用,因为如果我刻意去破解并非难事。我不相信这个说法,但我从来没有想过去尝试,现在也不可以。这应该只是老师的专利。"

"好吧,"丁杨说,"刚才周三维说了,让我先在附近藏起来,防止有人接近或者破坏服务器。我们需要的是以静制动,保护好它,这比任何事都重要。你说的封闭是什么意思?会不会损伤服务器?"

乔曼儿漂亮苍白的面孔变得严肃起来,她把一绺头发夹到耳后。当她开口说话时,声音十分坚定:"当然不会。这个服务器不管储存着什么,都是我老师的心血,而且让我的朋友付出了生命。先是邓敏,再是顾杏,接着又是张成,我不允许有人破坏它。但是,丁专家,如果你不封闭它,它就可能遭到入侵。"

丁杨陷入了两难之中,一边是乔曼儿的逻辑,一边是周三维的主张。乔曼儿继续说:"我只是一个助手,我发誓不碰老师的密码。相信我,如果不是有人入侵,我不会想对服务器动手。不过,现在是非常时刻……也许封闭它,比打开它更为有利。"说着,她点击电脑键盘,一个软件打开了。

丁杨跳了起来:"乔曼儿,别!等等!"

乔曼儿停下来,但手指仍悬在键盘上,说道:"丁专家,我不

第九章 破 局

愿让老师的成果毁于一旦。不管这里保存着什么,也不管它对那个恶人有什么用……必须封闭它。"

丁杨没再说话,乔曼儿点开了电脑里的一个清剿软件,架构了一个数据包搭载到网络连接传感器上——多感式触碰、匹配开始了。

她目不转睛地盯着屏幕,仿佛很难相信丁杨的软件竟然这么缓慢。她又点击了加速程序,刷新了内存,但数据包翻来覆去地滚动,并没有形成全息分析,没有提取到解决方案。

丁杨心里也怀疑关于服务器的问题乔曼儿是不是被误导了。早在乔曼儿入职前,朱玉朗就在从事这项研究,乔曼儿只是介入了后期工作,并没有进行过服务器管理。她对朱玉朗的真正研究成果或许一无所知。

"丁专家,你破解过服务器密码吗?"

破解?丁杨一耸肩:"为什么这么问?"

"我搜寻了一遍你电脑里储存的软件,似乎没有针对服务器的。"

丁杨迅速接管了电脑,查询起来。但不等他得出结论,不远处就传来吊索的"吱嘎"声,而且速度很快,越来越近。他没有时间犹豫,希望是周三维找到了后援,但也可能是达一路。在分清敌友之前,他们必须隐蔽起来。

乔曼儿灭了灯,拉着他跑出门,右转跑进幽暗的走廊。可她的双脚突然之间被某种看不见的东西缠住了,整个身体猛然前倾,冲上了半空。

丁杨迅速反应,一边伸手去扶乔曼儿,一边足底生风,迎着袭来风声的方向回踢过去。对方的力气太大了,乔曼儿冲撞在丁杨身上,让他左肋剧烈紧缩,右肋撞击在坚硬的墙面上,两人一起倒在瓷砖地板上。

"丁杨!"乔曼儿大声呼喊。

丁杨翻身后转,只觉血液凝固成冰。他惊恐地发现,自己急着去帮助乔曼儿,完全没有察觉身后跑来几个人。有人摁住了乔曼儿,有人抓住了他的腿,有人手持匕首对准了他的喉咙。一切都像慢动作,只要他稍有反抗,鲜血就会从他的颈动脉喷涌而出。

两人倒地时,竟然撞开了一条门。丁杨惊恐地回望,但黑影已经压了过来,除了右手的匕首,左手里不知捏着什么装备朝他的背扎下去。电光一闪,烧灼声咝咝响起,他的身体瞬间变得僵直,双眼空瞪,四肢麻痹,再也无法动弹。

乔曼儿仍在剧烈地挣扎着。她慢慢地往撞开的门里爬过去,却不小心撞上了一把木椅。摆在椅上的一盆绿植晃动一下,死沉沉地栽倒在她的身边,摔得粉碎。

接着,巨大的黑影攫住了她,紧紧地抓住她的双肩,那双手力大无比,如同人猿泰山。此时,乔曼儿终于看清了黑影,是他,那个自称马逊的人,被她抓破的伪装仍在,就像一道骇人的伤疤。他两臂用力,乔曼儿登时感觉自己成了碎布娃娃,轻而易举地被提到他腹部的高度。坚实的膝盖顶上她的后背,刹那间,她以为自己会被一撕为二。

"马逊"抓紧她的双臂,反扭到身后,冰冷的金属掐在她的手腕上。乔曼儿意识到自己被铁丝捆上了,她惊愕万分,想要挣脱,双手却如针扎般剧痛。

"你再动,铁丝就会割破你的手腕。""马逊"说着,又用同样的方式绑住她的双脚。

"丁杨!"乔曼儿大喊。

丁杨躺在地板上呻吟。身上压着电脑包,电脑屏幕张开口露出

第九章 破 局

微光，他彻底瘫软了。乔曼儿猛然意识到，服务器密码是他们唯一的生机。

"我们破解了密码！"她对"马逊"说，"我把一切交给你！"

"太好了，我还怕你们没破解呢。"说完，"马逊"拿起一块碎布堵住乔曼儿的嘴。

丁杨已经身不由己。他全身麻木而僵硬，脸颊死沉沉地压在瓷砖地板上。他练习过电击枪，知道这种武器的效果。现在，尽管他的神志清楚，四肢却拒绝执行大脑的命令。他想滚动，想站起来，但只有脸部微微颤抖了一下，甚至几乎无法呼吸。他看到袭击者就是达一路，听到乔曼儿在挣扎，却无能为力。

站起来，丁杨！你得去帮她！

丁杨的双腿此刻一阵刺痛，火辣辣的感觉慢慢恢复，但还是不听使唤。动一动啊！他的双臂也有感觉了，却只是肌肉在抽搐，脸孔和头颈也一样。他使出所有微弱的力气试图转一转头，在瓷砖地板上生生拖动后脑，好不容易才扭向房间的方向。

丁杨的视线被挡住了，被滚下胸口的电脑包遮挡。稍扭了扭头，他看不到乔曼儿，却看到了高耸的服务器铁架。

一时间，丁杨没明白自己看到的是什么。眼前幽黑的镔铁架里，服务器栅格闪着幽幽的蓝光。但看起来却和别处不同，大不相同！依然是网格，依然是蓝绿的弱灯，但它不是溜圆的珠光，栅栏顶部的一行弱光显示出符号和数字。这怎么可能？他定定地凝视数秒，还以为自己产生了幻觉。同样服务器的运行信号灯，丁杨不知检查过多少，他从没遗漏过任何一个异常……从来不存在任何标记！

现在，丁杨明白了原委。

他猛然吸进一口气，意识到朱玉朗用心良苦。他没有见过朱玉朗，但悟到了他的深意。"藏起来，别让人靠近或者破坏服务器……这是朱总工的告诫。"那时候，丁杨觉得周三维这句话莫名其妙，现在他明白了，朱玉朗跟周三维关系非同一般，信任周三维远超过信任乔曼儿，他告诉了周三维这个秘密。

"沉浸其中，必先游离其外。"

丁杨一直在思考达一路个人签名的含义。他对石坚说，这话的意思是"为网而生，为网而死，置之死地而后生"。没错，这是一种解释，但它还有另一层含义，就是那些数字和符号所代表的，这层含义非同小可。

每个网络侦查员都是算法师。他们不仅要懂得侦查学，还要掌握数学、统计学、计算机科学，要能够确定运算法则、建立运算模型、解读运算结果。朱玉朗在服务器顶端留下的数字和符号就是为后来者提供的分析和预测工具。它的中文解读就是：

"沉浸其中，必先游离其外。"

此刻，丁杨把自己和乔曼儿面临的一切危险都抛诸脑后，他痴迷地注视着服务器顶端的数字和符号。解开服务器的钥匙并不在这里，朱玉朗的研究成果另有隐秘去处。

或许是因为这个发现太振奋人心，又或许是在原地躺了片刻，丁杨先前没发现，这会儿却突然感到自己又能控制身体了。他吃力地抬起一条胳膊，把电脑包推出视线，以便更清楚地望见服务器的情形。

他惊恐地发现乔曼儿已经被捆了起来。他活动了一下筋骨，拼命地想站起来。可眨眼间，他看见达一路又挥舞着电击枪冲了过来。

丁杨翻身一滚，踢动双腿，拼命往后躲，可达一路已经抓住了他，并一手将他掀翻，跨坐在他的腰上，双膝抵住他的两臂，发疯

第九章 破 局

似的将他的头砸向瓷砖地板。

丁杨瞬即失去意识。

丁杨刚才露出的惊疑目光被达一路捕捉到了,他猜测其中必有奥秘。他认真地模拟丁杨倒地的样子,然后用脚将丁杨踢开,自己躺了下去。他两眼滴溜溜地转动,察看门框,然后是室内天花板和机房里各种辅助性仪器,接着把目光停留在服务器铁架上。

没什么异样!不过一台死沉的镔铁架而已。

达一路不死心,他知道丁杨不会无缘无故露出疑惑的表情,他必须尽快印证。

他在地上打了个滚。当他复原丁杨躺地的位置和模样时,目光落在了服务器信号灯上时,微弱的蓝光让他心醉神迷。他两眼瞪直,眼皮轻轻地颤抖,他一行行扫视过去,最后停留在顶部。

"关掉手电!"他冲同伙叫道,语气十分粗蛮,"你看看那个!"

同伴不满地盯了他一眼。他不是达一路的手下,只是来配合他,不,来监视他并把东西带回去的。但他服从了达一路的指示,关了手电筒,来到达一路身边。

房间里瞬间陷入黑暗中,只有服务器闪着微微蓝光。

"still immersed in it……"

达一路将顶部的数字和符号指给同伙看,同伙毫不迟疑地读出了上述英文语句。

他看到的数字与丁杨看到的数字给出的答案是一致的,只是他解读出来是一段英文。

达一路迅速掏出手机,将服务器拍了照,大客户让他传达给丁杨的语句竟然会留在服务器上。他明白了,心跳得像蚂蚱一样欢快。他一手抓着便携式电脑,一手抬起丁杨,绕过走廊尽头,然后爬过一段狭窄的通道,进入一间小小的起居室——朱玉朗的休息室。真简陋，除了电子产品，看不到任何生活用品。

达一路将丁杨扔进卫生间的拖把池，并覆上盖。那里有一满缸的水，足够丁杨喝的。他在一张简易桌上铺开丁杨的便携式电脑。登录后，他又想起缸里的丁杨，丁杨已经完成了使命，不知道要过多少天，甚至多少个星期，溺毙在里面的尸体才会被发现。而他，不用几分钟，就要离开了。

他不但报了仇，还破译了那句暗语。乍看上去，那些数字和符号似乎与核心技术机密毫无关系……答案竟如此简单，让他少走了很多弯路。

丁杨的电脑启动了，屏幕上显示出之前乔曼儿使用过的几种软件，清剿软件的电子搜索毫无信息，但那个追踪符号仍在闪耀，覆盖着这间起居室。

"沉浸其中，必先游离其外。"大客户特别叮嘱他，要好好领会。不过，转告他这句话的人诚实地说，自己也不懂得其中的意思，因此达一路将它抛给了丁杨，想通过丁杨解释其中的含义……丁杨却也不明白，只把它当成复仇的挑战。不过，他终究不负重托。

沉浸？游离？世界是一张网，社会是一张网？

全都不是，现在达一路知道了。他看透了真相！不，是丁杨看到了真相！丁杨躺在地板上挣扎时，破解了服务器的关键。"家庭是一张网……"达一路喊出声，眼神透着惊喜，"信号集中在这里……奥秘就隐藏在这里……"

达一路的同伙茫然地看着他，不理解他喊什么。

"我一定能破解它！"达一路继续高喊，"不管你制造什么假象，它就在这里！"接着，他又打开丁杨的其他软件，解开突破网络密码的钥匙，破解服务器的最后谜底。

第九章 破 局

达一路很了解服务器，但乔曼儿却不一定。达一路想到，乔曼儿在受他胁迫时跟他说过，朱玉朗并不信任她，经常用一些谜题考验她，并告诉她一些破解谜题的办法。

"你需要开阔思维，"乔曼儿模仿老师的口气这样说，绳子套上了她的脖子。"谜题跟我们的日常工作和生活有关系，你需要发挥想象，破解幻象的唯一工具是事实！"绳子勒紧了乔曼儿的脖子。

她吸入最后一口气时还在神志模糊地说着："一旦面临危险，必须封闭服务器……从外在找答案……科学不仅仅是技术，而是智慧……著名的科学家就像神秘术士，他们是社会的创造者，不惜蒙骗别人，用幻象伪装进步或进化。"

乔曼儿说到的谜题跟朱玉朗的设计一定存在着某种关系，也许正是解开服务器的关键。

"蒙骗别人。"达一路恍然大悟，乔曼儿说对了。他激动得浑身发抖，信号在室内盘旋。尽管他还想象不出这些信号在另一组序列里的意义，但他对网络智能的承诺绝对信赖。

心在狂跳，达一路取出一张纸，飞快地画下一张八宫图。再根据重新确定的位置一个一个地将符号填入空格里。立竿见影，数格立刻变得容易理解了。

混沌中方得秩序！

他完成了全部的破解工作，几乎不敢相信地凝视着眼前的答案。线条生硬的画面显形了，原本乱七八糟的数格摇身一变……尽管达一路还不能领会其全部内涵，但这已经足够了……足以让他知晓下一步该何去何从。

智能引擎指明道路。

不可思议的是，那正是达一路寻找的地方——他接下来要完成自己的旅程。

二

醒过来的时候,丁杨头痛欲裂。

这是哪儿?深井似的暗黑,死一般的寂静。他蜷曲地仰面躺着,双臂被压在身体下面。他不明就里,屏住呼吸,想动动四肢,这才意识到自己被泡在水里。

难道我跌进了井里?他困惑极了,双手往四周摸索着。天啊!真是一口井,奇怪的是井壁是方形的,似乎安装着瓷砖;水底硬邦邦的,异常光滑;水是浑浊的,把他完全浸湿了,但不是很深,不至于全身淹住。他挣扎一番,呛了几口水,扭了扭头,露出水面。除了深邃的黑暗,终于可以吸气了,一切似乎多少恢复了正常。

黑暗中,思绪纠结。我被人扔进来的吗?丁杨脑海里拉开了沉重的帷幕……乔曼儿被铁丝勒住手脚……达一路持电击枪击打……他的头被狠狠地撞向地板。快进般的图像加速呈现,他记起了达一路突然带人进来,猝不及防,他和乔曼儿落入他们手里。

丁杨试图坐起来,没想到前额撞在了盖在井上的什么东西上。疼痛炸裂般穿透他的颅骨,将他生生地弹回水里,差点儿昏过去。他眼前直冒金星,只得伸手摸索,想在黑暗中摸出障碍物是什么。触摸到的东西却让他毫无头绪。

他好像被人关在水泥棺材里,前后左右全是坚实冰冷的板壁,长宽都只有三四尺左右。碰到鬼了?他本来是在大楼地下室里的。当他再次伸展双手摸向两侧,想要翻个身时,侧壁的瓷砖让他想起了消防梯旁的水池。

他终于明白过来。达一路趁他昏迷,把他扔进了水池,想将他

第九章 破 局

淹死。

我不能死在这里！丁杨狂乱地用拳头砸盖板。他大声呼救，一声紧接着一声。每过一秒钟恐惧就加深一层，最后他忍无可忍，拼命地用脚踢。但狭小逼仄如棺材的水池里只有黑暗，水池盖板纹丝不动，就算他使出吃奶的劲疯狂地去顶、去踹，也无济于事。他知道这盖子一定是水泥铸成的，就像下水道的盖板，沉重、坚实，隔绝了逃生的机会。

他要把我活活地淹死在这水池里。丁杨想起小时候迷失在山野岩洞的经历，幽黑恐惧，无路可走，也不敢移动，生怕坠入无底的深渊，只能孤零零地在原地等待救援。他的毅力和耐心就是从那时养成的，只是一旦再次落入这样的境地，那种无法抑制的恐惧仍残忍地袭击着他的心，俨然置身于终极噩梦。

与此同时，在水池外面，乔曼儿嘴里的碎布滑到了嗓子眼，呛得她喘不过气来。那个邪恶的男子又来到了她身边，一把抓起她，将她扛在肩上，走上了狭窄的消防梯，进入一条幽暗的走廊。她瞥见走廊尽头一间屋子，笼罩着一片迷蒙的蓝光。

没走多远，男子走进那间杂物室，把她放在一张木椅上。他还把她被缚的手腕扭到椅子背后，使她无法移动。乔曼儿分明感受到缚住她的铁丝在皮肉里嵌得越来越深，这种痛楚带给她的惊慌仅次于无法呼吸。

"啪"一声，房门在她身后关上。男子转身扭开手电，骤然射出的光线刺激了她的瞳孔，像扎进了无数的银针，一种细微的疼痛渐渐加深，她怀疑自己瞎了。

眼皮急促地跳动，呼吸越来越微弱，乔曼儿好像就要丧失意识。一条强壮的胳膊伸过来，把碎布从她嘴里揪了出去。

她大口喘息着，深深地吸气，边咳边呛，肺腑里终于灌入了宝贵的空气。慢慢的，她呼吸平和，视野也清晰起来。她发现自己正怔怔地望着那张魔鬼的脸，撕破的脸皮简直不像人类。诡异的是，他本人并不在乎，他所有的心思都放在折磨她上。

他早就不是乔曼儿认识的那个"马逊"，温柔谦和、知书达礼的"马逊"，而是恶魔达一路。他活像贪婪的秃鹰般瞪视着她。

"张嘴。"达一路厉声说。

乔曼儿愤怒地瞪着他："干什么？"

"张开嘴，"达一路又说了一遍，"否则，我把脏布再塞回去！"

颤抖不已的乔曼儿张开了嘴。达一路伸出颀长的手指——那手指曾摸过她的全身——猛地插入她的双唇间。当他的手指碰到她的舌头时，乔曼儿觉得自己快要吐了。

他抽出湿漉漉的手指，闭起双眼，举到嘴边轻轻地吸着。然后，又用蘸着他唾液的手指在她的嘴唇上涂抹，一圈一圈，好像涂抹毒药，邪恶而变态。

乔曼儿憎恶地别过头去。

她身处的这间屋子就在朱玉朗起居室隔壁，平常放些电子元器件和废弃的资料，因为她常来清理，有时要在这里工作，所以摆放着桌椅。这间屋子与消防梯之间是洗手间，放着打扫卫生的器具，洗手间里有水池，此时正发出咕噜咕噜的水声。

不过，乔曼儿还没来得及仔细观察室内的变化，视线就停在地板的一摊水迹上。那儿有一件湿漉漉的外套，正是丁杨穿过的。

"这是怎么回事！"她扭过头，面对着邪恶的男人说道："你对丁杨做了什么？"

"嘘——"男人耳语般说道，"他会听到的。"

他从一根木椅上拿起便携式电脑，向身后指了指，丁杨不在那儿。乔曼儿只看到一条通往洗手间的小门，洗手间的水池被墙壁挡

第九章 破 局

着,看不到真实的情形。

"你把他怎么了?!"

"没怎么样,应该还没死。"达一路说着,走到卫生间里,用脚踢了踢水池,里面传来咕噜咕噜、像鱼一样挣扎翻动的水声。"还有气儿呢!"达一路说道。

丁杨听到了他们的对话,顿时产生了一股不可思议的蛮力。但是,无论他如何倾尽全力向上推举,盖板依然纹丝不动。身边的浊水却开始持续上涨,达一路打开了笼头往里面放水。

水位不断上涨,他使劲地抬起头。只剩下不到半尺的空间可供呼吸,逼得丁杨只能将头靠近盖板,脸都快贴上粗糙的水泥板了,凑近逼仄的空气层里。

他的脑海又一次浮现出地下室服务器铁架上的数字和符号,那些高深莫测的字符迅不可及地悬在他头顶,脱离了原来的解读:"我怎么认不出来了呢?"

"沉浸其中……"

不是的,从算术符号学来看,那个排列可以想象出无数种完美的方阵格。总体上看,这些字符方格好比数字与符号的无序混乱状态,可以解读成时间,也可以解读成预言,甚至是古时传统的八卦方位。

丁杨在学习网络技术时涉猎很广,但要把那些字符当作周易八卦解读,仍需作出最大胆的学术想象。他最大的缺陷在于无法揣摩朱玉朗的用意。

水已经漫升到下巴,丁杨感觉到自己的恐惧也随之上涨。他继续猛捶盖板,眼前蓝光闪烁,似乎是那些字符在盯着他,在嘲笑他。

在疯狂的绝望中,丁杨的力气越来越弱,意识越发涣散,一行行蓝色的字符不断旋转,由小到大,冲向他的眼帘,接着又化成蓝色的漩涡,消失在眼前。他通读了一遍又一遍,但它们的含义是什么呢?可惜,字符的排列越发杂乱,怎么看都太离谱,彼此毫无关联,他都不知从何看起,更无法从这样的混沌中找到秩序。

外面,乔曼儿的哭喊声依稀可辨,声泪俱下地哀求达一路放了丁杨。尽管他不能窥出个中奥妙,但濒临绝境却似乎激发起他身体里每一个细胞去寻找答案。他感到神志变得出奇的清明,他从未有过这样的体验。

蓝色字符再一次排着队自远而近地飞向他的双眼,他聚精会神地看着,又在心里默诵,寻觅解读的线索——是否符合隐语模式,是否有提示性特殊符号?随便什么都可以——可是他看到的只是一系列无序的字符。

思维又一次陷入混沌。

时间一秒一秒地过去,浊水几乎淹到了他的嘴唇。丁杨感到异样的麻木感遍布周身,仿佛寸寸血肉都严阵以待,严防死亡的痛苦夺去他的神智。

现在,水就要灌进他的耳道了。他紧闭嘴唇,不顾一切地伸长脖子,额头死死地抵在顶盖上,恨不得将头顶陷进去。骇人的画面开始浮现:七八级地震,人被活埋的惨状;煤矿瓦斯爆炸,男人、女人连一声喘息都没有,就被掩埋……

乔曼儿的呼喊变得越来越疯狂。凭着听到的只言片语,丁杨知道她正在跟那个疯子讲道理。她坚称,丁杨必须亲自去查看那些字符,否则不可能破解密码。

"谁有那么好的记忆力,过目不忘呢?如果错过一两个数字或符号,怎么办?"

丁杨很感激她的不懈努力,却也非常确信那些数字和符号翻译

第九章 破 局

成"沉浸其中，必先游离其外"指的不是密码。它是哑谜，或有所指，但绝不仅仅是指向它的目标。事实上，丁杨意识到，服务器上的字符只是用来考验乔曼儿的，它指向一个地方，如果乔曼儿刻意去找那个目标，则会在朱玉朗那里失去信任。

但是，它也不仅仅用于考验乔曼儿，它是朱玉朗对密码的一个记录方式……

丁杨在记忆深处搜索一切与那些字符契合的事物，楼层？起居室？杂物室？堆积或摆放的什么标志性东西？丁杨一无所获。

浊水慢慢流进了他的双耳。要和恐惧抗争！他恶狠狠地瞪着水泥板，眼球几乎贴上了那粗糙的板面。他没有机会检查室内的物品，搞不懂它们之间的联系！在茫然的疯狂中，他的思维开始四散迸发，蹿向所有可能有关联的事物，彻底跳出了惯常逻辑。

摩斯密码……命理格……八卦……警用大数据……地理位置预测……

水还在上涨，但丁杨已然物我两忘。

警用地址编码……推特账户……编码……账户……编码与账户……

丁杨理不出头绪。

水池外面，乔曼儿仍在哀求，但水已经在他耳朵里汩汩流动，外面的声音断断续续。

"……没看到……老师不让我接触后台数据……他可能……防着我……"水灌进他的耳道，吞没了乔曼儿最后的话。突然之间，仿佛没入了无底的黑洞，丁杨意识到自己真的被淹没了，恐怕不久于人世。

"防着我……"乔曼儿最后说出的话萦绕在他的水牢里。

丁杨被水满灌着，心肺憋着气，脑海里把她的话想颠倒了，似乎突然感觉很熟悉："我房里……"

即便处境如此，技术机密仍紧紧地缠着他。"我房里……"，达一路在她房里待过一个小时，一定搜索过，他不会浪费自己每一分每一秒。此房非彼房，一定是在这栋小楼里。

乔曼儿一定像朱玉朗一样有一间起居室，或者说值班室。朱玉朗将秘密隐藏在乔曼儿的值班室里，这才是服务器上的字符所要传达的信息。

在丁杨看来，这种保密措施是对乔曼儿的一个天大嘲讽。此时此刻，他被"沉浸其中"，双眼紧闭，抑制着心率，终于想起了保安关于"域"的解释，那真是一个有趣的话题。

"still immersed in it……"

他已经不可能"游离其外"了，即使有那一段训练又怎么样？

丁杨突然看见了光，那是生命最后的回光返照，他想。

"他死了！"丁杨听到一声惊叫。"他死了……你杀死了他！"

他一跃而起，双手本能地上举，触到那块正被人揭起的水泥盖板。"哗啦！"地板上响起惊天动地的粉碎声，盖板滚倒在地，乔曼儿发出一声惊呼。

丁杨猛地睁开眼睛，看见挥舞的电击枪。他躲无处躲，再一次触枪瘫倒在水池里。

浊水再次漫灌，淹过他的头顶。服务器铁架顶端的文字像闪电一般，一道一道地划过他的脑海，留下清晰的印痕，那么简单明了，让丁杨不敢相信乔曼儿竟然一直没有发现。

让丁杨更加惊诧的是，现在他已明白服务器铁架上的讯息，那里一定有准确揭示如何破解核心技术的密码。一定的！恰如朱玉朗跟乔曼儿的承诺，你就是我的接班人，只要努力，一切核心技术都是属于你的。

第九章 破　局

丁杨瘫倒在水池里，嘴里却一直在絮叨："我知道了，我知道了……"

达一路终于伸出手，抓住丁杨的衣襟，把他提出水面。那张吓人的脸对着他说："你知道什么了？快说，不然就淹死你！"

"我知道技术保存在哪里，知道密码是什么！"丁杨说道，"我知道你要的东西在哪里！"

达一路恶狠狠地摇着他，好像要摇落他身上的浊水，却几乎把丁杨摇得眩晕过去。达一路开口时，丁杨的耳朵仍嗡嗡作响，像灌进了两巢蜜蜂，什么都听不到。但他看到了达一路嘴唇的开合，辨认出三个字，"告诉我"。

"拉我出来，我告诉你！"丁杨吼叫着，但声音似乎是从地底发出来的，很沉很轻，"拉我出去，我解释给你听！"

达一路的嘴唇又开合了一次："现在就说……要不就淹死你。"

达一路反复把丁杨往水池里摁，只剩下他的嘴巴和鼻孔。丁杨必须奋力往上保住呼吸，但电击的威力仍让他肌肉瘫痪，嘴巴只能机械地吞进一股股浊水。就在这时，浑浊的水渗进他的眼眶，模糊了他的视线。他想极力挣扎，紧闭嘴唇，想让鼻孔露出水面，却在最后喘息时，把水呛进了肺里，陷入地狱般的混沌。

刹那间，众多的思绪在丁杨脑海里烟尘般翻滚。他陷入一团如梦一般的幻影，他抱住了肖可语，看着她柔滑如丝绸般的眼眸，感受到她浓得化不开的甜蜜。他有好多好多的话要跟她说，好多，再不说就来不及……

三

周三维在黑暗的走廊里穿梭,反复拨打着手机。监视跟踪嫌疑人的同事一直联系不上,是跟丢了还是遭遇了意外?丁杨找到乔曼儿了吗?他去了哪里,怎么就不见任何动静?他保护好服务器了吗?

终于,手机震动起来,周三维接通耳麦。"我是周三维,"他说,"有事请讲。"

"周处,我是石坚。"

周三维一下子泄了气,不是同事,也不是丁杨。"石支,什么事?"

"丁杨呢?你私自将丁杨带进科研楼,出了事你要负全责。今晚的事危机重重,难道你不知道吗?"石坚开口便是一顿责备。

周三维大步往前面走着,心里划开了一条口子。"我对你们的工作效率感到悲哀,所以才出此下策,但你放心,我知道自己在干什么。"

"你现在跟他在一起吗?"石坚说,"特警已进入大楼,展开大面积搜索,请你们务必主动跟特警联系,以免发生误伤。"

周三维像一阵风似的飘在无边的黑暗里,内心的担忧也像这黑一样无边。他还在外面调查时,同事已经跟踪达一路团伙成员潜入了楼里,他自信自己进楼跟同事配合,就可以控制局面。可现在他怎么也联系不上同事,特警的介入让楼里的人员更加复杂,增加了犯罪分子混水摸鱼的机会。

"我知道了,"周三维没好气地回答,"你有什么消息?"

第九章 破 局

他百分百确定石坚和特警们都不知道小楼里有关技术机密的事,更别想一下子调查出位置了。他只与丁杨交流过相关意见,但现在石坚和大批特警搅了进来。

"几分钟前,特警抓获了一个嫌疑人,是一名外籍人员。他交代跟达一路是一伙的,有人安排他配合达一路入内盗窃有关机密。但这家伙声称是被雇的,只拿钱干话,完全不知道幕后老板是谁。可以肯定的是,除了达一路,楼里还有他们的同伙。"

"嗯。"

"审讯仍在进行。他声称,那天与社区民警一同被杀的人是他同伙,就是达一路杀的,这跟丁杨的推测一样。那名被杀的同伙是一名国外间谍,他们的目标是研究所的核心技术机密。他们盗用内部账号入侵了研究所的系统,运行特定关键词搜索,但没有找到需要的东西。这次,他们准备来硬的。"

周三维脚步顿了一下,他没想到石坚知道得这么详细。

"你们介入很正常,"石坚接着说,"关键是,协调配合很重要,打乱仗怕会出问题。"

"先说到这里,"周三维警惕地往前走,"有更多的情况,请随时跟我联系,报告特警的方位,我会把得到的消息都告诉你!"

"我们特警都穿着特定的制服,主要是你们的方位。"

"告诉他们,发现嫌疑人尽量抓活的!"

"没有特定标志,我不能保证!"石坚似乎在向周三维施压,"给我位置!"

周三维走到消防梯旁边,调整了一下耳机:"石支队长,人都是活动的……让你们的人广泛搜索,不要放过任何一个死角。"

"这个不用说,"石坚说,"他们就是这么做的!"

周三维当然知道他们会这么做,他打开消防门。"别挂。"他一直在考虑，要不要把服务器机房的事告诉石坚，但眼下石坚似乎更关心人的位置。更何况，周三维也不确定小楼里到底有几台服务器，真正的核心技术到底储存在哪里？

"这样，"周三维拐进楼梯时说，"你们的人从楼顶开始搜索，然后往地下室集中，重点放在三楼以下。我也不清楚他们是怎么进来的……但一定有其他出入口。"

"周处，我会听从你的指示，但我们要好好配合，请把你们的位置和行动方案告诉我。"

周三维腾地跳下两级台阶，掏出一台掌中机，输入位置共享信号。

"好，我这就安排人跟你会合。还有，丁杨是不是跟你在一起？"

周三维对石坚的纠缠不胜烦躁："任务……你难道就不能把任务放在第一位吗？"

"保护好他，也是我们的任务。"

周三维想了片刻，在掌中宝里启动一个软件。"石支，楼里情况十分复杂，随时可能出现意外。我是说，如果丁杨出什么事，我会负全责。"他说，"我告诉你，我安排他去找服务器了，核心技术就在服务里，保护服务器，就是保护核心技术。"周三维希望自己这么解释，石坚能够听明白，现在特警的首要任务不是寻找那些潜入的嫌疑人，不是寻找丁杨，而是保护好服务器。

石坚似乎并没理解他的用心，说："找到丁杨，让他跟我联系！"

周三维瞪着位置列表，丁杨的便携式电脑信号显示在一楼东头，但他身上的跟踪器信号显示在一楼中段，跟踪器信号微弱，时有时无，让周三维十分担心。他两步并作一步，迅速往楼下跑去。

第九章 破 局

他终于联系上了一名同事，那名同事说，他正在通往二楼的消防梯里。周三维也在通往二楼的消防梯里，难道这栋楼同时有几道消防梯？

他推开一道防火门，隐隐看到一个宽敞的大厅。这不是二楼，他进入了一个夹层，看到的也不是大厅，而是一张用作墙壁背景的图片。他似乎进入了一个死胡同里，前面完全没有通向别处的门。他迅速返回，却走进了一个阳台，前面只有全封闭的铁栅栏和墨蓝色玻璃墙。

让他惊讶的是，联系上的同事也在阳台上。

同事是追踪一个黑影进来的，但黑影倏忽不见，不知道去了哪里，甚至不知对方是敌是友。周三维在阳台上搜索一番，空空荡荡，无法藏人。

"你知不知道他们来了多少人？"

"不知道，我们的追踪器发现不了他们。但一定来了不少，正跟我们捉迷藏呢！"

科研区的上空，刑侦无人机锁定在自动盘旋状态，严密监视着建筑物内外的动向。摄像视频里一片幽黑，热成像系统无法穿透墙壁，特警和嫌疑对象在楼里的活动情形无法探知，但如果有人想溜出来，热影像和探测镜一定能把他逮住。

几分钟后，2号机的热成像感应器显示出一团模糊的影像，微弱的警报声在遥控后台响了起来。技术员定位热源，是大楼一层后侧的排气扇在转动。

那里应该是机房所在地，他想。这栋大楼真是奇怪，断了电，机房的电力却正常，还无法与灯光用电正常驳接。电力公司已经紧急出动，但抢修了一个多小时，却没有找到人为破坏的电缆，紧急驳接也没有成功。

就在这时,技术员发现了异常。视频里,排风扇后面亮起微弱的蓝光,与蓝光相伴的还有两团热成像影子,一团似乎在晃动。他立即呼叫史大良:"史队长,一楼可能有人,就在北面第二个窗户。"

"收到,继续关注,保持联系。"史大良说。此时,他正蹲伏在二楼的消防楼梯口,随即往一楼移动。他调整夜视镜,从转角的消防栓走出来,找到了通往一楼的铁门。

严严实实地锁着。

他悄无声息地靠近,侧耳细听,一楼悄无声息。如果说里面有什么声音,也是排气扇转动和服务器运行的嗡嗡声。周围的房门却跟那道铁门一样,沉浸在一片死寂里。他无法独自破开此门,只得呼叫附近的特警。

史大良虽然出入过研究所,却压根儿没有进过这栋小楼,对小楼的结构丝毫不了解,对研究所服务器安装在什么位置更加浑然不知。

负责监视的技术员解释说:"楼里有三处机房,分别位于一楼、二楼和地下室。地下室排气孔延伸到北面假山里,所以这处机房的位置一时难以确定。"

"地下室?"

"我以为你知道,"技术员说,"小楼设计员已经找到,他们送来了设计图,但图纸上没有标明机房。图纸很快会送进楼里。"

史大良等不及了。特警在展开地毯式搜索,改声势浩大的公开搜查为秘密细查,但没有任何结果报来。据被捕者交代,小楼进了不少同伙。这些人都藏在哪里呢?

技术员接着说:"史队长,如果我们的目标进了小楼,那么他

第九章 破 局

们不会去其他房间，一定在机房里。重点是机房，控制机房就行。"

"石支那里有没有丁杨的消息？"

"还没有。"

奇怪，史大良想着，看了看表。丁杨发生什么事情了吗？

他回到消防门边，隐蔽在拐角处。走廊里没有声音，还没人过来打开铁门。他继续呼叫特警，只在对讲机里听到跑动声。史大良明白，每层楼都有封闭的门禁，特警都离他有一些距离，要突破门禁过来，恐怕需要些时间。

手机震动起来，是石坚："发现什么吗？"

"无人机发现一间机房里有目标活动，但一时无法进去，情况难以判定。"

"守住了，别让他跑掉。"石坚说。

史大良当然会坚守这道门。他问："有没有丁杨的消息？"

"没有。我联系了周三维，他说话吞吞吐吐，一口官话。他一定没有跟丁杨在一起。这人靠不住，我正在加派警力，加大搜索力度。"

如果丁杨出了问题，那就麻烦大了。

"梅小刚正在通过网络寻找丁杨。"石坚说："但一时也没有发现踪迹。"

"他不是既带了便携式电脑，又带了定位装置吗？"

"是的。梅小刚一口咬定，便携式电脑不在丁杨手里。"石坚说，"我正让他们带着仪器赶过来，近距离准确定位。"

四

计智是随后从市公安局赶过来的。他为自己的姗姗来迟感到十分愧疚，事关"国产替代"高度机密，而专程前来协查的丁杨又不见了，张超专员亲自打来电话询问，汉洲的季亚明也在高度关注，如果有闪失，他无法交代。

他站在特大型指挥车前，警灯和前灯都大亮着，直射对面的过道，几道大门敞开着，门口散落着铁屑碎砖。铁闸呈炸碎状，里面又黑又静。

入夜后下起了细雨，计智看到肖世清好像无感似的走到树下，伸手紧紧地抓着树干，仿佛是在抓着渔网的曳纲。他的眼神里充满了忧伤，紧抿的嘴唇已经有些干裂，然后他的目光从树干上移开，落在计智身上。

计智的心像被刀子扎了一下似的，缩成一团。他抓起便携式电脑就跃进了铁闸里，梅小刚紧随其后。走廊里五步一岗十步一哨，通往地下室的门禁已经破坏，玻璃窗粉碎在地，两名特警正用虎钳夹开门锁。门里很暗，但计智等门一开，便大步冲了进去。

他跑了一阵，猛地止住脚步，好像碰在一堵墙上。那不是墙，是一具倒伏的身体。

计智倒退了一步，梅小刚冲过来，扶住他，呜咽似的说："是乔曼儿。"

他跪在乔曼儿身边，看到了插在乔曼儿胸口的匕首。计智将她扶起来，查了查脉搏，没有。她手脚都被铁丝捆绑着，鲜血在她的身体下面积成了一个小潭。

第九章 破 局

达一路杀了她!

计智沉默片刻,戴着夜视镜,用激光瞄准器在黑漆漆的房间里细细搜索。他在机房发现了搏斗的痕迹,一盆绿植连同花盆粉碎在地。他不由感到深深的后怕,因为他知道,乔曼儿显然不可能跟达一路发生搏斗,那就只有丁杨。以丁杨刚直的性格,难有生还的机会。

地下室搜查完了,没有埋伏,也没有找到其他尸体。计智让特警分区警戒,其余人跟着他去楼上搜查。这时,他在消防间发现一道暗门,门后有道阶梯,通向更深的地窖。

地窖安装了简易楼梯。他扭亮手电,狭窄的地窖一尘不染,好像刚刚有人打扫过。地窖通往锅炉房,光秃秃的水泥墙边放着一只箱子,里面什么也没有。计智上楼返回消防间,几名特警从二楼下来了,大家都摇了摇头。

没有发现其他人,也没有发现更多的尸体。

计智用对讲机向石坚通报了地窖的情况。

梅小刚还在搜索网络信号时,石坚已经踏进地下室里察看了地窖,并进入了废弃的锅炉房。门窗完好,但到处都留下了新近打扫的痕迹。公司不可能安排人经常打扫一间废弃的锅炉房,那会是谁打扫的呢?谁又处心积虑地在消防间挖一个地道,直通锅炉房呢?

谁都知道这个通道揭示的答案,但每一个人都显露出无奈的神情,这样一家保密单位竟然出现如此巨大的纰漏。

石坚走出地下室,朝乔曼儿的尸体默默地低下了头。之后,他抬起眼睛,盯住计智:"还没有发现丁杨吗?周三维呢?"

计智摇了摇头:"周三维不知在哪里,丁杨的网络信号似乎就在附近,但无法确认位置……丁杨如果还活着的话,一定被达一路挟持了。"

石坚狠声说:"一定要找到丁杨!"

计智带着梅小刚一步一步地追踪,离开了地下室,往一楼走。消防楼梯口有浊水流下来,特警推了推,门锁着,锁芯已经破坏,卡死在铁板里。

"无法打开,必须用炸药。"特警说。

"炸开吧。"石坚的声音更加愤怒了,"不惜一切代价,尽快找到丁杨。我不想看到泄密,更不想再看到尸体。"

在一楼和地下室之间隐蔽的夹层里,丁杨听到了爆炸声,紧接着是钢铁破碎的声音,无数的皮鞋在他头顶的地板上咚咚跃过。他想高声呼救,可堵在嘴里的破布阻碍了一切可能,他几乎发不出任何声音。他越使劲,额头、膝盖、手肘上的伤口就越疼,血就流得越快,手腕、足踝上缠着的铁丝就勒得越深。

他感到气短头晕。

丁杨明白,自己该冷静下来。动动你的脑子,丁杨。倾尽全力之后,他奉劝自己进入冥想状态。他的神智飘荡于虚空,彻底黑暗,彻底寂静,彻底祥和。

这是无法抗拒的妥协,是一种准死亡状态。

时间仿佛被重叠、被拉长,又被化作虚无,飘荡在星际空间,没有定向,他不知道究竟过了多久。丁杨又被达一路拖着离开,半昏半醒,被拖下去、下去……

达一路嘴里喃喃自语,仿佛在吟诵什么。刹那间,丁杨恢复了神智,有了记忆,这个地方是他带着达一路过来的,他要与达一路在这里同归于尽……他仰面瞪视着那张妆容撕裂的脸孔,任凭一幕幕记忆在心里不断翻滚,满眼浑浊的泪水。

达一路咧嘴笑了,享受着俘虏惊恐的表情,自言自语道:"丁

第九章 破 局

杨,也许我的技术不如你,但我的体能比你强百倍。你知道,我是从死人堆里爬出来的……谢谢你帮我,但你与乔曼儿一样都要死……"

说到乔曼儿,丁杨的情绪几乎失控,他大声嘶吼:"畜生!你想要的东西永远得不到!我会杀了你。"

"杀我?"达一路放声大笑,"那要看你还有没有来生。"他指了指丁杨的便携式电脑和对面铁架上的服务器,掏出一根数据线,接着说:"我就用你的电脑储存我要的东西,让人以为是你偷走的。"

"我不会……"

"你当然不会!"达一路说,"丁杨怎么会做那种屁事呢!但我会将你毁尸灭迹,会用你的硬盘带走它,让人以为你跟我是同伙。"丁杨的恐惧让他很享受。"你有能力,就来阻止我呀。可惜……你看到乔曼儿的结局了。"

达一路继续嘲弄丁杨:"哦,不对,还要谢谢你半真半假地说出了秘密,像我这么愚蠢的人怎么能识破你的诡计呢!"

丁杨抬头瞥了一眼,便携式电脑屏幕上闪着冷冷的蓝光。

"你知道这里储存着什么,我也知道。"达一路凑到丁杨的耳边,在电脑键盘上敲击了几下,虚拟空间扩容程序启动。丁杨显然僵住了,屏幕显示出达一路编制的一个扩容软件,它的容量大得吓人,远远超过了便携式电脑的硬盘。

达一路笑了:"该到分享的时候了,你觉得呢?"

"不……"

达一路探下身,点击传输系统的"发送"键。丁杨全身被缚,却剧烈颤动,他想将便携式电脑摔落到地板上,摔得四分五裂,但他无法动弹。

"放松点,丁杨。"达一路轻声说,"传输这般大文件,得花好多时间呢。"他指了指显示发送进程的小窗口：

发送进行中：1%已完成。

"我明白，还有一个密码没有破解。不过，没关系，我会带回去慢慢研究的。"

丁杨面色苍白地看着小窗口的百分比在上涨。

发送中：3%已完成。

这时，达一路把电脑挪离了丁杨的身体，放在近旁的桌面上，并转过屏幕，让丁杨看得清楚。随后，他回到丁杨身边，在一张纸上写下可能的密码，说："朱玉朗真是个严谨的人，他设置的密码就像失落的真言，呈现出对真理的崇拜。我相信这里面一定有他的密码。我相信你知道该如何解读。"

达一路瞥了一眼便携式电脑：

发送中：7%已完成。

他掉转目光，看向丁杨。丁杨瞪着他，此时，他浑浊的眼睛里分明闪着憎恨的火光。

"哈哈，下决心不说，是吧？"达一路慢悠悠地绕着桌子踱步。恨我吧，他心里说。愤怒越强烈，关键时候越会说出真话来，我才能得到真正需要的东西。

丁杨苦思冥想，也想不出万全之策，脑海里只有乔曼儿被杀害的场景……还有正在传输的服务器文档。他看着几米外的显示器，传输窗口的黑色部分进行到了差不多五分之一。

发送中：19%已完成。

撕破伪装的男子慢悠悠地绕着桌子踱步，好像要把鞋底磨平，不知什么时候他手里叼起了一根点燃的香烟，袅袅烟雾兀自在洁净的室内弥漫。他两眼微闭，嘴里喃喃自语，仿佛灵魂出窍，双手轻轻地舞动，如同法师在召唤幽灵。

第九章 破 局

丁杨担心，如果石坚的人找不到夹层，自己必定会死在这里。问题在于，他不能白死。他不能救出乔曼儿，但总要想个挽救核心技术数据的办法……否则他就死得毫无意义。

他思索着朱玉朗留在服务器铁架上的谜题。第一次看到时，震惊令他无视那些蓝色字符的深意……即使是后来反复揣摩、思索，仍没有洞穿混沌的迷雾……只是自以为窥见了惊人的真谛。现在，那些字符的真实用意终于变得清晰。他仿佛在一个全新的情景下，猜出了那些有别于蓝色光珠的谜底。

丁杨深吸了一口气，明白自己该怎么做。

他解读的答案是如此朴素，如此单纯，以至于达一路把他的假话当成真理，而把他的真话当成了谎言，也许任何敌对方都会如此理解。服务器里储存的机密远比他想象的更简单，太不可思议了，正如所有伟大科学家的理论，真理永远是最简单的。

每一台服务器里都储存着核心技术，不同的服务器储存着不同层级的技术数据。千真万确，谁还浪费服务器用于蒙蔽假想中的敌人？但是，即便达一路盗走最低层级的技术参数，也是极大的损失……丁杨有了答案。

站在他眼前的是要潜逃国外的叛国者，可也是一个同宗同祖的国人，丁杨想在对视中寻觅某种关联……某种亲切熟稔的东西，结果却令他心寒。尽管这个人的皮肤和他一模一样，是黄色的，却完全走向了敌对面，眼底充满了近乎异类才有的怨憎和仇恨。

"你觉得要怎么惩罚你，"达一路又开始玩起自以为是的游戏，"是一刀一刀地刮，还是慢慢地放血，来了结你这两年造的孽呢？"

"达一路……"丁杨简直听不出这是自己的声音，"你可以杀我，但不能出卖技术。"

"技术？与你没有关系。你杀死了我父亲，杀害了我多个兄弟，还……逼死了我母亲。现在,我要你为他们偿命!"

丁杨觉得自己在对牛弹琴,他不再是过去的自己。他失去了自由,被绑缚在这里,像鱼肉一样任人宰割。

"时间差不多了。"达一路又喊了一声,疯狂地叉开腰,露出一把匕首。"杀了你,我也能获得核心技术……并非只有你才能破解密码。"

丁杨不禁又看了看桌上的便携式电脑屏幕。

发送中:87%已完成。

乔曼儿鲜血淋漓的画面在丁杨的脑海里挥之不去……还有朱玉朗伤心欲绝的神情。

"还要点时间,"达一路轻声说道,"你知道,我只有这么一条路可走,我必须从这个国家消失,这是你苦苦相逼造成的。"

"你逃不掉的。"丁杨说。

"这一切都是你逼的!"达一路咬牙切齿地说,"你让我做出不可能的选择!那天晚上,你带人冲进我父亲的公司,杀死我父亲!就是那个夜晚,你还要置我于死地,丁杨……我们曾经是朋友,是网络上最亲密的兄弟……该轮到你偿还了。可你还在牵挂着那个女人,牵挂着什么技术机密,你怎么就不想想自己……乔曼儿已经死了。等我带着技术走遍天下,你只能在天堂里想想为什么阻止不了这一切发生。"

丁杨摇了摇头,说:"你不是我兄弟,你那些网上的兄弟早就死了,死了很久很久了。不管你是什么,不管你从哪里来,都不可能是我的兄弟。"

达一路嘴角含着冷酷的笑意,内心却异常愤怒。丁杨的情绪竟然没有发生丝毫变化,仿佛他施加的压力和痛苦都落在了地上,仿佛被虐的是一个无关的人。

第九章 破　局

好吧，那就别怪我不客气。达一路抽出匕首，刀尖放在丁杨的胸口，说："既然这样，那你就随网上的兄弟去吧，你已经完成了自己的使命。"

丁杨挺了挺身子，凝望着电脑屏幕。黑色传输部分已越来越多。此时此刻，他已无力挽回。达一路的匕首架上了他的脖子，他只遗憾自己和乔曼儿做了无谓的牺牲。

达一路站在丁杨身前，低头看着他，想看到他浑身发抖，想从他的双眼里看到绝望、犹疑和痛苦。但丁杨直视着他，毫不畏惧。

"你还有机会。"达一路突然轻声细语，"你要自救其实很容易。说吧，把最后一个密码告诉我。"达一路眼里充满犹豫和怀疑。到了这个时候，他仍然没有参透那个谜题。

丁杨眼角含笑，视死如归，不想再跟达一路废话。

"我杀了张成！"达一路终于歇斯底里，大笑起来。"杀了邓敏、顾杏、乔曼儿，还杀了一个叫作吴岚的女人，现在轮到你了！我要将所有的研究成果都带到国外去！"

达一路的脸被罪恶与愤怒彻底扭曲。他向后一仰，得意洋洋地嘶喊一声，扬起了匕首。

五

计智探知丁杨的电脑仍在运行，在发送文件，却无法捕捉到它的准确位置。它发送的文件一定来自服务器，是机密技术。

他请石坚设法断掉机房服务器的电源，可石坚告诉他，肖世清正在协调，但服务器红黑电源是国家机密，要想关闭，审批程序十分复杂，不是公安机关能够决定的。而且，如果达一路使用的是无线网络，即使切断有线连接，也无法阻止他的传输。

计智明白，如果机密技术已经进入便携式电脑，要阻止数码信息传输已近乎不可能，有太多的接口能让人接通互联网。何况无线网络无处不在，无线调制解调器覆盖越来越广，还有网络手机……阻绝情报泄密的唯一办法就是销毁资料所在的硬件设备。

石坚说："丁杨的便携式电脑里安装了一个自建和自毁功能软件，你能否侵入他的电脑，启动这一自毁程序？"

理论上，发射出高强度的电磁波，启动电脑软件的自毁功能，能够立刻销毁硬盘里的所有资料，甚至摧毁电脑硬盘。这么做有一个前提，知道电脑准确位置，并且要距离近得足以让它接收电磁波。虽然他们找到了便携式电脑的位置，但它在不断移动，而且信号非常微弱，软件几乎难以入侵。他说："对方可能启动了电磁波屏蔽。"

石坚失望地转换了对讲频道。

这时，特警又打开了一道消防梯门禁，看到两个黑影从楼梯口逃窜，四名特警迅速追击，将黑影扑翻在地。计智和梅小刚走下一楼，继续探测丁杨电脑的方位。

突然，梅小刚屏住了呼吸，大声说："有发现！"

计智凑到屏幕前，看了一眼："有密室？"

梅小刚向特警挥了挥手，一头冲进黑漆漆的走廊，逐门逐户地查过去。但那些房间门口都有特警把守，杂物室和消防间敞开着，似乎毫无秘密可言。

石坚在消防间前站着，紧紧地盯着，像是盯住了一个不为人知的秘密。消防间里规范有序，灭火器成排堆放，消防栓设立两排栓门，合规合矩，并无混杂之感。计智疑惑地盯了石坚一眼，他站在这里想什么呢？

第九章 破 局

"这里一定有通往空调主机房的通道。"石坚说。

计智惊讶地瞪大眼睛,然后慢慢露出笑容。他用拳头细细敲击着消防间的墙壁,聆听板壁里传出的声音。石坚打开一扇消防栓,里面果然是空的。

计智率先钻了进去,没有发出任何声音。通道仅容一人进出,再过去是一架铁制楼梯,没有扶手。不到两米的高度,进入后必须弯腰摸索前行。他调整好夜视镜,通道很干净,一点不像只有年度检修时才有人进出的区域。

就在这时,从不远处传来撕心裂肺的尖叫声。石坚带着特警追过去。他对那尖叫声很熟悉,发自深喉,压抑沉闷,痛彻心扉。是丁杨的声音。

"我们来晚了!"计智吼道,不顾一切地往前冲。昏暗的空调通道中庭里,他看到一排服务器铁架影影绰绰的轮廓和一个男子颀长的侧影,男子手里握着一把滴着鲜血的匕首,正狠狠地刺向椅子上的浑身鲜血的人。

眼前恐怖的景象证实了计智的担心。

匕首在夜视镜里划出冰凉的弧线。艳红的鲜血滴落在地板上,这已不知是第几刀了。刀影落下时,椅子上的人喉管里发出凄楚无望的嘶吼。

一束刺眼的白光自身后射来。

计智不记得自己是怎么从通道里一跃而起,扑在椅子上,用身体挡住猛刺而下的匕首,也不记得自己是怎么张开双臂,抱住丁杨的身体。他要保护丁杨,拼死也要保护他!

恍惚中,一道闪电,一声炸雷划过计智的头顶。

一个沉重的身体叠架在他的背后。计智仍用力拥抱着血迹斑斑的丁杨,却与身材颀长的达一路一起摔倒在地板上。他实在感到庆幸,达一路匕首落下之前,石坚的枪响了……

但是,桌上的便携式电脑发出了轻微的"嘶嘶"声。计智翻身坐起,看到屏幕突然变成一片蔚蓝。最后的信息清晰地残留在他的视野里。

发送中:100%已完成。

六

周三维伏在空调主机房顶部的管道口,与一伙人对峙着。寂静如毒蛇发起攻击前的嘶鸣,令他感到危机重重。他一秒一秒地计算着时间,对面埋伏者的呼吸声几乎清晰可闻,汗水汇成一条小溪从脸上不断淌下来。石坚和他的手下还要多久才能赶到呢?他已经呼叫多次了,赶来这儿应该用不了太长时间。

要镇静,他对自己说。他发现对方的同时,对方也发现了他。但对方不动,他也不能动。只是,他不知道对方在等待什么,是等待接应偷盗技术的人吗?他坚信,对方逃不掉的,外围特警不可能眼睁睁看着对方逃离。

"砰砰!"两声枪响划破了沉寂,整栋大楼为之一震。周三维差点跳了起来,扣扳机的手指僵了一下,心率更快了。

"周处?"耳麦里传来同事的呼叫声,"出什么事了?"

他握着枪,侧身躲在拐角处:"做好监视,我们的目标是主机房,不要受干扰,等待公安特警赶过来处理。"

"砰!"东面又传来一声枪响。周三维虽那样说,但情况不明,他也十分担忧。"恐怕是遭遇战。"空调通道里传出一声哀号,好像老鼠掉进了夹鼠机里。

第九章 破　局

"怎么回事？"他再次拨通石坚的手机。

"抓住达一路了。"石坚轻声说，"找到了丁杨，他受了重伤……"

周三维低低地舒了口气，仿佛有人移走了压在胸口的泰山石："找到服务器吗？技术资料安不安全？"

"资料被发送出去了……不过，丁杨正在处理。"

周三维心中一沉，担心的事还是发生了。他觉得自己好像突然陷入了噩梦中，头越来越沉，仿佛随时可能瘫倒在地。他心很慌，于是命令自己，把手指硬生生地往瓷砖缝里抠，就像一个在水中快被淹死的人，终于捞到了一根稻草，努力睁开眼。他被疼痛唤醒——只要嫌疑人没有逃走，就还有挽回的余地。

也就在这里，一个女性的声音好像从地狱深处冒出来："周处，救我……我是肖可语。"

"怎么了……"周三维有些许的慌乱，他有些焦虑地站起身子，肖可语他是见过的，是丁杨的妻子，如果她出了事，如果他袖手旁观，他的良心会一世不得安宁。

"我在你身下的夹层里，受伤了。"

没人安排肖可语参与行动，她怎么进入了大楼里？难道是尾随丁杨进来的？周三维意识到，这其中必有蹊跷！他没有回答，周围又沉入可怖的沉寂。

"哎……哟！"又传来一声呻吟。

"我来了……"周三维虚张声势。那个人是不是肖可语，他无法判断，不接应说不过去，但他又不能擅离职守。他紧攥着手枪柄，又呼叫石坚，希望有特警前来处理。

"唉……我快撑不住了。"又一声呻吟，拉得很长，甚至已微弱了许多。

"你要挺住，我马上过来！"

如果还有其他选择的话，他绝不会离开这儿，让对象失去监控。周三维呼叫同事缩小监控圈，又将情况报告了石坚。石坚让他等待特警会合，但他还是转身向夹层方向走去，防火窗像个黝黑的洞口，他差点迷失了方向。

他蹑手蹑脚地走近护栏张望了一下。大堂及门口各处都伏着特警，他想大声呼唤，但心里很清楚，那是当靶子的行为。于是，他调整好夜视镜，沿夹层搜寻过去。

惨叫声再一次轻微地传来时，他嗖地跳进了一间空房里，撞在一张桌子上。他的腿碰到了冰凉的地面，手机几乎摔碎。他顿了顿，竭力稳住身子，调匀呼吸，然后趴伏在门框上，眼睛使劲在黑暗中搜索着。

向前走呀，他对自己说，是不是肖可语，要见到人才知道。

肖可语或许真被包围在夹层里。周三维唯一的优势是熟悉地形。但也未必，夹层只有单向门，大都是储藏室，没人办公，他来得并不多。正因如此，特警搜索一遍后，才没有在这里停留。但贮物室易于藏人，嫌疑人或许会选择那里。

他回拨肖可语的手机："肖可语，我到夹层了，你在哪里？"

没有回答。过了一会儿，黑暗中他听到"吱呀"一声——隔壁门推开了！

门里远远地趴着一个人影，即使在夜视镜下，也看不出是男是女。人影抬起一只手，说："是周处吗？我受伤了，快带我出去！"

"肖可语……"周三维犹豫不决地退了一步。

"怎么了？"

"你哪天来南都的？"

"10月25日，坐高铁来的。过来吧，周处！"

第九章　破　局

周三维又退了一步,将手枪对准趴在地上的人影。走廊十分昏暗的,门洞里显得更加漆黑,问:"你受了枪伤吗?"

"不,是匕首……"门里的人说着,发出一声呻吟。

周三维明白了,他不再退却,侧行到墙根下,右手提枪,做半蹲状,然后像个短跑运动员似的,双脚猛蹬,全速冲向房间,边跑边开火。在低矮的夹层里,手枪发出"砰砰"的轰鸣,火光闪烁。他听到惊呼声,也感觉到对面的子弹"嗖嗖"地从耳边掠过。

夜视镜下,他发现室内倒伏的是一个男子。

不见肖可语!

随即,周三维背后吐出两道火舌,从内室冲出的两道黑影倒在血泊里。室内并没有女人。如果肖可语被绑架或被要挟,绝不会发出哀求,更不会像跟周三维说话那样哀泣。虽然只见过一面,但他知道她是经过长期警务训练的女人,愿为争取荣誉和维护职责而死,而不会受人胁迫,充当诱饵引同事上钩。

两名特警从门口跑进来,奔到周三维身边。他正在检查打倒的黑影。黑影嘴前套着一个话筒,话筒连接着电子变声器。不论谁对着话筒说话,变声器里都会发出肖可语的声音。

但语调和气质是无法模仿的。

"周处,你怎么样?"

"没事。"周三维站起来,对特警表示感谢。"幸亏你们来得及时。不过,我还是中计了。"

他说着,却身子忽地一滚,再次往内室移动,手枪前指。

"别……别开枪!"一个哀求的声音。

特警迅速冲进去,内室还躺着一个黑衣人。大约走在两个黑影身后,两手被打断,腹部中弹,生命无碍,却已没有还手之力。

周三维感觉自己太大意了,如果不是子弹正好穿过对方的双手,他们恐怕就会有人倒在那人的枪下。他们一伙四人设计用肖可语的声音引诱周三维,想借机抓获周三维,以他为人质逃出大楼。

清理夹层时,周三维有些心神不宁,意识到威胁依然存在。倒底有多少人埋伏在楼里,没人不知道;他们还想干什么,也没人知道。后来他再次冲进空调的通道口,看见石坚已集结特警悄然摸了过来。石坚没有出声,只对他挥了挥手,揩了一把额头上沁出的细密汗珠。他在石坚的眼里看到坚硬得像刀子一样的光。

接着,前面响起扩音器的吼声:"放下武器,慢慢走出来!"

"举起手!放下武器!"

"双手高举,面墙趴好!"……

周三维侧身站在墙壁拐角处。他的眼睛逐渐适应了强光,辨认出探照灯下举手投降的两人。他们正是周三维曾经监视的目标。

一阵紧张的沉默。几名特警走上前,缴下了两人的枪,并搜身押下去。史大良走了过来,招手示意周三维走出阴影。他已经得知夹层的枪战。"把你的人全部叫出来,以免造成不必要的误伤。"史大良的语气有点硬,"我们以为藏在那里的是你们的人,差点没把命搭上去。"

周三维露出一个轻松的笑容,给自己找了一个台阶:"这不已经收网了吗?"

史大良无心跟他斗嘴,继续用扩音器喊话。他没有啰唆,只是几个简单的句子:

"里边的人听着!举手投降,否则死无葬身之地!给你们两分钟!"

喊完,他开始一秒秒地倒计时,并举起一只手,好像会随时放下收网的曳纲。

第九章 破 局

七

周三维大喊着丁杨的名字，像一阵风似的刮进地下室。而此时，丁杨像一床潲湿的棉絮，软搭搭的瘫在椅子上，只有两手在键盘上微妙地滑动。于是周三维的双眼在第一时间撒开了一张网，更加令他忧心的是，视线在屏幕上落定时，他看见了"国产替代"技术数据，不仅显示在丁杨的便携式电脑里，还通过短频信号发送去了某些智能接收工具。

这一幕像刀子一样刺杀着他的心。丁杨挣扎了一下，轻飘飘地说："别太担心，信号位置就在附近，不出五十米。应该就在小楼里，在达一路的某个同伙手上。"

在密闭而幽暗的机房里，周三维终于明白了达一路的操作技巧，此人一边将服务器里的资料传入丁杨的电脑，一边向同伙发送，使用的是微信息发送软件，既节约了时间，又可以近距离接收，而且混淆了接收痕迹。最大的问题在于，接收信息的智能工具远远不止一台。

显示器明晃晃地闪烁，周三维整个身子都抖了抖，感觉又有一些石头压在心里。过了很久，他望着丁杨，说："我来吧，让计智送你去治疗。"

丁杨头都没抬，说："没有找到陆铁骑，没有彻底消灭他们，我不能离开。"良久，他从便携式电脑前抬起头，表情肃穆。

"怎么了？"周三维问。

石坚和几个特警围拢来，一齐盯着屏幕。丁杨专注地滑动鼠标，时而点击键盘，屏幕上出现几个闪烁的红点，眨巴眨巴的，像暗夜里猫头鹰的眼睛。

"在小楼西头方向。"丁杨说,"有避雷针或者发射天线之类的地方,他们用那些东西强化了 GPS 追踪和接收功能。一定是的。他这是冒险,因为是秋季不会有雷电,不然这样做的危险比我们特警更有杀伤力。就是他……"

不等丁杨说完,石坚对两名特警做了个手势,并在对讲机里说:"准备好了吗?"

对讲机里传来史大良的声音。

两名特警迅速往黑暗的走廊扑去,转过墙角,与史大良会合。探照灯将安装空调主机的偏楼照得通亮。墙壁上写着"此处有电,靠近危险"八个大字。

八名特警两人一组进入昏暗的大门,死气沉沉的空调主机像偏楼一样,蒙着厚重的黑色帷幕。特警迅速分散开来,没入暗影里。

空调主机连同各类管道,层层叠叠,有两个楼层高,透过夜视镜看去,都是一圈又一圈阴影。史大良亲自带领一组特警,踩过又长又窄的输气管,爬上一台正方形的主机,四周是靠墙的粗大管道。史大良发现了目标,打开藏在耳朵里的无线收发器,石坚随时接听着他们的呼叫:"我们找到了目标。"

"位置?"石坚问。

"主机顶部空调输气管上方,避雷针底座中间,"史大良说,"他正在拆卸便携式电脑,有同伴,东西各一人,大门顶部两个掩护的。"

"做好突击准备。如果可能,给我一个镜头。"

史大良调整了一下夜视仪上的摄像机,按下小键,对室内环视了一遍:"怎么样?"

"光线有点暗,但还行。"石坚说,"我会派人配合你们。"

第九章 破 局

"很好,"史大良说,"聚会开始吧。"

几组特警按方位穿过主机,各自选定狙击点。大门顶部的两个掩护者开始骚动起来。特警在楼顶喊话时,已经惊动了他们。他们打手势要求撤退,但避雷针底座的人没有同意。已经被包围,他的内心像油浇般焦急。

史大良首先向大门顶部的两人举起枪口:"老朋友,是主动缴枪,还是先彼此射击?"

一阵沉寂。

一个狙击手耐不住寂寞,"啪"地击中一人头顶的墙壁。

"啊!"那人惊叫一声,从高空跌落下来,立即被门口的特警擒住。

"别开枪!"另一个掩护者喊道,"我投降!"

"嘿,避雷针旁的。"史大良喊道,露出枪口,"是自己下来,还是要我请。"

那人还在专注地拆卸电脑,想将硬盘拿在手里,他甚至没有工夫朝史大良这边看过来。过了一会儿,他回过神,疑惑地看了看发出激光红点的枪口,又看看偏楼顶部。

探照灯照了过来,那人正是陆铁骑。警方在调查中已经取得了他的照片,长鼻子、尖下巴,上唇有一块刀疤,只是那双诡诈的黑眼睛此刻布满了血丝。

"久违了,"史大良嘲讽地喊,"陆铁骑。"

"我是被胁迫的,他们用枪指着我,要我按他们的要求操作。"陆铁骑说,"我配合你们的工作,把电脑毁了,也没有看电脑里面的东西。"

"下来吧,"史大良说,"回公安局再说。"

陆铁骑推开身旁的电脑零部件,盯着史大良:"我下不来了……"

史大良吼道："你如果想耍小聪明，我就让你摔成终身残疾。"

"是吗？那我摔死算了。"陆铁骑开始耍流氓，"你们一定想要抓活的。"说着，他两手抓起一堆电脑零部件，往一根管道里塞。他当然不是要扔掉那一堆零部件，只是想掩饰他藏匿硬盘的行为。

史大良喝道："手举起来！"

"举起手我怎么爬下来呢？"陆铁骑还想耍赖皮。

"你没有机会了，"史大良警告，"射程之内，我的人从不会失手。就算有一个人失手，你看看吧，前后左右有多少人，他们的枪不是吃素的。"

陆铁骑对生的留恋战胜了他的江湖智慧。他抽了抽鼻子，对着空中喊道："投降吧。"

藏匿的同伙扔出枪来，狠狠地瞪了一眼陆铁骑，悻悻地举起手沿梯而下。陆铁骑也举了举手，放下电脑零部件，又冲着史大良点点头。

陆铁骑爬下避雷针底座，让特警铐上手，看着陆续押过来的几名枪手，叹了口气，又指了指主机侧面的小门："出来吧！"

在狙击手的枪口下，一个黑衣人乖乖地爬出小门。

史大良瞪着眼睛："你总共带了多少人进来？"

陆铁骑扬了扬眉毛，笑道："我说过我是被胁迫的，史队长。他们都是来监视我的，我只知道他们几个，其他的人我不清楚。"

"胁迫你的人是谁？"史大良问。

"我太累了。那个地方站又站不稳，坐也坐不得，让我休息一下。"

这时，石坚背着丁杨走了进来："谁是被胁迫的，谁是主谋，我们调查得一清二楚。这是给你争取宽大处理的机会，你不珍惜，

第九章 破 局

先带回去!"

陆铁骑要么非常善于表演,要么真是吃了一惊:"我不知道该怎么说。我真是被他们抓来这里的,没有跟任何人联系,但我知道里面一定还有人。"

"里面有多少人?"石坚问。

陆铁骑眯起了眼睛:"达一路或许在里面,但我不知道他在哪里?"

"达一路?哈哈!还用你说吗?他现在坐在警车里,不然我怎么这么快找到你们。"石坚重申了一句,"我这是给你机会!"

陆铁骑张大嘴巴,哑哑地看着石坚。"他说什么了?"他说,"我真是被胁迫的,他是这次窃密的主使人。他想带着技术机密潜逃出去。"

"谁要带他出去?"

"我怎么可能知道!"陆铁骑说,"他比我厉害多了,就是他胁迫我的。我真是倒了八辈子血霉,认识他这个狼心狗肺的。"

"痛快点,我没时间跟你耗。告诉我,多少人……"

特警冲过来,抓住他的双臂。陆铁骑颤抖起来,哆嗦着,委顿在地说道:"十六个。"说完,他往后倾了倾身子,瘫了下去。

石坚真想痛揍这泼皮一顿,但还是忍住了。他让特警将陆铁骑押下去,然后离开空调主机房,继续安排特警展开地毯式搜索,确保一网打尽。

尾声 国际网安展览馆

丁杨醒来时,还没有睁开眼睛,就在浓重却清新的药物气息里,闻到一股熟悉的、玉兰花蕊般的淡淡香味。

他发现自己侧卧在一张洁白的病床上。正是上午时分,眼前的画面激越而灵动,一帘飞瀑在青翠的高山上倾泻。迷雾在林间缭绕,好像进入了又一个梦境。

"你还好吗?"肖可语仿佛挂在天花板上,问道。

"我很好。"他脸部肿胀,两腿非常沉重,但看着肖可语透着温情和担心的眼神,感觉新鲜得像一棵露水里的青葱。

"真的很好?"

"跟你看到的差不多。"他实话实说,接着摆了摆肩膀,像一片秋风中瑟瑟的树叶。

他像猫一样无奈地晃了一下头,发现梅小刚坐在病床的另一边,正盯着便携式电脑屏幕,两手紧张地敲击着键盘,对他们的对话浑然不觉。

"你一夜没睡?"他想用腿踢一踢电脑,不见电脑晃动,却引起一阵钻心的疼痛。

梅小刚似乎没有听到他的话,过了一会儿才回过神,抬起头。"我睡了一下,肖可语却连眼都没合。"梅小刚说,显得一脸沉重。

"幕后人抓到了吗?核心技术数据没事吧?"他又问。

"已经启动国际刑警通缉机制,对幕后人的抓捕正在进行。"梅小刚说,"核心技术倒没有泄露。不过,正如你所料,除了陆铁骑,还有两台便携式电脑接收了达一路发送的文件。只是计支已经检测完所有样本,他们盗窃的技术资料并非核心技术。"

"是的,我没有把真正的密码告诉他。"

"你怎么能分辨哪里储存着已经公开的数据,哪里储存着技术核心?"

丁杨诡秘地笑了笑:"这是机密。"

"哼,误打误撞的吧。你至少给了他一个密码,而这个密码也能破解一些文件。"梅小刚说,"不过,朱总工说了,那是他几年前的研究成果。"

"等等,难道达一路就连文件的开头部分都没有看一眼吗?"

"不是,朱总工将导语部分放在了文末。"

"朱总工回来了吗?我想见见他。"

"他一回到南都就来看过你了,那时你还昏迷着。他非常欣赏你,甚至想邀请你到研究所一起工作。"肖可语说着,扶起他,将枕头垫高。

丁杨感到舒适了些,不用抬头跟梅小刚说话,眼睛也能看到屏幕。他想知道,什么样的技术成果能够吸引外国间谍机构如此大动干戈。

这时,肖世清出现在病房里,丁杨的敬业精神再一次感动了他。昨天的这个时候他也来过,看丁杨昏睡着又匆匆回去开会了。从白天到晚上,丁杨的病房里一直没断过人,石坚、计智来过两次,注意到他的伤情,没敢打扰。吴啸峰、申大头、魁哥昨晚一直待在这里,肖可语左劝右劝他们才回去。

这里每个认识的人都牵挂着他,除了那个垂死的达一路。其实,丁杨最想见的人是达一路。

"我有个想法,在南都建立一个'网络安全展览馆'。"丁杨对肖世清说。

"什么馆?"肖世清问。

"网络安全展览馆,"丁杨重复道,"在我看来,达一路每一次出手,都运用了最新的网络黑产设备和黑科技,算得上是所有反诈案件中最精彩的部分。"

"怎么个建设法?"

"如果让你体验一把,我想你会懂的。"

"有教育意义吗?"

丁杨笑起来,牵动了面部神经,露出痛苦的神色,说:"很好玩的。比如说,对着摄像头的是你,经过黑科技深度伪造后,显示在屏幕上的却是 N 种其他面孔,你开心吗?对着话筒说话的是你,传出的声音却是可盐可甜可茶的少女音或者沙哑磁性大叔音,你感觉怎么样?还有,人肉搜索你听说过吧?达一路却发明了更厉害的网络爬虫。只要稍微懂得搜索技巧,任何公民的个人身份信息就无法保密。"

"这些都是达一路的手段吗?"

"是的。还有,你知道为什么一台'多卡宝'可以向数百部手机发送信息或拨打电话吗?那就是为诈骗提供网络资源的箱式群控。你知道为什么有人收了钱,却查不到痕迹吗?那就是他在网上使用了非法众包结算……"

"好!"肖世清说,"你这么一说,还真激起了我的兴趣,我们一起去跟他谈谈吧。"

肖可语用轮椅推着丁杨来到达一路病房时,医生显然刚刚离开。达一路看到丁杨,深深地皱起了眉头,恶狠狠地对着空气嘟囔着什么。

尾 声　国际网安展览馆

"我来给你送继续活下去的机会了,"丁杨说,"你是个聪明人,应该明白自己的处境。"

达一路愣了两秒钟,冷冷地扭过脸去。

丁杨招了招手,看守刑警递来一本案卷,翻开达一路的讯问材料,满满几十页。刑警审讯得相当细致,达一路却交代得有点凌乱,不过还算诚实,基本犯罪事实一目了然。他把它放到一边,盯着达一路说:"你当不了艾伦·施瓦茨,你与他根本不是一路人!"

"你弄错了,我虽然是数据主义者,但我看不起他。"

"是啊,因为你是个小偷、骗子和杀人犯。"丁杨说,"而他做不了这些。"

"你想怎么说就怎么说吧。我做的事你们不都知道了吗?还想怎么样?"

"我来救你!虽然你多次实施诈骗,数额巨大,而且不思悔改,虽然你为了自己苟活,不惜杀害多人、盗窃国家机密,罪大恶极,死几十次都不足以赎罪。可我仍然希望给你一个将功赎罪的机会。"

"废什么话,"达一路冷笑道,"苟活几天,又有什么意义!"

丁杨脸色淡然,说:"从你开始杀人的第一天起,难道不知道自己苟活一天是一天吗?"

达一路叹了口气:"说吧,怎么让我活下去?我杀了那么多人,你还能让我活着,我还真没发现你能创造奇迹……"

丁杨打断他:"你不是数据主义者吗?你一定听说过施瓦茨的宣言'无论现在信息储存在何处,我们都必须获得这些信息,并为这些内容建档。'你所掌握的黑客技术不就是信息吗?难道不应该把它建档公开,让它分享更自由?"

达一路犹疑地看着肖世清,说:"你们是要我用技术换生命?"

丁杨面无表情地看着他:"不,你的技术换不了生命。但是,你们数据主义者不是认为信息自由就是最大的善吗？从法律上讲，这最多算是一次赎罪机会，一种立功表现，让你人生最后的日子变得有点儿意义。"

肖世清基本明白了丁杨关于搭建网络安全展览馆的说法。丁杨是想让达一路供出所有的诈骗黑产技术，建立一个反电信网络诈骗犯罪展览平台，以供广大群众体验，从而更加直观地了解网络诈骗、熟悉网络诈骗，进而有针对性地预防和打击诈骗犯罪，警醒世人。

起风了，天空中飘起朵朵雨云。窗户蒙上了一层阴影，也让达一路的脸上蒙上了一道暗影。他哪里是什么数据主义者，他抛出那个理论不过是想欺骗地下论坛里的小黑客，制造混乱，引诱丁杨出现。如果他像数据主义者一样生活，放弃隐私，也不会有今天。

他也明白，丁杨根本不相信他的谎言，知道那只是哄骗小黑客的。丁杨现在这么说，意图很明显，就是要挖他的技术，穷尽他的一点点才华，但他别无选择。

达一路抬头望了一眼起风的天空，一只鸟仓皇地叫了一声，在即将坠落时又扇动翅膀腾空飞了起来，恍惚间不见了踪影。

"说白了吧，我们想建设网络安全展览馆，所有的技术构架都让你来完成。"丁杨继续解释道，"警醒世人，让群众少受诈骗之苦。"

丁杨说完，病房陷入死一般的沉寂，头顶的白炽灯亮了。

达一路看到一个刑警拿着一台便携式电脑走过来，看到了熟悉的界面，与丁杨的界面不一样，更加厚重而深远。等刑警走到跟前，他发现对方手里拿的正是他留给陆铁骑，用来接收朱玉朗研究成果资料的便携式电脑。

"如果你选择配合，你需要用到这个。"丁杨说，"不过，你必

尾 声　国际网安展览馆

须时刻在监视下上网,而且你绝对不能连接任何域外网,违者出局。"

"你们不会反悔吧?"

"我觉得这是你这辈子最后一次与我较量的机会,如果你接受,赶快接下来。"

达一路从刑警手里接过电脑,点击打开,品味着它无声的启动。瞬息间,他真切地感受到自己正逐渐成为一个巨大系统里的微小芯片,正在融入数据流,成为数据流的一部分,加入一个比自己更加伟大的计划中。

他感觉自己成了一个真正的数据主义者,这种感觉异常轻松,不再有纷繁的思绪。接着,宁谧的情绪渗入血管,穿透身体,整个人飘飘欲仙。只有电脑在看着他,只有电脑在意他的想法和感受,让他离开电脑,几乎等同于失去生命的意义。

电脑运行的声音似乎穿透了他的肌肤,在他的身体里跳跃、回响、悸动,直到他眼前出现亮点,那是丁杨安装在电脑里的监控软件。

绵密无声的日光流进了春天。

冗长沉闷的病床生活要结束了。丁杨从麻醉里缓缓醒来,闻着春天潮乎乎的气息,终于感到自己像树叶一样清新而充满着力量。他伸了伸刚刚拆除钢板的双腿,虽然仍旧硬邦邦的,发出一阵阵抽痛,但越来越真实。肖可语露出一排白牙笑了,说:"是不是有一种找回了另一个自己的感觉?"

丁杨的手缓缓上升,他要做的第一件事是轻轻地将肖可语拥在怀里,然后说声谢谢。肖可语却推开了他,万分小心地与医生一起扶着他落在轮椅里,带他回到那间住了几个月的病房。他还得在这里继续住下去。但他仅住了十天,便跳着要出院。他真的是跳着出院的,因为刚拆掉钢板的腿还没有痊愈。

那天清晨,他一睡醒就喊肖可语,可她不在病房里。他已经完全离不开她了,这半年来,他随时睁开眼睛,她都是在身边的。

单人病房杳然寂静,回声缭绕。他把鸭绒外套从吊针杆上取下来,换掉病号服,就提起拐杖往外走,一路往医院门口奔去……陡峭的病房阶梯一格格向下,通往疼痛的尽头。他一手攀着护栏,一手拄着拐杖,逐级而下。渐渐的,阶梯看似越来越短,疼痛却越来越强烈。但他一直鼓足了劲往下蹬。

就差一点儿了……

现在,阶梯都快缩成天梯,通行的过道仿佛被拉长……当阶梯总算到了尽头,倒灌的春风带着花草的芳香扑在他的身上,这个春天尽管持续着绵绵梅雨,但是却像水中霞光一样清新明丽。这时候丁杨突然发现,他出了一身的汗,但这身汗好像让他的骨头都轻了许多。

丁杨笑了,笑得一脸痴傻的模样,闻讯赶来的肖可语一把抱住他,说:"我正移车过来接你,怎么就独自下来了呢?"

"因为时间到了。"坐进车的时候,丁杨仿佛自言自语地说。

汽车进入南都广场,那里正对着国际网络安全展览馆的大门,正响起熟悉的庆典歌舞声,那些音符像一只只阳光下的燕雀一样欢快。

开馆仪式就要举行,世界各地的反诈和网络安全专家、全国各地的网络爱好者、南都各界群众齐聚广场,万人空巷,群情激昂。国家网信办负责人亲自剪彩。

当巨幅红绸飘扬而下,头顶炫亮着反电诈的利剑标志,昭示天下无诈的宣言。雪亮的剑刃面朝东方,一线深红的朝阳映射出炫目的白光。

肖可语扶着丁杨，沿着广场过道走向展览馆的正门。他们在门口站定，面对南都广场。远方，英雄纪念碑的剪影挺立在清晨的阳光里。从这个角度看，尖尖的碑顶甚至比以前更加醒目。

"它也是一座纪念碑，"肖可语轻声说，"是这个世界走向智能的里程碑。"

丁杨想象着人工智能蓄势待发，即将超越人类智慧的图景……以后许多年，这一切是不是会像今天的我们仰望着英雄纪念碑一样，内心激荡起一股股豪情？

自古以来，人类就渴望不曾拥有的力量，梦想飞行，用种种梦想的方式改造世界、掌控世界、赋予世界以意义。

人类一直在这样做。今天，生物科技和人工智能在提升人类生活品质，却也在威胁着人文主义。如果祖先们能看到我们今天的所作所为，他们当做何感想。

丁杨眺望晨雾中展览馆和纪念碑构成的几何图形，接着视线又落回到南都广场。他在推演一系列问题：生物真是算法吗？生命真的只是数据处理吗？智能和意识，究竟哪一个才更有价值？他想起达一路策划的一系列诈骗案件，他的网络爬虫和箱式群控；想起他说发起网络诈骗只是为了警醒人们，数据流才是世上最伟大的存在，丁杨不由得笑出声来。

"丁杨，看！"肖可语指着反诈利剑碑。

丁杨举目张望，广场两边，利剑碑与英雄碑尖顶反射出一束金灿灿的太阳光辉。闪耀的光环迅速变亮，越来越灿烂，在两座尖顶间相映生辉。丁杨痴迷地凝望着，朝阳渐渐壮大成一个煌煌火球，照耀在城市上空。他遥想着数据主义留下的一个关键问题：等到无意识但具备高度智能的算法比我们更了解人类自己时，社会、政治和日常生活将会有什么变化？

　　他将肖可语亲昵地揽在怀里。当他俩在静默中并立时，丁杨回想起建造展览馆的初衷。他想起肖世清的话：一切都要改变了。想起季亚明的信念：智能超越的时代就要来临。他还想到正等待着法律审判的达一路和他的虚幻数据主义……

　　朝阳普照南都，丁杨望向天空，晨雾最后的影子正在消退。他的神思在网络、智能、数据间游走。他不由得畅想"生命神圣"的信念，任何数据模式都不可能等同人类体验，也就不可能破坏我们作为人的权威和意义。生命，是我们共享的符号……

　　此时，站在首座国际网络安全展览馆门口，享受晨光的暖流渐渐驱散寒意，丁杨感到心底涌出豪迈的情感，那是他此生倾情的希望。